きみがいなくなっても教室はそこにある

おにぎり1000米

Onigiri Senbei

イラスト　星名あんじ
ブックデザイン　omochi design

第1部

書物の影で

1　ソール

声をかけられるには最悪のタイミングだった。

僕は机の下で膝をつき、視界不良のなか、やみくもに床を手さぐりしていた。うっかり机から払い落とした紙切れを拾おうとしていたのだ。たいしたものではない――机の上で小さな山を作っている請求書の一枚で、内容はわかっている。商店街の中央にある雑貨問屋から先週届いた、ランプ油三カ月分の代金だ。

台帳や伝票、作業中の書物が満載とはいえ、それほど大きくもない机の下で大冒険とはうちの店も気がきいている。といっても、僕しかいないのだが。

「おい、店主――」

若い、聞き覚えのない声だった。若者のくせに知らない相手においい、なんて呼びかけるのは礼節を欠いているし、甘ったるく語尾をのばす抑揚は貴族の発音だ。自動的に優先順位が下がった。

「すこし待っててくれ」

僕はぞんざいに答えながら床をさぐり、やっと指に触れた紙切れの端をつまみあげた。

請求書なんて内容がわかっているなら後回しにすればいいじゃないか、というむきもあるだろうが、僕は落としたものを拾っておきたい性分だ。第一、何が書いてあろうと紙は貴重だ。

床は埃《ほこり》だらけだが、ねずみの糞《ふん》がないだけましだった。店の性格上、齧歯類《げっしるい》と虫の駆除には気を配っている。

紙切れを片手に机の下から這《は》いでて、最初にみえたのは、王立学院の学生が着る深緑だった。学生だったのか。

学生は僕にとって悪い客ではない。とくに春のいまごろは、新入生に魔術の教科書がよく売れる。しかし貴族の学生ならこの店に用はないはずだ。何しろ彼らはまだインクも乾かないような新刊や、専属の書記を酷使した写本を手に入れることができるのだから。

「……客をいつまで待たせるんだ。さっきからいるんだぞ」

しびれをきらした声が不機嫌につぶやく。僕はなかば屈《かが》んだ姿勢で椅子をひき、拾った紙切れを束の上に置いた。

「悪い、聞こえなかったものでね」

「聞こえなかった？　聞くまでもないだろう」

響きに含まれた傲慢な調子が癪《しゃく》にさわり、僕はやっと顔をあげて相手をみた。

正直に話そう――ずいぶんハンサムな学生だな、というのが最初の印象だった。濃淡のある栗色の髪、ひたいと鼻梁《びりょう》のバランスは絶妙で、上着によく映る深緑の眸《ひとみ》、やや薄めの唇。待たされて苛立《いらだ》っている客をこんなに観察することなど、ふつうはない。それだけの美貌《びぼう》だったということだ。

それに加えて、ランプの明かりに照らされただけのうすぐらい店内でも、身に着けているものが最上品ばかりなのは一目瞭然だった。上背は僕よりすこし高い程度だが、血色はよく、肩の厚みや体つきは……くらべたくもない。襟に精霊魔術の白と、最上級生を表す浅黄の帯が縫いとられている。

そういうことか。合点して、僕は机の上に置きっぱなしになっていた防護眼鏡《めがね》をかける。深緑色の上着の周囲に鮮やかな光輝が浮かびあがった。

なんてこった。魔力のかたまりが服を着ている。これなら声をかけられるまでもなく、彼の存在に気がつくだろう。

――正常な人間なら。

「悪いね、気づかなかったよ」

相手はまじまじとこちらをみた。

「あんた、大丈夫か？」

「僕は魔力がほとんどないんでね」

自然な調子で僕はいった。こう聞くとたまに大げさな反応を返す人がいるが、暗色の大きな眼鏡をかけて表情の半分を隠した僕がどう感じているかなど、彼らはけっして気にかけない。それに魔力を九割九分なくしてから十年も経《た》ったいま、僕は他人の反応をだいたい予想できるようになっている。

しかしこの学生は大げさなことはしなかった。もう一度僕をみつめて、馬鹿にしたように鼻を鳴らした。

「それは大変だな」

僕には彼が感じていることがよくわかった。物心ついたときから、彼は隠れ鬼で勝てなかったはずだ。精霊魔術の道へ進む人間は例外なくそうなのだ。生きとし生けるものがあまねく魔力をもち、〈力のみち〉を形成するこの世界で、強大な魔力を持って生まれるということは、うすぐらい空間でつねに光を掲げているようなものだ。どこに隠れようが、自分はここにいると叫んでいるのも同じことになる。

しかし隠れることができないかわり、彼はつねに世界の中心にいたはずだ。他人が自分に気づかないことがあるなど、これまで思ってもみなかっただろう。だから魔力の欠如によって自分の存在を感知できない人間に出会ったら——そんな存在は一種の欠陥品だと考えるのだ。

無垢《むく》で愚かな若者だ。かつての僕のように。

急に腹が立ってきたが、こちらにも商売がある。

「それで、用件は？　ここは中古本を売る店だ。きみのような裕福な学生に用があるとは思えないし、最終学年なら、教科書に頼る時期はとっくに終わっただろう」

口調に嫌味がまじるのくらい、ご愛嬌《あいきょう》といってほしい。

緑色の目が細められて僕をにらんだが、気にしなかった。学生は視線をはずし、店をぐるりとみまわす。

「たしかに古本屋だな」

また鼻を鳴らした。

「狭くて埃っぽいが」

そう、店は広くはない。

しかも商店街の隅、路地の奥にあり、通りがかりにふと立ち寄る客などまずいない。よくいって、知る人ぞ知るたぐいの店だ。だが一歩中に入れば、目に入るのは天井まで届く書架の列と、そこにぎっしり納められた書物、書物、書物だけで、これをめあてにきた者なら狂喜する。革装の大型本から、紙表紙の切り売り本、ページを裁断する前の綴《と》じ本、古代の巻物本やその復刻版――崩れ落ちそうなくらい積み上げられた書物には、これまで人間がたくわえた知識がつまっている。

ささやかな僕の城、僕の砦《とりで》だった。

もちろん、この店に匹敵する場所なら王都には他にもある。王城の書庫、貴族個人の蔵書など。だがここは特別な店だ。先代から引き継いだあと、僕がそんな店にした。

僕の内心を裏づけるように学生が続ける。

「ここは王都でも一、二を争う稀覯本《きこうぼん》の宝庫だと人に聞いたんだが……」

「古本屋だからね。なんでもあるわけじゃない」

謙遜ではなかった。書物の世界は深く広いから、ただの事実だ。学生はまた鼻を鳴らした。癖なのか、それとも埃のせいか。四方の書架へぐるりと首を回す。

「ミュラーの『魔術における自然概念について』の初版を探している。ないか？」

「ある」

即答すると驚いたように目をみひらく。

「本当に？」

「ああ。ミュラー・ワイズマン『魔術における自然概念について――元素と無限力の包含及び方法』版元はアイゼン、一三〇〇年。初版は羊皮紙本、大判、挿絵つき。全一八四頁《ページ》。たしかにある」

僕は書誌をすらすらそらんじる。学生は疑わしげにこちらをにらんだ。

「あらかじめ、誰かに聞いていたのか？」

「何を」

「本の詳細だ。あらかじめ俺がこれを探していると誰かが教えて、調べたり――」

僕は途中でさえぎり、負けじと鼻を鳴らしてみせた。

「学生相手にそんなことを？　覚えているだけだよ」

相手はまた僕をにらみつけた。

「いくらだ？」

僕はうすら笑いを浮かべた。

「値段はない」

「どういうことだ」

「売らないからさ」

学生はぽかんと口を開け、閉じた。自分が意地の悪い真似《まね》をしているのは百も承知で、僕はざまあみろと思う。この若者はこれまで、こんな風に誰かに拒絶されたことがないんだろう。お貴族様の事情など知ったことか。

しかしこんなに間抜けな表情でも彼はなかなか、さまになっていた。美形は得だ。

おかしい。僕はなぜそんなことを考えているんだ？

「なぜだ？　ここにあるんだろう？」

学生は気を取り直したようにいう。

「あいにくだが、きみには売れないね」

「本当は持っていないのに、あるといってみたんじゃないのか？　商売人はこれだから――」

「きみの左上、三八の印がある棚、上から三段目の右から三冊目だ――触るな」

僕は動こうとした学生を素早く制した。薄い手袋をはめながら、机の向こうから出て、書架の脇の小さな梯子《はしご》を上る。目当ての書物は大きく、持ったまま梯子をおりるには十分注意が必要だった。眼鏡が邪魔だ。視力に問題があるわけではないから、ふだん店の中ではかけないのに。

机の上に本を置くと、学生は反射的に腕を伸ばしたが、僕がさっき触るなといったのを覚えていたのか、手をひっこめて革の表紙をみつめている。今度の表情は純粋な驚きだった。わかりやすく、しかもころころ変わるので、面白かった。

きっと優しい世界に生きているんだろう。

僕は注意深く奥付のページを広げてみせた。

「たしかにあるとわかっただろう」

学生は僕と本を交互にみて、不満そうに唇をゆがめた。

「なぜ売らない？」

「売りたくないから」

「ここは本屋だろう？」

僕はゆっくり、静かに書物を閉じた。手袋ごしでもなめらかな革の手触りと文字の美しさが胸をうつ。

僕の店にある書物の中で、内容も装丁もお気に入りの一冊だった。何度か改訂版が出ているが、初版は作者の思想の原点があるといわれ、折に触れて読み続けられている。

僕が学院に入って一年目のころは廉価版を熟読したものだった――あの当時、高価で希少な革装の書物など、手が出るはずもなかった。

「学院所属の身でこのレベルの魔術書を研究するような学生なら、最終学年に上がる以前に何度もこの店に来ていて当然だが、きみがここに来たのは初めてだ。それにきみがそんな種類の学生じゃないのはみればわかる。仲間と賭けでもしたのか？」

「何をいいたい？」

「自分が読むのではなく贈り物にするために探しているのなら、よそをあたってくれ。たしかに貴重な版だが、一冊二冊しか残っていないほど希少でもない。お父さんの屋敷に出入りする業者に頼むんだな」

その業者はこの店に来るかもしれないが、という内心のつぶやきは口にしなかった。

学生の顔にさっと朱がさす。お父さん、が効いたのか。露骨に侮辱しすぎたかもしれないが、かまうものか。

どうして僕はこんなに敵意を感じているのだろう？　この学生がめったにない美貌で、しかもみるからに裕福な様子をしているから？　しかも彼は魔力で光り輝いている――僕には眼鏡を通さなければわからないこととはいえ。

彼は僕をにらみながら低い声で聞いた。

「あんた――なんていう名だ」

「ソール」

「覚えておく」

すぐさま、きびすを返して戸口へ向かう。ふたたびかちんときた僕は背中へ声を投げつける。

「名をたずねておいて、自分は名乗らないのか？」

学生はつんのめったように立ち止まり、ふりかえった。この短い時間で何度目だろう、僕はまたもその顔立ちのよさに感心していた。

いやはや、何もかもそろった人間というのはいるものだ。いまは――僕のせいで――多少優雅さを減じているが。

彼は顔を赤らめたまま、叫ぶように言葉をかえした。

「クルト・ハスケルだ」

そして壊れそうな勢いで扉を閉めた。

2　クルト

「いったいなんなんだあいつは！」

店の扉を叩《たた》きつけるように閉め、クルトは顔をしかめながら吐き捨てた。

路地脇のベンチでパイプを片手にくつろいでいた老婆がぎょっとした表情で目をそらす。困惑がじかに伝わって、クルトは感情的な自分の反応を恥じた。それなのに、出てきたばかりの店内の出来事を思いかえすと、またも胸の内がかっと熱くなる。

『クルト、首尾はどうだ？』

唐突に学友のアレクから念話が届き、クルトは我にかえって歯噛《はが》みしそうになった。目的の本がこの店にないのならまだいいが……。

『よくない』

しぶい声――念話の〈声〉は口に出す音よりも表情が豊かだ――に、アレクはクルトの苛立ちを正確にうけとめたようだ。気安さと苦笑いの入り混じった感覚が流れてくる。

『なんだそれ？　なかったのか？』

正直に話すべきか、ごまかすか。

念話でごまかしをするのは面倒だった。葛藤は一瞬で消えた。王都の精霊魔術師の絆《きずな》は嘘《うそ》の上には築かれない。

『なかったんじゃない。売ってくれなかった』

『なんだよそれ』

『俺がお気に召さなかったらしい』

『何かやらかしたのか？』

『最初はたぶんその……昔の悪い癖が出たんだと思う』

アレクから小さな笑いが伝わってくる。

『昔の癖？　ハスケルのお貴族様調ってやつか？　城下でご法度の』

『ああ……少なくとも最初は。だがその後は――わからん。確実なのは、俺はあの店主に嫌われたということだ。こともあろうに――おやじに買ってもらえだと』

またふつふつと胸の内が熱くなる。自分にとって、家名と父の名こそが最大の弱点だとクルトはよく自覚していた。何をしようとも父の名が関わってくる状況から自由になるには、持って生まれた自分の力だけで精霊魔術師になるしかない。

それも優れた精霊魔術師でなければだめだ。王立魔術師団に入り、政策助言者として、王宮顧問団の一員まで上りつめなければ。

『たらしのハスケルが嫌われるなんて、マジかよ』

アレクはあきらかにクルトの困惑と怒りを楽しんでいた。

アレクサンドル・ハンターはクルトの幼馴染《おさななじみ》で、やはり強い魔力を持っているが、クルトのような野心はない。学院を修了して精霊魔術師になるのは、アレクにとって将来自領を統治する手段のひとつでしかない。

とはいえ、アレクはクルトと長年心をわかちあった友である。気遣いの念とともに響く声は同情的だった。

『だが、その本がないと課題が達成できないんだろう？　どうする』

『さあな。どうにかするさ。それにしても、どうして誰も――カリーの店の店主があんなだと教えなかったんだ？』

『何を』

答えようとしてクルトはふとつまった。アレクに届ける言葉を慎重に選ぶ。

『店主は……魔力――欠如者だった』

この世に生きるもので、魔力をわずかしか持たない。

たしかにこれは、声高に人に教えるような事柄ではないかもしれない。

しかしそれ以前にクルトは、店主があんなに若いとは予想していなかった。恰幅《かっぷく》のよい壮年の男か、いっそ白髭の老人を想像していた。

なにしろ「カリーの店」は伝説的な書店で、その伝説にふさわしい重み――といっても、いま思い返すとただの型にはまった思い込みにすぎないのだが、とにかく、この店の主人は魔術の祖のような者にちがいないと思っていた。

それなのに店に入っても誰もみあたらず、自分の魔力の感覚にもまったく触れる気配がなかったから、とりあえず声をかけてみたのだが、雑多に積まれた書類の下から物音が聞こえたときはぎょっとした。

その反動か、あらわれた店主に対し思いがけず、居丈高で苛立った声を出したのはたしかだ。貴族づら、と呼ばれる威圧的な響きは城下では評判が悪く、ろくなことが起きないのは数年間の学院生活でよく知っていたのに、下の方から這いでてきた相手を目にした瞬間、虚をつかれて止められなかった。

店内は、明るくはなかった。そろそろ店が閉まる時刻で、外に夕闇がせまっているのに、窓のない、四方をすべて書棚で覆われた店のなかは、天井からつるされたランプで照らされているだけだった。古い革と紙と、虫よけらしいつんとするハーブの香りがまざりあっている。

紙切れを手に顔をあげた男は、クルトが最初に一瞥《いちべつ》したとき、ひどく若くみえた。自分と同じ年ごろかと思ったくらいだ。そして次の一瞥で、若いというよりも、清潔できれいな顔だと思った。整っているがゆえに年齢不詳の顔立ちだった。砂色の巻き毛がひたいに垂れかかり、眸は暗い色をしている。

だがそんな特徴より圧倒的だったのは、男からほとんど魔力の気配が感じられなかったことだ。

生まれてこのかた、生きとし生けるものすべてに流れる魔力で他人や生き物を〈視《み》て〉きたクルトにとって、男はまるで、空気に透けているように思えた。

魔力がまったくないわけではない。魔力なしで生きられる存在などこの世界にいるはずがないからだ。しかし男が持っている力の気配はごくかすかで、まるで以前授業で訪問した施療院《せりょういん》で出会った人々のようだった。死に瀕《ひん》して、生命力と共に魔力も衰えてしまった老人たちにそっくりだったのだ。

衝撃をうけたクルトは、無意識のうちに魔力の触手をのばしていた。魔力の少ない存在は、ベンチに座る老婆のように簡単にクルトに感情の動きを悟らせてしまう。同じ要領で、許可を得ないまま男の心に触れようとしたのだ。

そしてさらに驚いたことに――強固な砂色の防壁に、一瞬で跳ねかえされた。

こんな状態で、どうしてこんなに強い防壁を作れる？

クルトの疑問をよそに、気がつくと男は大きな黒い眼鏡をかけて顔の半分を覆い隠し、なめらかな声で淡々と「僕はほとんど魔力がないんでね」という。

動揺を隠すように「それは大変だな」とかえしながら、クルトはさらに混乱していた。

めまいがしそうなほど奇妙なのは、こんなに魔力を持たない人間が、なぜ魔術の稀覯本を扱っているのかということだ。魔力なくして魔術書の意味がわかるとは到底思えない。さらにその後のやりとりときたら――

『それでどうするんだ？』

また我にかえると、アレクの念話が続いている。

『なんでも、貧乏な学生にはタダで貸してくれることもあるって話だぜ。この店をよく使う学生に頼むか？　おまえの魅力をもってすれば、本を一冊買うくらい誰か引き受けてくれるさ』

たしかに、そんな方法もある。学院の教師がクルトに課したのは「本を手に入れる」ことだ。あの店主から直接買わなくても、問題はないはず。

ところが何がひっかかっているのか、クルトはどうもその気になれなかった。

『……すこし、考える。課題は他にもあるからな。明日学院で会おう』

『そうか？』

親友はいぶかしげな気配を送ってくる。

何が気にかかっているのか、クルト自身にもわからなかった。

『めずらしいな。ともあれ、明日また』

アレクの声が脳裏から消えると、世界がクルトの周囲に戻ってくる。

いまや夕暮れの闇に覆われようとしている石畳の街路のそこここに、いくつもの明かりが落ちていた。その多くは回路魔術を使って増幅された光だ。生き物が近寄ると、放射される余分な魔力を吸収し、周囲を照らす。

クルトの周囲はつねに明るかった。余分な魔力を放散しないように子供のころから訓練しても、圧倒的な力はどうしようもなく、光はいつもクルトにつきまとう。

魔術師になる存在とはそういうものだ。世界はつねに光を呼びこむ。恐れを克服し、〈力のみち〉を正しくとらえて視るものが、この世界を正しく導く。

もっともこれはいささか子供っぽい信念ではあった。宮廷政治の現実を父を通してかいまみるようになったいまのクルトは、これを幼稚で一面的な思想だと思わなくもない。

立ち去ろうとして未練を感じ、クルトはもう一度ふりむいた。背後にある書店の扉には開いた書物の形象が浮き彫りにされていた。

この店をよく使う学生や教師のあいだでは通称「カリーの書店」、または単に「カリー」と呼ばれている。教科書を手に入れるのも苦労する平民の学生の多くは、学院に入学した直後、上級生にこの店を教わり、必要な書物をそろえる。さらに魔術の理論家をめざす少数の学生は、卒業後も折に触れて通うという。

加えてこの店は、気に入らない相手にはいくら対価を積んでも書物を渡さないという評判でも有名だった。話に聞く分にはいいが、自分相手にそれをやられてしまうと、腹立たしさしか感じない。

——たかが商人のくせに、なんだっていうんだ。

しかしいまはその「たかが商人」から書物を手に入れることが、クルトの将来を左右する可能性もあった。これまでまったくカリーの店に興味を持たなかったクルトや他の貴族の学生に対し、きっかけを作ったのは、理論家として名を馳《は》せている精霊魔術師だった。学院史上最年少で教授となったヴェイユだ。

「政策顧問をめざすきみたちにとっては無意味に思えるだろうが——」が口癖の彼の講義を、クルトは最終学年になった今年はじめて受講した。ヴェイユの講義は必修ではなかったが、クルトにとっては卒業までの暇つぶしでもなかった。しかし内容に確たる興味があるかというと、そうでもない。

すべては学院修了後のため、王立魔術師団の推薦を得る足掛かりにすぎなかった。同様の学生はクルト以外にもいて、ヴェイユの方も承知らしい。

教師は皮肉な態度を崩さなかったが、クルトのように、推薦のために自分の講義をとる学生を否定もしなかった。ヴェイユは王都を支える古い一族の出身で、クルトの一族よりさらに位が高い。短い期間でもヴェイユを師とあおぐことは、今後長きにわたって有力なつながりとなる。

その教師がクルトに示した最初の課題が、くだんの書物を探し、手に入れることだった。学生にそれぞれ異なる課題が与えられているのは、個人の特性を考慮に入れた結果だろう。手に入れた書物は今後、ヴェイユの講義で必要になるはずだ。

砂色の髪と暗い眸がクルトの脳裏に蘇る。男は手袋をはめた手でそっと書物に触れていた。宝石でも扱うような手つきだった。

あれほど魔力が少なければ、いくら魔術書を集めようが、なんの役にも立たないだろう。いま必要としている者に売らずに、いったいどうするというんだ？

怒りをこらえてクルトは街路へ足を向けた。いまの時点で思い悩んでも無駄というものだ。書物については別の手段を考えよう。ヴェイユには他の課題も与えられている。

「たしか、審判の塔だったな」

クルトがつぶやいて歩けば、光がついていく。

3　ソール

朝市の呼び売りで街路は騒がしかった。

日はそれほど高くのぼっていない。道端で警備隊員が立ったまま屋台の具入りパンをほおばっている。僕は馬の横を慎重に通りすぎる。さまざまな種類の人々でにぎわう城下では、毎朝ちがうことが起きる。うっかりすると地面に落ちた妙なものを踏んでしまうし、ときには側溝にはまる。

よく行き合う警備隊の騎士たちは僕の事情を察しているが、初対面の人間はとろいやつだと思うだろう。昨日の夕刻、店にやってきたあの学生のように。

「おはよう、ソール。今日は城へ？」

「ああ。いい天気だな」

「この季節はありがたいよ。そのうち雨ばかりになるからなあ」

荷馬車や物売りでごった返す中、顔見知りの騎士が道をゆずってくれて、僕はありがたく彼のうしろを通った。他人にとろいと思われるのは癪だが、事実なのでどうしようもない。意地をはったところで不可能が可能になるわけじゃない。

眼鏡が鼻と耳に食いこんで重かった。空はぬけるような青色で、湿り気のない風が吹き、石造りの壁は街路にゆれない影を落とす。だがレンズを通した僕の視界では、その上をとぎれとぎれに虹色の線が横切る。

道行く人々の間や、石の壁や街路の舗装、店の看板。あらゆるところに二重写しに虹色の金属光沢が重なる。この色は魔力の線だった。ほとんどは回路魔術で増幅され、誘導されていく〈力のみち〉だ。

王城への近道となるせまい路地を曲がると、朝市の喧騒《けんそう》は多少やわらぐ。僕は小さな通用門に立つ騎士に会釈する。彼も顔見知りだ。以前たまたま泥棒の調書取りに居合わせたとき、即席で書記をしてやったことがあり、それ以来誰何《すいか》もされなくなった。それまでは騎士の友人とふたりでいるのに出くわすたび、うさんくさそうにみつめられていたのだが。

王城警備隊の連中は実利的だから、役に立つ人間だとわかると扱いが変わるのだ。

「よう、今日も審判の塔か？」

「ああ。調査を頼まれている」

「あんたのおかげでうちは助かってるらしいな。今日はラジアンがいるぜ」

騎士がそういったそばから、通用門の脇を抜けてこちらへやってくる友人の姿がみえた。王城で会うのはめずらしい。長身のひきしまった体が騎士団の制服に映える。ラジアンは王城警備隊の中ではきわだった容姿で、おまけに三十歳を超えても独身だから、審判の塔にも彼のファンがいるくらいだ。なにしろ娯楽はかぎられていて、美形は話のネタにちょうどいい。

僕は眼鏡をはずしてラジアンに手をあげる。とたんに横にいたもうひとりの騎士が、居心地悪そうに視線をそらせた。よくある反応なのだが、理由がわからない。貧相な素顔とごつい眼鏡にギャップがありすぎるのかもしれない。

「ソール、早いな」

ラジアンがいう。僕が魔力をなくしたあとに得た、数少ない友人のひとりだった。大柄な彼が前に立つと、僕はいつも防波堤を思いうかべる。防波堤――一度だけ訪れた海の町でみたことがある、巨大な壁。

「午後まで審判の塔で仕事をする予定でね」

そう答えるとラジアンは眉をあげ、呆れたような顔をした。

「おい、いいのかそんなことで。書店の方は？」

「魔術教本はほぼ売り切ったから、こっちで稼がないと」

「また買い手のあてもない本を仕入れていないな？　さもなければ客を追い返すとか」

僕は昨日の学生を思い出して苦笑いする。高値で売りつけていれば、しばらくはランプ油の請求書など気にしなくてもすんだかもしれない。

「書物は正当な持ち主のもとにあるべきなんだ。おかしな奴《やつ》には売れないよ」

ラジアンは鼻を鳴らした。

「相手が気に入らないだけじゃないのか？　ほどほどにしておけよ。食い詰めるぞ。いまだってたいして食えてないくせに」

ラジアンは僕の事情をかなり知っている。親しくなってから何年も経ち、単なる友人というにはたぶん踏み込みすぎている。とはいえ最近は、一時期のように毎日つるんでいるわけでもない。

「今晩店に寄るか？」と僕は聞く。

ラジアンは一瞬返事を迷ったようにみえたが、すぐに何事もない顔で「ああ」と答えた。

「非番になったらな」

僕はまた眼鏡をかける。めざす審判の塔は、王城中心部にある王宮と城壁のちょうど中間に位置していた。

城壁に囲まれた王城の内部はまるで小さな町のようだ。城内の道は上から眺めると、ゆるく巻いたらせんか、ひらきかけたバラの花びらのような形をしている。昔一度だけ、王宮の尖塔《せんとう》からこの目でみた。

そして王城の内部には、城下とくらべものにならないくらい〈力のみち〉が張りめぐらされていた。たいていは回路魔術の防御の網だ。

精霊魔術師を例外として、ほとんどの人間や生き物は、周囲に利益あるいは害をおよぼすほどの魔力は持たない。だが、一般人にも備わっているささいな力を有益に使う技術として、回路魔術というものがある。鉛と銀で描かれた回路が魔力を増幅し、制御するのだ。

この回路で人工的に誘導された〈力のみち〉も、精霊魔術師が使う力も、僕のレンズ越しには同じ色だ。かすかに金属がかった虹色をおびて、ひそやかに共鳴している。

ふつうなら人はこれらの力の線を意識せずに避けたり、逆に利用したりできる。しかし魔力を無意識に感知できる程度の力すら持たない僕にとっては、ときに命取りだった。作動中の魔術装置に気づかないままつっこんでしまい、怪我《けが》をしたり事故を起こしたことがあったからだ。

それでこのぶあついレンズをはめた装置の出番、というわけだった。回路魔術師は「防護眼鏡」と呼ぶが、実際は眼鏡の形をした魔術装置だ。僕に残された、ほんとうにかすかで微細な魔力を増幅し、この世界を行きかう〈力のみち〉を知覚するための道具である。肌に触れる部分にびっしりと回路が刻まれている。王城の回路魔術師団が僕だけのために調整している特注品だ。

このレンズを通すと視界は二重になり、魔力の線が物体の影にかぶさってちらちらと虹色にまたたく。美しい線でもあり、呪わしい線でもある。

回路の多くは建物の意匠に隠されているが、レンズを通してみえる〈力のみち〉を僕はすべて記憶していた。だから城内の方が、城下より自在に動ける――はずなのだが。

王城の中心に近づくにつれて、喧騒がどんどん大きくなるような気がする。城内だろうが城下だろうが、僕は街の音が苦手だった。まれに、音だけでほとんど苦痛といえるほどになり、めまいや吐き気がすることもある。眼鏡を通して魔力の虹色が強くみえすぎる日は特にそうだった。

治療師が診ても肉体的な異常は不明だという。もちろん恒常的な魔力の欠如が原因だとしても、ある程度は僕の心的不調があらわれているのにすぎないのだろう。施療院は定期的にハーブを調合した薬をくれるが、これは不快を和らげる一方、副作用でひどく酔う。うっかり昼間に使うことができない。

手っ取り早い対策は、壁に囲まれ、魔力を遮断できる静かな空間に入ることだ。たとえば僕の店のような。あるいは審判の塔の地下にある、巨大な書庫のような。

「すみませんソールさん、三四イのオ二五号ってどこに入ってたかわかります？」

「それなら二層五八棚三の五だよ。宝石盗難案件？」

「そうです、さすが生き字引！　昨日警備隊がとっつかまえたやつが吐いたらしいんですよー」

「ソール、ハワード家の相続でもめたやつ、あれ全部で何件だったか覚えてるか？　前に作った索引がまちがっているらしくてな……」

「二十四年三カ月にわたって骨肉の争いをやっていた家ですね。五十四件です。以前三層一〇八棚に全部の記録をまとめたはずですが？」

「新入りのトンチキが動かしたらしいんだ。すまん」

「ソールさーん、お願いなんだけど……」

やっと審判の塔につくと別の意味で騒々しく、僕は地下書庫の入口で待ち受けていた数人に捕まえられる。外では単にとろい奴だが、審判の塔での僕は笑ってしまうくらい人気者だ。なにしろ見聞きした事柄を、すべて憶《おぼ》えているからだ。

経験したあらゆる出来事、読んだ書物、みたもの聞いたこと、これらを記憶する能力は、魔力とひきかえにしたかのように、いつのまにか僕に備わっていた。審判の塔ではこの記憶力を生かして、書庫整理や騎士団に依頼された調査といった、ささいな仕事を臨時で回してもらっている。赤字に転落しがちな書店経営を補うにはちょうどよかった。

それに塔の地下は静かだ。眼鏡をかける必要もなく、古い紙の匂いは僕を落ちつかせる。

書庫で仕事をしているとよく、僕自身がこの空間いっぱいに拡大していくような気分におちいる。ここに収められ、記述された物事のあいだを、精神が自在にさまよい、遠くへ飛んでいく。

僕自身の肉体には不可能なことを僕の精神がなしとげる。

遠くの国には象という動物が存在するのだと、以前ある書物で読んだ。巨大で、切り株のような太い脚をもち、長命で、すべてを記憶する生き物だと。

象は忘れない。僕も忘れない。

いつものように没頭していたので、昼食をとるのも忘れて午後になっていた。日が差さないから時間の感覚がおかしくなる。

「ソールさん、ちょっといい？　学生さんが何か探しているんだけど、手伝ってあげて」

何度か呼んでいたらしい声にやっと気がついて、僕は書庫の下層から這い出ていった。狭い階段と書架のあいだを通りぬけ、明るい通路へ出ると、まぶしさに目がくらむ。

「何を探しているんだ？」

ろくに前をみずにそういう。

とたん、目の前の人物が驚いたように体をこわばらせるのがわかった。

「あんた……」

その声を僕は知っていた。昨日の学生だ。クルト・ハスケル。

4　クルト

書架のあいだから砂色の髪がのぞいたとき、つい最近似たようなことがあったとクルトは思った。巻き毛の下にあらわれたのは細い首と薄い体だ。目にかかる前髪をかきあげもせず「何を探しているんだ？」といった。

流れるような口調はまぎれもなく昨日の男だった。カリーの店の——ソール。

審判の塔の扉は御影石《みかげいし》の段を上った先だった。切り出したままの岩が長い年月で黒ずみ、中央の、人々が踏んだ部分だけが磨かれたように光っている。

中に入るとクルトと同じ年ごろの若者が書類を抱えて奥の廊下を行き来していた。絞った袖の上着は書記の制服だ。受付らしい高いカウンターで灰色の上着を着た男と大柄な騎士が向かいあって話している。クルトが用向きを伝えると、灰色の方が「どの師についている？」とたずねた。

「アダマール師です。ここに来たのはヴェイユ師の講義で……」

「ああ、わかった」

手続きは事務的で簡潔だった。クルトが帳面に名前を記入すると灰色の男は「書庫はつきあたりだ。階段を降りなさい」と回廊の先を指さす。

「魔術関係の事件はたいてい三層目にある。持ち出しは禁止。すべて写すか記憶すること。閲覧禁止の区画に立ち入るのも厳禁だ。もし中で問題が起きた場合は隠さずに話しなさい。破損や紛失が判明したら学院に連絡する」

審判の塔は王城でも独立した場所として扱われている。騎士団の警備隊が取り締まる犯罪、個人のあいだの訴訟、最終的に王の決裁を仰ぐ重大な事件も、この塔で調査され、審議され、記録される。そして地下の書庫に保管されるのだ。

頭では理解していたが、一歩中に入ったとたん、クルトはその規模に圧倒された。

それはどこまで続くともしれない、梯子と階段と書架の迷路だった。明るく照らされた三層構造で、数カ所に吹き抜けが切られている。

壁は幾何学図形で区分けされ、書類でびっしり埋められていた。吹き抜けから下層をのぞいてみると、まるで崖か、縦穴のようだ。

人影はみえなかったが、閉ざされた空間だけあって魔力の気配は明瞭に感じられ、無人ではなかった。そこかしこに案内板や索引が目にとまるが、学院の図書室のように司書がいるわけでもない。番号がふられた棚にインデックスが付された書類の綴《つづ》りが並び、クルトによそよそしい顔をみせている。

すぐにここがいまの自分には手に負えない場所だとクルトは理解した。これまで自分が学院で勉強してきた精霊魔術の実践や、王国行政の仕組みといった事柄からは、まったく異質な空間だ。

ようやく、ヴェイユの講義を受けるとアダマールに伝えたとき、警告された意味がわかった。

クルトが学院初年から師事してきたアダマールはもう老年に達する精霊魔術師で、魔術師としての能力は衰えかけていたが、王族も教えてきた老獪《ろうかい》な教師である。

「かまわんが、手こずるぞ」とアダマールはいったのだった。

「ヴェイユは理論家としても精霊魔術師としても一級だが、学生だからといって手加減はしない。彼が教える内容は、魔力で強引に押し切れるようなものでもない。……まあ、うぬぼれがちなそなたにはちょうどいいともいえるが。しかし最終学年で彼の講義を落としでもしたら、そなたの野心は最初からつまづくことになる。覚悟をきめてかかれ」

「もちろん、わかっています」

とクルトはそのとき殊勝に答えたのだが、見込みが甘かったかもしれない。手助けになりそうな級友を誘えばよかった、という思いがちらつく。

それこそアダマール師がいうように、あまりうぬぼれないようにと心がけてはいる。しかしクルトは魔力を行使する課目でつねに上位をとり、苦手な分野についても級友たちの協力をあてにできたから、つい甘いことを考えてしまうのだった。

強い魔力は問答無用で人を魅了するが、人格を保証しない、と教師たちは語る。魔力で人は評価されるのではなく、行いが価値をきめるのだ。何度もくりかえされた教えをクルトの頭はそれなりに理解している。

しかしクルトの楽観的で驕《おご》りがちな性格は、これらの教えにふくまれた戒めを、自分の足にまとわりつくゆるくて邪魔な網のように考えがちだった。それに、他人に対してはだいたいにおいて気前よくふるまい、意地が悪いわけでもなく、顔も成績も家名もよいから、自然に周囲の人間から慕われている。昨日のようなことはめったにないのだ。となると、自分はたいしたものかもしれないと、それなりに自負するのもいたしかたない。

魔力の強さにしたところで、たまたまこのように生まれついたのだ。過剰に謙遜する必要もないだろう。

加えて、クルトは学院生活を愛していた。クルトにとって学院は、家名ばかり気にする実家よりはるかに自由で、しかも自分の実力を日々確認できる場所だった。

王立学院は簡素だが優美な設計で、どの教室も明るく、光と風に恵まれている。王城の南側に位置し、城と同じ石の壁に囲まれていた。明るく広大な庭園には薬草園も含まれ、育てられた花や薬草は王宮でも使われている。

学院に学ぶ学生には、治療師の道へ進みたい者、クルトのように政策に携わりたい者、回路魔術を習得したい者、理論家になりたい者などがいるが、能力のある者すべてに学院の扉は開かれていた。だがそうはいっても、王立魔術団はもちろん、王族や古くから続く格上の貴族と学院の関係は古い。宮廷で影響力があるのに学院と縁がないのはレムニスケート家くらいだろう。

ヴェイユの講義は庭園に面した明るい部屋で行われた。教室はどこも、寄木の床をみがく蠟《ろう》のかすかな花の香りがして、学生たちの話し声のさざめきや、念話の魔力が格子の天井にぼんやりと立ち上がる。

ここへ入学できるのは一定以上の魔力を持った若者だけだ。出身によって差はあっても、どの教室、どの講義にも、選ばれたものだけが持つ親密な雰囲気があった。新入生のころは理由もなく厳しいと感じた教師やよそよそしかった同級生も、おなじ空間で魔術の実践を練習し、念話による討論をくりかえすうちに親しくなり、共通の強い絆を持つようになる。

ここで得た絆は生涯続く。学院の最初の日、ひとりの教師がいった言葉をクルトが疑ったことはない。

しかしいま自分が立つ審判の塔には、クルトがなじんだ学院とはまったくちがう、峻厳《しゅんげん》で冷たい印象があった。

実は、ヴェイユに写しを持ってくるよう指示された記録がここに保管されている保証はない。だがこのような調査の経験が少ないクルトにとって、最初にあたる場所は他に考えられなかった。

「私の学生には二つの作業を並行して行ってもらう。ひとつは古典的な文献の精読を通して魔術の基礎概念を検討する作業。もうひとつは、実際にこの国で過去、魔力が行使された事件を細かく検討することだ。もっとも、私の講義をはじめて受ける諸君には事件記録に慣れることから始めてもらう必要があるが……」

ヴェイユの言葉を思い出しつつ、クルトは索引と首っ引きで書架と梯子と階段の迷路をさまよう。いくつもの棚から綴りを引き出し、中身を確認し、戻しながら、司書への相談なしに探索するのはとてもむずかしいのを思い知る。

——ハズレだ。これもちがう。これも——これじゃない。

「大丈夫？」

唐突にかけられた声にふりむくと、壁際の小机で作業していた女性が手をとめてこちらを見上げていた。

クルトは焦りを隠して笑顔を向けた。

「すみません、慣れていないものですから」

クルトよりいくつか年長らしい、灰色の上着を羽織った女性はぱっと顔をあからめたが、それは初対面の相手からよく受ける好意で、クルトは気にもしなかった。

「学生さん？　手伝いましょうか。何をさがしているの」

「ありがとうございます。学院の課題なんです。精霊魔術と回路魔術が衝突した事件の記録をさがしています」

クルトは礼儀正しく答えた。

「魔術関係ね。それなら彼が今日、来ていたはずだから」

おそらく塔の職員なのだろう。女性はクルトの前を歩き、壁に設置された伝声管を持ち上げる。それが魔力を使った増幅装置でないことにクルトはふと興味をひかれた。

「ソールさん、学生さんが――」

覚えのある名前にふと耳がざわつく。しかしこのときは、クルトはまだ予想もしていなかった。

女性はしばし伝声管に向かっていたが、やがてひとりごとのように「ああ、いたわ。来てくれるみたい」といった。

ついでクルトに小声で「地下書庫の神様が来るから、待ってて。彼に頼めば万全だから。でも魔術以外なら、私でも助けになる場合はあるかも」とささやき、微笑《ほほえ》むと、元の場所へと戻っていく。

うしろ姿に向かってクルトは笑顔で礼をいった。まもなく軽い足音が通路の奥から響き、書架のあいだに人影がみえる。

そして砂色の髪があらわれたのだ。

――カリーの店の、ソール。


「あんた……」

驚いたクルトの声に相手は顔を上げた。昨日かけていた大きな黒い眼鏡はないが、暗い色の眸にはなんの感情も読みとれなかった。

「またきみか」とだけいった。

あっさりした口調に、なぜかクルトはカッとなった。

「どうしてあんたがいるんだ？　ここは審判の塔で、あんたの店じゃないだろう」

相手は動じた様子もない。

「あいにくだが、ここで仕事をしているときもある」

「いったいここでどんな仕事を？」

「きみのような学生にはわからんだろうが」

淡々とした声に多少苛立ちらしきものがまじった。

「記録は積んでおくだけでは使えないんだ。必要な人間の元に届けるための作業がつねにあるんだよ」

暗い眸が挑発するようにきらめいた。

突然、そこにひらめいた何かがクルトの胸のうちの、固い部分を揺さぶった。クルトは反射的に魔力の触手を伸ばしかけ――

そしてはっと自制した。いま、俺は何をしようとしたのか。

クルト自身にもわからなかった。困惑してみつめた相手は、今日も魔力の気配をほとんど発していなかった。白い顔の表情は読みがたく、ただ底意地の悪い口調ときらめく眸は、クルトの無知を笑っているようにも思える。

いったい俺は何かの不運にでも魅入られているのだろうか。

思わず「どうして二日も続けてこんな――」とつぶやきかけると、相手は間髪を容れずにいった。

「きみこそどうしてこんなところにいるんだ？　精霊魔術師――の卵どの」

クルトの頬《ほお》は熱くなった。

「俺は講義に必要な資料をさがしにきたんだ。あんたこそ、自分の店に閉じこもっていたらいいだろう」

「悪いな。僕のちっぽけな店だけではやっていけないこともあるんでね」

「さすが客に本を売らない本屋だな」

今度は相手の方が視線をそらす番だった。

「僕は売る相手を選ぶんだ」

「だからここで働いているのか？」

ソールの顔がかすかに赤らんだ。頬にゆがんだ笑みがうかぶ。

「ありがたいことに、魔力頼みのきみとちがって僕は多才でね。それより何か探しているんだろう。この書庫にある記録ならわかるから、さっさと教えてくれ」

そうまでいうなら、手っ取り早く片付けてもらおうじゃないか。

「一四〇〇年代の精霊魔術と回路魔術が衝突した事件のひとつで、魔術師アーベルの――」

勢いこんで説明しようとした言葉はたちまちさえぎられた。

「――それなら、ここにはない。いや、正確にいえば、きみには閲覧できない場所にある」

クルトは鼻息も荒く、目の前に立つ白い顔をにらむ。

「まだ最後まで話してないぞ」

相手はわざとらしく吐息をついた。ソールの背丈はクルトと同じくらいで、向かいあうとちょうど目線があう。

「聞くまでもないんだ。アーベルが関与した事件記録は学生には閲覧できない。禁止区画にあって、写しはレムニスケートと回路魔術師団が保管している。きみは何年も王立学院で勉強してきたのに、魔術理論文献の基礎知識もないのか?」

「それならどう――」

「原本を調べることができなくても事件記録への接近方法はいくつかある。まずアーベル本人が書いた書物と注釈書だ。記録の多くはそこで引用されているし、関連事件についてもいくつかの注釈書に載っている。きみはここに来る前に学院の図書室へ行くべきだった。最初は『回路と力の論理』と注釈書をいくつかあたるのがいい。ダランベールの注釈が有名だ。もっとも、きみの目的が最終的に魔術の概念検討にあるのなら、僕はロンスキーを勧めるね。アーベルの著作ならもちろん図書室に全巻そろっているだろう。注釈書はあるとはかぎらないが――」

「どうせあんたの書店にはすべてあるんだろう」

思わず言葉をさえぎりながら、クルトの胸の底は波立ち、これまで経験したこともないくらい苛立っていた。

目の前でなめらかにまくしたてる相手に腹が立ち、魅入られるように耳を傾けていた自分に腹が立つ。それから——なんだかわからないが、とにかくすべてに腹が立った。

「もちろんだ」

いきおいよく喋《しゃべ》ったせいかソールの顔はかすかに上気し、生き生きとしている。日光と縁のなさそうな肌はきめ細やかで、よくうごく唇がクルトの視線を釘《くぎ》づけにする。

わかった。こいつは書物狂いの学者もどきだ。知識だけで生きているアマチュア学者なのだ。

自分にそういい聞かせ、「でも、俺には売らないわけだ」とクルトはいった。

にらみつけるようにソールに目をあわせる。いつもならクルトがこうすれば、相手の魔力が多少弱くとも、意思と意思の交錯が生まれて共感が通じるのだ。

ソールからは何もかえってこなかった。ゆがんだ笑いがその頬にうかび、暗い眸がクルトからつとそらされる。

「——ああ、売りたくないね」

「俺も願いさげだよ。魔力もないただの頭でっかちから、世界の秘密に関わる書物を手に入れるなんて」

それは深く考えもせず出てしまった言葉だった。

しまった、と思う。いつもならこんな失言はしないのに、いったい俺はどうしたんだ?

しかしソールは無表情のままクルトへ視線をやり、肩をすくめただけだった。無言できびすをかえし、通路を行ってしまう。

ひょろりと細い体が階段の下へ消えかけて、クルトは焦った。弁解とも謝罪ともつかない言葉をさがしたが、口の中はカラカラで、何も思いつかなかった。念話なら——と思った。念話が通じればすぐに、少なくとも、いまの自分の発言は——本意ではないのだと、相手に伝えることができるのに。

いまこの場所では、自分の魔力はなんの役にも立たなかった。

うすい背中が視界から消えるのを、クルトはまじろぎもせずにみつめていた。

5　ソール

一枚一枚、ページをめくる。

一冊一冊、綴じのほころびや虫食い、汚れを調べ、記録する。破損の度合いがひどければ、職人に相談するためによけておく。それ以外は僕が自分で直す。羽根ぼうきで埃を丹念に払い、革表紙を磨き、廉価版の印刷本も寿命が長くなるようにできるだけの補修をほどこす。書誌を小さなカードと台帳にそれぞれ書き記し、カードを整理箱に格納する。

終わるとようやく店に並べる番となる。分野によってはどこへ収納するか頭を悩ませることもある。仕入れてみたはいいが売り物にならなかった屑本《くずぼん》は、入口近くのカゴへほうりこんでおく。好奇心旺盛な客——たいていは平民出の学生たちだ——が拾っていくだろう。僕も先代のカリーの「屑カゴ」から本をもらったものだった。カリーにとっては屑本でも、当時の僕にはそうではなかった。

僕は書店の仕事が好きだった。作業机の引き出しには請求書の束があり、雑務が数年分の層になっているとしても、仕事に集中すればたいていの雑念を払うことができる。この店では「魔術」に関するものをなんでも扱っているから、本の内容は魔術師が活躍する物語から、魔術装置のための銀の精錬法まで様々だ。

客は常連がほとんどで、その中には定期的に大金を落としてくれるコレクターもいる。だが、店にやってきては背表紙だけ眺め、屑本のカゴをかきまわし、年に一、二度、とぼしい食費をやりくりして書物を買うような貧乏学生も僕には大事な客だった。

どんな本のページをめくっても、その文字には力が宿るのだ、と僕は思う。

魔力などなくても、書物には人間を救う力がある。

——そのはずだったが、今日はうまくいかなかった。

台帳に書き損じやインクのしみをいくつか落としたあげく、僕は作業をあきらめた。何をしていても塔の書庫で会った学生のことを思い出してしまう。

自業自得だとわかっていた。単に僕が向けた敵意を返されただけなのだ。きっと彼には僕の言葉や態度、すべてが理不尽に感じられたことだろう。

だいたい昨日にしても、この店からあんな無碍《むげ》に追い返す必要はなかった。もしかしたら上客になったかもしれないのだ。偶然、書庫でかちあうなんて事があるならなおさらだ。

まったく僕は商売に向いていない。おやじのいう通りだ。肘をついた手に顔を埋めて、僕は自嘲の笑いをもらす。

それに、もっとうんざりすることに、僕が彼に対してそんな態度をとった理由もわかっていた。

妬ましいのだ。

彼が持っているすべてのものが妬ましかった。力や身分や容姿だけじゃない。はしばしから伝わるあの明るさ、未来への無邪気な信頼、何もかもが腹立たしく、苛立ったという、ただそれだけだ。そしてそう感じてしまう自分が嫌だった。

気にするな。ただの子供じゃないか。

沼の中へ足を踏み入れたように気分が沈んでいく。頭の奥でくりかえし今日の出来事が再生され、さらに昔の記憶へさかのぼる。よくない兆候だった。

客も来ないし、もうじき閉店だ。かまわないだろうと僕は立ちあがり、施療院の薬を探した。棚の奥に押しやられていた水薬瓶と丸薬の壺《つぼ》を取り出して、治療師に指示された通り、きちんと計って飲んだ。

すぐに効くのを期待して、あとまわしにしていた高所の棚の整理をすることにした。先代のカリーが薬草学の図版類を雑につめこんで放置していた棚だ。梯子の上で紙束を引き出しては並びかえ、インデックスのないものを発見すると作業机へもどす。上下を往復するうちに薬が効きはじめ、気分が落ちついてきた。

こういってはなんだが、先代の仕事は雑だった。コレクターや仲介業者が喜ぶ緻密なカタログは、僕がこの店を手伝いはじめてから生まれたものだ。

「ソール？」

ふいに下で聞きなれた声が呼んだ。僕は朝ラジアンが寄るといっていたのを思い出した。しまった、薬を飲んでしまった。彼の前でおかしな具合に酔っぱらわなければいいが。

ともあれ、梯子の上から僕は手をふった。

「ラジアン。ここだ」

「何をしているんだ」

「ちょっと、たまっていた整理を」

「飯を買ってきたぞ。今日はちゃんと食ったか？」

「ああ――」食べた、といおうとして僕はためらった。

「まあな」

実際は例の学生と話したあと、昼食をとらずに最下層にこもっていたのだった。塔を出るとき、知人に菓子とお茶をごちそうにはなったが。

ラジアンは聞き逃さなかった。

「食ってないだろう」

「大丈夫だよ」

「それ以上薄くなったらどうするんだ。飯にするぞ」

「わかったから、待ってくれ」

勝手知ったる様子で歩き回る音が聞こえる。ラジアンとは僕が魔力を失った事故の直後に知り合った。まだ新米騎士だった彼が担当で、最初に会話したのは尋問のときだった。だが僕が施療院で療養していたころも訪ねてきて、いつのまにか友人になっていた。知り合ってもう十年だ。

騎士になる者は生まれつき魔力が少ない場合が多く、たいていは魔力それ自体に鈍感だ。ラジアンも魔力が少なく、当然念話をあやつることもできなかった。昔の僕はそんな彼らが苦手だったが、いまではむしろそれがありがたい。

突然魔力をなくした僕は、事故のあとしばらくのあいだ、精霊魔術を使うかつての友人たちとまともに会話ができなかった。あまりにも長いあいだ、魔力を使って親密に意思を通じあわせることに慣れていて、口に出す言葉だけで自分の思いを伝えることが――あのときはことさら――できなかったのだ。

いったい想像がつくだろうか。ふつうの人は会話をするとき、言葉だけで話しているわけじゃない。指先や姿勢のかすかな動き、顔の筋肉のわずかな緊張、視線の移動、これらを受け取ったり、投げたりしながら、意思や気持ちを通じさせている。相手は自分の話を聞いているか？　自分についてどう感じているか？　この相手は信用できそうか？　快活で元気か、疲れて憂鬱か？　たくさんの情報を、人間は言葉以外のしるしで受け取るのだ。

だが念話ができるほど魔力のある者にとっては、事情は変わってくる。念話はとても「親密な会話」だ。その内容は「言葉として」相手につながる。けれど念話では同時に感情、気持ちの機敏も伝わるのだ。このとき人は、嘘がつけない。

――いや、これは正確じゃない。できる者もいる。だが多くの精霊魔術師はそう考えていないし、僕も特殊なケースだと思っている。

そして何年も念話という「親密な会話」をあたりまえだと思っていた僕にとって、かつての友人とのやりとりは耐えがたかった。

なにしろ僕にはまったくわからなかったからだ。彼らが何を考えているのか、何を感じているのか。

「ふつうの人間」としての会話に慣れるまで相当な時間が必要だった。そんなときにラジアンと知りあい、彼を通じて騎士仲間や、その他の念話を使えない人々と交流できたのは幸運だったと思う。ラジアンは辛抱強かった。ときおり僕がひどい状態になったときも、焦らず、離れずにいてくれた。念話など使わずとも僕らは親しくなれたと思っていたし、実際すこし親しすぎた。だからこそ……。

「ソール？　まだか」

「ああ、いまいく――うわっ」

すでに薬の副作用が出ていたのだろう。梯子の段を踏む足がすべり、空を切る。あわてて伸ばした腕のあいだから抱えていた紙束が舞い落ちる。みっともなく数段分ずり落ちたあと、僕は鈍い音を立てて床に落ち、うつぶせに転がっていた。足音が響き「大丈夫か？」という声がする。

「ああ、大丈夫……」

力強い手が肩に回り、抱きおこされる。ぬくもりに僕の全身が安堵《あんど》し、そのままもたれかかろうとして――次の瞬間、僕は体をねじってラジアンの腕を払った。

「大丈夫だ。立てるから」

うつむいたまま上着を伸ばし、彼の方をみないようにする。まだ体に彼の腕の感触が残っている気がするのは、薬のせいだ。

「今日は調子が悪くて、さっき薬を飲んだ。そのせいだから」

「……何かあったのか？」

「べつに。たいしたことじゃない」

「ソール……」

「頼む、触らないでくれ」

ふりむくとラジアンは眉を寄せていて、僕を気遣っているにちがいない表情が逆に癪に触った。

「大丈夫だっていっただろう」

僕は床に落ちた図版をひろいあつめる。ほとんどは精密に描かれた植物だ。

「――なあ、ソール」とラジアンがなだめるような口調でいった。

「あの晩のことは……いつまでも気にするな。友人同士でというのは、騎士団ではよくあることだ」

「そうなんだろうな」

僕はうつむいて図版の上の塵《ちり》をはらった。

「おまえのその……状態で、人肌が恋しくなるなんて当たり前のことだ。誰だってそんなもんだろう。俺にとっておまえが大事な友人だということに変わりはない」

「そうだな。ありがとう」

「ソール、こっちを向け」

突然両肩をつかまれ、引き寄せられた。僕はもがき、ふりほどこうとした。ラジアンの腕が背中に回り、革と汗の匂いがして、体が熱くなる。

「ラジアン、離せ。頼むから……」

「ソール、怖がらなくていい。おまえが大事だっていっただろう」

「ラジアン――」

「起きたことはしかたないし、嫌なら忘れていいんだ」

「いいから、触るな……！」

僕が怒鳴るのと同時に、店の扉がきしむ音がした。

「友人だっていうなら、もうすぐ婚約するくせに妙なことをいうな。だいたいおまえこそ忘れたのか？　僕は何も――忘れられないんだ！」

驚いたラジアンの腕がゆるみ、僕は一歩下がる。風が吹きこんで床に散らばった紙をはためかせたが、僕は気にとめなかった。ラジアンが触れていた場所がまだ熱く、心臓がどきどきする。もう一歩下がって、書棚に背中があたった。

「どうして知ってる？」

「どうしても何も、噂《うわさ》でもちきりじゃないか」

「俺は直接話すつもりで――」

「僕だって直接話すつもりだったさ。おめでとう。相手はあの子だろう、王宮づとめの女官で」

「ああ……そうなんだが……」

「だったら誤解をうけそうなことはやめてくれ。僕は……もう、噂のネタになるのはごめんだ」

ラジアンは腕を引いて、うしろに下がった。

「すまない。悪かった」

ゴホッという音が聞こえたのはそのときだった。僕らはいっせいにとびあがり、音のした方向をみた。外はもう真っ暗で、扉のかたちに闇が切り取られている。そこに居心地悪そうに立っているのは、もはや見覚えてしまった例の学生だった。

なんてこった、と僕は思った。いったいなんなんだ。

「あの……すまない。またあとで――」

戸口から、書庫で出くわしたときの勢いとは似ても似つかない、ためらいがちの声が響いた。そのままきびすをかえそうとした学生に、僕は反射的に声をかけていた。

「帰るな」

「いやその……」

僕はいそいで相手の正面に回った。

「いいから――クルト」

名前を声に出すとなぜか奇妙な感じがした。

「用件をいってくれ」

クルト・ハスケルは驚いたように目をみひらいて、まばたきした。ころころと変わる表情が面白かった。そういえば、最初に会ったときにも同じことを思わなかっただろうか。

「つまりその……謝罪に来た。昼間の審判の塔のことで……それと、参考文献を相談に……」

「わかった。申し訳ないが、いまは取り込み中だ。明日また来てもらえないか?」

「ああ、その……いいのか?」

「昼間のことは僕も悪かった」

視界の隅でラジアンのいぶかしげな視線を意識しながら、僕は言葉を続けた。

「きみに必要な文献の見当はついてる。用意しておくから、明日また来てくれ」

「わかった。その——」

「今度は売らないなんていわないさ」

僕がそういうと学生はふいに笑った。まるで子犬のようだった。人好きのする、警戒心をゆるめさせる笑顔。

彼に敵は少ないにちがいない。たぶん魔力の量とは関係ない。

「ありがとう。カリーの……」

「ソールでいい。ただのソールだ」

「ソール」

学生は僕の名をくりかえした。その声にも奇妙な響きがあった。秘密の贈り物をもらったような、期待にみちた響きだ。

「じゃあ、明日」

そういってクルトは退き、扉が閉まった。

外の足音が消えたのをたしかめると、僕はそのまま扉にもたれて、ずるずると床に座りこんだ。またラジアンが気遣わしげにみているのを感じたが、近づいてはこなかった。

「誰だ?」と聞く。

「王立学院の学生だよ」

「ハスケル家の者だな」

「ああ。知ってるか？」

「息子についてはよく知らないが、父親なら。息子の優秀さを王宮でよく宣伝しているらしい」

「まあ、実際に優秀なんだろうさ」

僕は疲れ切っていた。

「すまない。帰ってくれないか」

「ソール――」

「僕たちは友達だろう。それで十分だ」

ラジアンは僕の顔をみて、うなずいた。僕は立ち上がり、いましがた閉めたばかりの扉を開ける。ラジアンが出ていくと扉を閉め、鍵をかけた。扉の錠前と、鎖と、つっかい棒と。

店の奥へ行くと、ラジアンが持ってきた食べ物がテーブルにならべてあった。

――ああ、もうだめだ。

僕は椅子に崩れ落ちた。そのまましばらく、動けなかった。

切り替えが早いのは自分の長所だ。

そうクルトは思っている。まずいことをしでかしたと気づけば、いさぎよく認めてやり直しや修正をすればいい。アレクはそんなクルトをよく、単純だとか脳天気だといって笑うが、クルトにいわせれば、自分の失敗だとわかっているいることについてぐずぐずと思いなやむのは馬鹿げているというものだ。

これは子供のころからの癖、いわば反射運動のようなものだった。多少みっともなくてもいい、とにかく何か行動をおこせば、結果はどうあれ少なくともその「何か」はやったことになるわけで、しかも、そうやってすばやく対処した自分を自分で褒められる。

他人に褒められるのはもちろんうれしい。だが、自分で自分を誇らしく思えないようでは、お話にならない。

そんなわけで、痩《や》せた古書店主がひんやりした地下書庫の下層へ消えていくのを茫然《ぼうぜん》と見送ったクルトだったが、しばらくしていつもの自分を取り戻した。

まずは先ほどの失言を謝罪するため、あとを追うことを考えた。だがこの広い書庫のどこにあの男が消えたのか見当もつかない上、ただでさえこの場に不案内な自分が追いかけても、それこそ時間の無駄だと思い直した。彼がいつまでここにいるのかわからないが、書庫が閉まる夕方には城下の書店へ帰るだろう。自分がそこまで足を運べばいいのだ。

それに彼は有益な情報もくれた。クルトがここに来たのはそもそもまちがいだったということだ。まず学院の図書室に行って、彼が教えてくれたように文献をあたればいいのである。図書室にはなじみの司書もいるのだから、みつけるのもたやすいはずだ。

これも子供のころからの癖で、気分を変えるため頭の中で陽気な音楽を鳴らし、というよりむしろ鼻唄を歌いつつクルトは学院へ戻ると、さっそく図書室まで足を運んだ。古書店主がいったように、アーベルの全集はもちろん、ダランベールの注釈書もすぐにみつかったが、肝心のロンスキーがみあたらない。ともあれ、手に入った注釈書からめぼしい事件のリストを作る作業に没頭していると、アレクから念話が届いた。

『クルト、どこにいるんだ？』

『図書室だが、どうした』

『勉強中か。ずいぶんご機嫌だな』

『ん？　なぜ？』

『おまえの歌、ずっと〈放送〉されてるぜ。ここまで聞こえるぞ』

ひさしぶりじゃないか、とアレクが笑っている。向こうもご機嫌だから問題はなさそうだが、そんなに漏れていたのか、とクルトは驚いた。

『そうか。まったく気づいてなかった』

『入学したてのときはおまえの歌で授業が台無しになったりしてひどかったが、最近はなかったのにな』

『それ、もう忘れてくれ』

魔力量の多い者はみな、奇妙な癖を持っている。それは魔力が無意識に放散されるときにあらわれるもので、たとえば気分が高揚すると鳥や動物を呼んでしまったり、太陽さながらの光を放ったり、植物の成長を早めたりする。

クルトのそれは「歌」だった。頭の中だけに留《とど》めているはずの音楽や鼻唄を周囲の者に聞かせてしまうのだ。もっともそれが聞こえるのは、念話ができるくらい魔力がある人間だけだ。

もともと、子供のころのクルトには大きな声で鼻唄を歌う癖があった。家庭教師にやめるようにいわれてから頭の中だけで歌うようになったのだが、次第にそれが魔力を放散する癖に変わってしまったらしい。

学院に入る前は周囲に念話ができる者がいなかったので、自分の鼻唄が吟遊詩人さながら周囲に鑑賞されているなど、クルトは思いもしていなかった。集中しているときにきまって出てくる癖だから、なおさらだ。教室で自分以外の全員がいぶかしげな顔をしてこちらをみていたときのことを思い出すと、いまでも恥ずかしい。

『まあ、いいじゃないか。歌のおかげで頭痛がとれたよ』とアレクがいう。

『クルトはやっぱり治療師の方が向いているんじゃないか』

『馬鹿をいわないでくれ。施療院にこもって病人だけを相手にするなんて、ごめんだよ』

『それなら歌う政策顧問になるしかないね。想像しただけで面白い』

『やめろって』

どうやら無意識に発せられた自分の「歌」には癒しの効果があるらしい。すくなくともこの歌が届く人間には効き目があるらしく、連中はアレクのように頭痛がとれたとか、怪我の痛みが一時的にひいた、気分が晴れた、などという。

これは学院に入ってからクルトが敵を作らなかった理由のひとつだった。なにしろ自分がいい気分で鼻唄を歌っているだけで、まわりの人間までいい気分になってしまうのだから。

しかし意識せずにやっていることでもあり、クルトにとってこの「歌」はちょっとした余技にすぎなかった。最終学年となった今年、卒業後治療師にならないかという誘いが施療院からきたときは、驚いて即座に断ったくらいだ。

クルトがめざしているのは最初から王宮で、それ以外のゴールなど想像もしていなかった。

『それにしても、ちゃんとやっているんだな。最終学年で新しい講義をとるなんて、どうするんだと思ったが』

『ヴェイユ師は厳しいからな。だがここでうまくやらないと、そもそも学院に来た目的が潰《つい》える』

『それ、まだしばらくかかるのか？　このあとの予定は？』

『予定――』クルトはすこし考えた。『夜になる前に、城下へ行く用事がある』

『ラウラがしばらくおまえに会ってないってぼやいてた。話してないのか』

『ああ……ラウラね』

その名前を聞いたとたん、クルトの意識がそれた。いきなりアレクとの会話が面倒になる。

『どうせ家に帰れば会えるんだし、いいだろう』

アレクからため息のような気配が伝わってくる。

『おまえ、正直すぎるな』

『念話で嘘をつくなんて高等技術、俺は持ってない』

『ラウラはおまえが好きなんだよ』

『幼馴染で、親が決めた相手なのにな』

幼いころから知っているラウラはアニージ家の娘だ。家名が釣りあうという父の意向で昔から許嫁《いいなずけ》として扱われている。なにしろアレクよりつきあいは長いから、クルトにとっては妹のような存在だった。アレクと親しくなってからはよく三人で出かけるようになり、いまに至る。

本音をいえば、クルトはこの家同士の約束はいずれ反故《ほご》になるだろうと思っていた。なぜならクルト自身がまったく興味を持てなかったからだ。王立魔術師団の精霊魔術師は、魔術師同士で婚姻することが多い。念話を介した親密なつながりを経験すると、それができない普通の者との結婚は考えにくかった。

とはいっても、いまだにクルトは誰とも深いつきあいはしていない。もちろん誘いはひきもきらず、短い交際なら男女問わず山ほど経験している。おかげで「たらしのハスケル」とアレクにはからかわれるが、長く続いた相手はいなかった。

だいたい、世間のイメージとちがって精霊魔術師には奔放な者が多いのだ。嘘だと思うなら、体をつなげながら魔力も交換するようなセックスを経験してみるといい。

ふと、魔力の気配がほぼ感じられないあの男の姿が思い出された。白い顔の中で、不思議なくらい惹《ひ》きつけられた、よく動く唇が脳裏にうかぶ。

ぼんやりしたその夢想をアレクの声が断ち切った。

『そんなことをいうならクルト、俺がもらうぞ』

冗談めかしていたが、そこには真剣な響きが含まれていた。

『本気か？　一族あげて喧々囂々《けんけんごうごう》になるぞ』

『だがな、クルト。おまえは魔術師として王宮に仕えるだろうが、俺は領主を継ぐ。ラウラにとって、どっちがいいと思う』

『――おまえかもな』

『だろう』

アレクは笑っていて、伝わってくる明るい調子にクルトは安心する。自分の意思と無縁なところで父が決めた約束のために、友人を失うつもりはなかった。


図書室を離れたのは夕暮れになるころだった。アダマール師の居室に寄って簡単に報告をする。文献を探しているというと、師は白い眉毛を寄せて「カリーの店には行ったか」と聞いた。

クルトは正直に答えた。

「昨日行って、店主に追い返されました」

アダマールは表情も変えなかった。

「そのあとは？」

「じつは今日の昼、審判の塔の書庫で会って……また追い返されました」

くわしい話はしなかった。呆《あき》れられるだけだろう。だがアダマールはクルトの顔をみて、面白いものでもみつけたかのように眸をきらめかせた。

「そなたよほど、驚いたな」

「え？」

「ソールは魔力がない。だが知識は一級だ。この学院の教師に匹敵するだろう。学生のころもとても優秀だったが、カリーの店を継いでからというもの、知識については我々も超えるかもしれん」

クルトはぽかんとした。

「あの……店主は、ここの学生だったんですか？」

「ああ。すぐれた精霊魔術の使い手だった」

「でも、魔力がないと……」

「事故で魔力を失ったんだ。昔の彼はいまのそなたのように、いつも抑えられない魔力を放散させていた。視る能力、それに洞察力が突出していた。何事もなければ、これまでこの国にいなかったような魔術師になれたかもしれん」

「……何があったんです？」

「事故だよ。不幸な事故だ。あのとき我々は他にも学生を失ったが、幸いにもソールは失わずにすんだ。魔力がなくても学院に留まってほしかったのだが、カリーの店を継ぐといわれてね。とめられなかった。——クルト、口を閉じた方がいいぞ。男前が台無しだ」

クルトはあわてて口を閉じ、また開き、また閉じた。

「どうした？」

「あ、いや、その。ヴェイユ師の課題のためにカリーの店主の力を借りないといけないんです」

「なのに追い返されたのか」

「俺——謝ってきます！」

あまり考えもせずクルトは師の前を辞した。急ぎ足で学院を出て城下へ回る。夕暮れが濃くなり、昨日とおなじように商店街の明かりがきらめいていた。

奥まった路地にあるカリーの店の扉、開いた書物の形象を押すと、蝶《ちょう》つがいがぎいっときしんだ音を立てた。

「いいから、触るな……！」怒鳴るような声が聞こえた。

「友人だっていうなら、もうすぐ婚約するくせに妙なことをいうな。だいたいおまえこそ忘れたのか？　僕は何も

——忘れられないんだ！」

何が起きているんだ？　理解できずに棒立ちになったクルトの前に、騎士服を着た大柄な男と店主が向かいあっている。書棚に背をつけ、追いつめられたように立つ店主の顔のすぐ横に男が手をついていて、——どうみてもとても私的な口論の最中だった。

まずい、立ち去れ、という道理の声が頭の隅に聞こえる。なのにクルトは動けなかった。そのかわりゴホッという妙な音を立ててしまい、とたんに争っていた二人がクルトの方をみた。

あまりにも間が抜けすぎている、と地団太を踏みたい気持ちで、クルトはモゴモゴと声を発した。

「あの……すまない。またあとで——」

そのままふりむいて帰ろうとしたとき「帰るな」という店主の言葉がかかった。強い口調だった。

「いやその……」

店主はすばやくクルトの方へ回り、彼の名を呼んだ。

「いいから——クルト、用件をいってくれ」

店主の声はクルトに奇妙な効果をもたらした。ざわざわと胸が騒いだのだ。

店主は昼間と同じ簡素な服装だった。争ったせいかシャツが乱れ、白い顔をふちどる巻き毛があちこちへ流れている。暗い色の眸は昼間より大きく、すこしうるんでいた。襟もとからのぞく首筋、繊細なあごの線から唇へ、惹きつけられるように視線が流れる。

クルトは思わず唾《つば》をのみこんだ。自分の中で欲望がうごめくのを意識し、それを押し殺そうとあわてて口を開く。

「つまりその……謝罪に来た。昼間の審判の塔のことで……それと、参考文献を相談に……」

いったいどうしたことか、いつもの自分とは真逆だ。ろくに言葉が出てこない上に、自信なさげな口調になってしまう。

しかし店主はクルトをみて緊張をゆるめた。そして驚いたことに——かすかに笑った。

それはたしかに微笑みだった。皮肉も意地悪さもない、しかしひどくはかなげな笑みだった。

「わかった。申し訳ないが、いまは取り込み中だ。明日また来てもらえないか？」

「ああ、その……いいのか？」

また胸がざわつくのを感じながらクルトは答えた。すると店主はクルトの目をみつめながら、きっぱりといった。

「昼間のことは僕も悪かった」

さらりと出された謝罪の言葉にクルトは内心とても驚いていた。さらに、そのあとに続いた言葉にも。

「きみに必要な文献の見当はついてる。用意しておくから、明日また来てくれ」

「わかった。その――」

「今度は売らないなんていわないさ」

これは和解なのだ。クルトは嬉しくなって、今度は本当に安堵の笑いをもらした。

とたんに相手はクルトの顔をまじまじとみつめ、どことなく楽しそうな表情になった。

「ありがとう。カリーの……」

どう呼べばいいのかとためらったクルトに「ソールでいい。ただのソールだ」と店主はいう。

クルトは迷った。いまや学院の先輩で、師ですら一目をおく相手とわかったのに、呼び捨てていいものだろうか。それにかなり年上のはずだ。しかし向こうがそう呼べというからには……。

「ソール」

思い切って口に出すと、なかなかいい響きの名だった。きれいな歌になりそうだ。すると突然、体の奥でさっき感じた欲望がよみがえり、今度こそクルトはあわてた。ろくに目もあわせずに店を辞し、扉を閉める。

歩きながら、いったいいま起きたことはなんだったのだろうか、とクルトは考えた。念話が通じない相手に欲情したり、興味を持つことなんて、これまでただ一度もなかった。アダマール師にかつて強力な魔力の持ち主だったと聞いたから、そのせいか。

下種《げす》な興味を持つなど、失礼な話だ。

クルトは思わず自分を叱った。店にいた騎士は友人か、恋人か——とにかく店主にとって親密な相手にちがいなく、思いがけずプライベートな会話にふみこんでしまったから、それにあてられたのだろう。

明日またここに来るにしても、今晩のことは忘れなければ、と思う。

そしてふと思い出した。

口論のさなかの店主の言葉——忘れられないとは、どういうことだろう？

7　ソール

予想できたことだが、よい夜ではなかった。

あんな風に友人を追い返していてなんだが、僕はラジアンが用意した夕食を無駄にしたくなかった。自慢することではないが、僕は自他ともに認めるケチなのだ。赤字続きの零細書店経営主とはそういうものだ。

やっと動けるようになって、食事に手をつけようとする。パンと惣菜《そうざい》。スープは冷めてしまっていた。火をおこすのが面倒で、冷たいまま飲んだ。意思に反して体が受けつけず、吐きそうになる。

結局一人前も食べられなかった。この季節なら明日まで大丈夫だろうと、僕は残り物を戸棚にしまった。

店の奥、作業台の向こうが僕のささやかな食事のための空間だ。その突きあたりの扉を開けるとせまい階段があり、横手に裏口の扉、反対側に水回り。階段を上った先が寝室。書物の山の隙間に寝台が埋もれているような部屋だが、僕にとっては城下でいちばん心安らぐ場所だった。

今日はさっさと寝支度をして横になろう。夕方飲んだはずの薬の効き目はもう切れてしまったようだ。もう一度飲んでもいいかもしれなかった。朝まで誰に会う用事もないから、安心だ。

おなじ分量を飲んで、何を読むか考える。ここしばらく寝る前の友だった大陸の地理と動物の博物誌はもう、読み終わってしまった。僕は文字ならなんでも読む。積んである山から適当に引き抜いた。表紙に黒のローブを着た魔術師と騎士が描かれていて、これはきっと物語だ。しかも恋愛ものだ――けしからん。

……とは思わなかったが、読みはじめると落ちつかなくなった。

施療院の薬は気分が沈むのをとめるものの、ときに僕をひどく酔わせる。酒に酔ったようにふらつく場合もあるが、僕がほんとうに恐れているのは別のことだった。薬は僕をリラックスさせ、開放的にさせる。あげくとても……人肌が欲しくなることがある。そんなときに誰かが近くにいたら――推して知るべしだ。

誰だってそんなもんだろう、とラジアンはいった。そうなのかもしれないが、いまの僕が受け入れられるのは同性だけで、たまたま近くにいた友人をセックスの相手にしてしまうのが、僕は嫌だった。

不思議なことに魔力を失くす前は同性だけではなかったのだ――まあ、魔力がほぼなくなったいまだからわかることだが、精霊魔術を扱う人間は、他人と交流する感覚がふつうの人間とはちがうのだ。心と心で親密に触れあい、体と魔力を重ねるとき、性別など瑣末なことになる。ところが魔力を失くしたとたん、僕は同性以外受け入れられなくなってしまった。

ひょっとしたら僕は本来、同性しか好きになれない人間だったのかもしれない。魔術師になった者など先祖にも縁戚にもひとりもいない、田舎《いなか》の商人の家でなぜか膨大な魔力を持って生まれ、おやじをはじめ家族みんなに「奇妙な子供」と思われていた僕だ。しかしこの点については、もともと魔力に関係なく、他の人間とちがっていた、ということなのかもしれなかった。王都は田舎にくらべればましだが、同性しか受けつけない者は少数派だ。

ラジアンとセックスしたのは一度だけだ。騎士団の中にある友愛関係のおかげで彼には抵抗がなかったのだろう。僕が後悔するには十分だった。ほぼ唯一といっていい友人を、友人以上だと勘違いしはじめたら、終わりは目にみえている。しかも彼はもうすぐ結婚するというのだ。

嫌なら忘れてしまえばいいともラジアンはいったが、問題は嫌ではないことだった。しかも僕は忘れられないときている。こうしていまもありありと思い出せる。いや、思い出すというより、心がその時間の中に戻っていくというべきか。

ラジアンの武骨な指が僕の背中をたどっておりていき、腰をつかみ、尻を撫《な》でる。首筋に吐息がかかり、胸をいじられると、僕はたまらず声をあげてしまう。口づけをしたかったが、まちがっている気がしてできなかった。そのかわり僕はラジアンの指を舐《な》め、彼自身を口に含み、愛撫《あいぶ》して、しまいに僕の奥深くへ侵入させる。薬のおかげでふだんの僕には考えられないような声をあげて、もっと奥にほしいと彼にねだる。

かつて知っていたセックスは、体が接触するだけのものではなかった。そこには魔力を介した感情と感覚の触れあいがあり、体を重ねている相手がどこでどう快楽を感じているのか克明にわかるのだった。だからそれはすぐ、たがいに喜びをさがすゲームとなり、相手の快楽が自分の快楽となる。

いまの僕にはそんなことはわからない。ラジアンが荒い息をつきながらうつぶせになった僕を押さえつけ、侵入すると、最初は苦痛で息がとまりそうだが、それでも背中にかぶさってくる肌の重みは僕を安堵させる。魔力という光がない、真っ暗闇の中でただ、僕を抱きとめている体があることが嬉しい。うしろから押しこまれ、裂けるような痛みを感じながらも、僕自身を愛撫されると苦痛がしだいに快楽へ変わる。奥を突かれ、粘膜がこすれる感触に僕は大きな声をあげ、膝立ちになって尻を高くつきだす。

「くそ、そんなに締めるな……」とラジアンがつぶやき、いったん僕から出ると姿勢を変える。彼の指をしゃぶりながら僕は向かいあって彼の膝に乗り、根元まで受け入れる。ラジアンは片手で僕の腰をささえながら胸の突起を唇でなぶり、手を前にずらして、堅くなった僕の先端を指でもてあそぶ。僕は息をのみ、するどい叫びをあげて腰を上下させ、彼を締めつける。下から激しく突き上げられると、翻弄されるままに叫び続けるのをとめられない。ほかのときならけっして他人にみせない涙がこぼれ、ラジアンの汗の匂いをかぎ、大きな温かい波に何度も襲われるように、僕は腰をふりながら何度も達する。

頭の芯が白くなり、とても、気持ちがいい……それだけで心がいっぱいになり、ほんの一時、僕の中の空虚が埋まる。

過去の時間をそのまま経験するのは、夢をみるのとすこし似ている。

夢とちがうのはそれがたしかに現実だったということだ。忘れられない、ということをひとは理解しない。なぜならみんな、忘れるからだ。時間が解決するとか、嫌なことは忘れてしまえばいいとか、みんな驚くほどあっさりいう。そしてみんなほんとうに、驚くほどあっさりと忘れてしまう。もちろんそれは恵みにほかならない。僕もいつかあっさりと忘れ去られるだろう。ラジアンも忘れてくれるにちがいない。僕が友人にこんな痴態をさらしたことを。

どちらかというと早くそうなりたかった。ひとりの寝台にねそべって、読み流していた物語の中では、魔術師と騎士が出会っては好きあい、運命の手によって引き離され、再会してまた愛しあっている。

物語はいいものだと僕は思う。やさしく、都合よくできていて、僕の知っているこの世界とはちがう。物語の中では、見捨てられた者は拾われ、別れたひとびとはまた出会い、失ったものはいつか、戻ってくるのだ。

8　クルト

カリーの店が面する路地は、いつ来てもあまりそれほどの人通りはないらしい。

石畳を歩いていくと小鳥が数羽、あわてたように飛び立った。クルトは扉に刻まれた、開いた書物の形象の前に立ち、昨日とおなじように扉を押した。

開かなかった。

クルトは一歩下がって扉を眺めた。中央にはめられた小さなノッカーに気づいて、二度叩いてみる。

何も反応はない。

店の正面に窓はなく、耳をすましてみても内側の気配はまったくわからなかった。もちろん魔力の気配もしない。

だが昨夜、店主は「明日来てくれ」といったのだった。都合が悪くなったのだろうか。

出直した方がいいだろうか。クルトは迷ったが、何気なく、これでこの店に三日も続けて足を運んでいることになるのだと思い、可笑《おか》しくなった。最初の日は課題の必要と多少の好奇心から訪れて、腹を立てて帰った。昨日は謝罪しなければと焦りながら中に入り、とまどいながら帰った。そして今日は――と考え、もう一度扉を叩く。

日はすでに高いが、早すぎたのだろうか。しばらく待って開くのならいいが、どのくらい待つべきだろう。

――そう思ったとき、扉の向こうで鎖が鳴った。

「やはりきみか。すまない、待たせたな」

店主――ソールの声が聞こえ、扉が開いた。鎖と鍵をもった細い手がクルトを中へまねく。

「いえ、そんな――早くから、申し訳ない」といいながら彼をみて、クルトはふと言葉をなくした。

ソールはひどく青い顔をして、両目の下に疲労の隈《くま》がはっきり浮かんでいた。うなずいてクルトに店の奥へ来るよう促したが、足取りはおぼつかなく、背中が揺れる。

店の中は暗かった。昼間の白い光は店の一番奥に切られた小さな窓からさしているだけで、ランプが書架の列を照らしている。ソールは本や紙束が積まれた作業机の前に立った。紙束の上に黒い革表紙の書物が置かれている。大きさは手のひらにおさまるほどだが、ずっしりとぶあつい。隣にはびっしり文字の書かれた紙片が一枚。

クルトは紙片を埋める几帳面な文字をみつめた。乾いたばかりのインクの匂いがする。

ソールは書物をクルトに渡し、紙片を差し出した。

「これがロンスキーだ。ここにあげているのは学院の図書室にある注釈書からたどりつけない事件の一覧だ。審判の塔で探してみるといい。アーベルの事件を調べるなら、きっと役に立つ」

「どうして――」

クルトは意外に思いながらたずねた。

「本来は自分でこのリストを作るべきなんじゃないのか？」

「僕がたまたま知ったことだ。ヴェイユも文句はいわない」

ソールはさらりと学院の教授を呼び捨てにした。

「学院の図書室には蔵書の欠落があるんだ。課題が終わったらアダマール師にきみから渡してほしい。図書室の管理長に伝えてくれるはずだ……失礼」

店主は軽く咳《せ》きこみ、口を押えながら店の奥へ行った。クルトは小さなテーブルに放置された食事があるのに気づいた。コップの水を飲んだソールが口もとをふいて戻ってくる。小さな窓から落ちる光に照らされたその些細《ささい》なしぐさに目を奪われて、いつしかクルトは細い喉を凝視していた。隈のある目もとが自分をいぶかしげにみつめているのに気づいて、はっと我にかえる。

とりつくろうように「食事中だったとは、申し訳ない」といった。

ソールはクルトの言葉を聞いていなかったらしい。

「きみは今年はじめて、ヴェイユの講義をとったのか？」

「ヴェイユ……師は、ああ。そうだ」

ソールはひたいに落ちてくる巻き毛をかきあげ、細い指であごをつまんだ。クルトはまたもそのしぐさを凝視していた。どうしてこんなにみつめてしまうのか自分でもわからなかった。

目の前にいる魔力のない男には、クルトが他の人間に対して始終やっているように、魔力の光輝を〈視る〉ことができない。それなのに彼の一挙手一投足はクルトの注意をひいてやまないのだ。意識して目をそらそうとしているのに、いつのまにかまたみつめてしまっている。

「いくらきみのような貴族の学生相手でも、稀覯本を手に入れてこいなんて課題を出すのはヴェイユもはじめてじゃないか。無意味なことはしないはずだが、ミュラーの初版本には廉価版もある。理由はいわれなかったか？」

「とくに。課題は人によってちがう。たぶん俺なら買えるだろう、と……」

「買える、か。――そうか」

ソールの眸が啓示を得たようにきらめいた。クルトは自分の身分や経済力についての嫌味がとんでくるのかと身構えたが、何もいわれなかった。かわりに店主は書架の前にいくと、クルトが最初にこの店に来たときと同じように、据え付けられた梯子を上った。ポケットから手袋を取り出してはめ、大判の本を引き出す。梯子を下りてくる細い腰が揺れ、クルトは不安になった。

大丈夫かと声をかけようとして、失礼かもしれないと思いなおす。だがそのとき、ソールの足がとまった。

クルトが駆け寄るのとソールの体がふわっと宙を舞うのがほぼ同時だった。大判の書物ごと、骨ばった体を受けとめる。ソールの背中ごしに書物の革表紙に触れたとき、指先に魔力のしびれが走り、パチッと光が散った。

驚いてクルトは書物に触れた手を離した。手袋をはめた手が本をしっかり抱きかかえているのをたしかめ、梯子にもたれさせるようにして、ソールの体をささえる。

「立ちくらみだ。よく眠れなくてね。すまない」とかすれた声がいう。

「あんた……大丈夫か」

「商売物を落としそうになるなんて、失格だな」

ソールは自虐的な笑みをもらしながら肩を支えているクルトの手をどかし、体を離した。

「それより、きみはいま何か感じなかったか？」

「感じるって、何を」

クルトは距離の近い相手の顔をみた。鼓動がはやくなる。

ソールはていねいに書物を作業机に置いた。

「さっき、書物に触わっただろう？　ミュラーのこれは初版本で、ミュラーが自分で最後の仕上げをした。現存する数が比較的多いのにこれが稀覯本であるゆえんだ。だが誰もがその意味を実感できるわけじゃない。きみは驚いていなかったか？」

「ああ、そういえば」

クルトはかすかな落胆と期待を同時に感じながら、書物とソールを交互にみつめた。

「しびれたような……あれは魔力だった」

「そうだと思った。僕にはわからないがね」

ソールは棚に手をのばすと大きな眼鏡をとって顔にかけた。白い顔の半分が覆い隠され、色のついたレンズに目の表情が隠される。またも奇妙な落胆を感じながらクルトは「それで？」と聞く。

「きみはほんとうに豊かな魔力の持ち主だな。呆れるほどだ」

つぶやきながらソールは椅子に座り、書物のページを広げた。

突然〈力のみち〉が書物とクルトの間につながった。回路魔術のようなこみいった流れで、しかし人工的な銀の匂いはしない。光の筋がクルトの手首に集まり、そこから奇妙に温かい感覚が広がった。目の前にあるのはただの書物なのに、好感のようなものが伝わってくる。

「その書物はきみのものだ。金銭的な所有権の話じゃない。その本が備える魔力においてきみを〈所有者〉と認め、きみの蔵書となった」

ソールがいった。クルトは口をぽかんと開けてソールをみて、あわてて閉じた。

「――いったいそれは」

「まれにこういうことがあるんだ。本がみずから持ち主を選ぶ。ヴェイユが予想していたのかどうかは、僕にはわからん。それから本に選ばれたからといって、べつに特別なことがあるわけじゃない。いや――これについては諸説あるが……僕の場合は何もなかった」

最後の言葉は眼鏡をはずしながら、ささやくような早口でつけくわえられた。クルトは今度は純粋な驚きをもって、まじまじと店主をみつめた。

「あんたの本だったのか？」

「昔の話だよ。それからいっておくが、金銭的な所有権は僕にあるからな。魔術的な所有権と金銭的な所有権はべつの話だ」

「――ああ、そんなこと」

わかっている、といおうとして、クルトは見下ろした店主の肩がふるえているのを知った。まばたきする目に光るものがなかったか？

思いがけずクルトは動揺し、何か言葉をかけたいと思ったが、適切な言葉をみつけられなかった。魔力が通じればいいのに、とまたも思った。結局不自然なほど躊躇《ちゅうちょ》したあげく、あえてそっけなく、貴族らしい声を出した。

「売ってくれるんだろう？　いくらだ？　言い値で買う」

「ロンスキーとあわせて――」

けっこうな金額だった。が、言い値で買うといった以上クルトに値切る気はなかった。

「請求書を送ってくれ。リストだけもらっていくから、本はあとで届けてくれ」

そういうと、ソールは顔をあげ「ああ」とつぶやいた。手袋をはめた手が書物をていねいに閉じて、愛撫するようにこすった。

ふいにその肩を抱きしめたい衝動にかられ、クルトはまたもとまどった。どうしてこの人に自分はこんなにも気をひかれるのだろう。年上で、何を感じているのか理解できない、砂色の髪の書店主に。

クルトは衝動的にたずねた。

「また来ていいか？　その――困ったことがあったら……」

「客なら歓迎するよ」

ソールは手をふった。帰れといわれているのだとわかった。名残惜《なごり》しい気がしてもう一度、クルトはランプの明かりに照らされた書架と、紙と書物の山と、その中に彫像のように座る痩せた男をみつめ、店を出た。

9　ソール

クルト・ハスケルに本を売ってから十日間ほど、僕はどこにも出かけなかった。

もちろん近所へ身の回りの買い物には出たし、路地の散歩くらいはした。最近になくゆったりした気分だったのは予定外の売上のおかげだろう。暮らしに余裕があると気分も楽になったし、食欲も出た。

そんなわけで僕は請求書の束やツケ払いを片付け、郊外の古い屋敷を解体中に発見されたという、中身が不明な本の箱を仕入れ、ぜいたく品の果物や、いつもならあきらめる値段の酒を買った。たまにしか飲まないので、どうせならいいものがほしかった。

この十日間は店を訪れる者も多かった。金はめったに落とさないが来店回数は多い、なじみの学生たちの質問に答え、貴族の仲介業者と交渉し、修理職人に連絡をとった。亡夫の蔵書を調べてほしいという女性の相手や、魔術書の鑑定依頼もあり、客が来ないときは仕入れた本の手入れやカタログ作りについやした。休日は手近の書物を乱読してすごした。

仕事に疲れると作業机の前で目を閉じて、波が浜辺にうちよせる様子を思いうかべる。以前一度だけ訪れた、海辺の町でみた風景だった。

水ぎわに裸足で立てば、かかとが流れる砂に埋もれ、つぎの引き波でくずれて紋様をつくる。海鳥の鳴く声、波の音。水平線の上の雲。

僕の最良の記憶のひとつだ。気分がいいとき、よく思い出すのだった。

店にこもっていたあいだ、騎士団からは何度か調査依頼があったが、気持ちと暮らしに余裕ができたので、適当に言い訳をつけて先のばしにしていた。心の奥底に、ラジアンと顔をあわせたくないという理由があるのはわかっていたが、僕はあえて意識しないようにしていた。考えてどうにもならないことは、考えないにかぎる。

気持ちに余裕があると、魔力がなく学者でもない、僕のいまの立場は悪くない、と思えるのだった。ミュラーの本にクルト・ハスケルが触れたときのような、〈力のみち〉を隠した書物と交感する特別な経験を、僕は二度と持つことがない。しかしそのかわり、知識を駆使して仮説を組み立て、思考で遊ぶ自由なら持っている。

ミュラーの初版を手放したのは残念だったが、本を配達したあと、すぐに代金を届けてくれたハスケルには感謝していた。金持ちの貴族でも、値切りもせずに言い値で買う者などめったにいない。彼は多少傲慢かもしれないが、若さと能力と外見を思えば相当まともな部類だろう。ひょっとしたら、今後もたまに大金を落としてくれるかもしれない。

もっとも本気でそう期待していたわけではなかった。数人の例外をのぞき、僕は精霊魔術師とはできるだけ関わらないようにしていた。彼らがどれほど強大な魔力を持っていようとも、眼鏡なしの僕には感知できない。向こうは向こうで、僕に出くわすと居心地が悪くなるらしい。

そういえばクルトは僕に対してそんな気配をみせなかった、と僕は思い出す。逆にまじまじとみられていた感触があった。それほど彼にとっては、魔力欠如者という存在がめずらしかったのだろうか。

学院の最終学年なら僕より少なくとも八歳か、場合によっては十歳は年下のはずだが、治療の訓練のために施療院で行われる実習には参加しているだろうし、はじめてみるものでもあるまいに。

まあ、僕は多少イレギュラーなケースではある。

そしてクルトの美貌はたしかに印象深かった。立ちくらみを起こしたとき、僕ですら顔の近さに鼓動が速くなったくらいで、ああなると魔力など関係なく、もはや特技の部類だ。

身分と財力があって魅力的なら、彼の未来は安泰だろう。最終学年になってヴェイユの講義をとる目的が、コネと推薦めあてなのは明らかだったが、王宮政治に関わりたい人間なら当然ともいえる。

それは僕が魔力を失わなかったとしても、興味も接点もなさそうな人生だった。クルト・ハスケルにとっての僕も、そんなものだろう。はたして彼がこの店にもう一度あらわれることがあるか、あやしいものだ。

生涯に一度も出会わないような人物とのただ一度の接点に、書物があると思うと悪い気はしなかった。彼はミュラーの本の「所有者」となったから、いずれ学院を卒業し、内容に興味を失ったとしても手放すことはないだろう。彼が二度とこの書店にあらわれなくても、それで十分というものだ。

そのとき僕はほんとうにそう思っていた。


「ソールさん！　やっとお会いできました……いったい何があったかと……」

「そんなに大げさな」

「だってソールさんがいないって、地下書庫のヌシがいないってことですよ？　俺たちはどうしたらいいんです？」

「そうはいっても僕はただの臨時雇いだし、そもそも今日は塔の要請で来たわけでもないんだが」

「ねえ、どうしてソールさんはここに棲《す》んでないんです？　ヌシなんだからもう棲んでくださいよ」

「おいおまえら！　今日は騎士団の用事で来てもらったんだ、邪魔するな。ソール、すまんが」

審判の塔の地下書庫は相変わらずだった。

十日が過ぎ、その翌日の午後になって、とうとう僕は王城へおもむいた。騎士団からほとんど懇願に近い要請が来て、断れなかったのだ。

騎士団の依頼といっても、行けば行ったでついでに書庫の連中の頼みごとも聞いてしまう。頼まれる仕事は様々で、中には書記の見習いでも十分足りるものだってある。僕がここでむやみに重宝されるのは、呪いも同然の記憶力のおかげで作業が早いからにすぎない。ただ僕としても、金銭以外の報酬——お茶をごちそうになったり、ちょっとした贈り物だったり——もありがたく頂戴しているので、文句はない。

二層目の奥の棚の前で、ある貴族の屋敷をねらった歴代窃盗犯の記録を読んでいると、近くで足音が聞こえた。僕は気にせずそのまま記録を読みふけっていた。どのくらい時間が過ぎたあとだろうか、もう一度足音がひびき、今度は咳《せき》ばらいも聞こえた。

ふりむくと白髭《しらひげ》、白髪のよく知った顔があった。

「あいかわらずたいした集中力だな、ソール」

かつて僕の指導者だった、アダマール師だった。

師の導きで数年ぶりに足を踏み入れた学院は、寄木の床をみがく蠟の匂いと、庭園から届く花の香りがした。アダマール師の居室は教室をいくつか通り過ぎた先にある。

「教え子が世話になったようだから、礼をいわせてほしい」

恩師にそういわれては、誘いを拒絶することはできなかった。講義は終わった時刻で、学生はほとんどみあたらず、教師たちも各自の居室に入っているようだ。

その点にほっとしながら僕はアダマール師のあとをついて歩いた。誰もいない夕刻の教室では、ならんだ机の影が濃く、長く床に落ちている。とても静かだった。

「クルトからリストを受け取ったよ」

居室について、おもむろにアダマール師が話しはじめる。

「室長に預けておいた。学院を代表して礼をいう」

「大げさなことはやめてください」

「いや。図書室から欠けた書物について、そなたが責任を感じているのはわかっている」

僕はあわてて口をはさんだ。

「今回はそんなつもりではありませんでした。たまたまあの学生が来たので、思い出しただけです」

「そうかね?」

アダマール師の居室と廊下をへだてる扉には、幾何学模様の格子がはめられたアーチ状の窓が切られ、曇りガラスがはめられていた。地下書庫の棚を連想させる格子だ。

「クルトはすこし、昔のきみに似ていると思わないかね?」

奥の肘掛け椅子にすわり、僕にも着席をうながしながら、師は何気ない様子でいう。

「僕はあれほど――」

傲慢ではありませんでしたよ、と口走りそうになって、僕は思い直した。

「彼のような身分もないし、あんなに豪華な外見だったこともありません」

何がおかしいのか、師は髭をふるわせて笑った。笑うと同じく白い眉毛が垂れる。毛足の長い犬を連想させて、失礼な話だが、学院にいたころの僕はそれが面白くて仕方なかった。

「いや、才能の話だ。そなたを連想することがある」

「それは大変だ。僕のように馬鹿な真似をしでかさないよう、監督しなければいけませんね」

間髪を容れず師はいった。

「そなただけが馬鹿な真似をしたのではない。そなたは運が悪かったのだ」

僕は黙った。

「たしかに、すこし彼に似ていたかもしれません。学院が――教室が、ずっと僕のためにあると思いこんでいるくらいは傲慢でした」

「ソール。前もいったが、ここに戻ってくることだってできるのだよ。司書職なら――」

「魔術書の魔力も感知できない司書として？　ご冗談を」

僕は苦笑して師の言葉をさえぎる。

「それに、僕がいなくなっても教室はここにあるんだ。新しい才能が国中からやってくる。田舎の子供にとっては、ここは希望ですよ」

そのときアダマール師が顔をあげた。扉の方をみて「噂をすれば、だな」とつぶやく。

「今日も楽しそうだな。歌っておる」

「歌？」

「魔力を歌で放散する癖はさすがにめずらしいと思わないかね？　しかもこの歌には癒しの効果がある」

「なるほど、それは――」

聞いてみたいものだ、といいかけたとき、ノックもなく扉が開いた。

「アダマール師、わかったんですが……」

興奮したように話す声とともに踏み出された足が、敷居のあたりでとまる。そのまま僕に向けられた視線が動かない。

クルト・ハスケルが僕をみていた。

「クルト、扉の向こうに誰がいるかわかる？」

「うん。お父様とおじい様。それに知らないひとがふたり。それから、セト！」

やがて匂いを嗅ぎつけた犬の鳴き声がして、扉が開き、跳ねながら飛びだしてくる。はしゃいでクルトの足にじゃれつく。


扉の向こうに誰がいるのか。

子供のころよくそんなゲームをした。物陰にいる人間や動物について、クルトがまちがえたことは一度もなかった。生き物が発する〈力のみち〉が、クルトの放射する魔力に反射するからだ。

大きな動物ではなく、虫や植物ならどうだろうか？　ゲームでそこまでの追及はしなかった。だが、クルトは目をつぶっていてもつまずかずに森を歩くことができる。

精霊魔術を介した知覚はとても単純で、クルトにとっては目を開けばみえる物や、無意識に耳で聞きとる音とおなじだ。魔力の触手をのばして他者の思考を探知するような高度な技術ではない。

だから扉があろうとなかろうと、クルトには関係がない――はずなのだが。

アダマール師だけがいると信じていた場所に砂色の髪がみえ、それが誰なのか理解したとたん、クルトは硬直した。

カリーの店主は師の前の椅子にすわっていた。ひたいに垂れた巻き毛をかきあげ、暗い色の眸がクルトをみやる。襟もとからみえる白い喉ぼとけや骨ばった細い肩、その下の体の線をぶしつけなほどみつめていたことに気づき、クルトは焦って目をそらした。

『すみません、失礼を』

クルトは反射的に師へ念話を送っていた。即座に戻ってきたのは叱責ではなかったが、苦笑まじりの判別しがたい思念だ。

『ここは扉を開ける際の礼儀を教える場所ではないのだがね』

『申し訳ありません。師以外に誰かいるとは知らなくて』

『知らないと認められるのであればまだいいが、予想外の出来事に対処できなくてどうする、クルト』

クルトは頭を下げた。

「申し訳ありません」

ぷっと吹き出す音が聞こえた。

「何がわかったんだ？」

楽しげな声だった。クルトは顔をあげ、カリーの店主が笑うのをみた。なめらかな頬にえくぼができ、目尻に数本しわが寄る。ととのっているが、どちらかというと冷たい印象をあたえる顔立ちが一瞬でやわらかくなった。

「大発見でもしたのか」と店主はいい、あごを指でつまむ。

そのしぐさにクルトは見覚えがあった。どうやらこの年上の男の一挙手一投足を自分は覚えているようだ。

細い指の動くさまになぜか心が騒ぐ。クルトは直前に師と念話で会話したことを恥じた。もちろん、師に苦言を呈されているのを彼に聞かせたいわけではない。けれど自分が何か――ずるい行為をしてしまったようで、気が咎《とが》めたのだ。

どれだけ師と自分の間で話が交わされようと、この男にはまったくわからないのだ。会話が行われたことすら知らない。

「いや、その……」

「いじめるな、ソール」

アダマール師がまた苦笑した。

「クルト、急ぎの用だったのか?」

「いえ。ちがいます。単なる報告のつもりだったのですが、ヴェイユ師の課題を調べていたら興味深いことがわかりまして」

「それなら明日でいいな。ちょうどよかった。ソールをカリーの店まで送ってやってくれ」

はい、というクルトの返事といりません、という声が重なった。アダマール師はすわったままの書店主をみやる。

「ソール。もう暗くなる。そなたも昔は教師の客人を送るくらいのことはしただろう」

店主は微笑んだ。

「あなたは学生を使い走りになんか、されませんでしたよ」

「私だってたまには教師の特典を行使したいさ」

「僕は客というほどの者ではないし、城下までわざわざ送ってもらうほど、年はとっていません」

「そういうな。こうみえても彼は有望な学生だ。将来誰かに自慢できるかもしれんよ」

「自慢ってなんですか。あなたときたら、今日も地下書庫まで……」

店主はさらに文句をいったが、アダマール師はのらくらした調子で話をつなげ、ついに説得に成功したようだ。師の声が突然クルトの頭に入ってきた。

『クルト、帰りはソールの眼鏡に気をつけてやってくれ』

『眼鏡?』

『具合がよくないとみえる』

アダマール師がなんの話をしているのかよく理解しないまま、クルトは了解した。

学院を出るときソールは大きな眼鏡をかけた。

「アダマール師はああいったが、王城で騎士団の詰所に寄るから、そこまでつきあってくれたのでかまわないさ」

歩きながら淡々と告げたソールに、クルトはあわてて答えた。

「駄目だ。師に直接頼まれたのに」

自分でもうまく説明できなかったが、この男に向かうたびに感じる心の波立ちを整理するのに、これは絶好の機会になると思ったのだ。ソールが隣で歩いている様子そのものが、とても新鮮だったというのもある。いつも人と隣りあわせで歩くときに感じる過剰な魔力の反射がいっさいなく、ただその細い姿の気配だけがあるのが、心地よい。

「それなら、いいが……どうしてそんなに僕の方をみるんだ？」

「え！　あ、ああ……失礼した。申し訳ない」

またもぶしつけにみつめていたのかと、怪訝《けげん》そうに眉をひそめるソールからクルトは顔をそらす。

「まあ、きみはみられることに慣れてるんだろうが。僕などみても、面白くもないだろう」

店主はぽつりとそうつぶやき、それきりこの話は終わりになった。

ソールの歩みは遅かった。石畳を一枚一枚調べながら歩いているかのようだ。背丈はほとんど変わらないのにクルトはすぐに前に出がちになり、あわてて歩幅を小さくする。

「遅くてすまない」小さな声で店主がつぶやいた。「すぐつまずいてしまうんだ。気にしないでくれ」

だがそういったそばから、彼はぶら下がった看板――最近はやりの回路魔術で光る装飾がほどこされたものだが、うまくいかず極彩色がまたたいている――にぶつかっていこうとしている。クルトは思わずその前に出て、ソールの肩をつかんだ。

「あぶない」

以前、カリーの店で梯子から落ちた彼に触れたときと同様、その体は細く、骨ばっていて、クルトの指の下で一瞬緊張した。

「――申し訳ない」

相手がつぶやきながらつかまれた手をほどこうとするのを、クルトはそっと押しとどめた。

「腕に手をかけていいか？　おかしな方向へ行くのをとめられる」

眼鏡をかけた顔がクルトに向けられたが、どんな表情をしているのかまったくわからなかった。さっきと同様小さな声が「みえないわけじゃないんだ。足が悪いわけでもない」といった。

「魔力の反射がないんだろう？」

相手の事情にどこまで踏みこんでいいのか迷いながら、クルトはいった。

「ああ。眼鏡を通せばみえるが、魔力そのものを感じているわけじゃないから、どうしても反応が遅くなる」

「俺にもあんたの魔力を感じることはできない。でも腕を持っていれば実用的だろう」

「――そうだな」

許可を得られたと思い、クルトはソールの左腕をゆるくつかんだ。シャツの布ごしに、意外なほど筋肉質の硬い感触があった。

「そんなにひよわじゃない。書物というのは重いのでね」

クルトの心を読んだかのようにソールがいい、続けて「きみの表情はわかりやすいんだ」とつけくわえた。クルトの頬がかっと熱くなる。

「精霊魔術師志望にしてはめずらしいタイプだな」

学生の困惑を知ってか知らずか、ソールは淡々と評した。

「いいじゃないか。魔術師がとっつきにくい者ばかりではお偉方も困るだろう」

なぜかまたクルトの頬は熱くなった。

城門に近い騎士団の詰所まできて、ソールは眼鏡をかけたまま入口に立ち、小さな包みをうけとっていた。クルトがうしろでみているうちに、奥から彼の名を呼ぶ声が聞こえ、大柄な騎士が急《せ》いた足取りであらわれる。クルトはその顔と気配に見覚えがあった。

――あの夜、カリーの店にいた男だ。

「ソール、」

呼びかける声しか聞こえなかったが、クルトはその騎士が気に入らなかった。正確にいえば騎士だけでなく、店主の騎士に対する姿勢が、かもしれない。

騎士はあきらかにソールを気にかけていたが、その身振りは厚かましく大げさで、一方ソールは半歩足をひき、奇妙に居心地が悪そうだった。しかし拒絶しているようにはみえず、ふたりで会話する姿にはやはりとても親密な雰囲気がある。

なぜか苛立たしい感情がわきおこり、クルトの足は自然にそちらへ近づいた。

「これから城下へ帰るのか？　俺もそろそろ上がるから、送ろう」と騎士がいった。

「いや、大丈夫だ。誤解されないようにといったろう」

「ソール、でも――」

「ラジアン、いいかげん自分の立場を考えろ。それに僕は大丈夫だ」

クルトはすかさず口をはさんだ。

「騎士殿、ご安心を。俺が師より、城下まで送るよう頼まれました」

突然の闖入者《ちんにゅうしゃ》に、騎士はあきらかにとまどったようだった。

「なんだ、おまえ――」

「クルト・ハスケル。アダマール師に師事する者です。先ほど、ソール殿をカリーの店まで送るよう、師に頼まれたんです」

騎士はじろじろとクルトをみつめた。値踏みするような目つきだった。

「ハスケル家の嫡男殿か？」

「はい」

「それなら……」

緊張に耐えられなくなったように、ソールが動いた。

「行こう、クルト」

クルトの手首をつかむと歩き出す。

なぜか小躍りしたくなるほどの喜びを感じながら、クルトはソールに手首をとられたまま歩き出した。触れたところから自身の魔力が流れ出すのを感じ、ふと魔力の触手をのばしそうになる。すんでのところで前に感じた防壁を思い出して自制した。

すると今度は、あの騎士はソールの恋人なのではないかという考えがうかんだ。もしそうだとすれば、自分がやったのは愚かしいことだったかもしれない。

とそのとき、ソールがクルトの手をぱっと離した。クルトはあわてて、さっきのようにソールの腕をそっとつかんだ。

城下の道に、街灯がオレンジ色の光を落としている。居酒屋や宿屋は開いているが、それ以外の商店はもう閉まる時刻だった。

「あの……騎士だが……」

ためらいがちに声を出すと、ソールは何事もなかったかのように「なんだ?」といった。

「その……恋人だったなら、余計なことをしたかと思ったんだが」

「ただの友人だ」

言下にソールは答えた。

「気を遣わせたなら悪かった。べつにそんなのじゃないんだ」

その口調には自身を投げ出したかのような、自暴自棄な印象があった。クルトは思わず、隣を歩く男の顔をしげしげとみつめていた。眼鏡に覆われているせいかひどく小さく感じられた。頬や口もとの表情はまるで読めない。

「その眼鏡だが、魔力を探知するのか？」

アダマール師の話を思い出し、話題を変えるにはちょうどよいとばかりに持ち出す。

「ああ。回路魔術師団の特注品だ」

「アダマール師が、具合がよくないのではといっていた」

ふっとソールから吐息が吐き出された。

「師はさすが、するどいな。たしかに最近、よくないかもしれない。調整する必要があるな。明日にでも師団の塔へいくか」

カリーの店につくとソールは眼鏡を外し、鍵をとりだした。錠を外しながら、「ありがとう。すまなかった」と小さな声でいった。

「何もないが、時間があるなら……」

ソールはためらうように言葉を切った。うつむいたまま、相変わらず小声で「寄っていくか？」と問いかける。

クルトの胸のうちに温かなものが広がった。

「よければ」

即座に答えると、店主は軽く肩をすくめる。

「悪いが、たいした飲み物もない」

「いや、その……」クルトは言葉をさがした。

「書物について話を聞かせてもらえれば、ありがたいんだ」

そのとたん、街灯に照らされたソールの表情が明るくなった――ように思えた。

「そうか。それなら、歓迎だ」

目の前の扉が大きく開いた。ソールは暗い店の中へと、クルトを差し招いた。

11　ソール

翌日、日が高くなるのを待って僕は王城へ出かけた。

最近外出のたびに気分が悪くなったり、立ちくらみが起きるのは眼鏡のせいかもしれず、昨日クルトに話したように調整が必要だった。アダマール師は気づいていたようだ。この眼鏡を作ったのも、師が知人の回路魔術師に声をかけたのが発端だった。

師団の塔は王城の外れにある。周囲は大手のギルドの出店がそろい、活気のある一角だ。そっけない灰色の塔だが、季節のいいころはつねに、正面の大きな観音開きの扉を開け放してあり、職人や騎士が頻繁に出入りしている。

いつものように塔には門番もいなければ受付もなかった。僕は勝手に奥の回廊へぬけ、機械がぶんぶん唸《うな》っている部屋や、暗色のローブを着た魔術師たちが大声で議論している部屋の前を通り、階段をのぼった。

師団は人手不足で四六時中忙しいらしく、ほとんどの扉は開けっ放しで、いつも活気と騒がしさに満ちている。それなのにこの塔は不思議と僕を苛立たせなかった。

セッキの研究室は二層上だ。作業台の列を通りすぎ、奥の部屋をのぞくと、セッキは助手をかたわらに、早口で喋りながら黒板一面に数式を書き殴っている。しばらくうしろで眺めていると助手の方が先に気づき、彼をつついた。

チョークの指をローブでぬぐい――おかげで彼の着ているローブはあちこち白くなっている――セッキはこちらをふりむいた。ひょろりと背が高く、四角いあごにはいつも無精髭がのびている。

「おお、ソール。なんだ、いいところにきたじゃないか。連絡しようと思ってたんだ」

僕は眼鏡をはずし、彼にさしだした。

「最近調子が悪いようだ。調整してもらおうと思ってきたんだが」

「そうか――いや、ちょうどよかったよ。実は改良機を作っていて、そのテストをな……あ、ソールにお茶をいれてやってくれ」

助手に声をかけながらセッキは足もとにちらばった紙をひょいひょいとよけ、窓際へいく。乱雑に積み上げられた紙の層を崩して、何か探しているらしい。

「モノは隣にあるんだが、ここにメモを……ああ、これこれ」

「いつもながらすごい部屋だね。よく必要なものをみつけられるもんだ」

ほとんど感心しながら僕はいった。この部屋のちらかりようはひどいなんてものじゃない。

俊才の回路魔術師として知られるセッキは、僕よりひとまわり年上で、もう引退した彼の師匠がアダマール師の友人だった。その縁でこの眼鏡の製作に最初から関わっていて、だからつきあいも十年近くになる。

しかしセッキの研究室をみただけでは、彼がどれほどの俊才なのかなんて、さっぱりわからないだろう。作業台や機械がならぶ手前の部屋こそ、助手の努力で整理が行き届いているが、セッキ本人が籠っているここは、整頓の神様に完全に見放されているからだ。

書棚には紙束が無造作につっこまれ、くしゃくしゃになった暗色のローブが何枚も、あちこちに放り出されている。テーブルはこぼれた飲み物のしみだらけで、その上をチョークの粉がうっすらと覆っている。さらに床には書物と紙の山がある。セッキ本人が「地層学的な山」と冗談で呼ぶしろものだ。一度積んだ書物が崩れた上に、さらに書物が積み上げられ、それがまた崩れて――という具合で、何層にも積み重なっている。

はっきりいうが、僕のような人間には悪夢の部屋だ。だがセッキにとってこれ以上居心地のよい巣はないらしい。

「探し物か？　いや、みつからないこともある。むしろみつからない場合が多い」

「だったらどうするんだ？」

「この部屋にあるものなんて、どうせ一度考えたことだからな。もう一度考えるんだ。どうにかなる。でもソールはいいよなあ。本でもメモでも、どこに置いたか全部覚えていられるだろう？」

「僕にいわせると、この部屋は覚えていても無駄だね。地層の下にいってしまえばなくなったも同然だろう。掘り出すだけで一苦労だ」

「その通り。だからもう一度考えるんだよ。なに、たいていその方がもっといいことを思いつく」

きっとこんなところが彼の俊才たるゆえんなのだろう。僕はというと、回路魔術の技術はたいして理解していない。本を読んでごく単純な回路の原理を記憶しているだけだ。

だから僕の眼鏡についても、どう動いているのかはまったくわからず、ただセッキに使い勝手のよしあしについて話し、調節してもらうだけだった。しかしセッキによれば、これでも十分役に立つのだという。

「ええっとだな……今日は時間あるか？　新型をな、頭骨に合わせて調整するんで、テストしてもらいたいんだ。この前の結果が……」

ぶつぶついいながらセッキは続き部屋に向かい、僕にお茶を運んできた助手の若者があわててそのあとを追う。新しい眼鏡を調節するのに午後いっぱいかかった。今度の眼鏡は前より軽く、頭をあまりしめつけない。だがセッキは不安そうだった。

「うーん、実験環境では大丈夫だが、外部環境で気分が悪くなったら外して、休むんだ。すぐにここへ来なくてもいい。これまでの眼鏡に戻して、都合のいいときに返してくれ」

「もったいないな。少なくとも付け心地はいいよ。軽いし」

「そもそもの狙いはそこだからな。とにかく気をつけてくれ」

廊下に出ると、レムニスケートの紋章を身につけた使者が歩いていた。回路魔術は意匠や設備に組み込まれる形で王城の防備に使われているから、師団は同じく防備を担当する貴族のレムニスケート家と関係が深かった。

この家は代々騎士団長を輩出している。つまりレムニスケート家は回路魔術師団のバックにつくだけでなく、騎士団と師団をつないでもいるわけだ。

ふだんレムニスケート家は王宮でそれほど目立たない。だが有事の折はつねに実力を行使して、この国の方向を左右する。宮廷政治に関わる貴族にはこれを目ざわりに思っている者もいた。

そんな背景もあって、精霊魔術師が所属する王立魔術師団と回路魔術師団の関係は、お世辞にもよいとはいえなかった。宮廷で政策顧問を担う精霊魔術師にもさまざまな立場がある上に、もともと精霊魔術師には、我こそは古来から存在する正統な魔術なりと主張して、回路魔術を下にみる傾向があった。回路魔術は——すでに二百年以上の歴史があるとはいえ——新興の技術だったからだ。

白状しよう。僕も昔はそう思っていた。

だからアダマール師が師団に協力を求めたとき、もっとも反発したのは僕だったのだ。いまとなってはお笑い種である。この眼鏡がなければ、僕の生活はもっと耐えがたいものになっていただろう。

師団の塔を出る。魔力の線が前よりもはっきりわかる。最初のうちは頭も軽く、調子がよかった。いつもよりすばやく動けるような気がする。だがその気分は長く続かなかった。

突然耳鳴りがはじまった。高いところから一直線に頭蓋骨を刺しつらぬくような音が鳴り、ついで、頭の芯がくるくる回りはじめる。

僕は目を閉じる。間に合わなかった。平衡がくずれ、膝がくだけた。

地面に手をついて眼鏡を外した。まだめまいが続き、つんざく耳鳴りもそのままだ。膝をつき、無意味と知りつつ頭を抱え、両耳を覆った。つめたい汗が流れ、首筋に落ちていく。

「おい、大丈夫か。どうした」

声が聞こえる。背中に誰かの手があてられている。僕は耳を覆っていた手を地面につく。視界がモザイク模様のようにバラバラだ。汗がしたたり落ちるが、ひどく寒い。

「気分が……悪くて」

「ここにいると危ない。道の脇に寄ってほしいんだ。立てないなら抱えるぞ」

肩と背中を支えられ、僕は体を起こそうとしたが、今度は尻もちをついてしまった。城門でよく会う警備隊の騎士が見下ろしている。

「ソール？　おい、大丈夫か」

「ああ……大丈夫だから――すこし……休ませて」

視界のモザイクが一枚ずつ黒く塗りつぶされ、やがてすべてが真っ暗になった。


意識を失っていたのはそれほど長い時間ではなかったようだ。何やら声高に話す声が聞こえ、僕は目を開けた。

警備隊の詰所の奥で、長椅子に寝かされている。体を起こしてみると、少なくともいまは耳鳴りもめまいもしなかった。セッキが懸念していたように、新型の眼鏡による一時的な不調なのかもしれない。

軽くて使いやすそうだったのに、残念だ。立ちあがろうとすると話し声がやんだ。あわただしい足音が響く。

「ソール！　大丈夫か」

ラジアンの声だ。

ぼうっとした頭でも反射的に、まずいことをした、と思う。僕にとってはめまいで倒れるなど年中行事だが、彼には知られたくなかった。

「大丈夫だ。世話になってすまない。帰るよ」

僕は彼を見上げていった。まともな声で話せて内心安堵した。大丈夫そうだ。とにかく店まで帰りつけば、その後はなんとでもなる。調子が悪いのはいつものことで、僕はこの状態に慣れていた。

だがラジアンはそうではなかった。

「まだここで休んでいろ。俺があがるときに送っていく」

彼の言葉の響きに含まれた何かに僕は急に苛立ち、そっけなく言葉を返した。

「大丈夫だといっただろう。いつものことだよ」

ラジアンはそれを聞いて目をむき、ついでため息をついた。

「ソール、自分がどんな顔色をしてると思う？　死人みたいだぞ」

「うるさいな。自分の体調ぐらいわかる。とにかく店に帰る」

僕はゆっくり立ち上がった。大丈夫だ。立てるし、歩ける。そのまま外に出ようとして、ラジアンの手がうしろから僕の両肩をつかんだ。

「ソール、まだ休まないと――」

「大丈夫だよ。何度いえばわかるんだ」

「おまえが大丈夫というときはたいてい、そうじゃないんだ――」

その瞬間、唐突に怒りで胸の底が煮えたぎった。どうしてなのか自分にもわからない、カッと火を噴くような圧倒的な怒りに襲われて、僕は体をねじって肩にかけられた手をふりはらう。ラジアンを正面から見上げ、怒鳴った。

「いいからほっといてくれ！」

「ソール……」

「保護者づらするな。いいかげんそんな目で僕をみるのはやめろ。僕はそんなに哀れか？　かわいそうか？」

「――ソール、俺はそんなつもりじゃ……」

「僕はもう――」

吐き捨てながらラジアンから目をそむけ、通りへ走り出たときだった。僕の視界に一直線に、明るい緑色が飛びこんできた。栗色の髪と、みまちがえようのない美貌。緑色の眸が僕をみている。

おかしな偶然が続くものだ。まるで物語みたいに。

「いったいどうした？」

クルト・ハスケルがそこにいた。

実際のところ、それは偶然ではなかった。

なぜならクルトは探していたからだ。砂色の髪、暗い眸を持つ痩せた男。魔力の放射がなく、クルトが知るかぎり、自分が探知できない唯一の人間を。


発端は審判の塔の地下書庫だった。ヴェイユの次の講義までに必要な資料をさがすため、塔を訪れるのは二回目だったが、今回のクルトには求めるものがはっきりわかっていた。授業が進んで講義の意図がわかってきたせいもある。今回は前のように、情けない敗退はしないつもりである。

たしかに敗退はしなかった——しかし、思ったほど簡単ではなかった。

今回も書庫の広さと物量を甘くみていたのだ。何しろ広すぎるし、深すぎる。おまけに書架の迷路をさまよっていると、好奇心をくすぐる題名につい目がとまり、思わず広げて読みふけったりもする。おかげで予定の倍以上の時間がかかったが、とにかく今回、クルトは目的の資料をさがしあてることができた。

よくやったとクルトは満足し、書庫の壁の凹みにしつらえられた小机で写しを作った。たいしたことではないかもしれないが、これまで自分がやれなかったことを達成したと思うといい気分だ。だいたい、こんな巨大な書庫に収蔵された内容をすべて把握している人間などいるものだろうか。

そのときふと、前にここで会った職員がカリーの店の店主を「地下書庫の神様」と呼んでいたのを思い出した。いったい塔の職員から「神様」扱いされるとはどれほどのものなのか。

こんなときに彼に——ソールに教えを乞えるといいのに。昨日店に入れてもらったとき、この書庫の話をもっとくわしく聞いておくべきだった。

そう思ったとたん、クルトは急に店主に会いたくなった。

あの声を聞きたい。なめらかで流れるようで、興がのるとかなり早口になるが、かといって耳ざわりではない、抑えた声。

ときたま語尾に王都ではあまり聞かない独特の抑揚がまじる。質問をするとクルトの目をじっとみつめるから、集中して聞いているのがよくわかる。そしてあごに細い指をあて、しばし考えてから言葉をつむぎ、ときおりひたいに落ちる巻き毛をかきあげる。

昨夜はカリーの店で、どのくらいの時間だっただろうか、店主と話した。クルトが想像していたよりもずっとソールは博識だったが、それ以上に、学院の下手《へた》な教師よりも話が面白かった。ソールは単に書物からためこんだ知識を誇っているだけの人間ではなかった。これまでクルトがろくに気にしたこともない、ありふれた事柄に関しても、ソールの口からは新鮮な発想がぽんぽん飛び出す。

ソールの話に興味をかきたてられた、というだけでもない。クルト自身にとって意外だったのは、ソールとふたりでいるとき、彼から魔力を感じないことがむしろ心地よい、ということだった。クルトはいつになく落ちついて目の前の男をみつめることができ、そうやって誰かを眺めることそのものが快かった。

実をいえば、そんな経験はクルトにはほとんどなかった。魔力の強さゆえに、クルトは他人と共にいるとき、相手から放射される気分や自分へ向けられた感情、記憶の像を直接受け取ってしまうのが当たり前だった。日常的に防壁を張っているが、他人から放射されるそれは陽《ひ》の光のようなもので、すべて防げるようなものではない。そのせいか、離れたところにいる相手と念話で話す方が楽だと感じる場合もあるくらいだ。

しかしソールからは一切そんな放射がなかった。ただその痩せた体の気配だけが目の前にあり、そのことがクルトを安心させた。

もっとみていたい。声を聞きたい。

そう思うと矢も楯もたまらなくなった。クルトは地下書庫を出ると城下へ向かった。商店街を抜けて路地を急ぎ、カリーの店の前へ来る。開いた書物のしるしを押す——が、扉は閉まっていた。

「留守だよ」

横から声をかけられる。路地のベンチに腰を下ろして老婆がパイプをくゆらせていた。見覚えがあった。最初にクルトがこの店を飛び出してきたときに居合わせて、驚いていた人物だ。

「カリーの店主なら、昼にどこかへ行ったよ」

「どこへ行ったか知らないか？」

「さあ。こんな小さな店の主人ってのは忙しいものだからね」

「そうか。——ありがとう」

さて、出かけているのならいつかは帰ってくるだろうが、ずっとここで待っているわけにもいかない。

クルトの答えは単純だった。

探そう。

クルトはまず〈探知〉しようとした。得意技である。集中すればクルトはこの世界のはるか遠くまで、また深部まで〈視る〉ことができ、求める相手を探せるのだ。しかしカリーの店の前で、いざソールの存在を魔力でとらえようとして、自分が馬鹿なことをしているのに気がついた。

相手は魔力を放射していないのだ。だから〈視えない〉。

ソールはクルトが放つ魔力の光から抜け落ちる、みえない穴のようなものだ。反射する影ができなければ、探知のしようがない。ではどうしたら探せるのだろう？

引き算すればいい。

ふと途方もない考えがクルトの頭をかすめた。もし自分がこの世界のすべての存在を探知できたなら、最後に彼がひとり残るのではないか？

いや、とクルトは頭をふり、そんなのは馬鹿げていると思い直した。昨夜ソールはなんといったか思い出してみればいい。たしか眼鏡を調整してもらうといっていた。回路魔術の特注品だとも聞いたから、王城に行ったにちがいない。回路魔術師団の塔へ行ったのだ。

それならまた城に戻ればいい。調整とやらにどのくらいの時間がかかるものか知らないが、ひょっとしたら、こちらが向かう途中で会えるかもしれない。もちろん師団の塔ではなく他の場所にいる可能性もあるが、王城なら学院の寄宿舎と方向は同じだ。

もっと早く思いついて、地下書庫から師団の塔まで直接行けばいいようなものだったが、クルトはまったく意に介さなかった。道はいくつか前にあるが、ひとつを選んで進んでいけば、ときおりまわり道をすることになってもいつか目的地へたどりつけるだろう、くらいに思っている。おかげでアレクに単純だと笑われるわけだが、欲しいものがはっきりしているのなら多少のまわり道も当然のことだ、とクルトは思う。

そこで今度は来た道を逆にたどり、ふたたび王城へ向かった。昨日ソールが歩いた道をそのまま行くことにした。ソールには魔力の放射がないことにも気をつけなければならない。クルトの視界では、生き物はすべて魔力の放射でふちどられているが、いま彼が求めているのはそれと真逆の存在なのだ。

しかしあいにく、道で店主と行き会うことはなかった。城門にたどりついたのは早じまいの職人たちが門を出る時刻で、クルトはどの方向へ向かおうかと考えた。さっき頭をかすめた「引き算」のことを思った。城の一部のごく狭い範囲ならそれほど馬鹿げたことでもないかもしれない。

城門の中に入り、警備の騎士に会釈して、歩きながら両手を組む。うつむいて親指をみつめる。するど、目にみえる視界とはべつの視野が、クルトの意識にあらわれ、小さな円を描いた。

網をひろげるようにゆっくりと、その円を大きくのばしていく。道の上、建物の中……人、犬、猫……存在が円の中に浮かび上がる。そこに〈視えない〉はずの人をみつけるには——

と、そのときクルトは強い困惑と焦りの感情をとらえた。どこかの誰かが保護欲とかすかな怒り、優越の感情をないまぜにして放射している。そいつは自分のすぐ隣へ、矢のようにはっきりとこの感情を向けているのに、向いているはずの対象が〈視えない〉。

いや、そんなはずはない。誰かいるはずだ。

しかもクルトはこの〈視える〉人物の方に覚えがあった。あいつだ。昨日のあの騎士だ。カリーの店でも会った。

——きっとソールは彼と一緒にいるのだ。

早足どころか、クルトはほとんど走っていた。向かう方向には警備隊の詰所がある。突然叫ぶような声が耳に入る。

「いいかげんそんな目で僕をみるのはやめろ。僕はそんなに哀れか？　かわいそうか？」

「俺はそんなつもりじゃ……」

クルトは一瞬立ち止まり、そして前に出た。建物から走り出てくる書店主をみつめる。

みつけた、と思った。鼓動が速くなる。

——ここにいた。

「いったいどうした？」

そういって駆けよると、痩せた男の腕をつかんだ。ソールはつんのめるように前にかがみながら立ち止まった。

眸が驚いたようにみひらかれる。

「クルト……きみとは、よく会うな」

名前を呼ばれてクルトの胸のうちはざわざわと騒いだ。わざわざ探したとはいいたくなかったが、うしろにいる騎士からはあからさまな反感が伝わってくる。クルトはソールの両肩をそっと押さえるようにして「何があった？」とたずねた。

「……いや、たいしたことじゃないんだ。僕は店に帰らなくては——」

「それなら俺と行こう」クルトは急いでそう続けた。

「さっき店に行ったんだが、閉まっていた」

「それは——悪かったな。何か用があったのか？」

「いや、その……ちょっと思いついただけなんだが」

クルトはなんと答えたものかと口ごもった。

「地下書庫で調べものをしていて、力が借りられたらいいのにと思ったものだから」

「そうか。……僕はさっきすこし、気分が悪くなってね。それであそこで休んでいたんだ」

「だったらなおさらだ。一緒に店へ行こう。いいだろう？」

クルトはソールの目をみつめて笑った。笑顔には自信があった。よほどのことでもないかぎり、人はクルトの笑顔に陥落するのだ。

書店主の顔色は冴《さ》えなかったが、こわばった腕の緊張はすこし解けたようだった。

「きみは……まったく」と、ため息のような声を吐く。

「わかった。いっしょに行こう」

「ソール、そいつは――」

うしろから声をかけてくる騎士を振り払うように、クルトはくるりとふりむいた。

「約束があったんだ」

周囲に聞こえるように大きな声を出してから、「行こう、ソール」と名前を呼ぶ。また胸がどきどきした。

「眼鏡は？」

城門の方へ歩きはじめたあと、ふと気がついてたずねる。小さな声が返ってきた。

「いまは使えない」

「昨日みたいに支えようか？　俺の腕をつかんでくれてもいい」

「そうだな……」

痩せた男は疲れ切った表情で、ぼそぼそとつぶやくようにいった。

「いや、迷惑だろう……すまない」

「そんなことはないさ。ほら」

クルトは左腕をさしだした。おずおずと相手の手が腕にかかるのを待ってから、もっと近くに寄る。ほとんど腕を組んでいるような格好になって、隣の男がためらい、体をひこうとするところにまた笑いかけた。

「この方がいいだろ？」

ソールの顔がぱっと紅潮し、そらされた。

「ああ。ありがとう」


カリーの店へと道を行きながら、眼鏡の調整がうまくいかなかったのだとソールはいった。

「セッキはこの眼鏡をライフワークと呼んでるくらいで、いくつ作ったかしれない。落ちついたらまた塔で調整してもらう」

ソールに歩調をあわせてゆっくり足をすすめつつ、クルトはたずねる。

「気分が悪くなったといったが、よくあるのか。その……」

書店主は自嘲するように笑った。

「虚弱体質みたいなものだ。大の男が倒れるなんて、情けないが」

クルトは深く考えもせず「べつにいいじゃないか」と口走った。

「たまに倒れようがなんだろうが、あんたが学院でも一目おかれるカリーの書店主なのに変わりはないんだ。倒れたからって本が逃げていくわけじゃない」

ソールは黙った。しまった、とクルトは思った。繊細な話なのだから、もっとうまい話し方もできたはずだ。こんなところで脳天気なことをいってどうする。

しかし一瞬おいて隣から響いてきたのは、くっくっと押し殺したような、乾いた笑い声だった。クルトは思わず横をみた。あいかわらず顔色は悪かったが、ソールは笑っていた。

「そうだな。ありがとう」

だが、ゆっくり歩いて店までたどりつき、扉の鍵を開けた直後、突然ソールの気力は尽きたようだった。

ぐらりと倒れかかる痩せた体をクルトはあわてて抱きとめ、「大丈夫か？」とささやいた。

「悪いな……」

「あんた、横になるべきだ。寝室はどこだ？」

「かまわないでくれ……」

つぶやきながらソールはクルトから離れ、暗い店の奥へ行こうとする。とっつきの扉の向こうに階段がみえた。

「寝室は上か？」

ソールの頭がこくんと下がる。クルトはソールを支えながら狭い階段をのぼった。階上の部屋へ入り、目をみはる。

寝室——これは寝室か？　ほとんど書物に埋もれている。

斜めの天井に切られた窓から夕方の光が落ちていた。本でつくられた山に埋めこまれるように寝台が置かれている。

「あんた、こんなところで寝てるのか」

「ああ。……はは、呆れただろう」

糸が切れたように寝台に崩れながら、ソールは自虐的につぶやいた。

「ラジアンにいつも呆れられるんだ。いくら書店をやってるからって、これはないだろうってな……売り物にならろうがなるまいが、僕は本を買ってしまうんだが。ラジアンもこんな僕にずっとつきあって、ご苦労なことだ」

横になったせいだろうか、ソールの口数は多くなっていた。

「ラジアン——って」

「事故以来の友人でね。あいつも偉くなったもんだ。最初は新米騎士だったのに」

「事故……あんたの——」

「それで魔力を失くしたんだ。僕を尋問したんだぜ、あいつ。下手くそで、怒られてさ……それがいまでは小隊長どのだ。婚約だの結婚だの、そういう年になるなんて、まったく、呆れるよ」

クルトは眉をひそめた。青白い顔で横たわる男にあの騎士の話をさせたくなかった。

「あんた、何か食べたり飲んだり、した方がいいんじゃないか」

「たぶんね」

ソールはため息をもらした。

「いや、いいんだ。どうにかなるから」

窓からの光は差しこんでいてもうすぐらい部屋の中、ソールは片腕で目を覆いながら、つぶやくように話した。

「きみには悪いことをした。昨日もだ。まったく……店の鍵はあとでかけるから、このまま帰ってくれ。客にこんなことまでさせて、商売人失格だ。申し訳ない」

「そんなんじゃないんだ」

クルトは寝台の横で膝をついた。横たわる男の顔のすぐ近くで、そっと腕に触れる。

「何か食べるものを持ってこよう。下にあるんだろう?」

「いいから――帰れ」

片腕で顔を覆ったまま、男の唇がかすかに動く。

クルトはどうするべきか迷った。

「今日は、その――」と小声でいった。

「ただ、俺がこうしたかっただけなんだ。あんたに会いたかった」

ふとソールの顔を覆い隠していた腕がずれた。ふるえているのだった。濡《ぬ》れたまなざしが膝をついたクルトの顔をちらりとかすめ、そむけられる。

「頼むから、帰ってくれ。ちくしょう……」

頬を光るものが流れた。押し殺した嗚咽《おえつ》がもれ、ソールは両腕で顔を隠した。握った両手のこぶしをひたいにつけ、ころりと丸くなった。

クルトはためらい、また迷った。意をけっして片手を伸ばし、顔を隠したまま嗚咽をもらす年上の男の手を覆う。

触れたこぶしがわずかにゆるみ、指と指が触れあった。

「何か……持ってくる」

ささやいて立ち上がり、部屋を出た。

床がきしむ音がして、学生の気配が部屋の外へ消える。

行ってくれただろうか。行ってしまっただろうか。

僕は馬鹿馬鹿しいくらいくたびれはて、なのに気分だけが昂《たかぶ》って、涙がとまらなかった。学生の笑顔がまぶたの裏にちらつく。あの美貌でやられた日には反則ものだと思う。何か勘違いしてしまいそうだ。

クルトに帰らないでそこにいてほしかった、という気持ちと、このまま消えてしまいたいという思いが重なる。僕は体をまるめて顔を覆ったまま、心の片隅に棲んでいる暗い思考と格闘する。何日かおきに耐えられない昼と夜がきて、それを必死で耐えることにいったいなんの意味があるのだろう。この世からひとひとり消えたところで、どうせみなすぐに忘れて、いつもの日常に戻るだけなのに。生きるというのはそういうことだ。

僕は敷布に顔をおしあてて嗚咽を殺し、施療院の薬を飲まなければと思うが、起き上がることもできない。以前教わった通りに呼吸しなければならない。呼吸というのは、息を吐いて、それから吸うことだ。これをくりかえせばいい。簡単なことだ。まったく、馬鹿馬鹿しい。

背後でカチャッと音がして、僕はびくりとした。

「お茶を持ってきた」

学生の声が聞こえ、また床がきしんだ。まるめた背中を温かい手でゆっくりさすられる。くしゃくしゃの髪をおなじ手がそろそろと撫《な》でた。

「起き上がれるか？」

僕は乾いた唇を舐めた。

「どこかそのへんに……置いてくれ」

「勝手に火を使った。悪い」

「いや……ありがとう……」

髪を撫でていた手が離れ、僕はそれを残念に思い、即座にそう感じたことを悔いた。クルトのような若者がよく知りもしない人間をこんな風に扱うのは罪作りというものだ。正直いって、完全に反則だ。さっさと置いて出て行ってくれればいいのに。

僕の思いをよそに、学生はのんびりした口調でいった。

「なあ、体を起こせないか？　お茶を飲もう。俺も飲みたい」

背中に屈みこむ気配がする。「ほら、起こそうか」声とともに肩に手がかけられた。

「ブランデーがあったから入れたけど、よかったかな」

クルトは呑気《のんき》な声でいった。

「あんたの本の上にこぼしたくないから、起きようぜ」

本という言葉に僕は反応した。起き上がって背板に寄りかかると、クルトがカップを差し出しながら満面の笑みをみせている。

「すごいな。本って聞けばあんたは動くんだ」

「悪いか。商売だ」僕は落ちてくる髪をかきあげた。「汚しちゃかなわん」

「それだけ？」

お茶は濃く、ほのかにブランデーが香った。クルトが支払った金で買った酒だ。お茶に入れるなんてもったいない気もしたが、美味《うま》かった。クルトは寝台の端に座り、自分もカップを口につけながらじっとこちらをみていた。

どうしてそんなに僕をみつめるのだろうか。物珍しさや好奇心からだとしても、少々度が過ぎる気がした。この部屋の本の山に呆れているのは納得できるし、キッチンへ行ったなら、ろくな食べものがないことにも呆れたのかもしれない。回路魔術を使った便利な機械が使えないせいで、僕の食生活は豊かとはいえない。

いくらか落ちついたのか、僕は薬を飲むことを思い出した。ちょうどクルトが背にして座っている棚の奥に置いてある。すこし迷ったが、頼むことにした。

「その奥に小瓶と壺があると思う。取ってくれないか」

クルトはうなずいて屈みこんだ。

「これは何？」

「こういうときのための……薬だ。施療院で調合してもらってる」

「ああ、薬があるんだな。よかった。早く飲めよ」

クルトは容器を僕に渡して、安心した口調でいった。柔らかい笑みを浮かべている。

この笑顔の威力に彼自身は気づいているのだろうか。まさか、そんなに無邪気ではないだろう。だったらわざとやっているのか。

「いや、あとにする」

僕の目はクルトと手もとの容器のあいだをさまよった。

「駄目だ。飲まないと」

「きみが帰ったら飲む」

「どうして」

僕はしぶしぶいった。

「酔ったみたいになって……近くにいる人に迷惑をかけることがある。でなければ眠ってしまう」

「べつに大丈夫だろう。それに、ソールが眠ったら俺は帰る」

微笑みに抗《あらが》えなかった。僕は背板にもたれたまま薬を飲み、そのあいだもみつめられているのを意識した。顔に血がのぼるのを感じた。クルトにしてみれば、どうということもないはずなのに。

「どうしてそんなに書物が好きになったんだ？」

唐突に彼がたずねた。

「さあ。わからん」

僕は反射的に答えたが、これではそっけなさすぎると思った。すこし考えていいなおす。

「書物は裏切らないからだろう」

「裏切らない？」

「ああ。僕を裏切らない。いつも知らない世界への扉を開いてくれる」

「だが、書かれた内容がまちがっていることだってあるだろう」

僕は微笑んだ。書物のことを考えると僕はすぐ、幸せな嬉しい気持ちになれる。それとも、さっそく薬が効いているせいか。

「書き手には限界があるからな。でもいいんだ。連れて行ってくれるから」

「どこへ」

「僕が一生行けない場所だよ」

僕はこのまえ読み終わった博物誌の話をした。熱帯の不思議な植物や、色彩鮮やかな鳥のこと。ふたつの大河がまじわるところでは水の色が二色に分かれること。波に磨かれた砂が堆積し、歩くだけで鳴くように足もとがどよめく、歌う砂浜について。

喋っていると眠くなった。僕は目を閉じた。頭ががくりと前に落ち、座っていられない。

「眠れよ」とクルトがいった、ような気がする。

枕に頭をつけると、うしろむきに遠くの空へ落ちていくような感覚に襲われる。ずっと高いところから歌が聞こえてくる。低い声のゆるいハミングで、波のようによせてはもどる。この波に乗って遠い海まで行ければいいのだが。

ハミングにあわせて鳥が鳴く。きれいな声だった。この声はただの想像にすぎない、と僕は夢うつつで考えていた。この世には本で読むだけではわからないこともある。もちろん、たくさんあるのだ。

14　クルト

ソールは目を閉じて、眠ったようにみえた。

部屋の中はどんどん暗くなっていく。クルトはカップを床に置くと毛布をひろげてソールにかけた。横たわる男の上に屈みこみ、頬にかかった巻き毛を払って、うしろに撫でつける。

書物に描かれた遠い土地について熱心に話す声が消えてしまうと、部屋は静かすぎる気がした。ふと頭のなかでメロディが鳴り、意識せずそれを口ずさむ。寝台の端に腰をのせ、ソールの顔をすぐ近くでみつめるうちに、おだやかな寝息が聞こえてきた。

また手をのばして砂色の巻き毛を触った。クルトの指の間を柔らかく流れ、落ちていく。

さっきはすこし危なかった、と思い起こす。薬を飲む、飲まないといって、結局ソールがあきらめ、小さなグラスをあおったときだ。

すこし仰向《あおむ》いた喉がこくりと動き、唇の端にこぼれたしずくを、舌が舐めとった。

みつめていたクルトの体の芯でぞわりと立ち上がるものがあった。

あの喉に——口づけたら、彼はどんな表情をするだろう。どんな声をもらすだろう。

いまもソールの髪を指にからめたまま白い顔に鼻先をよせて、クルトはその誘惑を感じていた。ソールからはほのかに甘い匂いがした。生えぎわを撫で、頬をすっと指でなぞって——あわてて離した。

俺はいったい何をしようとしたのか。

クルトは立ち上がり、階下へ降りた。認めたくなかったが、動転していた。こんな衝動を感じたことが、これまで一度もなかったからだ。

クルトにとっては、他人に好意をよせられるのは日常茶飯事で、そうなればクルトも相手にぼんやりした好意を持つ場合もある。セックスはそれと並行しているが、結局はたがいに快楽をさがす遊びだ。自分に思慕を向けてこない誰かに一方的に欲情するなど、クルトには経験がなかった。

階下は暗く、クルトはランプを灯《とも》した。書店の奥の空間には小さなキッチンとテーブルしかない。煮炊きの道具はごく基本的なものだけで、回路魔術の装置が隅で埃をかぶっている。魔力の少ない一般人にも扱える、ありふれた調理器具だが、長い間使われた形跡がない。ソールには意味がないのだ。

クルトはあらためて「魔力を失った」ソールの生活に思いをはせた。眼鏡をかけておぼつかない足取りで街を歩く様子や、友人の騎士について語ったときの自虐的なまなざしを脳裏に浮かべる。かつて王立学院で将来を嘱望されるような学生だったなら、いまのこの状態は悔しくてたまらないことだろう。

もし自分がそんなことになったら――とクルトは想像をめぐらそうとして、ふと、そうやって憐みをかけられるのは、ソールにとってもっとも腹立たしいことかもしれないと気づいた。

それにしても、これからどうするべきか。キッチンの戸棚には乾いたパンと林檎《りんご》があるだけだし、戸締りもせずに出ていくのも気が引ける。

一度店の外に出ると、またもあの老婆がベンチに座ってパイプを叩いている。

「すまないが、見張っていてもらえないか。店主が寝てるんだ」

老婆は皺《しわ》のよった顔をくしゃりとさせて「いいよ」と答えた。

「それから、近所に食事が買える手ごろな店はないか？」

老婆は路地の先を手でさした。

「その先の肉屋で惣菜を扱ってる。あと、大通りまでいけば屋台が出てるさ」

肉巻きと冷えても食べられる野菜の煮込みを買いこんで戻ると、外はもう完全に暗かった。老婆はいなくなっていたが店に異常はなく、クルトはほっとした。買ってきた食べ物をテーブルに置いてごそごそ探すうち、やっと裏口と、その鍵をみつけた。無造作に釘にひっかけてあった。

いまどきみることも少なくなった、魔術の効果も何もない、ただの鍵だ。

クルトは店の扉に内側からかんぬきを刺し、つっかい棒をした。裏口から出て鍵をかけ、店の前に回ると、扉の脇に据えられた書状箱の中へ落とす。

そのまま路地を行きかけて、心残りがあるような、焦った気分にかられて立ち止まった。ふりむいてカリーの店のひっそりした構えをみる。とても静かだ、と思った。いつもこうなのだろうか。こんなに静かなところで、ひとりきりでいるのか。

やっと歩き出したものの、何かを置き忘れたような気がしてならなかった。

それは手足を折り曲げると、僕自身もすっぽり入ってしまえそうな大きさの木箱だった。くくられた本の束を引っ張り出すたび、白い埃が宙に舞い、僕は何度か派手なくしゃみをした。

箱の中身の大半は、古典となった魔術書や技術書が山ほど、初学者向けの教本、さらに屑本——ありふれた物語やさまざまなハウツー本——の束だった。古い地図もある。

昔、回路魔術師が住んでいたという取り壊し中の古い屋敷から出てきた箱だ。蓋に釘を打った三箱が一箱ずつ競りに出ていた。僕が落札できたのは一箱だけで、他の二つは知り合いの雑物商が競り落とした。挿絵本以外は転売するのだという。

年に一度か二度、この手のものを仕入れる。たいていはそこそこの利益にしかならないが、意外な貴重品が入っている場合もあって、古書店商売の面白みが味わえるのだ、と僕に教えたのは先代のカリーだった。僕がこの店で臨時雇いをやっていた、王立学院の学生時代のことだ。

どうしてこんな中身も由来もはっきりしないものを仕入れるんです、と不満げにたずねた僕に、「びっくり箱みたいじゃないか。愉快だろう」と彼はいった。

「それから、屑本だらけでも油断するなよ、ソール。つまらない本の芯材にとんでもない古文書が使われているときがある。学者のおまえなら判別できるだろう」

「僕は学者じゃありません」

「いずれそうなるんだろうが」

カリーは僕に向かって指を立てた。

「ソール、どれだけ偉くなってもまずこの店を贔屓《ひいき》にするんだ。わかってるな」

僕がその名を継いだ先代のカリーは、出会った当初は気難しく口うるさい初老の男だった。僕は学院に入ったその日から毎日のようにこの店に通い、貧乏学生の例にもれず屑本のカゴをあさっては持ち帰っていたが、カリーはずっとそんな僕を観察していたらしい。

魔術教本のたぐいはなんとか金を工面して手に入れていたものの、それ以外はとうてい手が出なかった僕にとって、棚にあるまともな売り物は、毎日ため息をつきながら眺めるだけのものだった。

一年経ったある日、僕は屑本のカゴをみて目をみはった。例によって羨望のため息をつきながら背表紙だけを眺めていた書物が、カゴの底に無造作に落ちている。ガイウスの『魔術と法』だ。

僕は本を拾い上げ、何度もひっくり返したあげく、カリーのところへ持っていった。

「これ、ちがう場所に入っていますよ」

「ああ？」

カリーは僕とその書物をじろりとみた。

「いや、まちがってない。そいつは屑本だ」

「そんなことありえないでしょう。ずっと――」僕はふりむいて書架をさした。

「あそこにありました」

「いまは屑本なんだ。だからカゴに入っている。いらないならそのまま入れておけ。誰か拾うだろう」

僕は息をのんでカリーをみつめ、反射的に彼の心の気配をさぐろうとした。カリーの気分はいつも静かで何にも動じなかったから、魔力に敏感すぎた当時の僕にとって、この店はいつも城下の他の場所よりはるかに気分の落ちつく場所だった。しかし、断りもなく他人を〈探知〉するのは掟《おきて》違反だ。それなのにあのときはあやうく掟を破るところだった。

「ソール、馬鹿なことはやめろ」

カリーは僕をまっすぐに見返した。僕の名前を彼が呼んだのは、そのときがはじめてだった。

「疑わなくていい。持っていけ」

僕がカリーの店の臨時雇いになったのはそれからまもなくのことだ。そのときは自分がいずれ「カリー」になるなど、思ってもみなかった。商売人にとうてい向いていない僕がどうにか「カリー」でいられるのは先代のおかげだ。彼を思い出すのは楽しかった。教えてくれたことはすべて覚えている。

しかし今回競り落とした箱は先代がいう「びっくり箱」ではないらしい。たいしたものは出てこない。悪くはないが貴重なものも見当たらない——と思ったとき、底で何か光った。

油紙の包みに、金色の封蠟が押してある。

僕はほとんど箱の中に落ちそうになりながらその包みを拾い上げ、封蠟の印章に思わず目を疑った。

この日は目覚めたときすでに昼近かった。いつになくぐっすり眠った気分で、体が軽かった。

僕は知らないうちに毛布にくるまっていた。薬の容器は元の位置に片付けてあったが、そんなことをした記憶はない。

クルト・ハスケルがお茶を持ってきたのは覚えている。僕は眠りに落ちる直前まで彼に、いろいろつまらないことを話したのではなかったか。

さぞかし呆れたことだろう。大の男があんなにみっともなく崩れてしまうなど。

店へ降りるとテーブルに惣菜が置いてあった。僕は一瞬ラジアンを思いうかべ、そんなはずはないと首をふる。では、誰だ。

考えられるのは彼しかいない。クルトだ。

しかし、なぜだろう。

僕にはさっぱりわからなかった。昨日の僕があんまりで、みかねた、というところだろうか。キッチンはきれいに片付けてあって、これにも驚く。彼は裏口から出たらしく、鍵は書状箱の底にあった。学院は身分のちがいが問われないとはいえ、貴族の子息がこんな雑用を進んでやるとは信じがたかった。

「あんたに会いたかった」

突然、僕にささやいた彼の言葉がありありと思い出された。まるでこの場にいるかのように。

胸のうちが熱くなり、腰の中心にうずきが走る。想起されたクルトの声は低く、官能的で、昼の光のなかでもぞくりとした。

あわてて僕は顔を洗いにいった。冷たい水を顔にかけながら、いいかげんにしろと自分にいい聞かせる。クルト・ハスケルだって、いいかげんにしろというものだ。相手などよりどりみどりのくせに、妙な誤解を与えかねない行為はつつしむべきだ。

僕はクルトが置いていった食べ物をひろげ、彼に対して腹を立てようとしてみたが、うまくいかなかった。冷たくなっていても、汁気のある肉巻きや野菜の煮込みのおかげで、何日か前のパンもおいしく食べられた。

もしかしたら、ありえないくらい面倒見が良い奴なのかもしれない、クルト・ハスケルという男は。だが、美貌と身分と金があってこれでは、ほんとうに反則じゃないか。

そんなことを思いながら僕は店へ出て仕事をはじめ、すこし前に競りで落とした箱を開けたのだ。

座って、金の封蠟を慎重にナイフで削り取り、油紙の包みをほどく。

中身は印章をみて予想した通りだった。これは焼けたはずだった。あの日失われた書物のひとつ。僕と〈彼〉の罪のひとつ。

どうしてこんなところから出てくるんだ？　僕が知らなかっただけで、誰かがあの事件の前に持ち出していたのだろうか。あるいは他に写しがあったのか？

いや、それでもまだ足りない。なぜならこの書物はもう一冊、対になったものがあるはずだった。僕はどちらも完全に焼け、灰になったと思っていた。あの愚かな事件のあと、ついに発見されなかったからだ。

僕は表紙を開く。内側にしるしがあった。片割れが消えればこちらも消滅するように仕組まれた、強力な回路。指を這わせても僕には何も感じられない。だがしるしがある以上、対になったもう一冊が残っているはずだ。この本は両方がそろわなければ読み解けないように作られているのだから……。

僕は椅子を蹴とばして立ち上がった。そっくりの箱があと二つあった。雑物商のカールが競り落としたはずだ。古い眼鏡をひっかけて商店街の中心へ急いだが、カールの店についたときはもう遅かった。

「ああ、本ね。もう分けて売ったよ」

パイプをくゆらせながら、のんびりと彼はいった。

「誰に？」

「骨董屋や王宮の仕入れ人。いつもの連中さ」

「油紙の包みがなかったか？　封蠟がついたやつだ」

「あったよ」カールはゆったりした口調でこたえた。

「中もみずに、ルイスが買っていった」

「ルイスが？」

「そう。言い値で買うというから、競りの三倍は吹っかけたのにその場で払われてしまってな。どうせこっちには価値がわからんし、悪くはない取引だと思ったが」

うなずいて礼をいい、僕はカールのもとを離れた。

書店に戻り、僕の手もとにある片割れを検分しながら、強烈な悔しさに足がふるえた。貴族向けの仲買人であるルイスは僕の商売敵で、これまでもこっちが探していた魔術書をかっさらわれたことがある。

彼はこれが対になるものだと知っているだろうか？

知らなければまだ僕にもチャンスはあるかもしれないが、ルイスから書物を手に入れるのは至難の業だった。何しろ根っから商売がうまい男で、僕のように書物そのものに愛着があるわけじゃない。彼が貴族相手に稀覯本を取引するのは、一にも二にも金のためだった。きっと僕はまた金策に悩むことになるのだろう。

そんなものほっておけ、というラジアンの声——僕が金に悩むたびかけられる言葉——が聞こえるようだった。むしろ、自分が持っているこの片割れをルイスに高く売りつければいい。よかったじゃないか。

そうすればたしかに商売になるが、僕は売りたくなかった。その逆だ。僕は対になる本をそろえ、完全な状態で、本来あるべき場所に戻したかった。

本来あるべき場所——学院の図書室に。

16　クルト

地下書庫に行けば、つい砂色の髪を探してしまう。

彼がいるのではないか、と思ってしまう。

しかし今日も彼はいないようだ。職員が彼を呼ぶ声も聞こえない。

あちこち歩き回ったおかげで、クルトはすっかり書庫の地理に詳しくなってしまったが、彼はみつからない。

彼。ソールだ。

自分でもおかしなことをやっている、とクルトは思う。それなのに――いや、だからこそ、ここ数日、悶々《もんもん》としていた。

もちろん、店主の顔をみたいのならカリーの店へ行けばいいのだ。しかしたいした話もなく、買うべき書物もないのに、たずねていくのはためらわれた。

ソールのことだ、もともと学院にいただけに学生のカリキュラムなど熟知していそうだし、ヴェイユの講義を取る前は店に立ち入ったことが一度もないクルトのみえすいた嘘など、すぐに見抜くだろう。またも、必要もない人間に本は売れないなどといいだしかねない。

もっと自然にさりげなく、偶然のように会いたい、とクルトは思う。いや、偶然のようにではなく、まさしく偶然に出会いたい。もしもそのあたりでたまたまソールと行き会えたなら、天上から祝福の鐘が鳴り響くも同然だ。

それだけではない。毎日彼をみていたいし、声を聞きたい。考えこむときにあごを触るくせがある、あの指に触れたい。

誰かに突然発生するこのような心理的事件について、世間は「恋に落ちた」とか「春がきた」などと呼びもするのだが、哀れにもクルトは知らなかった。経験がなかったからである。

そんなわけで、クルトは審判の塔を出て城門へ向かっていた。ちょうど昼時で、近くの店からいい匂いが漂ってくる。上の空で歩きながら、あれから五日経った、と考える。

五日も経てばカリーの店へ行っても不審には思われないのではないだろうか。そうだ、口実はあるだろう。カリーの店で購入した書物との「絆」について質問するのはどうか。

そのとき突然、視界に砂色の髪がうつった。はっとしたクルトは、自分が王城の中の、あまりよく知らない区画にいるのに気がついた。回路魔術師団の塔がある、北東の区画だ。

ぼんやりしていたせいで城門とちがう方向へ向かっていたらしい。だがあそこに彼がみえる。いつもの痩せたシルエットで、眼鏡をかけている。暗色のローブを着たひょろりと背の高い男と話をしていた。

「ソール！」

クルトの頭の中で鐘の音が鳴った。ソールがこちらに目を向ける。その口もとにうっすらと微笑みがうかぶのに胸が高鳴った。

ソールは隣にいた男に何かいい、手をあげると、こちらへ近づいてきた。

「クルト。こんなところにも用があるのか？」

「あ、いや、これはたまたま……」

クルトは口ごもった。ソールが自分をみつめていると思うと鼓動が速くなり、まったく心おだやかでいられない。

「えっと、その、地下書庫へ行った帰りなんだが、ぼうっとしていて迷ったらしい」

「きみでも迷うのか」

ソールはおだやかな顔で、また微笑んだ。クルトの頭の中でまた鐘の音が鳴り響く。ソールは今日、師団の塔で眼鏡を再調整してもらったのだという。楽になったと話す快活な調子がクルトの鐘の音と和音をつくる。

「ヴェイユの講義は順調か？　何か困ったことがあれば、なんでも聞いてくれ」

「ああ、うん。大丈夫だ。いまのところ。いや、大丈夫だが……」

クルトは緊張するあまり、自分が何を口走っているのかほとんどわからなくなっていた。

「えっと、その、ソール。もう昼だ」

「うん？」

「その、どこかで昼食でも、その……」

なんて不格好な誘い方だ、とクルトは歯噛みしたくなった。この駄目な口はもっとこう、いい感じに話せないのか。

だがソールはそんなクルトの思いを知ってか知らずか、軽い調子で返事をかえした。

「ああ、いいよ。僕も何か食べようと思っていたところだ」

クルトの頭の中ではたくさんの鐘が鳴りっぱなしだ。そこにオルガンの音色が重なって、メロディを奏ではじめた。

「じゃあ、どこへ行く？　このあたりで？　それとも……」

「そうだな」ソールの眉がかすかに寄せられる。

「よければ城下に出ないか。王城は落ちつかないんでね」

「俺がよく行く店でいいかな？」

「あまり外で食べないんだ。おすすめがあれば連れて行ってくれるとありがたい」


「宝珠の器」は学院入学以来クルトがなじみにしている店で、アレクや他の学院の仲間もよく食事をする場所だった。夜は教授たちも訪れる。ふところが寂しくなった経験のないクルトは考えたこともなかったが、じつは城下の高級店のひとつだ。

クルトにしても、平民の学生をみかけないことは知っていたが、気にかけたこともなかった。ソールは平然と中に入っていくクルトの背後で眉をあげたが、ひとことも発さず、だからクルトは気づかなかった。

テーブルにつくと、ソールはゆったりと落ちついた様子で、運ばれてくる料理を味わった。フォークをあつかう繊細な指は長く、小さく切った肉片を運ぶ様子は優雅で美しい。城下の小さな書店の主人に似合わず、きちんとした作法の教育を受けたとわかる手つきだ。

クルトはといえば、ソールの唇や、咀嚼《そしゃく》するたびこくりとさがる喉もとをみつめすぎてしまわないよう、何度も視線を泳がせていたが、それでも目の前の男を眺めていられるのが嬉しかった。

すこしうつむいた白い顔の、ひたいに巻き毛が落ち、それを上に撫でつけるソールの指に心を惹かれる。そしてクルトの目をみながら話をしているのに、ときどきふっと視線がそらされたときの、長いまつ毛にも。

一緒に食事をすれば堂々とみつめていられる。誘ってよかった、とクルトは思った。

デザートを待つあいだ、地下書庫におさめられた事件記録についてソールに問いかけると、即座にクルトが消化できないほど内容の濃い話が返ってきた。カリーの店主に数日前の落ちこんだ様子はなく、なめらかな声の響きをクルトは純粋に楽しんでいた。

横から見知らぬ男が突然声をかけてきたのはそのときだ。

「ソールじゃないか。こんなところに来るなんてめずらしい」

ソールは話をやめ、声の方向をみあげた。

「ケチなあんたのことだ、たまたまってわけじゃないんだろう？　俺を探していたか？」

彼らのテーブルの側《そば》に立っているのは、着ているものこそ金がかかっているが、優雅さのかけらもない話し方をする、みるからに無礼な中年男である。

クルトは思わず口をはさもうとしたが、ソールは手をあげて彼を制した。

「いや、別にあんたなぞ探していないさ。ルイス」

男はソールを無遠慮に眺めやる。クルトはその視線に苛立ち、放射された猥雑《わいざつ》な悪意に、思わずテーブルの下でこぶしを握った。

「例の書物、返事はどうした？　そちらさんの都合はついたか？」

男に答えるソールの声は、さっきまでとはうってかわって固くなっている。

「その話は――いずれ知らせる」

「いつまでも返事をくれないようだと、こっちにも都合があるぜ」

「買う気はある。準備ができていないだけだ。待ってくれるとありがたい」

男はクルトの方へちらりと視線を流した。

「それでパトロン探しか？　ずいぶん若いのを、ご苦労だな――」

「そんなんじゃない！」

ソールの声が小さく、だが鋭く立ちあがった。冷たく男をみあげる目つきにクルトはひやりとした。

「食事の邪魔をするな。いずれ返事をする」

相手の男は肩をすくめた。

「そうか、邪魔か。そりゃ悪かった」

男は左右に体をゆすりながら店の外へ出ていき、ソールは小さくため息をついた。クルトへ向き直り「すまなかった」という。

「古書の仲買人でね。商売敵同士、いろいろある。食事を不味《まず》くしてしまったな」

「そんなことはないさ」

あんたをみていられればいい、という言葉をクルトは飲みこんだ。

「デザートが来る。口直ししよう」

ソールは何かいいかけて、思い直したように口を閉じた。また口を開く。

「きみは――よくこの店に来るのか？」

「ああ。なぜ？」

「……昔、何度か来たことがある。変わらないと思ってね」

「ずっと同じ主人がやってると聞いてる」

「そのようだ」

果物とクリームを飾った冷菓がテーブルへ運ばれたが、もう話は弾まず、食器がふれあう音だけが響いた。席を立つとき、クルトがソールの分も払うというと、ソールは首をふった。

「やめてくれ。学生の、それも客におごってもらうなんて、ありえない」

「今日は俺が誘ったんだ」

クルトは正面からソールに笑いかけた。

「なあ。今度、あんたの店で何か……ごちそうしてくれ」

思いもかけないことに、ソールは一瞬で赤くなった。ぎこちなくクルトから顔をそらし、何度かまばたきする。

「きみは、まったく……やめたまえ」

「何を？」

「店にはいつだって来ていいが、たいしたものは出せない」

「それで十分なんだ」

すばやく勘定書きをとりあげてクルトはさっさと出口に向かった。支払いをすませ、先に出ようとすると、店の主人がソールに声をかけるのが視界に入った。主人からソールに向けて放射された感情はあざやかだった。驚きと安堵、それに慰め。

何度か来たことがあるといったが、ふたりは知り合いなのか。ソールはこわばった顔のまま、主人にぎこちない微笑みを返した。

無言のまま店の外へ出てきた彼の横顔をクルトは盗みみた。あれはとまどいか？　ひどくさびしそうにもみえる。

「今日はどうもありがとう。ごちそうになった」

クルトの内心など知らない様子でソールがいった。

「――ああ」

「お返しといってはなんだが、聞きたいことがあったらいつでも店に来てくれ。ごちそうなんてできないが、課題で困ったことがあったら、すこしは助けになるだろう」

「もちろん！」

力をこめて答えると、ソールは驚いた顔をした。

「わかった」

そしてそのまま、下町に向かって歩き去った。

17　ソール

「宝珠の器」の主人が僕のことを覚えていたのは予想外だった。

なにしろ十年以上前に、数回訪れただけなのだ。いつもヴェイユと、僕と、そして――〈彼〉の三人だった。進級や、三人のうちの誰かが賞をもらったときの祝いでしか来なかったし、金を払ったのはいつもヴェイユだった。

古い貴族の家柄であるヴェイユはどんな高級店に行ってもうろたえなかった。びくびくする僕らふたりを堂々と連れ回して、いつも気前よく支払った。そう、クルト・ハスケルのように。

出世払いにしてくれよ、そう僕と〈彼〉はヴェイユにいったものだ。もう二度とかなわなくなってしまったが。

ヴェイユはいまだにこの店に来るのだろうか。教授になったのだから、常連かもしれない。主人に聞けば教えてくれただろうが、そんなつもりはなかった。会釈をかえしただけで精一杯だった。

思いもかけないところで昔の僕を知る人に出会っただけで、いまだにこう動揺するとは、僕はまったく成長していないようだ。きっと人間が成長するとか、変わるなんてことは幻想なのだろう。

そういえば「宝珠の器」でルイスに会ったのも予想外だった。変わる変わらないでいえば、彼もまったく変わらない男だ。僕がカリーの店で臨時雇いをしていたころから知っているが、昔もいまもがめつくて狡猾《こうかつ》で、商売がうまい。同業者には下品で粗野な態度をとるが、顧客となる貴族には絶妙なへつらいと丁重さで対応する。相手をほめそやしながらも自分の半端な知識をひけらかして、欲望をかきたてる技術は最高ときている。

ルイスの前に出ると僕はいつも、自分が不自然に頭でっかちなだけの、不器用な敗者なのだ、という気分になる。半分以上真実とはいえ、これをいやらしいほどあからさまに突きつけた上で、無力さを思い知らせるのがルイスの手なのだ。

今回の書物――例の箱から出た対の本――にしても、僕がなんとしても手に入れたいと思っているのを確実に予想して、五倍の値段を吹っかけてきた。さっさと買わなければ貴族のコレクターへ売りこむぞ、とほのめかしながら。

しかもクルトについてまで……ルイスのいった、パトロン、という言葉に腹の底が熱くなった。いくらクルトが羽振りのよさそうな外見をしているからといって、年下の学生にたかっていると思われるなど、心外なだけでなく屈辱的だった。しかも……と僕は思い出し、今度は赤面した。あの日は結果的にクルトにおごってもらうことになってしまった。

まあ、ただの昼食にしては高すぎたからありがたかったが、あんな顔で笑いかけないでほしい、と僕は思う。ほんとうに誤解してしまいそうだ。彼が僕に……気があるのではないかと思ってしまう。

そんなみっともない勘違いだけはしたくなかった。まったくもって、みじめだった。

それにしても、くだんの書物の意味をほとんどわかっていないくせに、はったりをかけて大きく出るのが、ルイスのルイスらしいところだ。封蠟の印章で察しはついただろうが、ルイスには魔術書の真の力が感じ取れるほどの魔力はない。しかし彼のような「書物の猟犬」にありがちな特徴として、値打ちがあるものへの嗅覚は抜群なのだ。

一方僕はというと、木箱から油紙の包みを拾い上げて数日間、手もとにある片割れを仔細《しさい》に調べた結果、この対になる魔術書は、かつて学院から失われた書物と同時に作られた「双子」だと断定した。こちらの本は内容はもちろん、装幀《そうてい》、版木、紙の質、インク……どれをとっても僕の記憶にあるものと同じだったが、ひとつだけちがう部分があった。

表紙を開いたしるしの下部に、拡大鏡で仔細に調べなければわからないくらい、小さく刻まれた記号があった。太陽と星を象徴する、ふたつの記号がつながれたものだ。

僕が記憶している本は、記号の順序が逆だった。

限定本の制作者がよく使うしるしだ。対になる本の対になる双子。

僕は思わずため息をついていた。ここにあるのは単純な事実だった。十年前に失ったあの本はやはり、燃えて永遠に失われたのだ。この魔術書が発見された屋敷の来歴は調べる価値があるにしても、結論はひとつ。長らく誰にも知られないまま死蔵されていた双子の書物が、いまになって発見された、ということにすぎない。

しかしそれでも、たいした偶然ではないだろうか。僕はいま、失った書物と実質同じものを半分取り戻したのだ。ルイスの手もとにあるもう半分だって、取り戻せるかもしれない。金策さえつけばだが。

例によって、その金策が問題なのだった。

僕が扱う商品はきまった売上がつねに立つわけじゃない。運転資金はつねに確保しておかなければならない。商店会の融資枠を使い切ってはまずい。捜索を頼まれているコレクター向けの稀覯本リストをいくら眺めても、結果はついてこない。新規で融資を受けるにしても――

『道楽でしかない学問だの書物だのにしがみついて、それでひとかどの人間になろうなんてのが私の倅《せがれ》だとは、まったく情けない』

おやじの声がいきなり脳裏に蘇った。

そうなのだ。新規で融資を受けるにしても、どこに頼むべきか。

あたりまえだが、金融業者は計画と担保を求める。そしておやじのような、余剰資金の投資先をさがしている商人には、この理由を説明するだけでひと苦労だろう。

なにしろこの書物の購入には大きな問題があった。どれだけ高値でルイスから買い取ろうと、僕には転売する意思がないからだ。無償で学院の図書室に戻したいと思っているのだから。

どのみち、おやじに融資を頼むのは論外だった。面汚しの三代目から、学院に進学してただの息子になり、いままでは勘当されている。

勘当の件については、僕は感謝すらしていると認めなくてはならない。最終的に僕が「カリーの店主」を引き継げた理由のひとつだからだ。学院に進学したときも経済的援助は一切なかったが、叩きこまれた上流階級向けの礼儀作法や帳簿のつけ方は、のちのち役に立った。

おやじは塩と穀物、織物の取引で財をなした二代目だった。王都でこそ知られていないが、南へ行けばそれなりの名士だ。僕が顔も知らない一代目はボロ船一隻と馬一頭、川のほとりの小さな店舗しか残さなかったから、どうもおやじの商才は祖母の血筋らしい。僕の商才のなさはきっと一代目からきたのだろう。魔力や学問、書物への執着がどこからきたのかは完全に不明だ。まったくこの世はめちゃくちゃにできている。

ともあれ、どう金策したものだろう、と僕はふたたび頭を悩ませた。この際だから、めぼしい在庫のカタログを持って貴族の屋敷回りをすべきだろうか。

交渉下手な僕にうまくやれるとも思えないが、ルイスに支払う元金くらいは作れるかもしれなかった。同業者からの借入は泥沼への輝かしき第一歩だが、僕という器自体がすでに泥船も同然なのだ。いったい誰が気にかけるというのか。僕が気にかけるものにしても、書物の他には何もない。いま僕の手もとにあるこの書物と、その片割れを取り戻すことができるのなら……。

目を閉じると、海の音が聞こえる気がした。書物でいっぱいの店に座ったまま、僕は深く遠いところから響く波の音を思い出す。頭の芯をつかんで遠くに投げ出していくような轟音《ごうおん》、波のへりで砕ける白い泡、うちよせられては戻っていく貝殻。曲線を描いてよこたわる海藻と、水に濡れた小石のあざやかな色彩。砂浜の水たまりに映る、まだ若い僕の顔……そのうしろに誰かの影がたち、僕はなつかしさでいっぱいになるが、その顔を直視できない。影だけをみつめたまま、この記憶を閉じたいと願う。

と、水面《みなも》がゆれ、みるとそこに映るのは僕の現在の顔に他ならなかった。そしてうしろにはクルト・ハスケルの美貌があって、僕に笑いかけている。

僕は目頭をおさえ、奥の方からこみあげてくるものを押さえつけようとする。あの海はもうないのだ。そこにはもう、誰もいない。

18　クルト

ドサッと鈍い音が聞こえた。

あわてて伸ばした手が空振りする。書架の裏側に本が落ちたのだ。

クルトは棚から数冊本を抜き取り、向こう側をすかしみた。落とした本は棚と棚の隙間から奥へすべり落ちたようだ。壁と書架のあいだにひっかかっているだろうと手をつっこんでみたら、またも空振りした。

どうやら棚の裏側には意外に広い空間があるらしい。この書架は学院の図書室の一辺を天井まで覆う重厚なもので、クルトはずっとこの裏側が壁に接しているものと思いこんでいた。

『クルト、どこだ？』

間が悪いことにアレクから念話が届く。

『図書室だ。もう終わる』

『また歌っていただろう』

アレクからは快活なからかいの響きが伝わってきた。

『今日は例の会だぞ。忘れてないか？』

『すぐ行く』と、クルトはおざなりに返事をする。

『最近よく図書室にいるな。そんなに授業の準備、大変なのか？』

『いや？　講義が面白くなっているだけだ』

クルトは念話に自分の気分をあからさまにしないよう心がけた。最近、自分がどうもおかしいという自覚はある。

『もうじき出るから待ってくれ』

窓際の机まで戻ると広げていた資料を重ねて山にした。窓の外はうすぐらく、図書室も閉室の時間だ。司書も忙しそうである。声をかけるかクルトは迷い、結局ひとりで先ほどの書架の前に戻った。

あらためて観察しても、これといって他と変わったところはなかった。ぴったり壁に接しているとしかみえない。クルトはとなりのセクションへ移り、ためしに本を数冊抜き取ってみた。どの書架の奥も板で仕切られ、叩くと堅い音が鳴る。空白があるようには聞こえない。元の場所へ戻り、同じことを試してみた。こちらも音は堅く、背後に空間があるとは思えない。いったいさっきの感覚はなんだろう。それに、落とした本もどこかへ消えてしまった。

面倒だ。探知してみよう。

クルトはうつむき、指を組んで目を閉じた。第二の視界が脳裏に広がり、ふだんは遮蔽されている、図書室内部を流れる〈力のみち〉が描き出される。

壁を沿う微細な魔力の渦が感じられた。跳ねかえって戻ってくるのではなく、書架の向こうまで続き、広がっているようだ。

たしかに空間がある。だがその中が見通せない。もっと分厚い遮蔽があって――

「何をしている？」

突然声をかけられ、クルトは顔をあげた。すらりとして冷たい顔立ちの魔術師が立ち、鋭い目つきを向けていた。

「ヴェイユ師」クルトはとまどいながらもごもごと返事をした。

「その――この奥に、本を落としまして。拾おうとしていました」

「それなら職員にいいなさい。彼らがあとで片付ける」

「はい」

おとなしく答えたものの、クルトはふといぶかしく思った。

「ヴェイユ師？」

「なんだね？」

「先ほどからここにおられましたか？」

「いや？　いま来たところだが」

「そうですか。失礼しました」

司書に本を落としたことを謝り、クルトはアレクが待つ方向へ急いだ。歩きながらもひっかかるものを感じて、いましがたの出来事を反芻《はんすう》する。いったい何がこんなに気になるのだろう。

「よう、クルト」

なかば暗くなった教室を迷いなく通りぬけ、まっすぐ友人が待つ部屋へ入った瞬間、違和感の正体がわかった。

――ヴェイユ師はどこにいたのだろう。

図書室で彼が近づいてくるのにクルトはまったく気づかなかった。声をかけられるまで、ヴェイユの魔力の放射を一切感じなかったのだ。


その日は以前から約束していた学友たちとの集まりがあった。場所は「宝珠の器」だ。

いくら貴族でも、学生の身分で夜にこの店を訪れることはめったにない。昼間にくらべ、値段も格も三段は上がるからだ。だが今夜は特別で、寄宿舎で一緒にすごした仲間のうち、森の施療院へ進路を決めた数人のための、祝いの会だった。王宮をめざすクルトたちとちがい、彼らは学生の身分のまま、卒業まで王都を離れることになっていた。

小部屋に集まった学生たちはにぎやかに飲み食いした。学院へ来てからの思い出話に花を咲かせ、教師たちの噂をし、たがいの未来について予想する。やがて、念話で密《ひそ》やかな会話を交わしながら連れだって外へ消える者たちや、酔って無遠慮になる者もあらわれる。

しかしクルトはそれほど解放的な気分ではなかった。こんな席ではいつも陽気で、快活に冗談ばかり飛ばすのがつねだったが、今夜は黙って飲みながら友人たちの話を聞いていた。頭の片隅にぼんやりとメロディが浮かび、ハミングでそれを追う。

「クルト、また歌ってるんだ」

顔を赤らめ、とろんと酔った目をしたニコラがもたれかかってくる。

「最近毎日聞こえるけど、いったいどうしたの。歌でいい気分になるのは歓迎だけど」

「俺も不思議に思っていた。こんなに毎日〈放送〉しているなんて、新入生のとき以来だろ？」

ニコラに腕を絡めながらサールがいう。このふたりは数年ごしのつきあいで、周囲もまとめて夫婦扱いしていた。

クルトは苦笑した。入学時に一気にクルトを有名にした〈放送〉については、あまり触れてほしくない。

「自分じゃ意識していないからわからないんだ。図書室で集中していることが多いせいかもしれない」

「ずいぶん熱心に勉強しているらしいな」と隅の方からも声が飛ぶ。

「ヴェイユ師の講義でしょう」

「受講した以上は落とせないし、がんばらないとね」

「彼の厳しさは有名だからねえ」

「歌えるくらいなら楽勝なんじゃない？」

励ましと共感にみちた、快い笑い声が一座から湧く。クルトも一緒になって笑う。ここにいる者たちの数人は施療院へ行き、数人は王宮をめざす。アレクのように自領へ帰り、統治のために精霊魔術を使う者もいる。そして数人は学院に残るだろう。

未来がどちらへ進もうとも、この場にいる者は生涯続く絆で結ばれ、友人が危機に陥ったときには、即座に助けの手を差し出すだろう。

学院の友人とはそういうものだ。

「そういえば、ヴェイユ師は最年少で教授になったけれど、私は彼の同期の話を知らない」

ふと思いついた様子でニコラがいった。学院の歴史を掘り起こすのが趣味のサールが即座に解説を加えた。

「ヴェイユ師は学院での経歴が変わってるんだ。途中で大陸に留学していたというし、卒業もすこし遅れたらしい。事故があったとか」

「事故ってどんな？」

興味をひかれてクルトはたずねた。わが意を得たりとばかりにサールが話しはじめる。

「十年前、図書室で火事があったんだ。逃げ遅れた学生がひとり亡くなった。学院の創設以来、学内で亡くなった唯一の死者ということだ。他の学生も火事に巻きこまれ、ヴェイユ師も何度か施療院に通ったらしい。貴重な蔵書も何冊か焼けたって」

「でも図書室でそんな火事があったなんて、いまはまったくわからないわね」とニコラ。

「そこなんだが、火事のあとで魔術関連の記録の一部は王城の審判の塔に移された。学院の図書室はその後大規模な改修を行って、いまにいたるらしい」

「さすがに詳しいな」とアレクがつっこむ。

「ああ、俺はいずれ学院史を書くよ。そしてきみらの恥ずかしい話を何もかも盛りこんで……」

「やめろよそんなこと！」

わあっと笑いが起き、サールは周囲から背中や頭をぽんぽん叩かれてもみくちゃにされる。だがクルトにはもっと聞きたいことがあった。

「なあ、サール。その十年前の火事だが――生き残った学生がいたんだろう？」

「生き残った？　どういう意味だ？」

「その――ひどい怪我や火傷《やけど》から、という意味だ」

「うん？　いや、そこまではさすがの俺も知らないな」

サールは怪訝な顔をしたが、すぐに何か思いついたようだ。

「そういえば記録に齟齬《そご》があるとは思った。最終学年の秋を越えれば、たとえ卒業できなくても、俺たちは少なくとも魔術師の資格は得られるし、学院の記録に名前が残される。だがこの火事の年は人数が合わないんだ。記録も欠けていてはっきりしないが、魔術師になれなかった者がいるらしい」

ニコラはすぐに察して続ける。

「火事のせいで魔術師になれなかった、っていうこと？」

「ああ、そうかもしれないな。怪我で魔力を失くすとか、そんなこともあったのかも」

サールがそういったとたんぎこちない沈黙が落ちた。各人の居心地悪さがあたりに放射する。

生まれつき強い魔力を持つことは、学院に所属するための必須条件だ。学院に入学を許された時点で、学生たちはすでに普通の人間とはちがっている。〈力のみち〉をとらえる強力な知覚に適応するとは、逆にいえばそれ抜きの生活を想像したことがない、ということでもある。

つまり魔力を失うような事態など、彼らにとっては想像を完全に超えることで、考えてみただけでも落ちつかないのだった。

「……もしそんなことが起きたら、どうする？」

ぽつりと誰かが問うた。隅に座った学生が「俺は自信ないな」といいながら喉を掻《か》き切る仕草をした。

「考えてもみろよ――」

「いや、そんなこともないだろう。施療院ではそんな患者の治療だってするし、高齢になれば誰だって魔力がなくなることはある」

「でもいま、この時期に起きたとしたら？　突然魔力がなくなったら、目がみえなくなるも同然じゃないか。もし俺たちに……」

「そもそも魔力を失くすなんて簡単に起きる話じゃない。制御できなくなることはあっても器はそんなに壊れないって、教わっただろう？」

すぐさま議論がはじまったが、クルトは聞いていなかった。自然と、思いがソールに向かっていたからだ。脳裏にうかぶ砂色の髪の男は、学院にいたころ、いったいどんな存在だったのだろう。

想像しようとしても、うまくいかなかった。クルトの中でソールは最初から「カリーの店主」だった。魔力の放射はまるでないが、学識と経験があり、物静かでさびしげな眸をした薄い影。

「クルト？　そこにいる？」

ニコラが腕に手をかけ、クルトは我に返った。ニコラはいまや真顔でクルトを凝視している。

「あなたが心を閉じているのはめずらしいわね……」

と、だしぬけにクルトの顔を正面から両手で包みこんだ。

「いやだ！　クルト、どうしたの。あなた――恋をしているの？」


その晩、当然のようにクルトはソールの夢をみた。

夢をみながら、たしかにソールの夢をみるとわかっていた、とクルトは思った。ニコラがいったこと――これが恋かどうかなんて、どうでもいい。これだけソールのことを考えているのだから、夢に出てこない方がおかしい――と、クルトは何度も心の中でくりかえす。

クルトの夢のなかで、ソールはあの大柄な騎士、ラジアンと楽しそうに話をしていた。まるで恋人同士のように、ソールの手が騎士の顔を触り、騎士がソールの手首をとり、その指に顔をよせる。

クルトはその光景をみて憤りを感じ、真正面から嫉妬した。それどころか、あんなのは嘘だ、と強く思った。

ソールの前にいるのは少なくともあいつじゃないはずだ。あれはまちがっている。

あいつはソールとつきあっていない。だいたい、俺の夢なのにどうしてあいつが出てくるんだ？　夢なんだからもっとちがうようであるべきだ。少なくともあそこにいるのはあいつじゃない。

――俺のはずだ。

と思ったとたん、クルトはソールの前にいて、彼の手をとっていた。細い指に口づけるとソールはさびしげに微み、その唇が動くが、声は聞こえない。

声を聞きたいと願いながらクルトはソールの肩に手を回し、抱きよせて髪を撫でる。ソールは口を開け、たしかに何か話しているが、クルトには聞こえてこない。らちがあかない、と焦ったクルトはソールの頭に手を回すと、あごをとらえて唇を重ねる。

腕の中で痩せた体が硬直するが、重ねた唇のさらりとした感触を味わうあいだに解けていく。クルトはもっと深く口づけようとソールを抱く腕に力をこめる。薄く開いた隙間に舌を差し入れ、内側へ侵入して粘膜に触れる。抱きしめた体がふるえるのを感じ、背中から腰へと腕をおろし、手のひらで愛撫する。

口づけのあいまにソールから熱い吐息がもれる。クルトの中心はすでに堅くなり、ソールの体温で追い上げられて爆発しそうだ。唇をずらしてソールの喉へ舌を這わせ、強く吸い、歯を立てる。甘い声が聞こえる。名前を呼ばれたような気がする。内部の熱が高まっていき、クルトは抱いた腰に自分の中心を強く押しつけ、ゆすりあげて――

そして目を覚ました。

まだ射精の余韻が残るなか、汚れた下着が気持ち悪かった。

「ええっと、つまり、俺は――」

なんだか間が抜けている、とクルトは思った。

しかも声に出して確認しているなんて、いったいどうしたんだ、俺は。俺は――

「ソールが好きなんだ」

そのとたん、またも頭の中でたくさんの鐘が鳴った。

19　ソール

道は白く、なだらかな坂道となってずっと先まで続いていた。

僕はすこし汗をかいている。馬車を使わず歩くことにしたら、思ったよりも道のりが長かったのだ。

「だからいったじゃないか」と僕の横を歩きながら彼がいう。

「いくら気候がよくても、遠いって」

彼のひたいに汗が光る。旅行用のマントはぬいで背中の荷物にひっかけて、深緑の上着も前を開けている。

「馬車賃がもったいないだろう」と僕はいいわけがましく答える。

「着いてからヴェイユに払わせればいい」

「いまさらいっても遅いよ」

この道はゆるやかに上り下りをくりかえしながらヴェイユの別荘へ続いているはずだ。坂道の向こうの景色はうつくしかった。木立が散らばるみどりの牧草地で白い点が動く。羊だ。道ばたには黄色い花が咲き、整然と畦《あぜ》を切った畑地に蝶が舞う。木々のあいだを抜けると、曲がった道の先にどこまでも青く海が広がる。

「ソール、そんなにめずらしいか？」と彼が笑う。

「何が」

「海。さっきからそっちばかりみてる」

「悪いか」と僕は答える。

「どうせ僕は田舎者さ」

「ここだって田舎だよ」

「ちがう種類の田舎だ」

彼はまた笑う。

「たしかに」

ざあっと草をゆらして風が吹く。嗅ぎなれない海の匂いがする。ちらちらと光る水平線が視界に入るたび、僕は浮き足立つ。彼がまた僕をじろじろみている。

「着いたら、浜まで行けるさ」という。

「何が」

僕は彼をにらみ、なんの話をしているのか知らないふりをして聞く。

「海だよ。砂浜で遊べる」

去年もここへ来たという彼は、勝手知ったる調子だ。

「浜の先には洞窟もあるんだ。明日は小舟を出してもらおう。いい場所がある」

彼の言葉に僕は子供のような期待で心がわきたち、嬉しくなるが、顔は無表情を保とうとする。もっともそうしてみたところで、彼には全部さとられている。眉毛があがったりさがったりして、笑いをこらえているのがわかる。なんとなく悔しい。

突然彼は真顔になる。

「ほんとうは歩くのは歓迎なんだ。こうやってソールとならんで歩いたり、できなくなるからな」

彼はもうすぐ王都を離れることになっている。出身地でもある西方の町に治療師として赴任するのだ。

と、わざとらしくため息を吐いて、「あーあ。課題課題課題でうんざりしていたのに、いざ離れるとなると教室がなつかしいなんて、不思議なもんだ」といった。

僕は彼のためらいや不安、未知のものに対する漠然としたおそれを感じとる。未来は僕らそれぞれにあって、いまはどうすることもできなくても、彼の力になりたいと思う。

「きみがいなくなっても教室はそこにある」と僕はいう。

「戻りたくなれば戻ってこれるさ。治療師の先輩だって、師に直接教わるためにときどき学院へ来るじゃないか。それに僕はなんとしても学院にいるつもりだから、また会える」

「そうだな」と彼はつぶやく。

僕らは小さな集落を通りぬける。道は石畳になり、左右は陽の光で白く照り映える漆喰壁《しっくいかべ》の家々だ。窓台に赤い花が咲き乱れ、屋根は濃い青色、扉はあかるい緑に塗られている。集落をぬけても石畳の道は続き、ゆったりと曲がって、その先に白と青の屋敷がある。

「遅いと思ったら歩いて来たのか」

屋敷の前にはヴェイユが腕を組んで立っていた。

「待ちくたびれたよ」

「ソールが馬車は嫌だというんだ」

彼は玄関に荷物を下ろし、上着をとってあおぐ。

「こんなに遠いと思わなかっただけだよ」と僕はいいかえす。

「知ってたら乗ったさ」

「馬車だと景色がみえないからな。徒歩でよかったのさ」と彼がいう。

「ソールはずっとそわそわしているんだ。浜辺へ行こう」

空には雲ひとつなく、海の匂いがする風が吹きわたる。花壇をふちどる小石が白く輝き、まぶしさに目がくらむ。


「ソール？」

あやうくインクが垂れるところだった。

僕はまばたきしてペンを置き、まだ濡れている文字に吸い取り紙をあてた。ランプの光がやわらかく、書いたばかりの文字を照らす。インクの匂いに、嗅ぎなれた虫よけのハーブの香りが混ざる。

「邪魔だった?」

クルトが僕の顔をのぞきこんでいる。ランプの明かりで落ちる影が、彼の整った面立ちを際立たせ、僕はどきりとした。屈んだ胸もとからかすかに麝香《じゃこう》の香りがただよった。

「いや。居眠りしかけていた」

僕はなんとか言葉をひねりだした。過去の記憶に意識が一瞬飛んでいたのだ。書きかけのリストを見返して、汚れていないのに安堵したが、クルトの気配は去らない。

逆だ。髪が触れそうなくらい近くに寄っている。

「ソール、休憩しろよ。きっと働きすぎなんだろう」

「このリストを書き終えたらな」

できるだけそっけなく返して、僕は手をふった。

「すこし離れてくれ」

「邪魔?」

「近すぎる」

クルトは体を起こしたが、しぶしぶといった様子だった。

「何か手伝えることは?」

僕は彼を見上げた。

「何をしにきたんだ?」

クルトは床から紙袋を持ち上げた。

「前に会ったとき、次はごちそうしてくれるといわなかったか?」

「聞きまちがいだろう。僕がいったのは、ごちそうなんてできないが——だ」

「そうそう、そうだった。だから持ってきたんだ」

クルトは紙包みを取り出した。料理のいい匂いがした。僕は急に食欲を思い出した。それればかりか、ぐうっと小さく腹が鳴った。

僕は赤くなったが、クルトは邪気なく笑いかけた。

「ほら、休憩が必要だろ？」

「リストを書き終わったら、だ」

「じゃあ俺は用意するから」

止めるまもなく学生は店の奥へ入りこんだ。うしろから「終わったら一緒に食べるんだからな」と快活な声がいう。

「おい……」

僕は立ち上がって何かいおうとしたが、あまりにもあっけらかんとしたクルトの雰囲気にのまれてしまい、また椅子にへたりこんだ。鼻唄が響き、湯を沸かしているらしき音もする。

なんだ、あいつ――

厚かましさに苛立つ一方で、妙に嬉しい気持ちも湧きあがり、僕は混乱した。キッチンからはずっと鼻唄が聞こえている。

勝手にさせておけばいいじゃないか。

そう自分にいい聞かせ、僕はリストの続きに取りかかった。貴族の屋敷回りに備えた売りこみリストで、魔術書コレクターの系統別に売れそうな在庫をカタログから拾っていくのだ。ペンを走らせるうちに熱中して、まわりの音を忘れる。

「まだか？」

また麝香の香りがした。今度の僕は用意ができていた。ペンを置き、インク瓶の蓋を閉めて、書き終えたばかりのリストを隅によける。相手が離れるのを待つため、わざとゆっくり動いたのに、まだ麝香の香りが近い。

「ほら、もういいだろう」

いきなり手がのびてきて、僕の手首をつかんだ。

「食べようぜ」

まるで親猫がいやがる仔猫《こねこ》の首を咥《くわ》えて運んでいくようだった。僕はするっと手を引かれ、奥へ連行され、キッチンの前の小さなテーブルに座らせられていた。焼きたての香りがするパンと、パンに塗るパテ、肉の惣菜と果物の皿があった。

クルトはワインの栓を抜き、グラスに注いだ。

「何が好きかわからなかったから、適当に選んだんだ。嫌いなものは残してくれ」

「――嫌いなものなんてないが」

僕はとまどっていた。

「きみは――その」

「何？」

「いや……その、なんというか……貴族らしくないな」

すぐに後悔した。違和感をうまく言葉にできず、余計なことをいってしまった。

しかし僕の困惑をよそに、クルトはにやっと笑った。

「それ、褒め言葉だよな？」

「褒めてはいない」

思わず真顔で返すと「なんだ、そうか」とつぶやく。本気でがっかりしているらしい。

「学院の寄宿舎じゃ、貴族らしくないってのは最大の褒め言葉なんだぜ。やっと素でそういわれるようになれたと思ったのに……」

「学院はともかく外ではまずいだろう。ちがうんだ。単に――僕より食事の支度がうまいから、違和感があるといいたかっただけだ」

クルトの表情がぱっと明るくなる。

「だったらこれでよかった？　好き？」

テーブルをさして無邪気にいうので、僕は思わず笑ってしまった。

「ああ」

クルトは満面の笑みを浮かべ、僕はそれを正面からみてしまった。ズキリと痛みのようなものが走った。

この学生を嫌うなんて不可能だ、と思う。それどころか、好意を持たずにはいられないだろう。

「ヴェイユの講義はどうだ？　順調か？」

どうしたらいいのかわからなくなり、僕は動揺を悟られないよう、手近な話題をふった。

「順調といえばそうだが、先週の課題で――」

クルトの話を聞きながら、これなら適切な助言ができると安堵する。十歳かそこら年下の学生なのだ。いくら美形でも、妙な方向に煽《あお》られるのは困りものだ。

クルトはワインを注ぎ続け、僕はひさしぶりに満腹するほど食べたと思う。満腹という感覚をしばらく忘れていた気がした。クルトが帰ったのは夜も更けたころで、僕はその前に店を施錠し、裏口から彼を送り出した。

「なあ、また来ていいか？」ふりむいてクルトがたずねた。

「聞きたいことがあればな」と僕は答える。

ワインのおかげですこし酔って、目の前に立つクルトの匂いにもくらくらした。まったく、反則もいいところだ。

「それなら、きっとすぐだ」

クルトがそういった、次の一瞬のことだった。クルトの両腕がのび、僕を抱きしめる。友人同士のようなゆるい抱擁なのに、麝香の香りが僕を包んだとたん、くらりとした。

――全身が溶けそうだ。

僕はあわてて体をもぎ離した。何かいうべきことを探す。

「ヴェイユを甘くみるんじゃないぞ」

「ああ、わかってる」

何もかも見透かしてしまうような緑色の眸が僕をまっすぐみつめている。クルトは僕に向かって小さくうなずくと、ふりむいて、歩き去った。

20　クルト

「クルト、おまえ変だぜ」とアレクがいった。

「そうかな――そうかもな」

さあ来たか。いささか構えながらクルトは答えた。

講義のあいまの暇な時間である。最終学年の学生の大半は教室にあまり用がなく、個人的に師事する教師の居室と自室との往復で過ごしていることが多いが、クルトはヴェイユ師の講義の準備のため、頻繁に学院の図書室へこもっていた。

結果、アレクとは自然に空いた教室で落ちあうことが多くなり、特に用がなければそのままだらだらと雑談することになる。

変か、とクルトは思う。アレクがいわんとすることはわかっていた。

たしかに俺はかなり変だ。最近。

「ああ。おまえ――浮かれすぎだ。おまえの〈放送〉、最近はほとんどうるさいくらいだ。止めてくれ」

その話か。アレクの言葉にクルトは肩の力を抜いた。それだけなら別に、どうということもない。

「悪いが、あれはやめようと思ってやめられるものじゃないんだ」

「だったら制御法に強い師に相談しろよ」とアレクがいったので、クルトは逆に問いかけた。

「そんなに困ることか？　俺は困ってないし、教師も何もいわないぜ。礼をいわれたことはあったが」

「まあ、リューマチでいつも機嫌が悪いニッツ師も最近は優しいしな……たぶんおまえのせいで」

クルトはむしろ自慢げに鼻を鳴らした。

「それなら問題なんて、ないじゃないか」

実際クルトの〈放送〉は特に問題にされることではない。そもそも学院の外の念話ができない人々には影響がないし、学院の外の訓練を積んだ魔術師たちは、この程度で集中をそがれたりはしない。

しかしアレクからクルトに届いたのは、困惑と混乱の感情だった。つまるところ、アレクはとまどっているのだった。長いつきあいの親友であるクルトが、いままでにないくらい浮足立っているということに、である。アレクはクルトの変調の原因にも見当をつけていたが、親友が自分にはっきり伝えないのも、彼にとって若干のわだかまりとなっていた。

クルトもそんなアレクの機敏は察していたのだ。だがいかんせん、クルトはいま、忙しかった。それどころではなかった。

「問題はないとしても、どうしてそこまでお花畑なんだ？　最近つきあいが悪いのと関係しているよな。もちろん」

アレクが茶化すように訊《たず》ねるのに「おい、お花畑はないだろう」とクルトは憤慨してみせる。

「おまえの放送、きらきらした花をまき散らしているようなもんだ。話せよ。水臭い」

クルトにしてみれば、水臭いといわれるのも心外だった。だがいまのクルトにはたしかに、誰か——アレクでもニコラでも、気軽に訊ねられる友人——に助言をあおぎたいことはあった。

「実は、聞きたいことはあるんだ」とアレクへ持ち出してみる。

「どうしたらいいかよくわからなくて」

「だからいえよ」

正直なところを打ち明けようとして、クルトは言葉に迷った。

「——好きになった相手に好かれようと思ったら、何をしたらいい？」

アレクはクルトの顔をしげしげと眺め、そして大きく、わざとらしいため息をついた。

今日、クルトは地下書庫でソールをみつけた。

書庫のどこにソールがいるか、クルトはかなり見当がつくようになっている。騎士団の用向きで調査に来ているときは、地下二層で過去の犯罪記録を探していることが多い。審判の塔が直接ソールへ仕事を頼んでいるときは、地下三層の奥、魔術関係の記録を扱っている場合がほとんどだ。

クルトの方にも地下書庫へ来る用がまったくないわけではない。だから最初は何かと口実をつくって地下書庫へ行き、ソールを探した。この行動はヴェイユ師の講義にも非常に役立った。師が言及する前に必要な項目を調べ終わっているという僥倖《ぎょうこう》もあったくらいである。

運よくソールが書庫にいれば、何やかやと手を出し、彼の仕事を手伝う。ちなみにこれも直接的ではないにせよヴェイユ師の講義に役立った。結果論にすぎないが、資料を扱う方法を実地に学ぶことになったからだ。

しかしクルトの目的は本来そこにはない。彼の目的はソールだけだった。今日もソールをみつけると、いそいそと近寄っていく。

幸い、ここでクルトと出会うことに最近ソールは慣れたようだ。クルトをみても驚いた様子もなく「探し物はあったか？」と聞く。

「俺の用事は終わったから、手伝うことはないか？」

「本当にそうなら、いいが――」

ソールが眉を寄せるのをみて、クルトは先回りした。

「こっちの勉強にもなるんだ。手伝えることがあったらさせてくれ」

「そうか？　それなら、この――」と、ソールは取りかかっている紙の束をしめす。

書庫で作業できる空間といえば、壁に埋めこまれた小机か、書棚のあいだの狭い空間しかない。だからソールに触れそうになるくらい近づくのは役得、いや不可抗力というものだ――とクルトは内心思いつつ、ソールにいわれた作業をこなす。

ソールは何をするにもていねいだ。繊細な指が、まっすぐに揃《そろ》った文字を紙の上にしるしていく。地下書庫独特の、古い紙や変質したインクの匂いがただようなか、ふとしたはずみにソールからふわりと香りがたつことがある。それはクルトをうっとりさせるが、多少――あくまでも多少――冷静に自分をふりかえると、ずいぶん変態じみているとも思うのだった。

しかたがないのだ。何しろクルトは、完全にソールに恋をしていた。

恋は盲目とか初恋は特別とか、世間でいわれるこの手の話についてクルトはこれまでまともにとりあったこともなかったが、いざ自分がそんな事態に陥ると、対処のすべを持っていなかった。変態じみていようがしかたないのだ。

それに――と、つねに前向きなクルトは思った。

俺は恋に落ちた。それはあきらかだ。

じゃあ、俺は何をしたいか？　何を望むのか？

クルトにとって答えはただひとつだった。もちろん、ソールのそばにいることだ。そしてあわよくばソールにも自分を――いや、それはまだ先の話でいいのだが、とにかく、自分がソールの近くにいるのが当たり前になることが、クルトの目下の望みだ。

だからソールに迷惑に思われないよう、もちろん自分の内心がともすると変態じみていることもさとられないよう、細心の注意を払いながらソールの手助けをする。ソールからは、通常なら労せずに感じとれるはずの感情がまったく放射されないので、クルトは一心にソールを観察していた。作業が終わるとなんとか雑談に持ちこみ、都合があえばソールと一緒にカリーの店まで行く。これが最近のクルトの「日々の達成目標」となったわけである。

カリーの店まで一緒に行けば、さらに書店の仕事を手伝うこともあるし、書庫を出るのが夕刻なら、連れ立って歩く道すがら食べ物を買いこみ、店で食べる場合もある。

横を歩く砂色の髪の男に恋をして、いかにどきどきしていようが、変態じみたことを考えていようが、クルトにとって幸運だったのは、彼が稀《まれ》にみる美形だということだった。それに腐っても貴族の子息だから、ふるまいは垢抜《あかぬ》けている。

おかげで傍目にはこれといって間抜けなこともなかったが、内実はただの恋する若者だった。

そして、恋する若者というのは基本的に間が抜けているものなのである。

地下書庫にいないとき、ソールはカリーの店にいるか、さもなければ商売の用事で出かけている。カリーの店の路地でよくパイプをくゆらせている老婆は近くの金物屋の女主人で、ソールが店に不在のときも、いま商店街のどこにいるのかならよく知っていた。クルトが頻繁にソールに会いに来るようになると、やがてたずねなくても行先を教えてくれるようになった。クルトは老婆にも時折パイプの葉をおごることにした。

こういった結果として、最近のクルトは地下書庫だけでなく、カリーの店にも足しげく通っていた。店に行くときは必ず手土産を持参した。上質の酒や果物。手触りのいい布巾。弾くと澄んだ音が鳴るグラス。透かし入りの便箋。カリーの店に贅沢《ぜいたく》なものは何ひとつなかった。もちろんソールの商売物である、高価な稀覯本はべつだ。それ以外は身に着けるものから口に入れるものまで、すべてが質素だった。眠るのは書物で埋めつくされた階上の部屋で、どうみても、生活の道具や衣類、寝具より、書物の方が多いのだった。

今日はもう夕方だから、ソールはこのあとカリーの店へ帰るのではないだろうか。先週彼が気に入ったようにみえた、南方の果物を買ってはどうだろう——などとクルトは考え、そわそわしそうになる。そして落ちつけ、と自分にいい聞かせる。

相手は物静かな大人の男だ。ソールとの最初の数回の出会いでは、クルトは物を知らない子供のように自分の愚かさを露呈したのだから、これ以上馬鹿だと思われたくなかった。

一方ソールはというと、クルトが示すおおっぴらな好意に、最初はあきらかに困惑していたようだった。迷惑というより、不思議そうな表情をしてクルトをみるのだ。そのたびにクルトはどうしたものかと迷ったが、拒絶されることもなかった。だからクルトは、自分が欲しかったという口実で、せっせと小さな贈り物を持ちこんだ。

ソールに自分を気に入ってほしかったし、好きになってほしかった。加えて側にいることを許してほしかった。

しかしクルトは心もとなかった。なにしろ——アレクは涙を流すほど大笑いしたが——クルトには経験がなかったからである。誰かを好きになって、その相手に好かれようとした経験が。

それこそクルトにとって、誰かに好意を抱かれ、それをおおっぴらに示されるのはごくあたりまえの出来事だった。自分に向けられた情念は言葉よりはっきりと感じられるし、念話が可能な相手とはすぐに精妙な感情のやりとりもできる。

しかし自分だけが一方的に気持ちをよせて、しかも相手の気持ちがわからない、などという状況には、およそ縁がなかった。

それにソールは拒絶こそしなかったが、確実にクルトに対して線を引いていた。クルトが過剰に接近すると――ソールの髪に触れそうになったり、指と指がかすめたりしたときだ――さりげなく遠ざかり離れていく。クルトが笑いかけると、花が咲くようにぱっと白い顔に赤みがさし、クルトの方をみつめることもあるし、ふと視線を感じて目をあげると、ソールの方がクルトをみつめていることすらあった。

しかしクルトが視線を返すと、表情を固くして顔をそらし、何もなかったようにふるまうのだ。

自分が男だからだろうか、ともクルトは考えてみた。精霊魔術の使い手にありがちで、クルト自身は愛しあうのに性別を気にしたことがないが、一般ではそうでもないことくらい、よく知っている。

しかしソールもかつては精霊魔術の使い手だったのだし、何より例の騎士――ラジアンとソールの間に感じたものは、本人がいくらただの友人といったところで、それ以上の何かがありそうに思えてしかたなかった。もちろんふたりがつきあっていないという事実は、クルトには歓迎すべきことだった。

誰ともつきあっていないのなら、早いところ告白するというのはどうだろう？　ともクルトは頭を悩ませる。

しかしそれで、自分になんの興味もないとか、こんなに年が離れていてはお呼びじゃないとかいわれてしまったらどうしよう。それならまだしばらくの間、ひたすら好意を示し続ける作戦の方がいいのではないか。

何しろ念話の通じない相手なのだ。ソールが自分をどう思っているのかはソール本人に聞くしかない。もっともいまは、出会った当初のように嫌われてはいないと、クルトはこの点だけは確信していた。

むしろ好かれている方ではないだろうか。学院の課題を手助けしてくれるのは親切の範囲かもしれないが、クルトが笑いかけると照れくさそうに伏し目がちになるし、書店の奥の小さなテーブルで向かいあって飲み食いしている最中に、たまたま触れ合った指先は、やけに熱い。

加えて最近のクルトの夢は、きわどいどころでは終わらず、完全に一線を越えていた。夢の中にはもちろんソールがあらわれるのだが、甘い声でクルトの名を呼び、クルトの首に腕を回し、口づけをねだるばかりか、それ以上の行為にもおよぶ。もちろんいま、目の前で静かにペンを走らせているソールからはまったく想像もつかないことだ。なのにクルトの夢ときたら、不埒《ふらち》もいいところだった。

「クルト？」

呼ばれる声にクルトは夢想をふりはらう。

「あ、ああ」

「僕はそろそろ終わるんだが。疲れているのか？」

ソールは机に肘をついて、クルトをのぞきこんでいた。眸は計り知れない暗い色をたたえ、ソールが何を考えているのか、クルトにはわからなかった。

「ソール、これから店に帰る？」

「いや。このあとは約束があってね」

「約束？　誰と？」

クルトはつい追求するような声を出してしまい、まずいと思ったが、ソールは他のことに気を取られているようで、気にしている様子もなかった。

「商談だ。昔からの顧客に会うことになっている」

「遅くなるのか？」

「そうだな。夕食のついでにという話だから」

残念だったが、古書の取引にクルトの出る幕はなかった。今日はこの書庫で会えただけで幸運だったのだとクルトは思い、名残惜しい気分で道具を片付けるソールを眺めていた。荷物をまとめるソールのひたいに砂色の巻き毛が垂れかかっている。

ふとクルトは前に出て、意識せずにソールへ手をのばしていた。ひたいに落ちる柔らかな髪をかきあげ、うしろへ撫でつける。以前書店の上の部屋で、眠っているソールの髪を触ったように。

びくっとソールがふるえた。

はっとして、クルトはわれに返り、ぱっと手を離した。

「あ……悪い」

ソールは顔をそむけ、首をふった。何もいわずに荷物を抱え上げる。

「きみも僕につきあってないで早く帰れ」

おだやかな口調でいって、通路を先に行こうとする背中に、クルトはあわてて声をかけた。

「明日――夕方、書店に行ってもいいか？」

かすかなため息――呆れられたのだろうか？――が聞こえた気がした。そのあとに続いた言葉は、あい変わらずおだやかだった。

「ああ。かまわんよ」

21　ソール

上目づかいの得意げな顔で、クルトがスプーンを差し出した。赤い果実が埋めこまれた焼き菓子がのっている。層になった金色の皮に果実の赤が照り映え、宝石のようだ。

「焼き菓子なのにやわらかいから、すくって食べないと」

「そうか」

突き出されたスプーンへ手をのばすと「いいから、そのまま」と口もとに先端を押しつけてくる。

夕刻になるとカリーの店にクルトがあらわれるのがすっかり恒例行事になってしまった。彼は勝手知ったる様子でキッチンを使い、僕の仕事が落ちつくのを待って休憩に誘ってくる。奥の小さなテーブルに向かいあって腰をおろし、お茶を飲みながらクルトと雑談するのは悪くない気分転換で、僕も断れなくなっていた。

毎回クルトは商店街や屋台でみつけたという茶菓子やつまみを、まるで料理人のような解説を加えながら供するのだが、ときたま、いまのような暴挙に出ることがある。

「ほら、口を開けて」

とクルトがいう。

緑の眸はどこに向かっているのか僕にはわからない期待でいっぱいだ。拒絶されるなど考えてもいないらしいが、実際、絶世の美男子にこんなことをされた日にはどうしたらいいのか。

そんなわけで、僕はなし崩しに受け入れてしまう。口の中でほろりと皮が崩れ、酸味のある赤い果実と、その下のクリームが混ざった。

「なあ、美味いだろ？」

「そうだな」

「これ、美味いぜ？」

スプーンを奪おうとしたが、さっとひっこめられてしまった。いきなりクルトの指がのびて僕の唇をぬぐう。

「クリームがついてる」

クルトはぬぐった指を舐め、屈託《くったく》なく笑った。僕は頬が熱くなるのを感じてうつむいた。まったく何を考えているのか。自分の行為が他人にどんな効果をあたえるのか、わかっていそうなものだが。

「貴族らしくない礼儀作法だな」

僕はわざとそっけなくいった。

「そう、学院仕込みさ」

クルトは平然としている。

「親御さんが泣くんじゃないか？」

「いや、礼儀作法というのは状況に応じて使い分けるべきだ。父の屋敷で客人に対するのと下町で物を買うのとじゃ、それぞれに応じた作法を使うもんだろ？」

「ずいぶん口が減らないな。それがこの店での礼儀作法か？」

「うん？」

クルトはなぜかまた右手をのばしてきて、僕はそれを払おうとしたが、反対に捕まえられた。子供がゲームをするように僕の手を握りこむと、クルトはにやにやしながら早口で十までかぞえ「勝った」という。

今度こそ僕は彼の手をふりほどく。手のひらから伝わる熱が心臓まで達したかのようで、動悸《どうき》が速くなる。

「何が勝っただ」

「うん？」

クルトはまた笑う。今度はさっきのいたずら小僧のような笑みではなく、どきりとするような官能的な笑みだ。見透かすような緑の眸から僕は視線をそらし、テーブルに置かれた彼の手をみつめる。手のひらは大きめで、指は長く、爪がきれいに整えられている。僕はうっかりその指が自分の唇に触れたことを思い出してしまう。まえに、おなじ指が僕のひたいに触れ、髪を触ったときの感触も。

いいかげんにしろ。僕は自分にいい聞かせる。妙な誤解をするな。自分からおかしなゲームへ巻きこまれる気か？

クルトは――遊んでいるだけだ。精霊魔術の学生がどんなものかなんて、よく知ってるだろう。

「ソール、今日はまだ終わらないのか？」

クルトがたずねてくるのに、ぶっきらぼうに答える。

「もうすこしだ」

「俺に手伝えることがあれば……」

「今日はきみ向きの作業はない」

僕は立ちあがり、クルトを見下ろした。

「ここで遊んでいるのはきみの勝手だが、学院の方は大丈夫なのか？」

「あんたのおかげでとても快調だ。感謝してる」

さりげなく投げられたその言葉に胸がつまった。まったく、大袈裟《おおげさ》にすぎる反応だ。僕はまた自分にいい聞かせる。僕がいられなくなった教室にクルトがまだいるからといって、つまらないきっかけで感傷的になるなんて、馬鹿馬鹿しい。

とはいえ、近ごろの僕はクルトにずいぶん感心していたのだった。いちばん最初に会ったときこそ無礼で傲慢だと思ったが、クルトはよく勉強していた。僕に質問する内容も要点を押さえたもので、逆にクルトの理解が深いことがわかる。

クルトはヴェイユやかつての僕が専攻していた魔術理論とはまったく異なる分野、つまり政策の専攻だったはずだから、たいしたものだ。もともと頭の切れる若者なのだろう。しかも精霊魔術の使い手だから当然、人心を把握し、動かす技術はお手の物だ。さらにこの外見と身分ときている。

そんな彼が、何を思ったか頻繁に僕の前にあらわれ、質問をしたり僕を手伝ったり――クルトにいわせると、これもヴェイユの講義では役に立つらしい——するなら、心が傾いていくのは当然というものだ。

危険な兆候だった。

「終わったら食事に行くか、ここで食べようぜ」とクルトは快活にいい、僕はうなずく。

先代から続く顧客名簿の前に戻り、作業を続けながら、僕はときどきクルトがいる方向をみてしまう。均整のとれた体はいつも上質の服に包まれて、立っているだけでも絵になる。腹立たしいくらいだ。クルトのちょっとした動作から目が離せなくなり、つい目で追ってしまう自分をどうにかしたかった。彼に気づかれないように、最近僕は意識して視線をはずしていた。

もっともクルトの方は、こんな風にみられることなど日常茶飯事で気にならないのかもしれない。彼が僕をどう思っているのか、僕にはよくわからなかった。

もちろん興味は持っているだろうが、それはどんな興味なのか。魔力を失くす前であれば、他人が何を感じているのかわかりすぎてむしろ困ったくらいなのに、いまの僕には縁がない。

クルトが近くにいるといつも嬉しさと歯がゆさのまじったもやもやした気分になる。僕のすぐ近くで彼が棚の書類を取ったり、整理したり、さしむかいで食事をすると、ときおり麝香のような、甘い官能的な香りが漂う。

そのたびに僕は体の芯がうずくのを感じ、思わず身を引く。

クルトはここへ来るたびに何か持ってきた。果物や酒だったり、ちょっとした物——「自分が飲むための」グラスや、刺繍《ししゅう》のついたテーブルクロスなどだ。彼が持ってくるのは上質なものばかりで、色彩も肌触りもよく、心が浮き立った。

彼はいつも「自分が欲しかった」といったが、僕に気をつかっているのは明らかだった。それに僕の店にはクルトが慣れ親しんでいるような上質なものなど、何もないのだ。いろいろと持ちこみたくもなるのだろう。

困ったことに、最初の出会いこそ剣呑《けんのん》だったが、いまの僕はクルトの存在に慣れてしまった。これはほんとうに危険なことだった。僕はクルトの周囲にいる人間の中ではずいぶんな変わり種だろうから、彼の興味も結局のところ、好奇心や目新しさからくるものに過ぎないだろう。そしていずれ、彼は飽きるのだ。

周りの学生たちやこれから彼が出会う人々に紛れ、僕はやがて忘れられる。そして僕だけが覚えていることになる。クルトが目の前で僕に笑いかけ、自分の失敗談を面白おかしく語って、僕が思わず吹き出してしまったときのことや、書架を整理していたらすぐ近くにクルトの顔があり、手が触れあって、僕らふたりとも、なぜか沈黙してぎこちなくなった瞬間のことを、僕はひとり、この店で思い出すのだ。

誰もがクルトに惹かれるのは当然だった。彼は愛されるために生まれてきたような人物だ。けれど僕自身がどうしようもなく彼に惹かれてしまうとなると、それは癪な話だった。なにしろ逆はない。クルトが僕を——など、想像しがたい。

十年前、魔力を失う前の、愚かな自負と自信にあふれた僕ならちがったかもしれない。しかしいまの僕は魔力欠如者で、しょぼくれた、しがない古本屋の店主だ。

いずれにしても、クルトがここへ来なくなればさびしく感じるのは目にみえている。だからそもそも彼を意識するべきではない。まるで恋でもしているかのように、目で彼を追うべきじゃない。

そう理性は判断するのに、ともすると彼の腕に抱きしめられたいと感じている自分自身にも、僕はうすうす気づいていた。これも癪に障ることだった。なにしろ相手は十歳だかそこら、年下の学生なのだ。

ちくしょう、と僕は内心悪態をつく。反則だらけだ。ほとんど屈辱的だ。だからといって、べつにクルトが僕を侮辱しているわけではない。僕が僕の人生にうんざりしているだけなのだ。

自分の人生に責任をとれるのは自分だけだというのに。

「最近よく出かけるけど、どこへ行ってるんだ？」

クルトは肉の煮込みを皿に盛っている。いつのまにか彼と懇意になった金物屋の女主人が鍋ごと差し入れてくれたものだ。彼女はうちの店の近くでよくパイプを吸っているが、僕は世間話もろくにしたことがない。クルトはいつのまに知り合ったのだろう。

「古くからの顧客を回ってるんだ。在庫の売り込みに」

「へえ。売るんだ、本を」

「本屋だからな」

「俺にはなかなか売ってくれなかったくせに」

「相手はコレクターだ」

煮込みはこってりして美味だった。食べながら僕は顧客について簡単に話した。

カリーの店の客は三種類だ。学生、魔術師、そして収集家。収集家はさらに貴族と羽振りのいい商人に分けられる。商人は投資のために買い集めている場合もあるが、貴族のコレクターにそんな半端な者はいない。

魔術書にかぎらず、書物を美術品と同じように集め愛玩する人々、取り憑《と》かれてしまう人々がいる。彼らの手に渡った書物はほぼ手放されることがない。個人や家系の宝として保管されてしまう。そうなった書物は他の誰も読めなくなってしまう。

本音をいうと、僕は貴族のコレクターにあまり売りたくなかった。売るときはもったいをつけてできるだけ高値で売ったが、なぜかその方が彼らも喜ぶのでおあいこだろう。

だから僕がリストを片手に彼らを訪ねるのは、稀というよりむしろ非常事態だった。これもルイスの手もとにある、例の片割れを手に入れるためだ。

売り込みの結果はぼちぼちというところだった。定期的に取引のある貴族には、古典魔術のとある三冊揃い（作者の死後に「書き換えられた」伝説のある特異なエディション）が売れ、返事待ちも一件ある。しかし、貴族の多くは仲介者を通さずに直接訪ねられるのを疎んじる。それほどの売り上げにはならないだろう。

「金の工面をする必要があってね」

皿に残ったソースをパンでぬぐいながら、僕はそうもらしていた。店の内情など他人に話すことではないのに、クルトに対して僕はずいぶん無防備になっていたようだ。

クルトは眉をひそめた。

「そんなに大きな支払いが？」

「欲しい書物があって、頭金がいるんだ」

「あまり……余裕はないんだろう？」

「これに関しては特別だ」

ワインを飲んでいたせいもあったのかもしれない。僕の口はゆるんでいて、クルトに対になる魔術書について話した。失われたはずの書物が奇跡的に発見された経緯について。

「学院の図書室に再収蔵できればほとんど歴史的な事件といえる——僕にとってだが」

クルトは黙って僕の熱弁を聞いていた。

「でも、高価なんだろう？」

「ルイスは真の価値を知らないからぼったくっているつもりだろうが、この話を聞けばもっと上げてくるだろうな」

「その本、ソールが買うべきなのか？」

クルトがさらりといった。特に意見をする口調ではなかったが、僕は黙りこんだ。クルトはあわてた様子でつけくわえた。

「歴史的な価値があるものなら、ソールが買い戻すのではなくて、むしろ学院や王宮まわりに出資させればいいんじゃないかと思っただけだ」

「学院——は、たしかに協力してくれるだろうな」

「この手の文化的な出資で外聞をよくしたい宮廷貴族もいるだろう。よかったら俺が調べてみようか？　父を通じて紹介できるかもしれない」

さりげない申し出だった。悪くない話でもある。同時に、クルトの立場でなければ思いつかないことでもあった。

ふと僕は傷ついたような気分になった。学院に協力をもとめるくらいなら僕も考えられなくはないが、宮廷の権力者を通じて出資させるなど、しがない下町の古本屋はけっして思いつかない。もし思いついたとしても、つてのない僕に実行できることでもない。

急に自分がひどく無力な存在だという気がした。僕は食べかけのパンを置き、ワインを飲み干した。

どのみち本音をいえば、他の誰かの手にあの本を渡したくないのだ。僕はうつむき、皿をみつめたままつぶやく。

「そうかもしれないが――僕が欲しいんだ。僕が買い戻したい」

なぜなら、かつて図書室にあった本が失われたのは僕のせいだからだ。だから僕が取り戻したかった。取り戻して学院の図書室へ帰したかった。そうすれば僕もすこしだけ、何かを取り戻せるような気がしていた。錯覚でもいいから、その感触が欲しい。

「だったら、俺が貸すのは？」

またさらりとクルトがいった。

「父の金じゃない、俺の信託財産がある。そこから出せると思う」

僕はクルトをみつめ、ぴしゃりといった。

「きみがそんなことをするいわれはない」

「でもソールには、俺は教授料を払ったっていいぐらいだと思うんだ。ヴェイユ師の講義を乗り切れているのはソールのおかげだと思う。だから……」

「それはきみ自身の努力だろう」

僕は苛々《いらいら》といった。大金を貸すだのなんだのと、さらりと口に出すクルトが信じられなかった。

「きみの学業に僕は関係ない。それにこの書物についても、きみは関係ない。余計なことをいうな」

急にひどく落ちこんだ気持ちになった。自分の無力さと、あっけらかんとしたクルトの余裕を思った。悔しいというわけでもない。力の差をみせつけられてみじめになっただけだ。

　これだけはっきり告げたのだからクルトは黙ると思っていた。だが彼は僕をまっすぐにみて、さらにいいつのった。

「でも、ソールはほんとうはコレクターに売りたくないんだろう？　そのリストにある本、ほんとうは別の人に渡ってほしいんだろう？」

「どうせ僕は商売が下手だからな」

　もう黙ってくれ、と心の中でクルトに願いつつ、僕はまた苛々といった。

「コレクター向けにきちんとやればもっと売り上げは立つんだ。販路を開拓して……」

「俺が貸せば当面その必要もなくなるじゃないか。無理をする必要もなくなる」

「僕がどんな風に働こうがきみの知ったことじゃないだろう」

「駄目だ、ソール」

　何が駄目だというんだ。

　目の奥に熱いものが上がってきて、いつしか僕は激昂《げっこう》していた。そもそもなぜこんな話をしているのか。クルトが金を貸すなんていうのがいけないのだ。僕に対して彼がそんなことをするなんの理由もない。ちょっとした物を恵むこととは次元がちがう。

「何をいってるんだ、クルト。だいたいきみはなんの権利があって僕に指図する？」

「権利――」

　クルトはテーブルの向こうからまっすぐ僕をみつめていた。

「権利なんてない」

「じゃあ、なんだ」

「そんな話じゃない。俺は――俺はあんたが好きなんだ」

　僕はぽかんと口を開けていたような気がする。

クルトは僕から視線を動かさなかった。

「なんだって？」と僕はいった。

「聞こえなかったか？　あんたが好きなんだ」

クルトがまたいった。僕を刺すようにみつめたまま。

「指図なんてするつもりはなかった。好きだからいったんだ。あなたが好きだ。ソール」

その瞬間のソールは、まるで彫像のようだった。みひらいた目がクルトをみつめている。次の一瞬で息をふきかえし、まばたきをした。ついで発した言葉は、ひどく平坦《へいたん》なものだった。

「馬鹿をいうな。嘘だろう」

こんな反応を望んだわけではない。クルトは焦った。

「ちがう。ソール――」

「僕をからかってるのか？　それともほかに何か目的があるのか？」

「ほかの目的？　そんなものはない。俺は――」

クルトはもっと気の利いたことをいおうとしたが、言葉がうまく出てこなかった。そもそも、こんな風に成り行きで告白するはずではなかったのだ。

先ほどからのやりとりの間に何かをまちがったのは感じていた。自分ではいい考えだと思った提案が逆にソールを苛立たせ、しかも怒らせてしまっていた。

きっと告白するには最悪のタイミングだろう。それなのにもう言葉は唇を離れてしまった。

「俺は……」

「いいかげんにしてくれ」

突然ソールは毛を逆立てた猫のようにクルトをにらみつけ、立ち上がった。口調は静かだったが、低いところから吐き出すような声で、テーブルの上でこぶしを握っている。

「そんなに僕をからかって楽しいか？　出ていけ」

「俺はからかってなんかいな――」

「もうここに来るな」

下を向いてソールはいった。嗚咽を隠そうとするような、くぐもった声だ。クルトはさらに焦って立ち上がった。

「ソール」

なだめるように声をかけるとソールはまたこちらをみたが、眸が暗く濡れていて、それが自分のせいだと思うと胸が痛む。

「嘘じゃない。あんたが好きなんだ」

思いをこめて告げたのに、ソールはすばやく目をそらした。

「なぜそんなことをいうんだ？　いくら僕が魔力なしだからって――こんなやり方で侮辱しなくてもいいだろう」

こぶしを握ったままのソールの手がテーブルの上でふるえている。

「ソール、俺は嘘なんてついていない。あんたに惹かれてる。ずっと――最初に会ったときからずっと気になって……ほんとうに好きなんだ」

「それは僕がきみの思い通りにならない人間だからさ」

ソールはふたたびうつむき、吐き捨てた。

「きみの魔力は僕には通じない。きみには僕は〈視えない〉。そんなめずらしい――」

ソールは短く罵り言葉を口走った。

「――めずらしい奴をみかけて、好奇心をそそられたんだろう。欲しいものはなんでもハイハイと手に入るきみにとっては、僕みたいな――わけのわからん人間はちょうどいい暇つぶしなんだ」

クルトは思わずソールへ一歩にじりよった。ソールの言葉は聞き捨てならなかったが、ひとつのことは認めざるを得なかった。たしかに最初、一番最初に出会ったとき、クルトはソールが〈視えない〉ことに驚いたからだ。

「そうだ。あんたに魔力がないから、俺はあんたが気になったんだ。でも暇つぶしなんかじゃない。俺は……ここまで誰かを――好きになったことなんて、一度もないんだ。だから……」

「きみは――」

クルトを避けるようにソールは腕を組むと、うしろに一歩下がった。

「きみは——なんだっていえるさ。僕を好きだって？　そりゃ、よかったな……きみはそうやって、すぐにいえるんだ。自分の望みを——きみは思ったこともないんだろ？　けっして口に出せない望みがあるなんて……きみはなんでも持ってるし、余裕たっぷりでなんでもできる……」

またも眸が大きくみひらき、あふれたしずくが頬をつたい、流れ落ちる。

「馬鹿なことをやって失敗して、つまらない金策に右往左往してる僕みたいなのをみてるのは面白いだろ？　おまけに余裕たっぷりで金を出すなんて——なんとかこの店をやってきても……僕はこの先も……僕はけっしてきみのようにはなれない。きみは——持てる者だからな」

こんなはずじゃなかった、と歯嚙みするような思いで、クルトはソールの涙が床に落ちる音を聞いた。ここに至るまでの自分の言葉をすべて元に戻して、やりなおしたかった。

もちろんそんなことができるはずはない。

「ソール、怒らせたなら悪かった」

クルトはまた一歩前に出て手をのばし、ソールに触れようとした。

パシッと音が鳴るほど強くふりはらわれる。

「俺は……あんたの力になりたかっただけなんだ。あんたが好きだから」

「きみが何をいったところで、それがほんとうかなんて、僕にはわからない」

たしかにその通りだ。だが——ふと、クルトの中にいきりたつものがあった。

「だったらなぜ俺がからかってるなんて思うんだ。俺が嘘をついていると？」

ソールはにじりよるクルトからまた一歩さがった。

「誰だってきみの魅力には勝てないさ。きみはいつでも自分の欲しいものを手に入れられる。いつも明るい光のなかにいて——誰でもみんな……僕だって……」

クルトは一歩近づいた。ソールの声は小さかった。ひとりごとのようだった。

「僕がきみに惹かれていないとでも思うのか？　きみは――」

ソールの眸からまた涙がこぼれ落ちる。クルトはまた一歩寄った。

「きみは……ひどいよ……」

「ソール――泣かないで」

うつむいたソールの顔に砂色の巻き毛が垂れかかる。クルトはその髪に触れたいと願い、許されるのかと迷い、迷いながらすぐ近くに迫って、ささやいた。

「俺のことが好きじゃない？」

ソールは首を小さくふった。

「俺のことが好き？」

ソールはまた首をふる。

「馬鹿なことを聞かないでくれ」

「ソール」

「僕には、きみはわからない。僕にはもう――感じられないんだ……僕はもう……」

「ソール」

クルトは両手をのばし、ソールの痩せた肩をつかんだ。

「魔力なんて必要ないんだ」

彼のかかと、そして背中が壁にあたり、身をよじるのを両手で押さえる。

「俺があんたを好きだってあんたがわかるために、魔力なんかいらない」

唇を重ねた瞬間、ソールの体はするどく緊張した。手がクルトの胸を押しのけようとするが、クルトは片足をソールの股のあいだに絡ませ、両腕を腰に回して抵抗をふさいだ。むさぼるように唇を押しつけていると、しだいにソールの背中がゆるみ、腕の力が抜け落ちる。

「あんたが好きなんだ。ソール……」

唇を離し、みつめながらささやくと、それがまるで苦痛でもあるかのようにソールの眸がうるみ、涙がこぼれた。

「やめてくれ」とかぼそい声がいう。

「そんなの、嘘だ」

「嘘じゃない」

また唇を重ねる。今度はやさしく、ついばむように落とす。口づける音が響き、そのたびにソールの体が溶けたようにやわらかくなり、クルトの方へ押しつけられてくる。

すでに一方的な口づけではなかった。唇が触れ、離れ、また触れる。ソールの背中に腕を回し、手のひらで布の下の熱をなぞると、絡めた足のあいだにこもる熱量を感じた。ソールの唇からは熱い息がもれ、ぎゅっと握る手がクルトのシャツをつかんでいる。

「クルト――」と、名を呼ばれる。

「ソール、好きだよ」クルトはささやく。

「クルト――」

「ああ、ソール。可愛《かわい》い――もう……俺はどうしたらいいか――」

「クルト――」

ソールが呼ぶ。吐息とともに泣き声のような言葉がもれる。

「なんでもいい――僕はもう……もう……」

壁に押しつけられた背中がゆれ、ソールの全身がこらえきれないようにがくがくとふるえた。

「クルト……僕を……めちゃくちゃにして……」

まるで音を立てて崩れていくようだ。僕のなけなしのプライドが砕けちる。

もうだめだ。もうやめてほしい。甘い言葉などささやかないでほしい。好きだなどと——いわないでほしい。

クルトはそんな僕におかまいなしだ。腕が僕の抵抗を溶かす。僕の目に彼の美貌はまばゆいほどだ。触れてくる唇にこたえずにいられない。

もう——限界だった。

「なんでもいい。僕はもう……もう……」

もはや何ひとつ考えられない。考えたくない。

僕の全身が目の前の男に抱かれたいと渇望して、どうにかなってしまいそうだ。

「僕を……めちゃくちゃにして……」

「ソール」

低く唸るような声が耳もとにささやかれた。響きも匂いも、とても甘かった。

「俺がどうこうする前に、あんたもう、めちゃくちゃじゃないか」

吐息が僕の固く閉じた目尻をかすめた。

温かい手のひらがあごをつかむ。熱い息が頬にかかり、また口づけられていた。さっきまでの口づけのように、浅くついばむように唇を噛まれたあと、周囲をなぞるように舐《な》められる。くすぐったさに体がふるえたとき、歯の間を割るようにして舌が侵入して、強く吸われた。

僕は背中を壁にあずけたまま口の中を犯され、年下の男がねぶるままに舌をさしだした。押しつけられた胸板から麝香の香りがたって僕を包み、足ががくがくふるえて、手に触れたシャツをぎゅっとつかむことしかできない。背中に回された手がなだめるようにさがり、一瞬離れた唇が角度を変えてまたかぶさってくると、さらに深く舌がもつれ、唾液があごをつたった。

ふいに呼吸が楽になり、あごから首筋を舐められて、ぞわりとした感触に思わず声がもれる。さっきからしっかりと抱かれた腰がクルトの股のあいだに押しつけられて、そこで堅く主張するものが僕のそれとかすった。

「あっ、ああ……」

耳朶《みみたぶ》をなぶられ、さらに耳の中へ舌をさしこまれる。いつのまにかシャツの内側にもクルトの手が入りこんでいて、指が胸の突起を擦《こす》った。

「ああ……可愛いよ……ソール……どうしてこんなに……」

低くささやかれ、僕の理性が抵抗する。

「頼むから……からかうな」

「からかってなんかないって、いってるだろう」

耳を甘嚙みされるたび、壁に押しつけられた背中から腰にかけて疼《うず》きが走る。

「……あんたをめちゃくちゃにしたいわけじゃないんだ」

ささやく吐息に僕は陥落しそうだ。いや、もうとっくの昔に、墜《お》ちている。

「そうじゃなくて……欲しいんだ、ソール」

「ここでなくて……」

僕はかすれた声でつぶやき、そんな言葉を発した自分を消したくなった。だがクルトは逃してくれなかった。

「上に行こう」

耳を嚙みながら響く声に、僕はうなずく。膝がわらい、立っていられない。壁にそって崩れそうな僕の腰をクルトは支える。

彼にしがみつくようにして二階に上った。部屋じゅうに積んだ書物でつまづきそうなのに、そのあいだも口づけが、唇、耳、首筋へと落ちてくる。寝台に横たえられ、クルトの体重が上にかかって、僕の喉から首筋へ唇が這い回る。

さっきからシャツの内側に差しこまれている指が、胸の両方の突起を執拗《しつよう》にもてあそんでいる。固くなったそれが布に触れるたび、もれそうになる喘《あえ》ぎを僕はかみ殺す。

ふいに温かい濡れた感触が左のとがりを舐めた。

「あっ――」

「ここ、いい？　もっと声を出せよ」

「いや――あっ」

「いえよ、ソール。どこがいい？」

そんな風にささやかれるなんて、耐えがたい。なのに胸から臍《へそ》へとクルトの舌が這っていくと、僕はまた声をあげてしまう。

ベルトがゆるめられ、臍からさらに下へ吐息が吹きかけられる。いつのまにか下衣をむかれて、足の先から抜き取られるのがわかった。なのにクルトはシャツの前をはだけただけで、着衣のまま僕の足のあいだに顔を埋めている。

そして、すでに立ち上がっていた僕自身を口に含んだ。

「――ああ……ああ！」

僕は息をのみ、彼の舌に翻弄されるままになる。唇で僕自身をなぶりながらクルトは両手で僕の尻をもんだ。穴の周囲を擦られ、僕はもう自制もきかず、さらに高い声をあげた。クルトの唇が僕を強く吸い、限界へ追いこむ。

「ソール……」

荒い息をつき、射精の快感に目をうるませている僕をみつめながら、クルトは体を離して服を脱いだ。

彼の全身はどこもかしこも美しかった。名工の手による彫像のように、均整のとれたしなやかな体の、ひきしまった腰から屹立《きつりつ》がそびえている。僕の上にのしかかり、また深く唇を重ねながら下肢を絡めてくる。

中心と中心が擦れあい、すでに一度達したのに、気が遠くなりそうなほど気持ちがいい。ずっとこれが欲しかった、と思う。僕はそんな自分をどうしたらいいのかわからない。

いつのまにか唇が離れ、うしろに回った指が僕の奥を探り、痛みに息を吐いたとたん胸を抱かれてうつぶせにされていた。舌が背筋をくだり、吸われるたびに僕は喘ぎをもらしてしまう。ふとクルトの重みが離れ、むきだしの肌に毛布が触れた。

「待って」

ささやきのあと、床がきしむ音が聞こえた。僕はシーツに顔をふせたまま、さっきの口づけを頭の中で反芻して体を熱くする。床がまたきしむ。背中にのしかかる気配と同時に腰を撫でる手のひらを感じ、次にぬるい液体が尻の割れ目をくだった。

「あっ……」

奥に指がさしこまれ、痛みと違和感が耳もとを愛撫する舌の感触と混ざりあう。

クルトは急がなかった。ゆっくりと僕の内部をかきまわし、僕は喘ぎをとめられないでいる。指が二本、三本とふえるのがわかった。

「ああ、しめつけてくる。可愛いよ……」

耳朶を噛みながらクルトはささやく。

「もっと声を聞かせて……ほら」

内側をかき混ぜながら指が奥へ進んでいき、快楽の中心をみつけて、強く押す。

「あああああ！」

僕は枕にひたいを押し当てたまま、たまらず叫んだ。

クルトが低く笑うような声をもらす。

「ここ？」

「クルト……あっ――ああっ」

「ソール、ここがいい？」

「いい……あ、いやだ……」

「恥ずかしがらずにいえよ。ほら」

指の動きは止まってくれず、僕の前はまた立ち上がっている。クルトの腕ががっしりと僕の手をおさえつけ、喘ぐ以外のことはなにもできない。

「クルト――」

「なに？」

「……お願いだ……から」

うつぶせで尻をあげた恥ずかしい格好で、僕は年下の男に懇願する。相手は意地悪だ。僕のうしろにのしかかり、内側を指でまさぐりながら焦らす。

「なに？　どうしてほしい？」

「もっと……あ……あ……」

「なにがほしい？」

肩をつかまれ、ひっくりかえされた。クルトの美貌がすぐ上にあり、僕の目をみつめている。その唇がまたおりてきて、僕の目尻に触れ、上唇を甘噛みする。抱かれた腰から尻にクルトの屹立が当たり、僕の奥が渇望でうごめく。

「いって。俺が欲しいって」

「クルト――」

「それとも、欲しくない？」

指がまた奥へ入り、僕の中をかきまわす。

「ああ……あ、やめ……」

僕はどうしようもなく腰を揺らし、かすれた声をあげた。

「やめてほしい？」

「あっ……や……あ……ああっ……」

「欲しい？　いってくれよ……いわないとわからないんだ。ソール――」

　ささやく声と指が僕をおかしくする。もう制御できない。

「頼むから……挿《い》れて……」

　ふっと微笑んだ気配がして、クルトは僕の背を敷布に押しつけ、足を折り曲げた。さらけ出され、彼の前にむき出しになった穴の奥へ屹立を押しあて、侵入してくる。

　僕は息を吐くが、きつかった。圧迫感で息がとまりそうだ。クルトの手のひらが僕自身を覆い、ゆるくつかんで撫で、擦った。

　根もとまで埋めこんで、クルトは「ああ」と嘆息のような声をあげる。

「ソールのなか、熱いな……」

　そしてゆっくりと腰を動かす。

　揺さぶられるにつれて、波がやってきた。何度も、何度も。

　温かい波が僕の内側からいくども寄せては返し、押し流しては戻して、僕を揺らし、高いところへ運んでいく。クルトの息が荒くなる。

　強く打ちつけられ、僕は高くのぼって喘いだ。クルトの動きがはやくなり、彼の喉からも喘ぎが聞こえ、達するときも、僕はかすれた声で叫んでいた。彼をしめつけて、遠くへ飛ぶようだ。

「ソール……好きだよ……」

　浜辺に打ち上げられたように、ぐったりと力が抜ける。

　腰を抱きしめられたまま、僕はクルトの胸からたちのぼる甘い麝香の香りをかぐ。彼が頬をよせて甘ったるくささやくあいだも僕はまだ陶然として、目を閉じたまま髪を撫でる手のひらを感じている。

　生えぎわからひたい、まゆ、鼻先に触れるような口づけが落ちてくる。しびれたような体の中心にはまだクルトが入ったままだ。

重ねられた唇にこたえ、舌をからめた。クルトの指がいたずらに腰のあたりをなぞり、舌が歯の裏側をなぞる。

下肢がぞくぞくとふるえるにつれ、僕の中にいるクルトがまた堅くなった。

「ごめん……もう一回……」

ささやきに拒否する暇などなかった。そんなことができたのかどうかもわからない。一度抜かれてうつぶせにされる。うしろからクルトが入ってくる。

また大きな波がやってきて、何度も僕を遠くまでつれていく。

高いところで白く明るい光をみつめながら、僕はずっと温かい波の中にいた。

第2部

痕跡の迷路

1　扉を開ける

どうやらソールは毎晩、眠りに落ちる直前まで本を読んでいるらしい。

クルトがそう悟るまでたいして時間はかからなかった。

毎夜、階下の店を閉め、片付けを終えて階上にいくと、ソールはまず寝台にもたれかかって座る。この部屋には椅子もなく、寝台と身の回りのものが入った棚と、あとは書物。積み上げた書物にほぼ隠れている壁際に書棚が置かれているにもかかわらず、ここにはほとんど書物は入っていなかった。

寝台に落ちつくと、ソールは周囲に積んである書物の山から一冊引きぬく。ページを開くとたちまち内容に没入して、周りで何が起きても気にしないいし、聞こえなくなるようだ。

そのまま眠ってしまうことも稀ではないらしい。ソールを説き伏せて裏口の鍵を手に入れたクルトが、朝早く彼のもとを訪れると、寝台に起き上がっただけで、まだぼうっとしているソールの肌に、書物の痕がくっきり残っていることもある。そんな日は、ソールはクルトが用意した朝食を食べながら、またランプの油を無駄にしたとこぼしたりする。

ここまで集中して読書する人間にクルトはこれまで会ったことがなかった。しかもソールは読んだ本の内容をすべて記憶しているのだった。どのページに何が書いてあるのか、たずねると即座に暗誦《あんしょう》されて、クルトは内心舌をまいた。

だが、クルトが遅くまでソールの店にいて、なんだかんだと都合をつけ、まとわりつく子犬さながら階上の寝室までついていくと、ソールはいったん取り上げた本を置いてクルトをみる。

「まだ帰らないのか？　寄宿舎が閉まるぞ」

「ソール」

クルトはそっと近寄ってソールの肩に腕を回す。なんだか人間ではなく、人に馴《な》れない猫を相手にしている気がする。脅かさないように気をつけないと、山になった書物の影へ逃げてしまうのだ。触れても拒絶がないのに安堵しながら、砂色の巻き毛に顔をうずめる。

「もうすこし」

「クルト」

「ソール……好きだ……」

耳もとでささやくとソールの体が一瞬ぴくっとふるえるのがわかる。それは驚きなのか、拒否なのか、それとも期待なのか。クルトは慎重に読み解こうとする。ソールは謎の多い複雑な書物で、簡単にページをめくらせてくれない。これまでクルトが知っていた他の人間たち――やすやすと心の中をみせてくる者たち――とは、まったくちがう。

「キスしていい?」

「……クルト……」

ため息のような小さな吐息と共につぶやかれる自分の名は、拒絶のしるしではない、そうクルトは学習している。細いあごに手をかけてついばむように唇を重ねる。何度も口づけをくりかえすうち、ソールの吐息が熱くなり、緊張が解けてやわらいでくる。これも悪くない兆候だ。クルトはほとんど彼に覆いかぶさるようにして「泊まっていきたい」と耳もとでささやく。またソールの体がふるえ、腕がクルトの背に回る。

「しかたないな……」とつぶやきが返る。

クルトはそのままソールに覆いかぶさり、唇をあわせながら靴を脱ぐ。ソールの手がクルトの頭のうしろへ回り、奥までさぐりあう深い口づけになる。ソールは口づけが好きなのだ。目を閉じたまま舌と舌をからめていると、痩せた体が押しつけられてきて、自然にふたりの足がもつれる。クルトはソールの襟もとに指をしのばせ、片手でシャツのボタンをはずす。胸の突起をつつくと下の体がびくりとはね、ずれた唇から声がもれる。

「あっ……」

自分の声に驚いたようにソールは目をみひらき、唇を噛む。眸がクルトの視線と一瞬からむが、すぐにそらされてしまう。

「噛んじゃだめだ」

クルトは指でソールの唇を押し開ける。

「声を聞かせて」

「いやだ」

「どうして？　聞きたい」

「いやだからいやだ」

クルトはかまわずソールの喉から胸もとへ唇を押しつけていく。堅くなった左右の胸の突起を愛撫すると、ソールの唇からは抑えきれない声がもれる。クルトはあわただしく自分のシャツの前を開け、裸の胸で温度を感じながら、臍《へそ》や脇腹まで愛撫を続ける。下衣を脱がせ、おたがいのすでに濡れている先端を擦りあわせると、ソールの唇からはもはや余裕のない喘ぎが発せられて、クルトをますます興奮させる。

学院では定評のある書店の経営者で、自分より十歳は年上の男を、どうしてこんなに可愛いと思うのか。クルト自身にもよくわからなかった。自分の唇や指の動きに反応するソールの表情のすべてが愛《いと》しくて、いつまでもみていたいと思う。愛撫に我を忘れて乱れる姿はクルトの胸の奥をせつなくかきまわし、かすれた声を聞けば、心がきゅっとしめつけられる。

直接肌を触れあわせていると、クルトにとって謎のかたまりであるソールという存在の、ページをすこしだけ開くことができたような気がする。そのせいか、単に痩せているだけでなく、調子が悪そうな日も多いソールの体調を考えて、もっと自制するべきと理性が警告を発しても、ついついやりすぎてしまいがちだった。

そして翌朝、ソールのだるそうな顔をみたとたんクルトは焦り、母親のように食事を用意したり、店を開けるのを手伝ったりして、彼の世話を焼いてしまう。

自分にそんな世話焼きの側面があったというのは、クルト自身にも意外な発見だった。魔力によって相手から放射される気分や情念を読むのではなく、自分から相手の様子を観察し、相手の望むものを想像する過程に、これほどの充足感がある、ということも。

ソールはクルトに世話を焼かれると、いつもすこしとまどった表情をして、それから静かに礼をいう。大げさな反応は返ってこないが、しかしちょっとした——ほんとうにちょっとした——うなずきやしぐさ、クルトによせてくる体の気配から、受け入れられているのだと理解するときがたびたびあった。するとクルトの胸の中には、安堵と温かい気持ちが広がるのだった。

ゆっくりでいい、とクルトは思う。ゆっくりでいいから、もっと俺のことを好きになってほしい。だからあまり激しくしないように、寝台で抱きしめるときも——あくまでも自制が効く範囲でだが——気をつかった。

クルトがカリーの店に行ったとき、ソールが施療院《せりょういん》の薬を飲んでいた日が一度だけあった。その日はソールの様子はいつもとまったくちがった。いつもより饒舌で快活に話すだけでなく、なついた猫のように自分から近寄ってきて、クルトの肩に腕を回したのだ。

たまらずクルトが抱きよせると、ソールの方から口づけをねだった。そしてクルトの服を脱がせ、舌と繊細な指でクルト自身を愛撫し、さらには自分から上になって奥にクルトを受け入れる。

その夜はクルトがこれまでさんざん妄想していたエロティックな夢が現実になったようで、自制どころではなかった。しかし翌朝のソールはひどく不機嫌で、けっしてクルトと目をあわせようとしなかった。早く帰れ、今日は来るなとそっけなく告げられたクルトはしぶしぶカリーの店をあとにしたが、懲りずに翌日の夕刻また店へ行くと、ソールは静かにクルトを受け入れてくれて、ふたりで向かいあって食事をした。

いまのクルトにとっては、ソールと一緒に過ごす時間すべてが貴重だった。夏が近づき、王立学院の学生たちはみな、何回かに分けて実施される最終試験の準備で落ちつかなかったが、クルトは冷静だった。クルトの意識はソールを中心に回るようになっていたからだ。

鼻唄の〈放送〉はほとんどなくなったが、ヴェイユ師の課題は順調にこなしている。卒業後の進路についても、本気で動き出すころあいだった。しかし最近クルトが気にかけていたのは、ソールと、ソールの過去に関係するにちがいないと思いはじめた、とある謎のことだった。

それはいつか、ヴェイユ師が学院の図書室でクルトに不意打ちを食らわせたあの日以来、刺さったままの棘《とげ》のようにクルトの中に残っている謎だ。

そう、あの図書室——十年前火事で燃えたあの部屋で、いったい何が起きたのか。

亡くなった学生と、学院を卒業できずに消えた学生。改修された現在の図書室の奥にある、知覚から遮蔽された空間——あれはいったいなんなのか。

2　右に曲がる

「ソール、この床の本、しまわないか？」

　ある朝クルトがそういった。

　僕はまだ毛布の下でけだるさに襲われてうとうとしていた。毛布をかきわけて声の方をのぞくと、クルトは下だけ穿《は》いて上半身は裸のまま、腰に手をあててこの部屋の壁を埋める空の書棚を眺めている。肩から腕、背中から腹まで引き締まった筋肉に覆われている。均整のとれた石膏像《せっこうぞう》の見本のような姿だ。ぼうっとみつめていると僕の方をふりむき、にこりと笑った。

「なあ。本棚があるんだから、入れようぜ」

　僕は笑顔の直撃をくらって返すべき言葉をみつけられず、首をあいまいにふってしまう。クルトはそんな僕をみて、またにこりとして、書棚の方を向いた。

「それにしても、どうして床に積んであるんだ？」

「あ……いや、分類して収納するつもりだったんだが、忙しくて追いつかなくて……」

　僕はなんとか言葉をひねり出した。いくら寝起きでも、笑顔にみとれるなんて馬鹿なことはやめろ、と自分を叱咤《しった》する。

「先代のカリーのころは、この部屋のそっち――書棚がある側は中央が壁で仕切られていて、未整理本の収納庫だった。僕がここで暮らすことになったとき、壁を壊して一部屋にしたんだ。本は運び出す予定だったが、人手の都合がつかずにそのままになっていた。何度か整理しようとしたんだが、時間がとれなくてそのままだ」

　クルトはまたこちらをふりむき、眉をあげる。

「先代のカリーはここに住んでいたわけじゃないんだな」

「彼は郊外に家を持っていた。亡くなってからは親族のものになったが」

クルトはふうん、とうなずき、そして明るくいった。

「じゃあその整理、俺がやるよ」

僕はあわてて毛布をはねのけた。

「いや、こんなこと、きみに頼めない」

「頼まなくていいよ。俺がしたいんだから」

クルトは首をぐるりと回し、天井に届きそうなほど積まれた書物の柱や、足もとに鍾乳石《しょうにゅうせき》よろしく上へのびている書物の層をみやった。

「地下書庫で分類法も教わったことだし、やりがいがありそうだ」

「クルト――」

「わかってる。今日はしないよ」

彼は書物でできた尖塔や山脈のあいだをひょいひょいと歩き、積み上げられた本を崩しもつまづきもせずに、寝台まで戻ってくる。床に膝をついて僕がはねのけた毛布を取ると、広げて僕の肩にまたかける。そうしながら顔を近づけて、ささやく。

「ソール、今日は休みだといってたよな？」

「――ああ、まあ……」

「だったらもうすこしここにいよう」

そして寝台にあがりこむと自分も毛布の下にするりと入って、僕を自分の腕の中にいれた。

すべての動作が自然でなめらかで、僕はほとんどあっけにとられ、なされるがままになる。そういえば、昨夜の情事の痕跡はいつのまにかきれいに拭われ、敷布すら乾いたものに替えられている。それでも僕の体には、クルトがつけた紅《あか》い痕が点々と残っていて、彼はそこをたどるように唇でなぞり、軽く歯を立てる。

さすがにそれはない。僕は思わず声をあげる。

「クルト——もう朝だから……」

「休日なんだろ?」

「でも——」

「キスさせて」

そして唇が僕の首のうしろに押しあてられ、ぞくりとした感触が背筋を走る。

「もうしないから、キスだけ」

そうはいっても、僕の腰のあたりに堅いものが当たっている。困ったことに、体はだるくてたまらないにもかかわらず、僕はこうされるのが嬉しい。クルトが僕に欲情し、僕を求めてくるのは純粋な喜びで、求められると自分でも驚くほど敏感に反応してしまう。背中から腰、つま先まで彼の唇が触れ、舌でなぶられると声がもれるのをとめられないし、正面から抱きしめられると安堵に全身がとろける。そして彼が僕の中をゆっくり突き上げると、貪欲に腰をふってしまう。

クルトはそんな僕の反応を楽しんでいるようだ。体を重ねるとき彼は完全に主導権を握っていて、僕は抗うことができない。

ほんとうのところ、僕は抗えないのが嬉しいのだ。彼に抱かれているあいだは、何もかも投げ出していいのだという気持ちになる。十も年下の学生に翻弄されながら、僕の一部はプライドなどくそくらえだという。別の一部はまっこうから否定するが、クルトに触れられると結局は無駄な抵抗になってしまう。

僕はいまだに信じられないが、クルトは僕が好きだというのだった。いや、何度も何度もそうささやかれて、僕もなかば信じかけている。

実際、少なくともいまはそうなのだろう、と僕は思うようになっていた。彼が飽きるまではそうなのだ。

世間で知られている「クルト・ハスケル」はいったいどんな人物なのか。情報は簡単に集められた。近ごろ宮廷で存在感を増している貴族、ハスケル家の嫡男。抜きん出た魔力ゆえ、王立学院ではほとんどスター扱いだ。討論では独創的な提案で周囲を驚かすという。思いやりがあって社交性に富むので人望は厚く、同級生だけでなく後輩からも慕われているらしい。

過去につきあいがあった者は男女問わず多いが、誰も長く続いていない。許嫁もいると噂されているが、彼のような貴族であればめずらしいことではなかった。

これらの情報から僕に推測できる事態はこれまでと変わらなかった。つまりいずれ時間が経てば、クルトは僕に飽きて離れていくだろう、ということだ。いまは毎日のようにやってきては僕をかまうが、やがてその間隔があき、たまにしか来なくなり、しまいには、どこかですれちがっても僕になかなか気づかなくなり、なんとなく終わるのだ。

そして僕はずっと覚えているだろう――彼のことを。

でも、こうなってしまったのはそれとして、最初から終わりがわかっているのはむしろいいじゃないか、とも僕は思った。いまの事態は、この十年あまり楽しいことがなかった僕にふってわいた、ちょっとしたご褒美のようなものなのだ。それに僕は、この関係が終わったあともずっと覚えていることができる。

だからクルトと過ごす時間は良い記憶、明るい記憶だけが残るようにすればいい。彼にとってもその方がいいだろう。

とりあえずそう考えるのは悪くないように思えた。

いくつか困った点があるとすれば、まず僕はここ数年、楽しいとか嬉しいと感じるような出来事がまるでなかった、という事実に気づいてしまったことだ。記憶に呼び起こされる過去の喜びではなく、まさにいま感じることとしては……。そしてクルトが僕の生活に、そんな明るいものを持ってくるたびに、僕の心はクルトの方へますます傾き、ずぶずぶとハマっていくのだ。

加えて、僕はひとりの夜がどれほど孤独だったのかにも気づいてしまった。何年間も、書物さえあればなんの問題もなく、むしろ側に他人がいるのを面倒だとすら思っていたはずなのに、このごろはクルトがあらわれないと、さびしくてたまらなくなる。

だから彼が来ない日、僕はその分仕事にうちこむようになっていた。どうせ生活のためにはがむしゃらに働かなくてはならないのだから、正解だろう。

それでも何度か、落ちこみのあまり仕事も手につかず、どうしようもない夜があった。だからこのごろの僕は、クルトが来ないとわかっている日は先に薬を飲むことにしていた。激しく落ちこむと消耗するので、薬で予防した方がいい。

もっとも一度だけ、薬を飲んだあとにクルトが店に来たことがある。このときはまずかった。

クルトがあらわれたのは薬が効きはじめたころで、僕は彼の顔をみるなり、すっかり舞い上がってしまったのだ。僕はまるで昔の——学生のころのようにはしゃいで彼にまとわりついた。それだけでなく自分から口づけてクルトを欲しがり、彼がこたえると勢いづいて彼の服を脱がせ——そのあとのことは思い出したくもない。残念ながら覚えているのだが。

クルトはやさしかった。いつも僕を気遣い、食事を用意したり、働きすぎるなと小言をいったり、野外での遊びに連れ出そうとする。

王都を離れて、何日か海辺の町へ行こうと誘われたこともあった。王族同士の婚姻でつながりが深い隣国の海岸は、川と森に囲まれたこの国とは気候がちがい、貴族にとって手軽な避暑地だ。ハスケル家の別宅もあるという。

「駄目だ、そんなの」

「どうして?」

僕は話をすべて聞く前に却下した。

「仕事がある」

「休んだっていいじゃないか。それにソールは海が好きなんだろう?」

これには不意をつかれた。クルトにそんなことを話した覚えはなかった。

「なぜ？」

「すごく楽しそうに海の話をするじゃないか。本に書いてあることだけじゃない、街で聞いた話や天候のこととか」

「――勘違いだ」

僕はクルトを平静に見返した。

「好きってわけじゃない」

「そうかな？」クルトは無邪気な笑みをうかべた。

「俺はソールのことがかなりわかるようになったと思うんだ。これには魔力なんて関係ないからな。ほんとは海、行きたいんだろ？　当たってるだろ？」

「残念ながらハズレだな」

僕は冷たく答えたのに、クルトはくしゃっと顔をほころばせる。

「いつか連れて行くから」

ひとつだけ、僕が絶対に避けたいことがあるとすれば、クルトに直接金を借りるとか、店の経営に彼が干渉することだった。カリーの店はあいかわらずで、なんとか回っているくらいだが、これまで通り地下書庫での臨時仕事で調整して、どうにかやっていた。

ただし例の本を買うための金策については、僕はクルトの提案を一部受け入れた。稀覯本《きこうぼん》を学院に寄贈することに興味がある貴族を紹介してもらったのだ。クルトがいった通り、「歴史的な価値のある物品を学院に贈呈して名をあげようとする人々は、たしかにいるのだった。

出資者の家名で学院の図書室に贈ることを条件に取引が成立し、これで僕はルイスに半額支払った。全額を出資金でまかなえなかったのは、ルイスが値をつりあげてきたからだ。とはいえ現物は来週にも手に入ることになっている。

結局これもクルト・ハスケルのおかげで、僕はますます彼の方へ心の天秤《てんびん》を傾けていった。

そしていまも、毛布の下で僕を抱きよせ、クルトは動物のように僕の髪に鼻をうずめている。今日はたしかに休日で、店は開けない予定だった。日は昇っている時間なのに部屋はうすぐらかった。雨が降りはじめたようだ。屋根をぽつぽつと叩く音が聞こえる。

「どうして本を片付けようとするんだ？」と僕は聞く。

「そしたら部屋が広くなるだろ？」とクルトは答える。

「そうしたらなんだっていうんだ？」

「もっと広い寝台を置く」

「そんな――」

僕が抗議しかけたとたん、クルトは姿勢を変え、僕の上にのしかかってきた。

「寝台はこれでいいか。足りてるから。部屋が広くなったらもっと楽しいことをしよう」

「もっと楽しいことって……」

「そうだな」

クルトは僕の眉毛を指でなぞる。

「踊らないか。一緒に踊ろう」

「僕は踊れない。それに音楽がない」

そう僕は答える。できるだけぶっきらぼうに。

「俺が歌ってやるさ」

クルトはひたいにかかる僕の髪をかきあげ、指にくるくるとからめた。

「どんな歌がいい？」

「歌にはくわしくない」

「ソールでも知らないことがあるって、いいな。じゃあ俺が教えてやるよ」

そしてクルトはハミングする。とても美しいメロディだ。どこかで聞いたような気がするが、思い出せない。僕の記憶は完璧なはずなのに。

もしも完璧な幸福というものがあるならいまの瞬間がそうではないか、という思いが、突然僕のなかにわきあがる。いずれクルトは、他の誰かをこんな風に抱きしめながら歌うようになるのかもしれない。でも、いまの記憶は僕のものだ。

僕は覚えていられるだろう。

ハミングにまじって雨音が響く。本降りになったのだろうか。

目を閉じた僕にクルトがささやきかける。

「ソール、眠った?」

「起きてる」

「俺をみてよ」

目を開けるとすぐそこにクルトの顔がある。僕らは唇を何度も触れあわせる。おだやかで、落ちついて、とてもいい気分だった。雨音にまじって、どこからか歌が聞こえるようだった。

3　左に曲がる

『クルト、最近放送を聞かないけど、首尾はどうなの？』

　ニコラが唐突にたずねた。

『――なんの話をしてるんだ』

　クルトは聞き返す。

　学院の食堂で軽食を食べている最中だった。サールやアレクなど、いつもの友人たちも同じテーブルについている中、なぜ念話で話しかけるのかといえば、他の連中に聞かせたくない話だからだ。

『だから、初恋の相手とうまくいってるの？　それとも逆なの？』

『えっ……』

『ああ、うまくいってるのね』

　まったく言葉にしていないのに、ニコラはクルトの状況を理解してしまったようだ。念話というものの厄介な特徴である。とはいえ彼女に伝わったのはあくまでも、クルトのこそばゆいような喜びの感覚のみのはず。

『学院の人じゃないんでしょう？　いつか紹介してもらえるのかしら』

『えっと……』

『すぐには無理なのね。でも私、ほんとに楽しみにしているのよ。クルトから誰かを好きになるなんてこと、はじめてだから』

　これまた、言葉で返す前にクルトの消極的な姿勢はニコラへ通じてしまったが、いちいち説明や理由を伝えなくても意思を理解してもらえるのは、念話でつながれる友人同士ならではのことだった。ニコラからは温かい微笑の感触が届く。あきらかに楽しんでいるのだが、クルトをからかっているわけではなかった。

『たしかにそうだけど、ニコラが何をそんなに喜んでいるのか、俺にはわからないな』

『だってあなたとにかく、王宮を目指すことにしか興味がなかったじゃない。それって、私たちのような人間にはあまりいいことじゃない』
『どういうことだ？』
『自分の目的のために他人を使うようになるからよ』
ニコラはさらりと告げ、あっけにとられたクルトを置いてきぼりにして、アレクやサールとの会話に戻った。

友人たちにはソールのことを話していなかったが、クルトは隠したかったわけではない。ニコラのように、クルトが「初恋」の真っ最中だとたまたま知った者もいる。

問題はソールにあった。カリーの店の外でクルトが恋人同士のようにふるまおうとすると、あきらかに態度が硬化するのだ。

クルトにしてみれば、これまでつきあいのあった男女同様、ソールを街で堂々とエスコートしたり――眼鏡を再調整してからというもの、ソールが街でつまづくことは格段に減ったようだが――恋人らしくいちゃついたりしたかったのだが、一歩店の外に出ると、ソールの態度は一変するのだった。

友人たちの多くはクルトに何か起きたと察してはいたが、クルトの方から積極的に話す気がないとわかるとそれ以上は追及しなかった。学院では色恋沙汰はあけっぴろげなのが普通だから、相手が学院の関係者ならいずれ周囲に知られてしまう、というのもある。

ソールのふるまいの理由をクルトは本当の意味では理解していなかった。何はともあれ、いまは恋人の機嫌をそこねたくなかったし、きっと慣れの問題だとも思っていた。時間をかければソールの態度も変わり、いずれクルトの友人たちに紹介できる日もくるにちがいない。

第一、ソールは外に出ることがあまり好きではない。王都は彼には「うるさい」のだという。外出のたび、ソールはできるだけ静かでよく慣れた道を選んだ。郊外へ遊びに行こうとクルトが誘っても、疲れるからといって拒否されるのがつねだった。

ソールへの気持ちで寝ても覚めても頭がいっぱいのクルトは、当然のように、別れが来る可能性など考えてもみなかった。だから想像もしなかった。

——いまどれほど親密だとしても、いずれクルトは自分に飽きるにちがいない。だったらふたりの関係について、他人の余計な詮索や好奇心を集めたくない——そんなソールの考えは、クルトには思いもよらぬものだった。


「ちがう、クルト。それは自然誌だ。並べるなら順番はこの前だ」

クルトは手に持った薄い冊子をみつめる。糸で簡単に綴じられただけで、革表紙の書物のあいだに挟まれば簡単に見失ってしまいそうだ。

「隠れてみえなくならないか？」

「そうだな……」

ソールは眉をよせ、冊子と書棚をみくらべる。

「いっそのこと製本してもいいんだが……」

「売り物でいっぱいいっぱいなのに？　あっちの棚に分けよう」

「うーん……」

ソールはあごを指でつまむ。癖なのだ。クルトにはそれが可愛くみえてしかたがない。他人にみせるわけでもない蔵書の並べ方ひとつに、ここまで悩んでいるソールも可愛くてしかたがない。惚《ほ》れた欲目とはいったものである。

「いいじゃないか。糸綴じ本だけで並ぶのもきれいだし」

「そうかもしれない」とソールはうなずく。

寝室にうず高く積まれた本の整理は、想像したよりずっと楽しかった。地下書庫や店でソールにつきまとっていたおかげで、クルトにも書物に関する知識が身についていたから、というのもあったが、何よりもソールと一緒に何かをなしとげている、というだけでも、クルトにとっては充実感を覚えることだったのである。

もともとクルトは、何かを達成することそのものが好きだ。目標を立て、方法と手段を考えて計画し、調達し、実行して、結果をふりかえる。小さなことでも何かをなしとげられるなら、それだけで満足する。

整理や分類のような地味な作業は得意でも好きでもなかったが、ソールの部屋でふたりきりで、ふたりの空間のためにやるのだと思うと、自分でもびっくりするほど気持ちが高揚した。

それに、クルトとソールの組み合わせは予想外にうまくいったのだ。完璧主義のソールはともすると途中で考えこんでしまうのに対し、クルトはある程度で見切りをつけ、予定通り終わらせることにこだわった。

そしてクルトにも思いがけないことに、ソールはそんなクルトに何度も譲歩して、それもあって作業は順調に進んだのである。何年も放置されていたという寝室は短いあいだにみちがえるほど片付いた。

もともとこの部屋には売り物の未整理品が置かれていたので、ソールは整理した書物の一部を店で売るために階下へもっていき、売り物にならず興味もない本は屑本《くずぼん》としてカゴへ放りこんだ。先代が仕入れたまま放置していた貴重な書物が発掘されたこともあって、そうなると宝探しめいた期待も多少生まれる。

ある日、ソールが階下から戻ってきたとき、クルトは床に座りこんで釘が打たれた木箱をバールでこじ開けていた。

「ああ、クルト、それは……」

「ん？　開けちゃまずかった？」

だがクルトはもう箱の中に手をのばしていた。中にはぎっしり魔術書が詰めこまれている。どれもページの端はよれ、付箋が貼られ、革表紙はぼろぼろになっていた。ざっとみたところ、精霊魔術の実践に関する専門的なものばかりだ。

「へえ……」

「クルト」

ソールの口調に気づかないまま、クルトはその中の一冊を抜いた。付箋がはらりと落ちて、余白の書き込みが目についた。行がそろい、どれだけ小さくても判読できる几帳面《きちょうめん》な筆跡には見覚えがあった。

「クルト」

「――もしかしてこれ、ソールが使っていた本？」

「クルト……」

はっとして顔をあげると、ソールが見下ろしていた。

暗い眸がみつめていたのはクルトではなく書物の方だった。ソールの唇がかすかにふるえる。クルトは彼が泣きだすのではないかと思ったが、静かに言葉がつむがれただけだった。

「クルト――その中に欲しいものがあったら、持って帰っていい」

「……いいのか？」

「僕の落書きが邪魔にならなければ。きみももうすぐ卒業試験だろう。役に立ちそうなら持って帰ってくれ」

「ソール、ほんとうに――」

「僕には不要だ。そんなに書き込みがあっちゃ、売ることもできない。きみがいらないのなら捨てるだけだ」

クルトは手にした一冊をめくって、こんな書き込みなら学生にはむしろ高く売れるかもしれない、などと一瞬思った。ソールの仕事を間近でみるようになった成果または弊害というべきか、クルトは最近およそ貴族らしからぬ思考をするようになっていたのだ。

だがそんなことをソールにいえば台無しである。何しろこれは、ソールが自分にくれる、はじめての、そして貴重な贈り物なのだ。

「ありがとう。きっと役に立つと思う」

力をこめてそう答え、その日クルトは木箱の中身をすべて持ち帰った。

何度目かの休日、部屋のつきあたりに積まれた本をすべて書棚へおさめ、壁を覆った板を取り去ると、なんとその向こうに両開きの大きな窓があらわれた。上半分が透明で、下半分に模様のついたすりガラスである。

壊れていた錠と桟を修理し、ふたりでガラスを磨き、窓を開け放す。新鮮な風が部屋の中を吹きぬけ、そこからは店の前の路地から商店街の屋根までを広くみわたすことができた。部屋の印象は大きく変わった。クルトは古い敷物をまるめて裏口から放り出し、寝台を窓のそばへ移し、部屋の中央に明るい色の絨毯《じゅうたん》を敷いた。金物屋の老婆に口をきいてもらい、商店街で安く買い上げたのだ。

靴をぬいで絨毯に座って、足を投げ出す。やりとげた充実感を味わっていると、背後に静かな足音が響いた。

「嬉しそうだな」とソールがいう。

「ああ、嬉しいし、楽しい。なあ、こっち」

ぽんぽんと自分の隣を叩くとソールも靴を脱いで絨毯に腰をおろした。膝をかかえて、まるで子供の座り方のようだ。クルトにとってはそんな姿勢も可愛らしい。ソールの腰に腕を回してささやく。

「な、こっちの方がいいだろ？」

「そうだな。きみがいったとおりだ」

ソールの口調は静かだが、表情はこれまでになく明るかった。

「踊りたくなっただろ？」

「いいや」

「教えるのに」

「きみは得意そうだ」

「まあね」

「それより……歌ってくれる方がいい」

「そう？」

雲の間から光がさすように、クルトの中に喜びが満ちる。ソールがクルトに求めてくると、不思議なほどおだやかで満足した気持ちになるのだった。

クルトはソールを抱きよせてそのまま絨毯に寝転がる。足をからめ、耳もとでハミングする。ソールは目を閉じているが、聞いているのはわかっている。

外で恋人同士のようにふるまえないとしても、ソールの部屋ですごす時間は日を追うにつれ、ますます充実したものになっていった。

寝室を片付けてから、クルトはソールと一緒に料理をするようになった。手のこんだものは作れなかったが、クルトは先代のカリーが使っていた機械を勝手に操作して、温かい食べ物を調理した。

ソールは魔力のない自分に使えない装置をクルトが弄っても、何もいわなかった。小さなキッチンにふたりで立つのはままごとじみていたが、クルトだけでなくソールも楽しんでいるようだった。


いまだ面と向かって口に出しこそしないが——もっとも夜、寝台の中でクルトが責め立てたときはのぞく——ソールが自分のことを、一方的に慕ってくる学生ではなく恋人として認めているのだとわかったのは、騎士のラジアンが店を訪れた日のことだった。

クルトにとってその日は、ソールの気持ちがわかったがゆえに記念すべき日となると同時に、残念な日にもなった。

そろそろ閉店の時間だった。クルトは店に来たばかりで、仕事中のソールの前に腰をおろしていた。

カリーの店にはいつのまにかクルトのための椅子が置かれるようになっていたのだ。クルトは肘をついて、締めの作業をするソールを眺めていた。

最近のクルトはソールの仕事ぶりをみて、小さな店でも経営するとなると意外に細かい仕事があるものだな、と感心することが多かった。売上を計算し、伝票を数え、請求書を送り、支払いの処理をし、顧客の台帳を整理する。王宮の精霊魔術師にはおよそ縁のなさそうな仕事だが、ソールの生活に入りこむにつれ、クルトは自然と興味を持つようになっていたのだ。

クルトがみるに、ソールはこの手の仕事が好きではなさそうだったが、持ち前の完璧主義で完全にこなしていた。

ラジアンの大柄な体軀《たいく》が戸口にあらわれたのはそんなときだった。

「ソール、久しぶりだ」

「ん？」

ソールは顔をあげ、クルトの肩ごしに騎士をみる。

一方クルトには扉が開く前から誰がそこにいるのかわかっていた。すばやく椅子を立って書架の影へ向かいながら、理由もなく闘争心が生まれるのを意識する。

「ああ、ラジアン。しばらくだな」

ソールは店にずかずかと入ってきた騎士へ気楽な調子でいった。

「元気か？　大丈夫なのか？」

「ああ、調子はいいよ」

ラジアンはソールをしげしげとみつめ、クルトはそのまなざしを横目でみながらやきもきしていた。ソールの友人だからしかたがないが、さっさと出て行ってほしいと思う。

「しばらく会わなかったから、すこし心配していた」

「何事もないし、順調だ。ありがとう」

「あれからずっと気にしていたんだ。もっと早く来ようと思っていたが、なかなか時間がとれなくてな……」

「いいよ。おまえも忙しいだろう。それより無事に婚約できたか？　いつ式をあげるんだ？」

ソールの口調はそっけなくもないが、熱がこもっているのでもなかった。クルトは勝手にラジアンをライバル視していたので意味もなく安心し、書架のあいだを縫うようにしてさらに奥の隅へ行った。

ラジアンはクルトの存在に気づいていないらしい。他に気になることでもあるのか、注意が散漫になっている。

「式は秋だ。おまえも出てくれると嬉しい」

「もちろんだ。それに警備隊の騎士連中も全員ならぶんだろう？　隅の方にでも席を作っておいてくれ」

「ああ。ソール……その……」

「なんだ？」

「その――おまえが困っていることがあるなら、どんなことでも手を貸すから」

「ありがとう。王城警備隊にそういわれると心強いよ」

「そうか」

奇妙にぎこちない会話だった。ソールの口調はいつもと変わらないのに、ラジアンから放射される感情は複雑で、おまけにひどく緊張している。ラジアンからソールに向けて放たれているのは、友愛と同じくらい強い愛情、かすかな独占欲と嫉妬、心配、そして苛立ちだ。

「ソール、最近、あの学生とよく一緒にいるらしいな」

ラジアンがぼそりといった。クルトは隠れたまま聞き耳をたてた。

「どうしてそれを？」

「地下書庫でよく話をしていると聞いた」

「いろいろ手伝ってくれるんだ。勉強熱心だし、ここにも来る」

「商店街でも買い物をしているらしいな。貴族の坊ちゃんなのに」

「ああ、めずらしいタイプだろう」

めずらしく声をあげてソールは笑った。

「クルトのおかげでいろいろ助かってる」

ラジアンの声が低くなる。

「一応聞きたいんだが……その……つきあってるのか？」

そのとたん、ソールの声が平坦になった。

「どうしてそれを聞くんだ」

「夜明けに裏口からあの学生が出てきたのを、パトロール中の隊員がみていたんだ。鍵を持っているらしいと」

「だったら？」

「――いいのか？　その……精霊魔術の学生で、しかも貴族だぞ」

「関係ないだろう」

「だがな、ソール……」

「ラジアン、忠告の必要はない。僕は自分のしていることがわかっている」

「それならいいが……」

しばしふたりは沈黙した。タン、タンと、ソールが机を指で叩く軽い音が響いた。

ソールがおもむろに口を開いた。

「ラジアン。昔のよしみで、ひとつ頼んでいいか？」

「なんだ？」

「クルトと僕がつきあっている――恋人同士だと、周りに――とくに王城や学院には知られないようにしてほしい。警備隊がうちを気にしてくれるのはありがたいが、僕は周りの噂になるのはいやなんだ。もう、こりごりだ」

「――わかった」

それから二言三言、挨拶《あいさつ》をかわしてラジアンは出て行った。クルトは喜びと気がかりの混ざった複雑な気分だった。ソールが自分との関係を「恋人同士」と呼んだのはもちろん嬉しい。しかしそれを周囲に知られないようにしてほしいという言葉の意味はなんだろう？　もうこりごりとは、何がこりごりなのか。

クルトがソールの前に戻ると、彼は肘をついてひたいに手を添え、考えこんでいるようだった。

「クルト」

「ん？」

「きみ、そろそろ試験だろう？」

「ああ、そうだが――」

「魔術実践の対策はしているか？　あれは訓練時間がものをいう。甘くみているとしっぺ返しをくらうぞ」

「大丈夫だって」

「僕は理論についてはみてやれるが、実践の対策にはまったく役立たずだからな。きみはこのごろ入りびたりすぎだ。そろそろ学院に青田買いも来る時期だし、まじめにやるんだ」

「――ソール」

話の行き先を察したクルトは予防線を張ろうとしたが、遅かったのがわかった。椅子に座ってソールと目をあわせ、衝動的に巻き毛に触れる。めずらしいことにソールも手を伸ばしてクルトの頬に触れた。

「わざわざヴェイユの講義をとった意味がなくなるぞ。そもそもどうしてきみは最初、この店に来たんだ？」

クルトは答えなかった。ソールの髪を撫でる手を肩におろし、ひきよせる。ソールは抗わなかった。机の上の紙片が散り、床に落ちた。

「いまここに来るのは、ソールが好きだからだ」とささやく。

ソールはまっすぐクルトの目をみつめていた。眸は暗く、いまだに彼が何を考えているのか、クルトには計り知れなかった。

「試験が無事終わるまでは来るな。それに知ってるだろうが、王宮の推薦人は身辺の調査もする。よけいな――交友関係はない方がいい。王宮の顧問団をめざすならなおさらだ」

「よけいって、俺は――」

「試験を終えて進路が決まれば暇になる。そうしたら好きなだけおいで。きみが来たければ」

「もちろん」

ソールの暗い色の眸をみつめながらクルトはそっと唇を重ねる。上唇を甘噛みし、耳朶に指を這わせる。敏感な首のうしろを撫でながらささやく。

「でも――俺はソールに会いたいんだ」

「……僕もだ」

声は小さくてかすれていたが、クルトにはそれだけで十分だった。

4　立ち止まる

「最近ずいぶん積極的じゃないか」

無遠慮な声でルイスがいう。苛ついたとき、火のついていないパイプのふちを叩くのが彼の癖らしい。

「俺より先にハワード家へミゲルの完本を売りこむなんて、やられたぜ」

僕は足を組み、落ちついてカップを持ち上げる。

「ハワード家は先代のカリーと長くつきあいがあったの、知ってるだろう。とだえていたのを復活させたのさ。あんたの先を越したわけじゃない」

ルイスは指を立てた。相手によって徹底的に態度を変える男で、こんな下品な動作はもちろん、得意先相手にはやらないはずだ。

「まあいい。残金の手形さえもらえば文句はないさ」

「その前に現物だ」

「あわてるなよ」

そうはいったが、ルイスは鞄《かばん》を膝にのせて油紙の包みを取り出した。

「そっちがニールスに出資させると知っていたらもっと値を上げたところだぜ。幸運だったな、ソール」

「たまたま先に手に入れただけのくせに」

僕は手形と引き換えに包みを受け取り、心臓がどきどきしているのをルイスに悟られないよう、声を平坦に抑えた。

ルイスはふんと鼻を鳴らし、手形をふところにいれる。期限は三カ月。いまの調子で売り上げが立てばきっと大丈夫だろう。

これでくだんの書物は二冊とも僕の手もとに揃った。修復とクリーニングをすませたら、半額を出資したニールス家を通じ、学院に寄贈することになる。書架に並べるのがいまから楽しみだった。僕にはもう感知できないが、対になった魔術書は感応しあうのだ。

クルトなら――と僕は思う。彼なら二冊の書物が魔術的なレベルで呼応し、重なって真の姿をあらわすのが〈視える〉だろう。彼はいずれ学院の図書室でそれをみるかもしれない。きっと驚くにちがいない。できるものなら僕の店でみてほしかった、と密かに思った。

クルトに会いたかった。


すぐ近くでクークーと鳴く声が聞こえる。

寝室の窓を開けると、屋根の庇《ひさし》と雨樋《あまどい》のあいだに羽根をまるくふくらませた鳩《はと》があつらえたようにおさまって、喉を鳴らしていた。虹色の羽毛に覆われた首をめぐらし、僕をみて驚き、ぱたぱたと飛び去った。

雲があっても空は明るかった。雨季もそろそろ終わりだろう。部屋の中に光と風が入ってくる。カリーの店に通じる路地とその先の商店街の屋根がみえ、手押し車を押す朝の野菜売りの声がとどく。

ずっとこの部屋で暮らしていたのに、ここに窓があると僕は知らなかったし、こんな風景がみえるなど予想もしていなかった。この部屋がこんなに広いとも思っていなかった。

僕は朝起きるのが楽になったのに気づいた。クルトが寝台を窓のそばへ移した結果、朝日を浴びるようになったせいかもしれない。

以前より食べられるようにもなっていた。最近は毎日、広くなった部屋の絨毯の上で、むかし施療院で教わった体操をしている。この絨毯もクルトが買ってきたものだ。

クルト。

彼はしばらく店に来ていない。ひと月以上……いや、もうふた月近くになるだろうか。

僕が来るなといったからだ。王城で偶然会うこともなかった。

本格的な夏が訪れる直前、学院ではいくつか試験がある。魔術実践に関わる能力を試すもので、個人の魔力量に応じて負荷が変わる厳しい試験だ。

かつて受験した僕には、クルトは僕にかまって遊んでいる場合ではないとわかっていた。彼の魔力量を考えると、かなり厳しい試練になるだろう。感覚をどこまで広げられるか、どこまで〈視える〉か。高度な探知や遮蔽、コントロールの手法をどこまで会得しているか。

能力試験をパスして夏の休暇が終わると、秋には〈審問〉がある。ここでは能力の極限での判断や倫理が試験されるのだが、これを通過すれば晴れて精霊魔術師と呼ばれるようになる。治療師となるため施療院へ実習に行った学生も、秋には一度戻ってきて審問を受ける。

その一方、能力試験の前後から、王宮の政務部やその他の行政機関は有望な学生を探しはじめる。学生の方でも、自分がねらう進路に応じて教授の推薦を受けたり、その他の推薦人と接触をはじめる。王宮の顧問団は進路の中でも最難関だ。能力だけでなく身元や交友関係も調査される。

だからクルトに店に来るなといったのだ。僕の過去が彼の障害になるわけにはいかなかった。あれはたった十年前のことだ。直接事件に関わった者もまだ王城にいる。

ラジアンは約束を守ってくれたらしく、王城の周辺に僕とクルトの関係は知られていないようで、その点については安心していた。

クルトも僕の話を理解したのだと思う。王宮政治へ関わることへの彼の野心は、出会ったときからあきらかだった。結局のところ、これまでどれほど優秀な成績をおさめていようと、学院生活の正念場はこれからなのだ。ここで何か問題が起きれば、すべて台無しになりかねない。

それに、そろそろ潮時だろうとも僕は思っていた。試験対策に集中し、推薦人たちと接触しはじめれば、クルトは新しい目標に夢中になって僕への関心を失っていくだろう。試験が終わって進路が決まればまた店においでと僕はいったが、彼の方がそうしたいかどうか。

べつにそうなってもかまわないじゃないかと、きれいに片付いた部屋で窓の外を眺めながら、僕は自分にいい聞かせる。すでに僕は分不相応なくらいの贈り物をクルト・ハスケルからもらっていた。例の書物の出資者の紹介はもちろん、この風景も彼がくれたようなものだし、生活が規則正しくなって体の調子もいいとか、書店の営業が前よりうまくいっているのも、きっとクルトのおかげなのだ。

何より僕自身が、自分をそんなに捨てたものではないと思えるようになったのも、クルトの影響だろう。近ごろは気分も安定して、施療院の薬を飲む回数も減っていた。

クルトのような人間にくりかえし好きだといわれ、ことあるごとに褒められれば、きっと誰だってそうなる。クルトはつまらないことでも、何かにつけて僕を持ち上げるのだから。

反対に僕がクルトに贈ることができたものは何があるだろう？　彼が持って帰った魔術書――僕の書き込みがびっしり入ったものだ――がすこしは役に立てばいいと思う。事件の混乱のあとですべて捨てたつもりだったが、ここに持ちこんだのはアダマール師か、先代のカリーにちがいない。そして十年のあいだ埋もれていたのだ。

あんなに必死で勉強したのに、いまの僕はあの箱に入った魔術書を真の意味で理解できないのだと思うと、すこしさびしかった。でも、目標達成のためにどんな手段でも使うクルトのことだ、多少は役立ててくれているのではないだろうか。彼が僕への興味をなくしても、こうして書物でつながれるのなら悪くない。

いくらそういい聞かせても、無性に会いたいと思ってしまうのはどうしようもなかった。クルトの笑顔がみたかったし、僕を呼ぶ声が聞きたかった。

心の奥底で、まだ僕に魔力があって、念話を通じさせることができればいいのにと願いさえした。離れていても声を聞き、姿をみられるのは精霊魔術の基本だ。最近の僕は魔力が欠如していることにあまり劣等感を持たなくなり、日々の生活をおくるのに少々不便という程度にしか感じなくなっていて、これもたぶん、何事にも前向きなクルトの影響にちがいないのだが、その当人については別枠だというのは、なんとも皮肉なことだった。

学院の深緑色を着た若者が店の扉を開けるたび、僕はどきりとして手をとめる。心の底で求めていたものとちがう顔をみて、密かに落胆しつつも「カリーの店主」として応対する。

いつも屑本ばかりあさり、棚にある書物をうらやましそうに見上げている学生に対しては、僕は先代の真似をして、ときおり相手が求めている本をカゴに入れるようにしていた。さぐるように僕の方へ視線が飛ぶと、持って帰ってかまわないといってやる。

髪の短い小柄な女子学生にはこれまで二度ほどそうしてやったのだが、やがて彼女――イーディは、すすんで魔術書の内容についてたずねてくるようになった。棚の整理を手伝ってくれるときもあり、客にそんなことをさせるわけにはいかないので、僕はそのたびに手間賃を払った。

イーディは好奇心旺盛で、なかなかの論客で、回路魔術師をめざしているらしい。手先が器用だったから僕はもっと細かい仕事も教えることにした。まるでカリーの店で働きはじめたころの僕のようだ。

おかげで僕は年のはなれた妹ができたような気分だった。肉親とほぼ縁が切れている僕にとっては、とてもめずらしいことだ。

イーディはよく喋り、たまにおっちょこちょいなことをしでかして僕を笑わせ、友人を何人も店に連れてきては本を買わせた。おかげでクルトが来なくても店は以前よりにぎわっていた。

それでも僕はクルトの声を聞きたくてたまらなかった。彼はまたここに来るだろうか。僕に笑いかけるだろうか。

夜、ひとりで小さなキッチンにいると、ときおり横にクルトが立っているような、彼の残像のような気配を感じる。背後から僕を抱きしめる腕を感じ、耳もとでささやく声が聞こえるように思う。

もちろんすべては僕の錯覚だ。ひとりの寝台で目覚めた朝、窓ガラスごしにさす光をあび、鳩の声を聞きながら、クルトはどうしているだろうかと僕は思う。きっと目標をめざしてひたむきにやっているにちがいない。でも、たまに僕を思い出すこともあるだろうか。

彼の友人が店にあらわれたのはそんなときだった。

「イーディ、これを七八番の左端へしまってくれないか?」

「薬学ですか?」

イーディは書物を右腕に抱え、梯子をするすると上った。小柄で敏捷《びんしょう》な彼女はリスを連想させ、大きくて表情豊かな青い眸もどこか小動物じみている。しかし彼女の友人がいうには、この外見で剣もたしなみ、それもけっこうな腕前らしい。

「そうだ。ああ、ありがとう」

「ソールさん、薬学にはくわしいんですよね」

イーディはよく通る声で梯子の上から僕に話しかける。

「あ、ちがうか。薬学にも、というべきでした」

「くわしいというほどじゃない。読んだ範囲だけだ。ちょっと最近調べていることもあってね」

「読んだ範囲って、ソールさん学者顔負けじゃないですか。カリーの店主がすごいのは学院でも有名なんですよ」

「きみたちが適当な話をしているだけだろう。そういえば僕が値引きすると思っている」

「たしかに値引きしてもらっている上、お給料までもらってますけど」

イーディはクスクス笑った。いつも少年のような恰好をしているが、こんな風に笑うとひどく女の子らしくて、可愛くみえる。

「何を調べているんですか?」

「たいしたことじゃない。個人的な話だ。僕の体調に関することでね」

僕はとくに感情をこめずに答える。イーディが上から僕をみている。

「ソールさん、働きすぎちゃだめですよ。私が手伝いますから」

彼女がそういったとき、扉が開いた。

その学生が入ってきたとき、僕は奇妙な懐かしさを感じた。姿勢や雰囲気、初めてこの店を訪れる人間の、落ちつかない雰囲気。身につけた深緑の上着は常連の学生と一線を画す上質なものだ。

すぐに僕は悟った。この学生は最初にここへ来たときのクルトによく似ている。

同時にすこし驚いてもいた。なぜなら僕がいま知っているクルトは、この学生とはかなりちがう人間だったからだ。

学生は天井まで書物でいっぱいの店内をじろりとみまわしてから、中央の書架をぐるりと回った。僕はまた最初にこの店へ来たときのクルトを連想して、何気なく声をかけた。

「何か探しているのか？」

とたんに学生は僕に顔を向け、ぎょっとしたように目をみひらいた。あきらかに僕に気づいていなかったのだ。これも出会ったころのクルトと同じ、魔力で周囲を〈視る〉ことに慣れている者の典型的な反応だった。

学生は爽やかで精悍《せいかん》な顔立ちで、すこし日に焼けている。若くても指示することに慣れている、貴族特有の身ごなしがみてとれる。

「あんたが……カリーの店主？」

「そうだが」

学生は僕をみつめ続け、そして「――本当だったのか……」と小さくつぶやいた。

何が、と問い返したくなるのを僕はこらえた。以前ならすぐに嫌味か皮肉をとばしているところだが、いまの僕はそれほど辛辣でないし、イーディもそこにいるのだ。

「探し物ならいってくれ。すぐに答えられる」

学生は困惑した顔で僕をみつめて、それから目をそらした。

「そうじゃない。実は……ハスケルのことで来た。話がしたくて」

「クルトの？」

思わず大きな声をあげそうになり、僕はあわてて抑えた。

「なんだ？　彼に何かあったのか？」

「あったも何も……」

学生はふたたび僕をみつめる。今度はあきらかに怒りの色がみえた。

「あんたのせいじゃないのか？　クルトが禁書について調べているのは」


僕はイーディに店番を頼み、学生――アレクと名乗った――を奥へ通してお茶を出した。アレクは作業机の裏側や小さなキッチンをじろじろ眺め、ついで小さなテーブルにつく。いつもクルトが座っていた椅子だ。カップを一度持ち上げ、口をつけずに下ろす。

「ハスケルがいま、大事な時期なのは知っているだろう」

「もちろん。じきに試験だろうし、進路についても動いているだろう？」

カップの周囲をアレクの指がトントンと叩く。

「それを知ってて――彼をたきつけたのか？」

「なんの話だ？」

「クルトだよ。図書室の禁書領域に無断で入ろうとして、今月二度も注意された。この時期にどうして彼がそんなことをする必要がある？　目的を問い詰めたら、十年前の火事について調べているというんだ。あんたのせいか？」

僕は言葉をなくし、アレクを呆然《ぼうぜん》とみつめた。

「……僕は知らない」

やっとのことで答える。

「クルトにはしばらく会っていないし——その話をしたこともない。一度もだ」

「じゃあ、なぜだ」

「——僕にはわからない。だいたい彼にはここに来るなといってある。変に邪推されれば将来に響きかねない」

「それならどうしてだ?」

アレクの手がテーブルを叩き、カップが受け皿の上で音を立てた。

「だいたいクルトはずっとおかしかったんだ。つきあってる相手がいるのはわかってた。でもそれが——あんたなのか? どうしてそんなことがあり得るんだ?」

「……そんなこと」

わかるものか。僕だって知らない。なぜクルトが僕を好きになったのか。

だが僕は言葉を飲みこむ。アレクは興奮して言葉をついだ。

「試験が近いからと訓練に集中しはじめたと思うと、最近また審判の塔や図書室にこもるようになって、そのあげく師に注意をされているんだぞ? 問いただしたら——話すのはカリーの店主のことばかりだ。あんたのことだ」

「きみはクルトと組んでいるんだな」

僕は納得した。魔術実践の訓練は親しい友人や師と組むのが通例だ。きつい訓練になればなるほど繊細な過程をふむから、たがいに強い信頼が必要となる。ときに、他人にみせないような内奥《ないおう》を明かしてしまうこともある。

その内奥が——明かされた相手にとって我慢ならないことも、ある。

「ああ、そうだとも。あんたよりもずっと長くな。あいつが何を望んでいるかもよくわかってる。学院に入ったのだってそのためなんだ。それがいまさら、すべて台無しになるようなことをどうしてやる? あんたのせいだろう。おかげで俺だって調べたさ。十年前の事件、あれはただの事故じゃないんだ。あんたは——」

「僕と友人は禁を犯した。そのために友人は死に、図書室は燃えた。書物も」

僕は淡々といった。アレクは僕をじっとみていた。

この目つきが何を意味するのか、僕はよく知っていた。なぜなら昔、僕自身がこの能力のエキスパートだったからだ。アレクは魔力の触手をのばし、僕を〈探査〉しようとしていた。

だが彼には不可能だろう。僕には鉄壁の遮蔽がある。どんなに強力な精霊魔術師も僕の心にはふみこめない。けっして忘れられない呪いと同様、これは十年前の禁術の副作用か、それとも成果なのか。それとも代償なのか……。

「そして僕は魔力をなくし、学院をやめた。そう、あれはただの事故じゃない。騎士団はいまだに僕を保護——監視しているし、王立魔術団だってそうだ。だからクルトは僕に関わらない方がいい」

僕はアレクをみつめかえした。もう冷静になっていた。少なくとも自分ではそう思った。

「僕はクルトに何も頼んでいない。僕が望んでいるのは、クルトが無事に試験を終えて、進路を決めることだけだ。きみが彼と組んでいるのなら、僕なんか放っておくよう、説得するんだ」

「そんなことは当たり前だ！」

アレクは苛々と怒鳴った。

「だいたいクルトはあんたみたいなのとは根本的にちがう、特別な人間なんだ。あいつには王宮での未来があるし、昔からの許嫁もいる。だいたいあんた、口ではそういっても実際はどうなんだ？　クルトの試験や進路を気にしているのだって、利用するためじゃないのか？　あいつの財産や縁故でうまい汁を吸おうっていうんじゃないのか。魔力が通じないのをいいことに、あいつに何かやったんじゃないのか。そうでなければどうしてあんなに……」

「僕はクルトに何もしていない。彼の立場を利用する気もない」

僕はできるだけ淡々といった。

「彼と組んでいるのなら、きみは誰よりも彼に近いところにいるはずだ。さっさと帰ってクルトを助けてやれ。僕はどうせ何もできない。ただの書店主だからな」

「それがわかってるならいい」

アレクは吐き捨てた。傷ついたような口ぶりだった。おかしなものだな、と僕は妙に平静な気持ちでこの若者を観察していた。どちらかといえば、傷つくのは僕の方じゃないか？

アレクがいうように、クルトは僕とはちがう世界の住人で、過去に傷のある僕と関わるべきじゃないし、実際に十年前の事件を自分で調べたなら、もう関わってこないだろう。少なくともいまの時点で、自分の望む進路にとって僕が障害になるかもしれないことくらい、クルトにはわかったはずだ。

「そのお茶、飲んでいってくれ。もったいないからな」

僕はアレクに告げて立ち上がった。アレクは混乱したように僕を見上げ、ためらったが、結局口をつけなかった。肩をいからせるようにして扉へ向かう。

「馬鹿じゃないの、アレクサンドル・ハンター」

突然イーディの声がした。扉の前で腕を組み、仁王立ちになっている。

「何が特別よ。カリーの店主にお茶を出してもらうのがどれくらい名誉なことか知らないの？　そんなに馬鹿じゃ学院にいる意味ないわ。さっさとお貴族様の居心地いい領地へ逃げ帰ればいい」

アレクは眉をひそめた。

「きみはなんだ」

「二回生のイーディ。師団の塔のセッキの弟子でもある」

「回路魔術か」

「それがなんなの？　精霊魔術が何よ。馬鹿ばっかりじゃないの」

「イーディ、やめるんだ」

僕の声にイーディは目をくりくりさせ、わざとらしい陽気な口調でいう。

「馬鹿に我慢する必要がどこにあるんですか？　店主」

「そういうな。僕も傷つくよ」

冗談のように肩をすくめてそういうと、イーディは小さくため息をついて扉を開け、アレクが出ていったとたん、ばたんと閉めた。僕とアレクの会話をどこまで聞いていたのか、彼女の表情はいつもと変わらず、すこしひょうきんで明るく、僕にはそれがありがたかった。

「おばあちゃんに教えてもらったまじないをかけましょうか。足の指を毎日どこかにぶつける呪い」

「いや、いいから。それよりお茶がどうこうって、いったいなんだ？」

「え、知らないんですか？　カリーの店主にお茶を出してもらったっていえば、教室で一躍英雄になれるんですよ。あなたに認められたってことで」

「僕はそんなたいそうな者じゃないよ」

「まったく、これだから。あのお茶もらっていいですか？　そしたら私、明日教室で自慢します」

「好きなだけ自慢すればいい」

僕は思わず微笑んだが、体は重かった。最近あまり感じなかった疲労が急にのしかかってきたようだった。

クルトも僕を思い出していたのだ、と思うと嬉しかった。僕が十年前にしでかした馬鹿げた失敗について調べようと思うくらい、僕のことを考えていたのだと思うと、痛いほどの喜びに胸の底がふるえるようだ。

一方でアレクの言葉も脳裏に蘇る。僕がクルトを利用するだって？

彼のような貴族にそうみえるのも無理はなかった。なにしろ僕は財産もないただの平民で、下町の書店主で、前科もちの魔力欠如者なのだ。

ふとうるさい、と思った。王都はなんて騒がしいのだろう。雑音ばかりだ。どこにいても過去がこだましてくる。

「イーディ、飲んだら帰ってくれ。今日はもう――閉店する」

「……ソールさん」

イーディは僕をさぐるようにみつめたが、何もいわなかった。

5　前に進む

さて、アレクサンドル・ハンターがカリーの店を訪れるより何日か前のこと、クルト・ハスケルは寄宿舎でひとり、悶々としていた。

ソールに会いたい――最近クルトの頭の片隅を占めているのは、ただひたすら、この一念である。

いや、厳密にはこれだけではない。単に会うだけではなく、会ってからしたい――しなければならないことが山ほどあるからだ。まずはソールの痩せた背中に腕を回し、体温を感じながらぎゅっと抱きしめたい。やわらかい巻き毛をかきまわしたいし、あごをつかまえて口づけ、舌を深く味わいたい。思う存分ひたいや耳を愛撫し、細く繊細な指を口に含み、ソールの唇から吐息まじりに漏れる自分の名前を聞く。あげくは裸の背筋から腰に指を這わせて奥の繊細な場所をあばき、自分にすがりつかせて泣かせるのだ。

声というなら、周囲に人目があるときや営業中の店で発せられる、一見冷たくてぶっきらぼうな響きでもいい。ふたりきりで話しているときの声色を思い浮かべると、逆に興奮するくらいなのだから。もちろん、会わないあいだに何があったか、どんな本を読んだのかを聞きださなければならないし、ちゃんと食事をしていたかどうかも確かめなければならない。

クルトが若く健康な成人男子であることを考慮しても、つねに頭の片隅でこんなことを妄想している男は弁護の余地なく変態じみている。しかもこれら一連の願望を何度も頭の中でくりかえして、クルトの想像はすっかり鮮やかになってしまった。

数日おきにでも恋人の顔をみに行ければ、ここまでこじらせなかったかもしれない。だが、試験が終わって進路が落ちつくまで来るなとソールにいわれた上に、偶然会う機会もなかったので、クルトの妄想はエスカレートするばかりだった。

さて、ふつうの人間であれば、どれだけ頭の中で変態じみたことを妄想していたとしても、誰にも迷惑はかからないはずである。残念ながらクルトはそうではなかった。

何しろ、精霊魔術の実践試験に向けてアレクと開始した特別訓練の初日、三日間の予定で始めた「無言の行」が「おまえその……思念が桃色まみれなの、どうにかしろ」というアレクの発言のため、一日で破られてしまったくらいだ。

「無言の行」は大げさな名前のわりにはごく基本的な訓練で、クルトやアレクにとっては、試験に集中するためのウォーミングアップにすぎないはずが、このていたらくである。

クルトにしてみれば、いくら自分の内心が桃色まみれでも耐えられないアレクもアレクだ、と思わなくもなかった。しかしソールのことばかり妄想する自分もいくらか変だとは認めていたので、結果どうなったかというと、「クルト、相手は誰だよ」というアレクの追及に、ついにソールの名前を明かしてしまった。

これは事故のようなものだった。とはいえもともとクルトにソールとの関係を隠す気はなく、単にソールがおおっぴらにするのを嫌がったから友人たちに黙っていたにすぎない。クルトにしてみたら、自分の初恋が実ったか、少なくとも実りつつあるのを、周囲に祝福してもらいたいくらいなのだ。

しかしクルトの期待に反して、話を聞いたアレクは渋い顔をした。

「カリーの店主だって？」

「そうだ。どうしたんだ？」

友人の不興を感じとってクルトは不思議そうな顔をする。

「いや。それって……」

問い返されたアレクは困ったようにクルトを見返した。

「例の本を最初売ってくれなかったとか、嫌われたとかいってた下町の店主だろう？」

クルトは胸を張った。

「もう嫌われていない。逆だ。俺は好かれている」

「でもずいぶん年上で、男だって？　らしくないな」

「そうかな。すごく頭がいいんだ。知らないことをいろいろ教えてもらえる」

おまけにめちゃくちゃ可愛い、とは口に出さずに心の中でつけたしたのだが、やにさがる顔はアレクにしっかりみられている。

「デレデレ笑うな、気持ち悪い。ほかにも何か——そう、魔力欠如者だといってなかったか？」

「ああ」

「いいのか？」

「何か問題が？」

アレクは満面の笑みを浮かべたクルトにますますとまどった顔をした。

「まあ、おまえがいいのならいいが……どうせ学院を出るまでだしな」

これにはクルトが驚いた。

「どうして」

「だって——ラウラをほっておくのか。許嫁じゃないか」

「そんなの、子供のころに親が決めた口約束だろう。正式に文書を交わしているわけでもない。第一俺はラウラとつきあったこともないんだぞ」

「でもそんな庶民で……魔力もないのに？」

「学院に来て俺たちが勉強したのは、結局身分など関係ないということだろう」

クルトはアレクの動揺をはっきり感じていたが、あとできちんと伝えられると確信していた。

「ソールは素晴らしい人だ。いずれちゃんと紹介する。そうしたらわかる」

そう、想像していたよりずっと、ソールはすごかった。クルトはこれまで何回も、年上の恋人の新しい側面を発見していたつもりだったが、今回は予想をはるかに超えていた。

アダマール師が以前ソールについて「これまでいなかったような魔術師になったはず」といったのは、買いかぶりでもなんでもなかったのだ。ソールにもらった魔術書を何冊も調べるにつけ、クルトはその思いを新たにしていた。

書物の余白を埋める几帳面な文字をたどると、かつてそれを記したソールの心が流れこんでくるようだ。ソールは書かれた言葉のどこに注目していたか、どのように考えたのか。

筆跡のほとんどはきれいに揃っていた。関連文献の略号や参考意見、個々の魔術技法に関する独自の試みについて、詳細な意見が細かく書きこまれている。中にはクルトが直接知っている名前も登場した。「アダマール師によれば不要とのこと」「ヴェイユはここに批判的」といった調子である。

興奮したようにすこし乱れた筆致もところどころにある。「この記述は正しいのか？」「情報がなければ断定できない」「もっと深部にいけるのでは？」といった調子だ。

ソールの手が入った魔術書が宝の山だとクルトが理解するまで長くはかからなかった。クルトがあっさり習得してふりかえりもしなかった単純な精霊魔術の技法ですら、ソールはちがう視点でみていた。

学生のころのソールは、魔力で知覚の幅を広げることにこだわっていたようだ。魔力で人はどこまで〈視る〉ことができるのか、これがソールの関心事だった。物質の極限まで〈視る〉とき、いったいそこに何があるのか。

クルトが知っている技法も、ソールの試みをもとに実践すると新しい発見があった。魔力によるクルトの知覚はさらに洗練され、組んでいるアレクも驚いたようだ。

おかげで試験に向けたアレクとの訓練は順調に進み、余裕ができたクルトは、さらにソールの魔術書にのめりこんでいった。空き時間に図書室に通っては余白に書かれた文献を探し、学生時代のソールが興味を持った魔術理論をたどっていく。

その一方で、十年前の図書室の火事についてもクルトは調べた。しかしこちらは痒《かゆ》いところがうまくかけないようなもどかしさがあった。いまや地下書庫の配置をほぼ把握したクルトは、三層の奥で簡単に記録をみつけたが、一般閲覧が許可された書類に書かれていたのは、事件のあらましだけだった。

火事は秋の終わりに起きていた。学院図書室の禁書区画——そもそも図書室に禁書などあったか、とクルトは思った——に侵入した学生ふたりが、禁じられた精霊魔術を使い、発火。

この炎には魔術的な効果があったらしく、鎮火まで他の誰も、その領域に立ち入ることができなかったという。図書室の他の区画はなぜかまったく燃えていない。

炎が消えた室内で、学生のひとりが死亡し、もうひとりが錯乱状態で発見された。貴重な書物が何冊か失われ——記録の最後にそのリストが並んでいた——生き残った学生は退学処分となっている。そういえば以前サールが、ヴェイユ師もこの事件のあと施療院へ通ったといっていた。情報通のサールはこれをどこで知ったのか。記録の中では、関係者の名前はすべて伏せられていたし、ヴェイユ師は退学などせず教師になっているのだ。

騎士団の調書をもとにした記録はそっけなく、もっとも重要なことが書かれていないとクルトは直感した。これではソールに何が起きたのか、わからないも同然だ。

以前図書室の奥でたまたまみつけた「遮蔽された空間」について、ここでクルトがあらためて考えたのは、しごく当然のなりゆきだった。


地下書庫ほどの規模はないが、学院の図書室もまた広い。

床は教室とおなじ寄木細工で、机の列の向こうに幾何学模様の装飾がほどこされた窓が並ぶ。司書たちが学生に応対する中央部分の天井にはアーチが組まれ、星形の梁《はり》がのびている。反対側には書架が何列も、古木の森のように並んでいる。

そのさらに奥に、その向こうには壁があるだけだとずっとクルトが信じていた例の書架がある。

今日で三度目だった。一度目はたまたまのことで、直後ヴェイユ師に出くわした。二度目は三日前。このときクルトは、ソールの魔術書から得た知覚の拡大技法を使い、棚の向こうを阻む遮蔽を正確にとらえたのだった。

遮蔽の先は〈視えない〉だろうか――しかしそれを試みようとしたとたん、突然背後に魔力の気配がみち、足音が聞こえた。

クルトは密かな驚きを隠す。そこにあらわれたのは、教師にのみ対応する師補格の主任司書だった。いまのいままで顔も忘れていたが、最初に図書室を使ったとき、他の司書に紹介された記憶はある。

「何をお探しですか?」

中性的な顔立ちは彫像のようで、声を聞いても男とも女ともつきかねた。

「ああいえ、特には」

クルトはとっておきの笑顔をみせた。

「何年学院にいても、図書室のこの辺りはよく知らなかったことに最近気づいたものですから、卒業までにもっと知っておきたいと思って」

「勉学熱心なのはよいでしょう」

灰色の上着をまとった司書はにこりともしなかった。クルトはふと、その上着が審判の塔とおなじ色なのが気になった。他の司書もこれを着ていただろうか?

「実践試験の前ですから、むしろ訓練に励んだ方がよいと思いますよ。クルト・ハスケル」

「はい。わかっています」

クルトはおとなしく答えたものの、恐れをなすことはなかった。逆に、ますますがぜん好奇心をかきたてられた。

そして今日が三度目だ。今回クルトは、問題の区画に自然に近づけるよう、付近の蔵書にあわせた調査課題をあらかじめきめていた。図書室の中で、秘密のゲームをしているような気分だった。

気配を立てないように奥に向かう。問題の書架の背後を〈視て〉も、そこにあるのはただの「壁」——それも建物の外壁のように感じられた。

しかしソールの魔術書を熟読したおかげで、クルトはここに強力なめくらましが仕掛けられているのだと推測していた。知覚を広げようとしたとたん、司書があらわれたということは、魔力に感応する仕掛けもあるのだろう。実をいうと、めくらましの先にあるものの見当もついていた。

おそらくこの先が「火元」なのだ。

しかし今回は——先回りされていた。

通路を曲がったとたん、床につきそうなほど長いローブの裾が目に入ったのだ。腕を組んだ白い人影が立っている。

また魔力の放射を感じられなかった、とクルトは気づいた。

「クルト・ハスケル。いったい何を探しているんだね？」

ヴェイユ師が待っていた。

6　ふりかえる

暗くなっているのに、窓のそばのクスノキの梢《こずえ》で椋鳥《むくどり》の群れが鳴いている。ギャアギャアとうるさく、ガラスを通してここまで響く。

『うまくいくと思うか？』と彼。

僕は彼が放射する不安と興奮、そして恐怖に同期する。これらの感情はもともと僕も抱いているものだが、ふたりでここで怯《おび》えていてもしかたがない。それも僕らはわかっている。

『大丈夫。うまくいくよ』と僕は返す。

書棚の陰に立つ僕らを小さな明かりが照らしている。一週間かけて蛍光石に溜《た》めておいた光だ。閉室後のせいか、図書室にはいつもよりはっきりと、古びた紙とインクの匂いが漂っている。

彼が蛍光石を掲げる。書棚のあいだにせまい扉がうかびあがる。表面に、閉じられた書物のしるし、そして警告。教師以外は立ち入り禁止の文字。

僕はしるしに手のひらをかざす。閉じられた書物を解除する〈力のみち〉をたどる。そこに刻まれているのは入り組んだ迷路だが、通過するために必要なのは素速さだけだ。僕にはその力がある。

左手を壁に。結局はこれだ。

かちりと僕の内側で音がして、おなじ音を彼も聞いている。

彼が扉を押す。中は暗いが、こちら側とおなじ、紙とインクの匂いがする。

僕らはふたりで扉の中へ入っていく。


「ソール」

僕は顔をあげた。

カルタンが僕の上に屈みこんでいた。うすい灰色のローブの裾が膝を抱えた僕の足首に触れる。

背中と尻の下にごつごつした感触があるのは大きな樹の幹にもたれているせいだ。ヒュイッと高い声で鳥が鳴く。たったいままで僕が記憶の中で聞いていた、椋鳥の騒がしい声ではなかった。

ここでは梢が揺れ、葉ずれの音が響いていた。まだ日も高い。ずっと上に青空があった。

「いつからここにいた？」とカルタンがたずねた。

彼はセッキと同じくらいの背丈があるが、丸い優しげな顔をしている。最初に会ったころはヒラの治療師だった。いまは施療院の副院長だ。

「昼前に来た。朝いちばんの荷馬車に乗せてもらったんだ」と僕は答えた。

「食事は？」

「いらない」

カルタンは僕の前にしゃがみこんだ。足もとは灰色のサンダルで、白い靴下に土の汚れがついている。検査するような目で、じろじろと僕をみつめる。

「ちゃんと食べてはいるようだな。だったら無理に食事はさせんが」

「食べてるよ。とくに最近は」

僕は何をいったものかと言葉をさがした。

「王都にいるのが……騒がしくて。静かなところへ来たかった。すまない」

「謝る必要はない」

即座にカルタンは答えた。彼はいつもこうだ。

「ここが気に入っているのなら、日があるうちは好きなだけいればいい。ただ日暮れには戻ってこい。夜は危ないからな」

「そのころには帰るよ。馬車が出るだろう？」

「泊まってもいいんだぞ。来客用の部屋くらいある」

僕は両手で膝を抱えたまま、カルタンをみあげる。

「いや、王都に帰るよ。店があるし、僕はもう病人じゃない」

「それもいいが」

カルタンは立ち上がり、腰に手をあてて体をのばした。

「とにかく、日が暮れる前に一度院へ来なさい。冷えるし、夜は獣も出るからな」

「ありがとう」

きびすを返したカルタンの動きにつれて裾の長いローブが揺れた。うすい灰色は治療師の色だ。僕はついに〈彼〉がこれを着たのをみることがなかった。

「カルタン」思わず僕は呼びとめる。

「なんだ？」

「僕は――」

いいかけて、すこし躊躇した。でも、カルタンはずっと僕の治療師で、アダマール師以外では、いまの僕が唯一信頼する精霊魔術師といってもいい。質問をためらうことはない。

「カルタン、僕はいまだに〈彼〉の名前を思い出せないんだ。どうしてなんだ？　僕は――何もかも覚えているはずだ。実際、何もかも覚えているのに」

「ソール」

「まったく変な話だ。何度教えてもらっても〈彼〉の名前は僕の知覚をすりぬける。いちばんの友人だったのに、聞こえないし、読めないし、もちろん思い出せない。昔の記憶の中でも〈彼〉の顔はみえない」

カルタンはふりむいた。サンダルが僕のすぐ前で止まる。彼はもう一度僕の前に体を屈めた。

「すまないが、理由は私たちにもわからない。ソールの心にとって特別な意味があるにはちがいないが……治療師にも、心の働きの意味がすべてわかるわけじゃない。いまは力が及ばないと認めるしかないんだ。ただ、ソールが思い出せないことを負い目に感じる必要はない。時が経てばきっと変化もあらわれる」

「そうかな」と僕はつぶやいた。カルタンはいいかげんな話はしないとわかっていても、疑問符はついた。

「そうだ」とカルタンは答え、上体を起こした。

彼が歩いていく先、森の向こうに施療院がある。壁は白い石で作られ、砦《とりで》のように建っている。十年前、僕はしばらくあの中にいた。

『ソール』と彼が呼ぶ。

『――』

彼の顔は黒く切り取られている。僕は彼に呼びかけるのだが、自分がなんといったのかがわからない。

僕と彼は本を前に向かいあっていたはずだ。突然開いたページが紅い炎をあげ、彼に襲いかかる。僕らはふたりともパニックに陥る。彼は炎をはらいのけようとし、逆に僕はページの上に手をのばして炎をつかもうとする。僕は彼の混乱した思考をうけとり、彼も僕のパニックに同期する。どちらもまともに考えられない。炎が彼を覆い、僕と彼をつなぐ細い糸、力の絆が消えていく。僕は切れ切れになった糸に自分の力をそそぎこむ。僕は炎を消そうと思っていない、糸をつなぐことだけを考えている。そうしなければならないのだ。

ふいに世界は白くなる。ただ白くなり、僕を離れて、遠くへいく。僕がいくのではない。世界の方が僕を離れる。

耳のすぐそばで羽音が鳴り、無意識に手ではらった。

僕はまだ樹の幹にもたれていた。葉ずれの音が聞こえ、足もとで去年の枯葉がゆっくり動いて、甲虫がすがたをあらわす。

夏が近づいて王都では暑い日もふえたが、この森はまだ涼しいのだ。根もとに苔《こけ》が生えた針葉樹の古木がまばらに立つ中、ドングリやブナの若樹がのび、下生えのシダに木漏れ日が差していた。とても静かだった。

森の特徴は「平坦さ」にある。地形の話ではない。

この世の生き物すべてに通る〈力のみち〉は、あえて例えれば抽象的な「でこぼこ」なのだ。僕らが魔力で知覚するのはこの高低差で生まれる影であり、生き物はすべてこの影を利用する。

ところが森や海、そして砂漠のようなところでは、この「でこぼこ」はなぜかならされて平坦になる。魔力がなくなってしまうわけではない。ただ広漠として、とらえがたいものになってしまう。

この広漠さ、平坦さは静寂を生む。どれだけ風に梢が揺れようと、波が打ちよせてこようとも、森や海は静けさに満ちている。

きっとそのせいなのだろう、王都がうるさくて耐えられないとき、僕はいつも森に逃げこんでいた。この森の静けさが必要になるのだった。

カルタン以外は誰も、僕がいまここにいると知らない。

どうやら王都で暮らす僕に起きるさまざまな不調は、人間がつくる〈力のみち〉の「でこぼこ」に僕が適応できないことに原因があるらしい。単に魔力が欠如しているせいなのか、魔力が欠如する原因となった出来事のせいなのかは、事件から十年経ってもわかっていない。

学院や施療院の魔術師たちはずっと答えを求めている。何よりも僕自身が知りたいことでもあるが、僕はこの欲求に対して恐怖も覚えていた。

知りたいと願うことは呪いのようなものだ。

すべては小さな好奇心からはじまっていた。「どこまで〈視える〉のか」という興味から。魔力を使って広がった視野は、どこまで微細なものを知覚できるのか。生き物は血と肉からできている。血も肉も、拡大していけば、もっと小さな構造がみえてくる。どこまで物質は小さくなるのか？

おなじ問いは古代からあり、仮説をもとにした理論もあったが、僕らは自分たちの目で——視野で——みたかった。それだけだったのだ。とても危険な精神の魔術につながっているとは思ってもいなかった。

禁書への通路はこの問いから開かれた。それが僕らを壊し、ほかの書物も燃やしてしまうことになるなんて、もちろん思っていなかった。僕らは愚かで、力の感覚に酔っていて、世界のすべてが手のうちにあると思いこんでいた。

梢の影がゆっくり動く。僕は時間の感覚を失ったままずっと、巨木にもたれている。

みあげると枝の先ではあかるい新緑が日に透けて、昨年の深緑の葉とあざやかな対比をつくる。学院の上着の色になぜ、この色が選ばれているのかと、僕はぼんやり考える。

王都では、精霊魔術師は白のローブ、回路魔術師は黒のローブを着る。施療院の治療師は淡い灰色を着て、審判の塔にいる者は濃い灰色だ。

今年は春以来、緑色に縁が深かったが、もうそれも終わりになるだろう。クルトが着ている、やわらかで艶のある深緑の上着——彼はまったく貴族らしくない男で、自分で毎日ブラシをかけるのだ——それにあの、いつも生き生きと表情をたたえている眸。あれをみることは、これからはめったにないだろう。

クルトの友人の学生——アレクの懸念はもっともだった。僕は監視対象だからだ。

事故で失われた僕の魔力に関しては、いまだに謎が多かった。だから騎士団や学院の精霊魔術師は、事故以来僕を見守っていて——言葉を変えれば監視していて——学院の図書室の「禁書区域」は、学生から完全に遮蔽されることになった。

うかつなものが近づくと取り返しがつかないことになるとわかったからだ。重要な記録や魔術書を審判の塔に分散したのも、僕の事件がきっかけだった。

背中に触れる幹はどっしりとして安定感があった。このままここに根を張り、小さくなって、地面に吸いこまれてしまわないだろうか、そう僕は空想した。

もちろんそんなことは起きない。僕は王都に帰るのだ。あの騒がしい都に戻り、また店を開けて、黴臭《かびくさ》いページに鼻先をつっこみ、小さな自分の一生にみあうだけの知識をつめこみながら、どうにかこうにかやっていくだろう。店には学生たちや魔術師が来て、いつか彼らの中から、僕には手が届かなかった領域まで達する者があらわれるかもしれない。

その手助けならすこしはできるし、そのくらいが僕にはふさわしい。けっして口に出せない望みをかかえたまま、最後のときまでひとりであの店にいるのだ。でもひょっとしたら、たまにはあの眸をみることもできるかもしれない。王都にいれば、どこかで偶然会うこともあるのでは？　あの緑の眸と、輝くような笑みに。

それを希望のように、贈り物のように感じているのだと僕は気がつき、はっとする。暗い部屋の中に射《さ》しこむ光も同然だと思っているのだ。

薄青い空の一部がかすかに紅く染まりはじめていた。もうすぐ日暮れだった。僕は座り続けて固まった足腰をのばした。カルタンがいったように、一度施療院に寄る必要があった。最後の馬車が出る前に薬をもらわなければ。

すこし離れたところで草をわける音がした。動物だろうか？　獣に襲われるのはいやだった。鞄に鈴をつけているから、立ちあがれば鳴るだろう。

そのとき声が聞こえた。

「ソール」

7　見上げる

図書室の書架の前で、クルトは教師の白いローブをみつめていた。

白は精霊魔術師のしるしだ。この服は狭い通路でも淡く輝いているように思える。ただの布なのにそう感じるのは、漏れだす魔力の光輝のためだ。

『ここになんの用だね』

心に響いてくるヴェイユ師の声は、耳で聞くのとはすこし印象がちがった。

講義中は冷たく、皮肉っぽい気配が強かったが、念話はもっと押しが強い。考えてみると、クルトがヴェイユ師と念話をかわすのは初めてだった。

『探している文献があるので』

とクルトは返し、ヴェイユにわかるようにわざとその書名を思い浮かべる。

『なぜそれを探しているんだね』

思いがけなく聞き返された。

『きみの専攻は関係ないし、私の講義でも必要ないのに』

『知り合いに教えてもらったので、興味をもちまして』

『ずいぶん勉強好きな知り合いだな』

『はい。学院の先輩です』

「そうかね」

ヴェイユはいきなり念話をやめた。

「ハスケル君。好奇心は猫を殺すというだろう。きみはちょっとした遊びのつもりかもしれないから、そんなことにならないように教えよう。昔はこの奥に部屋があった。いわゆる禁書の区画で、学生は立ち入り禁止だった。調べてすでに知っているのだろうが、十年前ある学生がここへ無断で立ち入り、事故を起こした。学院はそれ以来、学生の立ち入れる場所に禁書の区画を作らないことにしている。きみのように好奇心に駆られた若者が無茶なことをしないようにね」

クルトは眉をひそめた。師の声色は淡々としたものだが、踏みこむのをきっぱりと拒絶している。

「何も無茶なことなどしませんよ」

あえてのんびりした口調で答えた。

「たしかに俺はその事件を調べましたが、当事者の名前すらわかりませんでした。それにもともと、この場所に興味をもったのはあなたのせいなんです、ヴェイユ師。以前ここですれちがったとき、魔力の気配をまったく感じられなかったものですから。まるで……」

クルトは的確な表現を探した。

「無から出てきたようでした」

ヴェイユは動じた様子もなかった。

「きみは優秀だが、ただの学生だ。学院にはただの学生に明かされない場所がいろいろある。それだけのことだ」

腕を組み、また前触れなく念話に切り替える。

『きみも能力試験を通過して、さらに秋の審問を通らなければ資格は得られない。王宮の顧問団が目標なのだろう。この時期によけいなことに気を取られているのはどうかと思うが』

いくら教師でも、授業ならともかく、通りがかりの立ち話でこんな風に話をもっていかれるのは好感がもてなかった。クルトは思わず挑発的に返した。

『あなたの推薦が得られなくなるとでも？』

『心配しなくても私は成績で推薦をする。きみなら大丈夫だろう』

『俺はよけいなことをしているとは思っていません。自分に必要なことをしているんだ』

『きみはいったい何が知りたいんだね？』

教師の意識は最初よりも強くクルトを圧迫してくる。からかっているようにも、苛立っているようにもとれた。どちらにしても不愉快だった。

「名前です」

クルトはいきなり念話から会話に切り替えた。この教師と心でつながってはならないと直感したのだ。

「その事故に関わった人の名前です。そしてこの奥でほんとうに起きたことを知りたい」

「なんのために？」

「それは……」

突然、クルトは妙に可笑しな気持ちになった。どうして俺はこんなに知りたいと思っているのだったか？

「恋人が関わっていることについて知りたいと思うのは変ですか？」

思いもかけないことに、ヴェイユはクルトをまじまじと見返した。無意識にクルトの心に防壁があがる。だが教師は侵入しようとしているのではなさそうだ。第一、たとえ教師でも、断りなくそんなことをするのは掟に反する。

緊張にみちた沈黙はどのくらい続いたのか。たいした時間ではなかったにちがいないが、クルトは思わず身じろぎした。とそのとき、自分を探す気配が近づくのを感じた。友人のアレクだ。

アレクの接近に不意をうたれたのはクルトだけではなく、ヴェイユも同じだったようだ。かすかな声が突然クルトの頭に響いたのである。

(ソールは私を選ばなかった)

ヴェイユとクルト、双方がほんの一瞬、今度こそ硬直した。念話に慣れた使い手が内心のつぶやきをもらすなど、ふつうはありえないことだったからだ。

『クルト？』

真後ろで足音が響いた。

「あっ……ヴェイユ師。失礼しました」

クルトはふりかえった。アレクが怪訝な顔をしていた。同時にヴェイユの緊張も解けたらしい。

「ハンター君か」

アレクに確認する声は冷たく平坦な、いつもの調子だった。

「はい」

「きみまでこの区画に興味があるのかね？」

「いえ、俺はクルトを探しに来ただけで……この区画とは？」

「ハスケル君には話したが、この奥に学生の立ち入りを禁止した区画がある」

「この奥に……ですか？」

「そうだ。ハスケル君は優秀だから気づいてしまったらしいが、一般の学生にはわからないように遮蔽してある。危険だからな」

「危険？」

「とくに進路の決定を目前に控えている場合は」

アレクは眉をあげ、あきらかに不審の色をうかべてクルトとヴェイユを交互にみつめた。ヴェイユが微笑する。授業でよくうかべる辛辣な笑みで、ほんとうは笑っていない。

「もう行きなさい。目標を見失わないようにすることだ」

　建物の外では桜並木が緑の葉を茂らせていた。どの樹もまだ若木といっていいくらいで、あいだの地面には切り株がいくつか残り、自然と学生たちのベンチにされている。これらの切り株は完全に死んでいて、ひこばえも生えてこないので、桜が代わりに植えられたらしい。

なんの気なしにクルトが切り株のひとつを蹴ったとき、アレクがいきなりすごい剣幕で食ってかかった。

「クルト、何をしていたんだ？」

クルトは素っ気なく答えた。ソールのことで頭がいっぱいで、アレクにかまう余裕がなかったのである。

「なんてこともない。文献を探しに来て、たまたまヴェイユ師と行き会っただけだ」

アレクは信じられないという目でクルトをみつめた。

「何いってる、あれは警告だぞ？　おまえ——ヴェイユ師にいわれるまでもない。この時期に教師から注意だって？　自分が何を目指しているか忘れたのか？」

「忘れちゃいないさ。それでも知る必要があったんだ」

「知る必要があったって……何をだよ」

「知らないと同じ位置に立てない」

クルトは切り株に座り、アレクをみあげた。親友はクルトの顔をまじまじとみつめている。まるでさっきのヴェイユのようだ。自然と念話に切り替わる。

『なんの話をしているんだ？』

『おまえだって、自分の恋人の事情は知らなくちゃいけないと思うだろ？』

アレクは大げさなため息をつきながら返事をよこした。

『それって、例の店主が関係あるのか。クルト、重症だな』

『悪いか』

『ラウラのことはどうするんだ』

アレクの背後にはある感情がただよっていた。クルトはその意味をわかっているつもりだったが、親友はときおり冗談のように口に出すだけで、きちんと話したことは一度もなかった。

前触れなく、クルトのうちに怒りがこみあげてくる。

『ラウラウラっていうな。俺は彼女のことはずっと仲のいい友人だと思っているんだ。おまえこそなんだ？　おまえが気にしているのは俺か、ラウラか？　それともおまえ自身か？』

突然のクルトの激昂にアレクは沈黙した。塞がれるように彼の心が閉じるのを感じ、クルトの中に後悔がみちる。

「すまん」

「悪かった」

謝罪はふたり同時に口に出された。アレクは自分のひたいに手をやり、出てもいない汗をぬぐう。

「クルト……」

声はおだやかだったが、クルトには親友がそのまま心を閉ざしているのがわかった。うすい膜がかかったようになり、共感が届かない。

「なんだ？」

「頼むからすこしは自重してくれ。大事な時期だろう」

「ああ。わかってる」

アレクは切り株のひとつを蹴り、苛立たしげな様子で肩をすくめた。


それから何日か、クルトは図書室への出入りをやめた。

学院の寄宿舎はぜいたくなつくりだ。ひとりひとりに相応の広さの個室——息苦しいほど狭くもなければ、広すぎて不安にもならない程度の——があり、訓練や勉強に集中できる空間も備えられている。

講義や最近始まった推薦人との面談以外の時間は自室に閉じこもり、クルトは魔術書をくりかえしめくっていた。アレクや他の友人たちともあまり話さなかった。

ソールがくれた箱の中に一冊、クルトがやけに惹きつけられた本があった。いちばんくたびれて、いちばん余白の書きこみが多いものだ。その本と、ソールから買い取った魔術書、クルトに「所有権」があるミュラーの著書『魔術における自然概念について』を並べ、大判のページを繰っていく。これは昔ソールのものだったという書物だ。

ソールに会いたかった。

いや、会わなければならない。

ページをめくるうち、次第にそんな思いがつのり、止められないほど激しくなった。

それはクルト自身にとっても、異常に思えるくらい強烈な衝動だった。この何週間ものあいだ、ずっと会いたいと願い、ソールについて妄想をめぐらせていたときとも異なる切迫感が、胸の奥からせりあがる。

試験が近づいてきたとたん、ソールは店に来るなといった。それはなぜか？

クルトはいまでは答えを知っている。ソールはかつて学院の図書室で禁書に手を出したからだ。そして魔力を失い、学院を去った人間だから。

クルトがそんな人物とつきあいがあることを、たしかに推薦人たちは良いと思わないだろう。クルト自身が危険な考えを持っていると疑われるかもしれない。

でも、それがなんだというのだろう。

「かまうもんか」

つぶやいてクルトは立ち上がった。まだ早朝だ。いまならカリーの店は開いたばかりだろうか。ソールの体調によっては寝ているかもしれない。

クルトは慣れた道を急ぎ、すこし前まで毎日のように通った商店街を通り抜けた。路地からカリーの店の階上をみあげると、暑くなりはじめたというのに窓は閉まっていた。鳩の声が聞こえる。

表の扉は開いていなかった。眠っているのだろうか。クルトは裏口に回り、鍵を取り出した。

この鍵をクルトに渡す前、ソールは裏口の錠前を変えていた。それまで使っていた古い鍵を、回路魔術で操作する新しいものに変えたのだ。

「僕はふだん裏口から入らない。きみだけが入れるくらいがいい」といって。

中は静かだった。階下の店内では書物が重しのような存在感をはなっている。奥のテーブルには朝食の皿が途中のままになっていた。階段をあがると乱れたままの寝台があり、床に数冊、本が散らばっていた。

なんでも几帳面に積みかさね、角を揃えるソールの癖を思うと変だった。鞄がないから出かけたのだろうが、こんなに急いでどこへ行ったのだろう。クルトはもう一度裏口から出た。

焦っていたので店に近づく他人の気配にも無頓着だった。だから店の表に回ったとたん、唐突に怒りの声を正面から浴びせられて、クルトは本気で驚き、つんのめりそうになった。

「クルト・ハスケル！　どうしてこんなところにいるのよ」

少年のように短い髪の女子学生が、腕を組んでクルトをにらみつけていた。

「ソールさんはどこ？」

とまどいながらもクルトは答える。

「いないようだ」

「それ、あなたのせい？　ちがうの？」

クルトの呼吸が速くなった。

「なぜ？　どういうことだ？」

「だったらきっと――あなたの馬鹿なお友達のせいよ」

彼女の口調は剣を潜めているかのように尖《とが》っていた。

いい加減認めなくてはならないが、僕はクルトに何度も驚かされている。彼は何度も、僕のつまらない期待や思いこみを裏切る。実用的なことは何もできない貴族の坊ちゃんだと思っていたら、僕より食事の仕度がうまかったり、専攻でもない勉強を地味にやりとげる根気があったり、よく響く声で歌ったりする。そして何度も、予想外のタイミングで予想外の場所にあらわれる。アダマール師の居室や王城の一画や——

それに、この森。

「ソール」

声はもう一度はっきり聞こえた。たしかに彼の声だ。

僕はふりむく。

クルトがそこにいる。

僕はまだ自分の目と耳が信じられなかった。こんなところにクルトがいるはずがない。僕がここにいると知っているのはカルタンだけで、カルタンはクルトを知らないだろう。

「どうしてここにいるんだ」

かすれた声が出た。クルトは平然と答えた。

「探したから」

まったく当然のことのようだった。朝起きたら太陽が昇るし、雨が降ったら傘をさすだろうというような、気軽な調子だった。

静かな森の中で下生えが踏まれる音が響く。僕の方へ歩いてくるのだ。学院の上着を着ていないが、たしかにクルト・ハスケルだ。

「人探しは得意なんだが、今度はすこし大変だった」

僕に笑顔を向けながらクルトはいった。何週間も前に別れたときと変わらぬ口調と、輝くばかりの笑顔。僕がずっと思い描いていた……。

「ソールに会わなきゃいけないと思ったんだ。それでカリーの店に行ったら下級生に詰められるし、アレクはあんたに馬鹿なことをいったようだし、二階には本が散らばっているし、だから探した」

「探したって……どうやってここを」

僕はほとんどつぶやくような声しか出せなかった。

「師団の塔のセッキ師にたずねた。施療院にいるかもしれないというから施療院へ行った。そうしたら、治療師が森にいるというから」

僕にはにわかに信じがたかった。この施療院まで来るのがまず大変だ――王都から馬車で数時間かかる。その上、この森はみかけより深く広い。

この森をよく知っているカルタンは、いつもすぐ僕を探しあてるが、初めて訪れる人はたいてい道に迷うという。おまけに僕は、獣が出るのを心配されるくらい、人の気配の絶えた奥まで入りこむのがつねだった。

それに、僕は魔力を放射していないから、クルトの〈探知〉にかからないはずだ。〈力のみち〉が交差するこの世界では、僕はいないも同然、存在の穴のようなものだ。クルトはどうやって森に入った僕を探しあてたのか。

「うまいんだよ、俺は。昔から。かならずみつけられるんだ」

クルトはまたあっさりいう。

「ソールについても、コツはつかんだ」

「コツ?」

僕はオウム返しにつぶやいた。クルトはもうそばにいて、樹の幹にもたれたままの僕をみおろしている。緑の眸が僕をまっすぐみつめる。

「……どうしてセッキに会ったんだ」

僕は顔をそむけようとしたが、できなかった。

「最近ソールのところで働いてる下級生、セッキ師の弟子だというじゃないか。で、眼鏡のことを思い出した」

クルトは僕の方へ屈みこむ。彼の息をすぐ近くに感じる。僕は魅入られたように動けない。

「アレクのことでずいぶん詰められた。あの子、怖いな。ソールが好きみたいだし」

「イーディか？　何をいってる――」

「だめだよ。ソールは俺のだから」

クルトは手を伸ばし、僕の肩に触れた。電流が走ったような感じがした。「クルト――」

僕はできるだけ平坦な声を出した。

「試験が終わるまで店に来るなといわなかったか？」

「ああ、そう聞いた」

クルトは僕の肩に手をおき、僕はたちまち抱きよせられてしまう。薄暗がりのなかでも緑の眸がはっきりみえる。

これではだめだと僕は思う。無理やり顔をそらしながら話そうとすると、妙に高い声になってしまった。

「僕がそういった意味がわからなかったのか？　きみの友人は？　僕に関わるべきじゃないと教えなかったのか？」

クルトは眉をあげた。

「それアレクだろ？　もちろん話した。だからここにいるんだ」

僕は体をひねって立ちあがり、クルトの手を払った。緑の眸にさっと暗い影が走った気がした。さっきまで頭上に夕焼けの光彩が反射していた空には夜闇の青がせまり、森はみるみるうちに暗がりに覆われようとしていた。足もともどんどん暗くなる。

闇よりも、僕を覆うクルトの存在感の方が圧倒的だった。

胸が苦しい。彼に触れさせてはだめだという声が僕のなかでこだまする。クルトは僕に関わらない方がいいはずだ。アレクがいったように、もし彼が禁書の区画に近づいたのなら、なおさら。

「ソール？」

「――来るなといったじゃないか」

僕はもたれていた樹の幹から離れた。腰の鞄に下げた獣よけの鈴が鳴った。

「ソール？」

僕はクルトに背を向ける。

「ソール！」

呼ぶ声を無視して、僕は走り出した。

方向など何ひとつ考えなかった。頭にあったのは、背後にせまるクルトの気配から逃れることだけだ。踏まれた草から青い匂いが立ち、足もとで土が崩れた。靴がずるりとすべったが、持ちこたえてまた走る。

追いつかれてはだめだという一念にせきたてられていた。クルトに触れられたら僕は――

「ソール！」

息が切れて苦しかった。クルトが追ってきたという、その事実も苦しかった。どうして僕にかまうんだ。僕に関わることが自分の目標の妨げになると、どうしてクルトは理解しないのか。

太い幹が目の前にあらわれ、僕はあわてて衝突を避けた。根につまづきそうなところをすんでのところで避けて、僕がたどっている踏みあとはきっと獣道だろう。ゆるく下りになり、水の音が聞こえ、足もとの枯葉からは湿った匂いが漂ってくる。ぬかるんでいる。呼ぶ声は聞こえない。あきらめたのか。

心臓がばくばくいい、足がふるえた。僕は濡れた枯葉に足をとられた。ずるっとすべった。

あっと思うまもなく沢の方へ転がり落ちていた。反射的に頭をかばい、尻もちをついて、ずるずると下まで落ちる。

「ソール！　大丈夫か！」

足音と呼ぶ声がまた聞こえた。肩をつかまれて、ひきよせられる。

そのまままきつく抱きしめられた。やはりクルトの腕だ。クルトの匂いがする。かすかに甘い――麝香のような――

お互いの荒い息だけが聞こえた。僕は正面から彼に抱きすくめられている。クルトの手が僕の髪をまさぐり、背中をさする。

「ソール。逃げないで」

クルトの声にはさっきまでの余裕がなくなり、はじめて聞く響きがあった。泣き声のようだった。

「俺から逃げないで」

「クルト……だめだ」

「だめじゃない」

「きみは……僕にかまっては、いけない」

「そんなことない」

「だってきみは――」

「俺こそだめなんだ。ソールがいないと――」

唇が重なってきて、こうなるとだめなのは僕の方だった。クルトの腕と匂いに包まれて、力が抜けた。

彼の上着をつかみ、顔をあげる。もっと深く唇をあわせる。閉じた目尻から耳のうらへ温かい指がかすめていき、僕の背中にふるえがはしる。

「ソール、帰ろう」

耳もとでささやかれる。

僕は首をふろうとするが、クルトの手のひらが僕の首をしっかり支えていて、ままならない。

「いやだ」とつぶやく。

「いやじゃない。一緒に居たい」

「クルト、だめだ」

「どうして」

「どうしてかって――」

僕はやっとクルトの腕をもぎはなした。日はとっくに暮れて、虫が鳴いている。月明りのおかげで森の中は真の闇を逃れているが、地面に落ちる木々の影は黒々としている。

「きみは――精霊魔術をおさめて、王宮に入るんだろう？　貴族としての確固たる身分で。学院の教師から僕についで聞かなかったのか？　僕は前科もちだ。十年前の事故でいまだに見張られているような人間なんだ。どうして僕にかまう？　きみの目標はどうした？　きみも僕を哀れんでいるのか？　ラジアンみたいに――」

「ちがう」

「何がちがうんだ」

「ソール。帰ろう」

クルトは僕の肩に腕を回した。耳もとにまた唇が近づいて、そっとささやく。

「帰ろう、俺と」

なぜか涙があふれた。どうしてなのか、僕はクルトの前でしょっちゅう泣いているような気がする。土の上に座りこみ、クルトの腕をつかんだまま、いつしかしゃくりあげていた。どうしてこうなるのか自分でもわからないまま、泣き続ける。

ようやく息がつけるようになると、自己嫌悪が襲ってきた。

「帰るって……もう暗い」

ぼそりとつぶやくと、クルトは立ち上がり、僕の手をひく。

「とりあえず施療院へ戻ろう」

「道は――わかるか？」

僕はおずおずとたずねる。

方向もわからなくなるくらい夢中で走ったのだ。あらためて自覚して、急に恥ずかしさに襲われた。まるで子供だ。

この年齢でやることじゃない。

「大丈夫だと思う」

月明りの下で、クルトが僕に向かって微笑む。

「なぜ笑うんだ？」

「ソールが可愛いから」

「やめてくれ」

僕はうつむいた。この男はいったいなんなんだ。

「きみはどうかしてる」

「うん。ほんとに俺はどうかしてる」

クルトは僕の手を握り、歩きはじめた。進む道はたしかにわかっているらしく、足取りに迷いはなかった。僕は手をふりほどこうとしたが、離したかと思うとまたつかまれる。

しかたなく、僕は彼の歩調にあわせながら文句をいった。

「クルト、手を離せ」

「いやだ。せっかくの機会なんだ」

「何がせっかくの機会……」

「だってソール、王都じゃ手なんてつないでくれないだろう」

「それは――」

「だからせっかくの機会なんだ。あ、足もと、気をつけて」

森の木々が左右に分かれ、月明りに煌々《こうこう》と照らされて、施療院の輪郭が浮かびあがる。僕はすっかり疲れきっていた。夜明け前に王都を出て、昼食もろくに食べていないのだから、当然かもしれない。ほとんどクルトに寄りかかりながら歩いて、やっと玄関へたどりつく。

灯りを背にして、腕組みをした人影が「遅かったな」といった。

「カルタン」

僕はつぶやき、はっとしてクルトの手を離した。

「ソール。わかっているだろうが、王都に帰るのは無理だ。今日は泊まっていきなさい」

カルタンは平静な声でいった。完全に予定通り、といった口調だ。

「すまない」

僕はぼそぼそつぶやき、そのあいだもカルタンの強い視線を感じた。ひどく居心地が悪い。

「その……ありがとう」

やっとのことで礼をいうと、カルタンは軽くうなずいた。

「ふたりは同じ部屋でいいな？」

「はい」

僕が答えるより先にクルトが口を開く。

「ソールは明日、俺と一緒に帰ります」

「クルト――」

僕は何か文句のような、抗議のような言葉をさがしたが、驚いたことにそれはクルトだけでなく、カルタンにも完全に無視された。

「案内してあげよう。食事は部屋でとるといい。それから風呂も使いなさい」

「ありがとうございます！」

カルタンが扉を開け、クルトはさっさとそのあとをついていく。僕もあわてて彼に続いた。

施療院の廊下を歩きながら、どうしてこんなことになったのだろうと思った。その一方で、そんなのはどうでもいいことのような気もしていた。きっと疲れすぎていたのだろう。

僕らは庭に面した客間に案内された。

そして扉が閉まるやいなや、僕はまたクルトの腕に抱きしめられていた。

9　しるしを探す

クルトは子供のころ、屋敷の庭に棲んでいた猫に手ひどくひっかかれたことがあった。

一般に魔力が多い者は、動物を扱うのがうまい。クルトもその例にもれなかった。屋敷で飼っている小鳥や犬はクルトを好いてすぐなついたし、幼いころから自分よりはるかに大きい、気性の荒い馬も簡単に馴《な》らすことができた。

猫もそうだった。屋敷には猫がたくさんいたが、クルトが呼ぶと近くにきて一緒に遊んでくれるだけでなく、彼のいいつけもよく聞いたものだ。

ところが、黒い毛並みに鼻づらと足だけ白い、その猫はちがった。靴下をはいているようにみえるので屋敷の者には「ソックス」と呼ばれ、たまに厨房《ちゅうぼう》で餌を与えられていたが、半分野生の猫だった。

半野生の猫はほかにもいたが、ソックスだけはクルトに対する反応がちがっていた。一緒に遊んだり、クルトが触るのを許す場合もあるが、無視したり、怒ったり、無理に抱き上げようとすると、逃げ出すことも多かった。

要するにクルトの都合ではなくつねに猫の都合、猫の気分が優先されるのである。

「でもクルト様、猫というのはふつう、そういうものです」と庭師はいった。

「猫には猫の世界があるのです。クルト様は魔力が強いので、たいていの猫を自分の世界へひきよせてしまいますが、私のような並みの人間にとってはそうならないのがあたりまえです」

「でも、なぜあの子だけがちがうの？」

そうたずねると、庭師は困ったように鼻をかいた。

「さあ。わかりませんがときおりそういう猫もいるのでしょう。ほかの猫は、人間の中からクルト様だけを特別扱いしていますが、ソックスはちがうのです」

クルトは頬の爪痕をなぞった。消毒したばかりでヒリヒリした。

「それはがっかりだな。あの子の特別になれないなんて。ぼくはあの子が好きなのに」

すると庭師は笑った。

「説明がまずかったですね。逆なのです。ソックスがクルト様にとって特別な猫なのです」

その猫はいつのまにか屋敷の庭からいなくなった。

「ああいう猫はさまようものですから」と、庭師はクルトをなぐさめたが、当時のクルトは密かに決意したものだった。またあの猫が屋敷にあらわれたら、今度こそ、ひとりで遠くに行ってしまわないようにするのだと。彼にとっても自分が特別になるように努力するのだと。


案内された施療院の部屋は壁際に小さな灯りがついているだけだ。クルトは扉を閉めてソールに向きなおり、細い腰に腕を回して抱きしめる。髪に顔をうずめて匂いをかぎ、彼がいるのだとあらためて確認する。

「クルト、苦しい」

「ごめん」

ソールのつぶやきにすこし力をゆるめるが、腕はしっかり回したままだった。

森でソールをみつけられたのはいいが、彼が急に走り出したときは、心臓が止まるかと思った。だいたい、森までたどりつくのも楽ではなかったし、そこからソールの気配を探すのも本人に話したほど簡単ではなかった。

ソールにもらった魔術書の余白に書かれていた方法を知らなければ、途方にくれていたかもしれない。クルトの魔力を通して〈視た〉森は広漠としてとらえどころがなかった。クルトのこれまでの人生で、樹木の静謐《せいひつ》に埋もれるソールの薄い影をつかんだ一瞬ほど、ほっとした瞬間がはたしてあったかどうか。

「離してくれ、汚れる……」

ソールの声にやっと、森で彼が足をすべらせたことを思い出した。クルトは両手で白い顔をかこみ、怪我をしていないか仔細に確かめる。

「濡れていないか？」

「もう乾いたが、きみの服が汚れる」

「俺は大丈夫。風呂を使わせてもらえるといっていたから――」

「僕のことは気にするな」

「だめだ。気にする」

クルトが手をひくとソールは小さなため息をついたが、黙ってされるままになった。

部屋には寝台がふたつ、奥側のテーブルには簡単な食事があり、その向こうに浴室が準備されていた。クルトはソールを浴室へ押しやり――何をしでかすか自分に自信がなかったので、中に入るのはあきらめた――服の皺をのばした。湯を使う音が聞こえてくると、すこし安心して椅子に腰をおろし、靴を脱ぐ。

ソールはここにいる。

カリーの店の前でイーディに怒られたあと、クルトの頭にあったのは、ソールの居場所を探すことだけだった。イーディがいうには、アレクがカリーの店を訪れたあとソールは店を閉め、二日経っても開けようとしなかった。そのまま留守にしているというのだ。

アレクを追及するのはあとまわしにして、クルトは師団の塔に向かった。ソールと長年つきあいがあるとクルトにわかるのはアダマール師と騎士団のラジアン、それに彼の眼鏡を作っている回路魔術師だけだった。ラジアンに訊ねるなど論外だ。というわけで、イーディが弟子だというのを幸い、回路魔術師のセッキを探した。

それからは、騒がしい塔の研究室で、やたらと背が高い魔術師から、ソールが森の施療院にいる可能性を聞き出し、アダマール師を通じて主治医だという副院長に念話で連絡をとり、同じ方向へ行く使者に頼んで馬車に乗り、道中は念話でアレクに仔細を問いただし……という具合に進んだのだが。

アダマール師の紹介状を手に、やっと施療院までたどり着いたクルトに、副院長のカルタンはあまりいい顔をしなかった。それどころか「きみはソールについてどのくらい知ってる？」と詰問されたのだ。

魔力欠如によってソールに起きている症状をクルトがどのくらい把握しているか確認され、さらにソールとの関係について、突っこんだことを聞かれるに至って、クルトの堪忍袋の緒が切れた。

「どうしてそこまで聞かれないといけないんですか？」

「私はソールの主治医だからだ。きみが妙なことをしでかさないように聞いておく必要がある」

「俺が――」クルトは思わず拳を握りしめた。

「俺がソールを傷つけるとでも？」

「まさか」

カルタンはクルトを冷静に眺めていた。ベテランの治療師の風格にクルトは圧倒されたものの、ここでひきさがるわけにはいかなかった。

「ソールは強い。彼がこれまでどれだけの危機を乗り越えてきたか想像できるか？　きみのような若造に彼をどうこうできるわけはない。私が心配しているのはきみだよ。きみは彼と対等になれるかね？」

「どういう意味ですか？」

「妙な勘違いをしていないかを気にしているんだ。十年前、ソールは多くを失った。しかしもしきみが、彼を庇護《ひご》すべき存在と考えているなら大きなまちがいだ。なぜここまで彼を追いかけてきたんだね？」


そっと肩へかけられた手に目が覚めた。クルトはテーブルに肘をついたままうたた寝をしていたらしい。備え付けの寝巻を着たソールが気遣わしげな表情でのぞきこんでいた。小さな灯りに照らされて、濡れた髪の色が濃くみえる。

「きみも浴室を使うといい。明日は早く王都に戻らないと」

ソールは寝台のひとつに横たわり、天井をみつめた。クルトは急いで立ち、マットの隅に腰かけた。暗い色の眸をみつめながら「ソール」と呼ぶ。

「俺から逃げないで」

「──クルト」

「過去に何があろうとかまわない。あなたが──好きなんだ」

ソールはまた小さくため息をついた。

「きみ、試験はどうなった」

「十日後からはじまる。訓練はうまくいってるから──」

大丈夫だ、と続けようとしたが、ソールの声にさえぎられる。

「重要な時期にこんなところまで来るんじゃない。何度いえばわかるんだ？」

「いやだ。何といわれようと、俺はあなたを追いかける」

「クルト──後悔するぞ。きみにはわかっているはずだ。いや、わかってないのかもしれないが……」

ソールは起き上がり、背板にもたれた。ひたいに手をあて、うつむきがちに喋った。

「きみには目標があるだろう──卒業後、王宮に入るという。すぐ手が届くところまで来ているのに、きみは気をそらされているばかりか、僕に関わったせいで失敗するかもしれないんだ。そうなったら、きみはどれだけ自分の選択を悔いることになるか、考えてみろ」

今度はクルトの方が言葉をさえぎった。

「俺は後悔なんかしない」

「いまのきみはそういうだろうが、先にできないのが後悔というものだからな。……それにたぶん、そもそものはじめから……まちがっていたのは僕の方かもしれない……」

「まちがってなんていない！」

クルトは思わず声を荒げた。真正面からソールに向いて膝をつき、顔を覆うように背板に両手をつく。

「俺がソールを好きになったことはまちがいなんかじゃない。ソールが俺のことを好きなのも」

「クルト」

「俺はまちがっていない。俺にとってあなたは特別だし、あなたは——俺のことが好きだ」

「クルト……頼むよ……」

ソールの吐息が甘く匂った。

「きみがいなくなっても教室はそこにある。きみが失敗したら、おなじ野心を持った者がきみのかわりに教室におさまる。きみは彼らをみて、後悔しないといえるか？」

ソールはクルトをみつめ、こらえるように何度もまばたきをした。クルトはたまらず唇を寄せ、ソールの目尻に触れた。

「クルト——」ささやきがもれる。

「やめてくれ。きみに触れられると僕は——」

「ソール」

「僕は抵抗できない。僕は……」

いつしか体じゅうが緊張と欲望ではりつめていた。クルトは大きく息を吐いた。触れる肩や足が熱い。このまま押さえこみ、屈服させたい衝動と戦う。

また息を吐き、たぎるものを黙殺しようとして、ソールの肩口に顔を埋めた。

「あなたはきっと信じないだろうけど」と恋人の骨に響かせる。

「俺はあなたに関われるなら、何も後悔しない」

ソールの髪を撫で、耳もとで「おやすみ」とつぶやいた。相手の反応を知る前に浴室へ入り、扉を閉めた。

クルトは眠ったのだろうか。

僕はあおむけに横たわって目を閉じている。体は泥のように疲れているのに、ちっとも眠れなかった。

隣の寝台は静かだ。浴室から出てきたクルトは灯りを消し、黙って横になった。彼の動きにあわせ、施療院の石鹸《せっけん》のつんと鼻を刺す香りが漂う。一瞬、こちらに来るだろうかと思ったが、そんなことはなかった。

本音をいえば、クルトがそこにいるのが嬉しかった。一方でそれを認めるのはいけないことだ、という考えも強固に立ち上がる。僕のなかでこのふたつの思いはずっと相討ちし続けている。

石鹸の匂いにまじって、クルトの匂いも漂っているような気がする。きっと気のせいだろう。僕自身が彼の匂い――彼の腕を求めているから、そのせいなのだ。

僕はもうとっくに屈服していた。クルトが十歳も年下だとか、まだ学生だとか、精霊魔術を使うとか、まったく立場のちがう貴族の出身だとか、どれだけそんな事柄を並べたてても、彼がそこにいるかぎり、僕は求めてしまうだろう。

部屋の窓にはどっしりしたカーテンがかかり、外の月明りは完全に締め出されていた。灯りなしでは何もみえないし、虫の鳴く声も聞こえない。

「クルト、眠っているか?」

「ん?　いや……」

暗闇のなか、もぞりと動く気配があった。

「ソール、眠れないのか?」

「ああ」

「疲れているんだろう?」

僕は一度深く息をついてから、隣の寝台の方に体を向けた。

「クルト。話しておきたいことがある」

「何を？」

「十年前、僕が学院の図書室で起こした事件のことだ」


他人に語るべきでない言葉というものがある。口に出せば引き返せなくなる秘密がある。職業として「聞き手」である治療師ならともかく……だが、僕はもう黙っていられなかった。クルトに聞いてほしかった。

「僕らは秋の審問を終えた直後だった。親しい友人がふたりいた。ひとりはいま、教授になっているヴェイユ、もうひとり……」

僕はいい淀む。〈彼〉の名前もわからないと、クルトにどう説明すればいい？

「治療師になると決まっていた友人がいた。彼は審問のために西の施療院から学院へ戻っていて、全員審問に問題はなく、僕らはかなり浮かれていた」

クルトの寝台からは物音も相槌《あいづち》もなく、彼が聞いているのか、起きているのかもわからなかったが、僕は続けた。

「そのころ僕らは〈視る〉ことに取り憑かれていた。僕とヴェイユは理論の専攻で、卒業後も学院に残ることになっていた。もうひとりの友人も実家の意向がなければおなじ道を選んでいただろう。僕らはいつか――自分たちこそが、魔力と物質世界の関係性の根本を解き明かすのだと信じていた。とくに僕と彼――治療師になるはずだった友人は、個別の能力をどこまできわめるかに熱中していた。ヴェイユの方向性はすこしちがっていた。たぶん僕らほど〈視る〉能力がなかったせいもあるだろう。ヴェイユは概念を操る方が得意だった。でも僕らの実験には興味をもっていた」

僕はゆっくり話そうと心がけた。全体を物語るのだ。精密な絵のように僕に残されている記憶を隅から隅まで語る必要はない。自分のなかで整理した物語として話せばいい。

「彼は――治療師になるために西へ行った友人と、僕はすこし似ていてね。田舎の出身で、貧乏学生で、魔力量が桁違いだというので幼いころから地元では浮いていた。ただ、彼は治療師になるのを嘱望されて学院へ来たのに対して僕はそうじゃなかったが、ともかく僕らは気が合った。僕は、彼が夏に施療院へ配属されて行ってしまったあと、さびしくてたまらなかったし、僕らは暇なときはいつも念話でつながっていた。そして彼が秋の審問の前に戻ってくるのをずっと待っていた」

クルトが動いた気配がする。室内の闇はやわらかく、沈黙も温かかった。僕はそのまま話し続ける。

「彼が戻ってきて、僕らはひとつ、ある――冒険をしようと思った。とある書物を細かく検討したかったんだ。その書物は最初カリーの店にもちこまれ、いつのまにか学院へ渡っていた。僕は学院の一年目からカリーの店で働いていたから、書物が店に置いてあったとき、たまたまその場にいたんだ。そしてこれこそが自分の求めていたものだと直感した。だが僕の知らないうちに、書物は図書室の奥の禁書の区画――いまは遮蔽された部屋に納められた」

「その前でヴェイユ師と会った」

暗闇のなかでクルトが低い声でいった。

「そして警告を受けたよ」

「そうだろう。ヴェイユはもう二度と僕らのような人間を出したくないはずだ。事件のあと、ヴェイユは僕を心配して施療院に来てくれたが、僕は彼と話せる状態じゃなかった。あれからずっと会っていないが……ともかく僕ら――僕と彼は、ある晩その区画に侵入した」

僕は息をつぐ。クルトは黙って続きを待っている。

「僕らが愚かだったのは、『禁書』とされるものの中には、書物に書かれていることが危険なだけでなく、書物それ自体が危険な魔術を行使する――そんな書物もあるのを知らなかったことだ。まあ、多くの場合書物の魔術はあまり強力ではないし……ほとんどは未熟なものが触れないための軽い警告や、その書物の〈所有者〉以外は特定の内容が読めない仕掛けがあるとか、その程度だが、あの〈本〉はちがった。あれはすぐ前にいた彼におのずから襲いかかった。ページは燃え、図書室も燃えた。そして彼も」

しだいに息苦しくなってきた。僕はまたあおむけになり、呼吸をととのえる。

「彼がその本に襲われているとき、僕と彼は同期していた。僕は絆が切れないように彼に力をそそいだが、書物の炎はあまりにも強かったから、反射的にもうひとつ禁忌を試したんだ。僕の魔力の根から他者へ力を与える方法で……ひとことでいえば自殺行為だった。そのまま意識を失って、気がついたら施療院にいた」

クルトは無言だった。僕は自分の声が落ちついているのに安心する。

「僕のしたことは無駄だった。彼は死んでしまい、いくつかの貴重な書物が燃えた」

「無駄じゃない」

急に隣から強い声が響く。

「あなたが生きている」

また息が苦しくなった。

「でも僕は、彼に生きていてほしかった。どうなってもいいから、生きていてほしかった……僕はまだそう思っている。彼は死ぬべきではなかった。僕は彼が生き返るなら――僕自身などいくらでも捧《ささ》げるだろう。ほんとうに、そのためなら僕の魔力なんていらないとあのときたしかに思ったんだ」

「ソール」

「最悪なのは、そう思ったにもかかわらず、僕はこんな状態になってしまった自分をいまだにみじめだと思っていることだ。自分の愚かさのせいで、何も救えず、ただ失ってしまった。彼を失ってしまったのに」

「ソール……」

ぱさりと毛布がはねのけられる音がした。

「そっちに行っていい？」

なんと答えればいいのかわからなかった。僕が黙っていると空気が動く。

「触らないから」

「僕は……逃げないよ」

「隣にいたい」

答えに迷っているひまもなかった。一瞬で毛布の上に重みがのしかかる。毛布ごしに熱が伝わり、クルトの匂いがする。

「ソールはみじめじゃない」

クルトがささやいた。

「あなたは――俺がこれまで会った人間のなかで、いちばん強い」

「クルト……」

「話してくれてありがとう」

「僕のしたことはまちがっていた。きみには僕のようになってほしくない」

「大丈夫だ」

すぐ上から響いてくるクルトの声は、低く官能的だった。

「ソール――触らないから、このままでいさせて」

「だめだ。風邪をひいたらどうする」

闇に慣れた目にクルトの顔の輪郭がぼんやりみえる。僕は腕をのばし、クルトの両肩に手をかける。

「こっちにおいで」

「いい？　俺――調子に乗るかもしれない」

「乗りすぎないなら……」

つぶやくと同時に毛布の下にクルトのぬくもりがもぐりこんだ。温かい腕が僕の肩に回り、熱い息が目もとにかかってぞくりとした。

「どのくらいなら調子に乗っても？」

「だめだ」

「ちょっとだけ」

僕は顔をそむけようとするが、うまくいかない。

「キスだけなら――……」

「そう？」

唇が重なってきて、僕らは口づけをする。クルトは最初は子供をあやすように僕の唇をやわらかくふさぎ、次に隙間に舌先をさしこんでくる。歯の間をなぞられて僕の背中はぶるっとふるえ、するとクルトの腕の力が強くなる。舌をからめあい、唾液をひき、唇を離してはまた重ねて、口づけはいつまでも終わらず、シャツごしに押しつけられる胸の温度が上がっていくようだ。

いつしか僕らは足をからませ、体を押しつけあっている。図書室で亡くした〈彼〉のように、心と心がつながることはなく、ただ体の接触だけがあった。だからこそ安心できるような、さびしいような気持ちに、胸の奥が痛くなる。

「ああ、ソール……好きだよ」とクルトがささやく。

「俺はあなたに出会えてよかった」

その素直さに僕は感嘆し、同時にせつなさでいっぱいになる。クルトの腕の中にいるのはあまりにもぜいたくすぎる。亡くした友人の名も思い出せない僕に、こんなことが許されるのだろうか。

クルトは僕を横抱きにして鼻先、目尻、耳と小さな口づけを続けながら「もうやめるから」とささやいた。

「調子に乗りすぎてしまう」

「眠れるか？」

「ソールを抱いていたら眠れる」

その言葉どおり、僕の頭を肩のくぼみにのせて抱いたまま、しばらくするとクルトは寝息をたてはじめた。彼の胸が規則正しく上下するのを感じながら、僕は彼の健康さに安堵していた。ついに眠気は訪れなかったが、クルトの腕の中にいるのは心地よかった。


まだ夜明け前だが、東の方はしらじらとしている。テラスから庭園に出て菜園の方向へ歩いていくと、作業着姿のカルタンが腕を組んで立つのに出くわした。

「眠らなかったのか」

「あまり」

「休息はとれたらしいな。六十点というところか」

小さな菜園は収穫が食卓の補充になるだけでなく、施療院の患者の手慰みとしても機能するが、ここにいたころの僕は作業する人々をみていただけで、何もしなかった。

「追いかけてきた彼はどうだ」

ぼんやりと根菜の苗をみつめていると、カルタンが何気ない口調で聞いた。

「どうって」

「あそこまでまっすぐだと逆にやりにくいかもしれないが、彼は本物だぞ」

「わかってる」

カルタンは僕をじろじろみて、唐突に「彼が好きなんだろう」といった。

「好きだよ」

僕は反射的に答えた。言葉にして吐き出すとほっとした。なんの抵抗もなかった。

「そう。好きだ。僕には許されないくらい」

驚いたことに、カルタンはにやりと笑った。

「そんなことはないさ。よかったな」

「でも……認めてしまえば……」

僕はためらい、言葉を選ぶ。

「クルトはいずれ、選択しなければならなくなる」

カルタンは真面目な顔に戻った。

「彼にはおまえを選ぶ権利がある」

「選ばない権利もあるんだ」

「いずれわかるさ」

東の方がますます明るくなり、吹き流しのようにたなびく雲が淡い紅色に染まった。菜園に他の人影もあらわれる。ゆっくりした動作でうずくまり、苗の状態を確認している。柵にくくられたかかしがすぐ上からみおろして、遠目にはどちらが生きている人間なのか、わからなくなる。

「朝食を食べたら出発するかね？」とカルタンがたずね、僕はうなずいた。

「いつもありがとう」

雲のあいだでちかりと光るものがある。太陽のすぐ近くにいるのに、まだみえる星があるのだ。

狭い道にさしかかると森をこえてのびた枝が馬車の窓枠をかすり、ガサガサ鳴った。路面はあらく、轍《わだち》をはずれるたびに馬車は揺れた。最初に大きく揺れたとき、クルトは隣に座るソールの腕にそっと手をすべりこませたが、ソールは拒絶しなかった。そのまま腕をからませて体を寄せると、クルトの肩に砂色の巻き毛が触れる。

馬車の窓から森の湿り気をおびた風がながれこんでくる。足もとや座席の後部は施療院で積んだ荷物でいっぱいだった。ほとんどは薬品類だという。

ふたりは朝いちばんで王都へ向かう馬車に同乗していた。空はきれいに晴れ、日が昇るにつれて温度があがりつつある。今日の王都は暑いだろう。

ソールはいつものように静かで、クルトもあまり話さなかった。昨夜クルトはソールを腕の中にいれたまま眠ってしまい、目覚めたとき恋人はすでに起きて着替えていた。眠れたのだろうかと心配になったが、隣から伝わってくるのはこれまで以上に落ちついた雰囲気である。

馬車が揺れるとたしかめるようにちらりとクルトへまなざしが向けられ、ついで窓の外へと流される。そのしぐさや、ときおり羽根のように触れる髪の感触、すべてにクルトはうっとりしたが、肩を抱き寄せるのは我慢した。

街道は森をぬけると農地に出て、馬車はときどき、牛飼いが道を横切るのを待った。支流にかかる橋を渡れば王都はすぐだ。橋の手前で御者は一度馬車をとめた。一服するのだという。クルトたちも下りて足をのばし、川べりまで歩いた。

雨の季節がすぎたばかりで、川の水位は高く、水は音をたてて流れていた。いずれ隣国との国境をなす本流の川に合流し、海まで続くのだ。暗青色の水のおもては光を映してきらめきながら変幻自在なドレープをかたちづくる。ときおり岩にぶつかってしぶきと小さな滝になる。みつめていると、すこし濁った水の下で生き物の影がひらりと動く。

王族が何度も婚姻をむすんでいるせいもあり、隣国とは安定した関係で、この国との貿易もさかんだった。本流の河口ちかくの都市には大きな港があり、海岸ぞいに北へすこし上った海辺の町は、この国でも避暑地として有名である。盛夏から秋口にかけて裕福な商家や貴族が滞在するその町には、ハスケル家所有の別荘もあった。一度クルトはソールを誘ったが、たちまち拒否されてしまった。

ソールはきっと海が好きなのだとクルトは確信していたが、そのときあまりにもすばやく断られたので、二度は切り出せなかった。しかし、ソールは海に関係する書物をよく読んでいて、気候から生き物、船に関することまで、じつに博識だった。

じっと水面をみつめるソールの横顔をのぞきながら、いつか彼を海辺へ連れていきたいとクルトは思った。ソールは承知するだろうか。

だしぬけに、まだまだ自分は子供のようなものだとクルトは思い知った。能力には自信があったし、生家は裕福で身分も高く、将来にはなんの問題もないだろう。しかしクルト自身は、まだ何者にもなれていない。隣に立つ物静かな男を支えられる力が、いまの自分にあるだろうか。

早く「何か」になる必要があった。学院の試験を終え、精霊魔術師の資格を得ればそれが叶《かな》うのだろうか。王宮へ無事進路を決めれば「何か」になれるのか。それとも……。

「どうしたんだ？　静かだな」

気がつくとソールがじっとのぞきこんでいた。

「揺れると疲れるな。わざわざ遠くまで来てくれてありがとう」

「いいや」

クルトは抱きしめたくなる衝動をおさえて、そっと手だけ握った。ふりはらわれるかと思ったが、ソールは逆に握りかえし、細い指をからめた。クルトの胸の底でぱたぱたと喜びがはばたいた。手のひらに伝わる熱をこのままずっと覚えていたいと思った。

「そろそろ馬車が出るようだ。行こう」

ソールの靴先で小石が崩れ、そのまま流れにのまれていった。


カリーの店に帰ったのは昼どきだった。

クルトは裏口の鍵を開け、ソールは先に中へ入った。階段をあがると、頭上で床板がきしみ、窓を開ける音が響く。

クルトはキッチンで湯をわかし、放置されていた朝食の皿を片付けて、戸棚にあったパンを切る。

ソールが降りてきて隣に立ち、「しつこいようだが、試験は大事だ」といった。

「わかってる。ソールが昼を食べたら学院へ戻る」

「ここに来るなとはもういわないが……昨夜の僕の話を覚えているだろう。あまり来ない方がいい」

クルトはナイフを置き、ソールの眸をみつめながらそのあごに手をかけた。

「わかった。あまり来ないようにする。で、どのくらいならいい？」

「クルト……」

呆れているのか、ため息まじりに名を呼ばれながら、そっと唇をあわせたときだった。店の扉が大きく音を立てた。

「ソール！　いるんだろう？　いつ戻った？」

発する気配にも声にも覚えがあった。騎士のラジアンだ。クルトは眉をひそめたが、ソールは小走りに店を通り抜けて鍵や鎖を外した。扉が開いたとたん、ラジアンがつかつかと入ってくる。

「いったいどうしたんだ」と体格にみあうだけの大きな声でいった。

ソールは静かに返した。

「森の施療院へ行っていただけだ。心配するな」

ラジアンはソールをまじまじとみつめ、顔をしかめた。

「何日か店を閉めていただろう。何があった?」

クルトは静かに書架のあいだを歩いてソールのうしろに立った。ラジアンはクルトをみてかすかに目をむいた。まっすぐソールに向かう情念――愛情と責任感――のほかに、驚き、それにクルトへの敵愾心《てきがいしん》と嫉妬が感じられた。

わかりやすい人物だとクルトは思った。自信があり、常識的だがわずかに暴力的、衝動的なところもあって、それを騎士としての矜持《きょうじ》や秩序に対する忠誠が補っている。クルトについては、外見や生家の身分が念頭にあり、油断ならないと思っているものの、基本的にはただの若造だと見下している。

「ハスケル。おまえのせいか?」

ソールがさえぎった。

「ラジアン、クルトは関係ない。店を離れていたのは僕の問題だ」

「ソール、大丈夫なのか? おまえ――」

「何もない。静かな場所で過ごしたかっただけだ。心配するな」

「おまえが静かなところに行きたくなるのは何かあったときだけだ。まさかそいつが何か」

「ラジアン」

ソールはまた強い口調でさえぎった。

「クルトは関係ないと何度いったらわかる。おまえもいいかげん、そんな風に僕を扱わなくてもいい。僕は自分の面倒は自分でみられる」

ラジアンはかすかに下を向き、怒りをこらえるように唇を噛んだ。

「そうはいってもだ。俺には報告の義務もある」

「黙って突然留守にしたのは悪かった。見回りの隊士にもそういってくれ」

クルトは思わず口をはさんだ。

「待ってくれ。ソールがどこへ行こうと勝手だろう。あんたソールを見張ってるのか?」

とたんにラジアンは気色ばんだ。

「ちがう。俺は——」

「クルト。黙っていてくれ」

ソールがまた話をさえぎって、ふと考えこむような目つきになった。

「いや、このさいだからきちんと説明した方がいいか」

話しながら砂色の巻き毛をかきあげる。この場にいる人間のなかでいちばん冷静にみえた。クルトがこれまでみたことのない種類の落ちつきがあった。

「クルト、昨夜話したように、十年前、僕は禁書に触れた。その結果いまの僕には魔力がなく、禁書の魔術を使うこともできない。しかし僕の精神にその内容がある以上……たとえその知識が、僕には届かない意識下に封じられているとしても、僕はまだこの国にとって危険な存在でありうる。だから王城警備隊は僕の居場所を知る必要がある」

クルトは思わず声をあげた。

「そんなのって——あんたは十分に代償を払ったはずだ——」

「これは学院と審判の塔のあいだの取り決めで、僕も同意している。それに悪いことでもないんだ。この店に高価な稀覯本があっても、警備隊が見張ってくれるから泥棒も入らない」

「でもソール……」

クルトは言葉にせずにはいられなかった。

「あんたの自由は？」

ラジアンが苦い顔をした。

「ソールはどこにも行けないわけじゃない。ただ……俺たちは、知っていなくてはならないんだ」

ソールはおだやかにクルトを見返した。

「そんなに大げさにとるな。たいしたことじゃない」

クルトはなんと返すべきかわからず、沈黙した。罪人とまではいえないにしても、まともな市民の扱いとは到底いいがたい。ラジアンも居心地悪そうに立ちつくしている。緊張を解くようにふいにソールが肩をすくめた。

「ふたりとも帰ってくれないか。ラジアンも、心配させてすまなかった。明日から店を開けるから、いまはひとりにしてくれ」

断固とした口調で双方をみやる視線に、最初に動いたのはラジアンだった。「ちゃんと戸締りしろよ」といって扉に向かい、店を出る。ソールが「ラジアン。その母親みたいなの、いいかげんにやめろ」と言葉を返す。

「おい、ソール。それはない――」

クルトもラジアンのうしろについて扉の方へ歩いたが、頭の中では昨夜から今日にかけて新たに知った事実がつづれ織りのように模様を描いていた。いまになってようやく、ソールを取り巻くさまざまな事情が腑《ふ》に落ちたものの、腹の底には燠火《おきび》のようにいつまでも消えない苛立ちが残ったままだった。

それともこれは怒りだろうか？　やるせなさだろうか？

ラジアンが店の外に出ると、クルトは背後にいるソールを無視して内側から扉をばたんと閉めた。そのまま鎖をかけ、つっかい棒をした。

「クルト？」

ソールが不安げな声を出した。

「今日は学院へ戻るんだ。僕を――ひとりにしてくれ」

クルトはふりむき、きっぱりといった。

「いやだ。戻らない」

「だめだといったろう。大事な時期なんだから――」

「いまあんたをひとりにする方が、もっとだめだ」

ソールの砂色の髪がうすぐらい書店のなかにくっきりと浮かびあがる。その下の眸は暗く、静かな水面のようだ。

「クルト、僕を哀れまなくていいんだ」

声もあいかわらずおだやかだった。

「ちがう、ソール」

クルトの喉の奥にこみあげてくるものがある。

「ちがうんだ。――そうやって、俺をひとりにしないで」

そしてまっすぐソールまで歩いていき、抱きしめた。

12　扉の向こう

十年前のあの日、施療院で目覚めたとき、僕の視界は押しつぶされたように平べったい、奇妙なものに変わっていた。

「気づいた？」

音が聞こえ、それが声だとわかるのに長い時間がかかった。影が動き、僕はしばらくそれを凝視し、やっとその何かが人間だと理解した。

まるで周囲の世界が長く、ゴムのように引きのばされたようだった。にょろりとのびて平坦なのだ。なんでも遅れて感じる一方で、光はまぶしく目を焼いた。僕は袖をもちあげて目を隠そうとしたが、体が動かない。もがきながら「やめてくれ」といおうとするが、口の中はカラカラで、ようやく出た声もとても奇妙に響いた。まるで動物の鳴き声のようで、意味をなさない。

「大丈夫。落ちついて」

耳に聞こえる音が言葉だと理解するのにも時間が必要だった。知覚のすべてが僕の思考より遅すぎるか、早すぎる。目の前の影はそんな僕をみて、何かいっているらしいが、僕にはさっぱり理解できなかった。

混乱しながら差し出される何かをはねのける。わけがわからないものを口に入れたくない。尖った大きな音がして、顔に冷たい感触がかかる。

「安心して、ただの水だから」

言葉は僕をすりぬけていった。近づいてくる何かをはねのけ、パニックに陥った僕の口から音がもれる。突然首のうしろへ凍るように冷たいものがあてられ、僕の意識は途絶えた。

ある程度まともに——人間らしくなるのに数日必要だった。引きのばされたり早すぎたりした周囲の空間と自分の感覚がようやく一致すると、僕が知覚する世界は急速に凹凸を失った。

影がないのだ。

僕はみえなくなったわけでも、聞こえなくなったわけでもなかった。ただ、これまで感じていた、世界を覆う微細な色彩や手触りのようなものが、すべて消え失せてしまったのだ。僕に感じられるのは色や味、匂いのない、抜け殻のようなものだけになった。何をみても聞いても、平らでなめらかで灰色で、それ以上のことを教えてくれない。

「魔力がほぼ枯渇してしまったせいだと思う」とカルタンがいう。当時は二十代後半で、背中を丸めるようにして、僕が座る寝椅子の前に立っている。

「残念だが、いまの私たちには元に戻すことはできない。でもこの状態に適応する方法なら、教えられる」

「僕はずっとこのままなのか？」と僕は聞く。

「ずっとではないよ」とカルタンは答えた。

「魔力は戻ってこないが、魔力がそれほどないふつうの人間のように、外界を感じることはできるようになる。いまは想像できないだろうが、その素晴らしさだってわかるようになる」

「そうかな」と僕はいう。

森に囲まれた施療院で、治療師は僕をいろいろな方法でテストし、訓練した。治療師たちは老齢で魔力を失った患者を扱いなれていて、僕も彼らや他の患者に慣れた。

王都からはアダマール師と先代のカリー、それに故郷から母が一度、見舞いにやってきた。学院の友人たちも見舞いに来てくれたが、彼らとろくに話ができなかった僕はショックを受け、その後はかつての友人をすべて拒絶した。

ずっとあとになって、事件の直後、僕がいちばん混乱していたとき、ヴェイユが何日も施療院に詰めていたとカルタンが教えてくれた。しかし僕が意識を取り戻してからは、ヴェイユは一度も訪ねてこなかった。

そんなある日、王都から騎士がふたりやってきた。新人と古参の二人組だ。

彼らは僕に〈彼〉が死んだことを告げ、事件について質問をはじめた。ふたりは二回施療院に来て僕を尋問した。三回目、なぜか新人の方だけが見舞いを持ってやってきた。彼はラジアンと名乗り、僕は王都へ来てはじめて、学院の外に友人をつくった。

「ソール」

クルトが呼んでいる。僕は現在に戻ってくる。記憶に潜っていたのは一瞬か、あるいはもっと長い時間だろうか？　僕はカリーの店に突っ立って、クルトの両手に顔を包まれていた。クルトは胸がふれあうほどすぐそばにいて、緑の眸がのぞきこんでいる。

「大丈夫か？　昨日ろくに眠ってないだろう？　顔を洗ったら上で横になろう」

ついさっき、僕はクルトに帰れといったはずだ。また心配させてしまったのだろうか。

ずっと年下の彼に子供のように扱われるのは矜持が許さない一方で、心地よくもあった。結局、クルトがいなくなると僕はがっかりするに決まっているのだ。僕はクルトに出会ってから、孤独になることの恐怖を思い出してしまった。

それなのに、いまはなんだかとても、落ちついた気分だった。

どうやら森の施療院に行ってから、僕の中ですこしだけ、何かが変わったのかもしれない。いまの僕は不思議と肚《はら》がすわったような気がしている。これからもいろいろなことが起きるだろうが、きっと僕は大丈夫だろう。

なぜそう感じるのか、自分でもわからないが。

「帰れといったのに」

緑の眸を見返していうと、クルトは「いやだ」と子供のようにいった。その声を聞いたとたん、軽やかで明るい気分がわきあがった。僕は思わず笑い出した。

「ソール、どうした？」

「なんでもない」

僕はクルトの背中に腕を回した。

「キスしたい」

「え？」

驚いたような声にかまわず唇を重ねた。目を閉じてクルトの薄い唇を味わいながら、回した手に力をこめる。上唇を食《は》み、歯のあいだをていねいに舐める。クルトの手も僕の腰を抱き、体を強く押しつけられると同時に舌を吸われた。

おたがいの汗の匂いをかぎながら、抱きしめあい、求めあううちに頭の芯がぼうっとしてくる。クルトのシャツをつかんでさらに深い口づけをせがむ。腰の中心が堅く熱くなって、直接肌に触れたい欲望を抑えがたくなる。体を押しつけあって、離れた唇から唾液が糸を引く。クルトの指が僕の背中から腰をたどるにつれ、ぞくぞくとふるえがはしり、体の奥がうずいた。

「ソール……」

つぶやいたクルトの目の下に欲情の影が落ちる。僕の腰を抱いたまま首筋に顔を埋め、鎖骨のあたりでささやく。

「したい」

「……ふたりとも埃まみれだ」と僕はいう。

「洗うから」

いきなりクルトは僕の手を引き、階段の下の小さな洗い場へ連れこんだ。勝手知ったる様子で蛇口をひねり、小さな浴槽に湯を流すと——魔力があれば先代のカリーが使っていた便利な仕掛けが動くのだ——僕のシャツのボタンを外しはじめる。僕も負けじとクルトのシャツに手をかけ、ふたりで服を脱がせあって外へ蹴り出した。

僕はクルトのベルトをゆるめ、下履きを一気に引き下ろす。すでに猛《たけ》った彼自身をそっと握りながら床に膝をつく。

「ソール？」

また驚いたような声が聞こえたが、かまわず舌を這わせた。先の方だけ存分に舐め、それから口の奥まで含んで、唇でしごく。

「ああ……ソール」

クルトの手が僕の髪をまさぐり、腰をゆるく突き上げて喉の奥まで押しこんでくる。根もとに手をそえてしごきながら舌を使い、クルトが喘ぐ声を聞く。いつもは彼の方が僕をこうして蕩《とろ》かすのだが、逆になっているのに僕は興奮している。先端までしゃぶり、吸い上げると、クルトがたまらないといった様子で声をもらす。

「ソール——」

クルトは僕の髪をつかむと、彼自身を口から引き抜いた。あっと思うまもなかった——白濁が飛んで僕の顔にかかった。

「あっ……ソール——ごめん」

「いいんだ。したかった」

僕はクルトをみあげ、唇についた彼の精を舐めた。

と、いきなり腰を抱かれて強い力で引き上げられ、壁に押しつけられる。

「俺もしたい」

下衣が引きおろされ、裸の腰と腰が触れた。一度達したのにクルト自身はいまだに堅かった。かるく擦れただけで僕の背筋に快感が走るが、クルトは僕の耳もとで「その前に洗わないと」とささやいた。手桶《ておけ》に汲《く》んだ湯と共に僕の肩から背中、腹へと手を這わせてくる。

触れてほしい中心は慎重に避けられているのに、クルトの手が動くたびに喘ぎがもれ、僕は背中を壁にあずけたまま物欲しげに腰を揺らしてしまう。湯気が立ち、いつのまにか石鹸の匂いがして、僕の体のいたるところをクルトの指が動き、愛撫する。片手を壁について、僕の耳に息をふきかけ、たまらずもれた声に「可愛い」というささやきが響く。

胸の突起をいじられるともうだめで、僕は足をがくがくふるわせながら大きく声をあげそうになり、あわてて噛《か》み殺した。

石鹸でぬるついた体を擦りつけあっているだけなのに、途方もなく気持ちがよくて、気が遠くなりそうだ。その隙にうしろに回った指が奥に侵入し、僕の体はほとんど違和感を感じるまもなく飲みこんでしまう。唇がまたふさがれ、舌の愛撫とクルトの怒張を僕自身で感じながら、さらに増えた指で奥をまさぐられ、ほぐされて、やがて快楽の中心を押さえられた。

「あっ……クルト――だめ――」

ふうっと耳もとに息をふきかけられ、からかうような響きがいう。

「ほんとに?」

「ああっ……お願い……立ったままじゃ――」

追い上げられて、僕はたまらず、腰を大きく揺らしながら射精した。

結局、余裕があるのはクルトの方だった。僕は壁に手をついたままずるずると床にくずれ、洗い場に膝立ちになっている。クルトはなおも僕の奥へ指をいれてまさぐり、しびれるような快感で僕を思うままにしながら、うしろから胸を抱き、耳もとでささやく。

「気持ちいい?」

「ああっ……いい……」

「どうして欲しい?」

クルトはいつもこう聞くのだ。うしろにクルトの怒張を当てたまま、聞かなくても僕が、指だけでなく彼自身でつらぬいて欲しいとわかっているくせに。僕が彼を欲しがるのを、欲しくてたまらないのをはっきり口に出すまで、僕を焦《じ》らし続ける。

「ちゃんと……して……欲しい……」

「俺が欲しい?」

僕はがくがくと首をふり、うなずく。あたりは湯気でいっぱいで、天井からしずくが滴っては僕らの上に落ちる。

腰を抱えられ、ついに彼が入ってくると、ひさしぶりなのもあってか、あれだけほぐされていたのに入り口がきつい。僕は息を吐き、クルトはなじむまで待って、それから一気に奥へ突き入れた。

「あ……ああ……」

うしろにのしかかられ、突き上げられると、先端が僕の奥の快楽の中心を正確にえぐって、頭の芯が真っ白になるほど気持ちがいい。僕は無意識に前後に腰を揺らし、中をさらに擦られる感触に我を忘れる。首筋にかかるクルトの吐息もさらに熱く、もはや余裕がなくなっている。僕の体が彼をそうさせているのだと思うと、体だけでなく心までふるえるようだ。

「ソール……俺もいく……」

前に回った腕が僕を強くひきとめるように抱えて、クルトの腰が何度も激しく突き上げてくる。僕は奥を突かれてまたも吐精し、ぼうっとしたまま、うしろにクルトが覆いかぶさる重みを感じる。

「ソール……大好きだ……」

「僕も好きだよ……」

つぶやいたとたん、僕の濡れた髪をわけていた手が一瞬止まった。

「ソール、もう一度いって」

背中に重なったクルトの温もりを感じながら、僕はもう一度くりかえす。

「好きだよ」

と、いきなり抱えられて、腰掛に座ったクルトの膝の上にうしろ向きに抱き上げられていた。

「もう一度」

クルトは僕の背中に胸をぴったりつけたまま、片手で僕を抱き、片手で手桶の湯を僕らふたりにかける。

「だから、好きだって」

クルトの腕の力がさらに強くなる。

「ほんとにソールがいってる？」

「当たり前だ」

「俺、うぬぼれてしまうよ？」

「そんな必要ない」

「俺も好き、ソールが大好き」

僕の腰のうしろで、むくりとクルト自身が持ち上がる。

「あ、ごめん……」

申し訳なさそうに、照れくさそうにクルトがつぶやいた。

「クルト――もう、ここじゃだめだ。湯気でのぼせてしまうよ……」

口に出してからしまったと思ったが、時すでに遅しだった。

すりガラスを叩く羽根の音で目覚めると、丸みをおびた濃い灰色の影と鳩の尾の形が、浮きだし模様の中にぼんやり浮かんでいた。隣に恋人の温もりを感じながらクルトは体を起こし、窓を開けた。鳩は首をめぐらしてクークー鳴いたが、飛び去りはしなかった。屋根づたいにひょこひょこ歩き、じきにみえなくなってしまう。

外はもう暗かった。寝室をぬける涼しい風が、午後の情事の匂いを洗い流していく。ソールは上掛けの下で安らかな寝息を立てている。ランプをつけても目覚めることもなく、クルトは邪魔にならないように寝台の脇に腰をかけ、白い顔をみつめた。ふだんのソールは眠りが浅い。

歯止めが効かないほど抱くなんて愚かだと、施療院のカルタンにはののしられるかもしれない。昨夜ソールがほとんど眠らなかったのを知っていたのだから、なおさらだ。しかし浴室から寝台の上へいき、午後の光の中で恋人とからみあい、愛撫をかさねるのはこれまで以上に満たされた行為で、つい止まらなくなってしまった。

でも、それはソールも同じで、とりわけ今回はいつになく積極的な彼にクルトの方が煽られたような気もする。そして、ソールの肌にいくつもしるしを刻み、奥まで深く穿《うが》ちながら、この温もりをけっして離さないとクルトは胸の内で誓ったのだ。

とはいえこの誓いはまだ、口に出すわけにはいかないだろう。施療院を出発する直前、カルタンはクルトをつかまえると、ソールに聞こえないように、忠告とも小言ともつかないことをいった。

「ソールを支えてやろうとか、そういうのはいい。むしろ自分がちゃんと立てるかが問題だ」

たしかにその通りだ。ソールの背景にある事情を知ったいま、「何者でもない」自分こそが、逆に彼を苦しめる可能性があるのをクルトは理解していた。

ソールの友人であり、監視役でもある騎士ラジアンは、クルトにとってまったく腹立たしい存在だったが、王城警備隊でそれなりの地位にある人物だ。問題が起こればソールを助ける手段も持ってる。対して自分はただの学生でしかなく、試験もこれからだ。自分の不手際で、ソールによけいな後悔をあたえるわけにはいかない。

ソールが寝返りをうち、クルトの方を向く。顔の上にかぶさる巻き毛を耳のうしろへ撫でつけても反応はなく、すやすやと眠っていた。顔のすぐ近くで寝間着の袖からのぞく手首は細く、子供が大人の服を着たようにみえる。

眠りに落ちる前、彼の体をきれいにぬぐいはしたが、首のうしろにはクルトがつけた痕がくっきりと浮き上がり、扇情的だった。

誰にもこれを見せないようにしなければ、とクルトは思う。それに、誰にも渡さないようにしなければ。

そういえば、ソールは自分に魅力があると気づいていないのだろうか。魔力の欠如にとらわれるあまり、その鋭い知性はもちろん、整った顔立ちやおりおりのしぐさが他人を惹きつけていることに、ソールは無頓着だった。婚約者がいるラジアンはソールになおも執着し、ソールの店を手伝っている女学生のイーディが彼に恋しているのはあきらかなのに。ソールは女性に興味がなさそうだが、油断は禁物だ。

いまのクルトは、ソールとこの先も共にいるという漠然とした絵を脳裏に描いていた。その絵はぼんやりしていたが、消えることはないという確信がある。

これは予知なのだろうか。それともただの希望なのだろうか。

どのくらいそのまま恋人の顔を眺めていたのだろう。はっと気がつくとソールの暗い眸がクルトをみつめていた。

「クルト、起きたのか」

かすれた声でつぶやき、体を起こしかけて、顔をしかめた。

あわててクルトはいった。

「起きなくていい。お茶でも入れようか」

ソールはふっと笑い、上掛けの下で伸びをした。

「いいね。前にきみが入れたお茶、おいしかった」

「いつ」

「王城で、警備隊の近くで会った日だ……眼鏡のせいで具合が悪くなって、きみが送ってくれた日……もうずいぶん昔のような気がする。きみ、勝手にブランデー入れただろう。とっておきだったんだ。すこしもったいなかったな」

「あ──」

クルトの困惑をよそにソールはまた笑う。

「ブランデーをお茶に入れるなんてぜいたくなこと、ずっと忘れていたよ」

ソールは手を伸ばしてクルトの頬に触れた。細い指がクルトのあごをなぞり、離れる。

「きみも僕にはずいぶんなぜいたくだ」

「そんなことない」

「そうだよ」

「逆だ。ソールはわかってない」

「そうかな」

といったものの、むきになったクルトをなだめるようにソールはまた笑った。

「だったらまた、そのぜいたくなお茶をいただこうか」

「お待ちを。ソール様」

クルトはふざけてもったいぶった動作で立ちあがると執事のような礼をしてみせる。じっとみていたソールがふきだす。

「おいおい、だめだろう。ハスケル家の若殿がそんなことをしていたら……」

「まったく、とんでもないことでございます」

「やれやれ、これがバレたら今度は僕は国外追放だ」

ソールはまだ笑っている。だがクルトは急にふざけた気分が去るのを感じた。騎士の礼のように寝台の横に片膝をつくと、ソールの手をとった。

「クルト？」

いぶかしげな声をよそにうつむいて指をからめ、曲げた関節に唇をつける。

「それこそハスケルの名に賭けて、そんなことはさせない」

「クルト――」

顔をあげると、こちらを凝視する暗い眸に出会った。

「学院で教えられただろう。簡単に名を賭けたり、誓いをたてるなと」

「大丈夫。俺は簡単な賭けはしない」

唇を離して手のひらにソールの指をつつみこむ。

ここに指輪をはめたいと衝動的に思った。自分とつながるしるしになるものを身につけてほしかった。

しかしどれほど高価な装身具でも、またはその逆でも、ソールはきっと断るだろう。それに、自分がソールとつながるためにほんとうに必要なのは、ただの飾りではない「何か」のはずだ。

それが何なのか、クルトにはまだわからなかった。

そのうちきっとみつけてみせる。

「お茶を入れるよ。ブランデーも入れてくる」

部屋は静かだ。窓の外で鳩が羽ばたく音がする。

第3部

雲のなかの星

1　おぼろ

「これがその魔術書ですか。私のような素人《しろうと》に到底理解できるものではないでしょうが、こんな形で学院に貢献できるのは嬉《うれ》しいかぎりです」

ニールス家の当主レナードは、貴族にはめずらしく僕に対してもていねいな言葉づかいをした。

「書物の保証については、アダマール師による鑑定もいただきました。結果はこちらに」

僕はそう答え、巻物をひろげて書物の隣に置く。準備がととのった双子の魔術書はレナードの前にならべてある。手袋をはめた手で覆いをとり、表紙をひらいて、一対となるしるしを相手に示す。鑑定書の項目にしたがって書物の真偽について説明し、この魔術の意味も説明する。

ルイスから買い取った一冊と、僕が入手した一冊は、ニールス家から学院へ寄贈される。学院に納める前に説明がほしいといわれ、僕は今日この屋敷へおもむいたのだった。

ニールスの屋敷は王都では数少ない異国風のしつらえだった。一介の書物業者にもかかわらず、僕は執事に丁重に応接室へ通された。屋敷内は床が高くあげられ、嗅ぎ慣れない香が漂う。広くとった窓から風が通りぬけ、夏をすごしやすそうなつくりだが、もっと暑くなると隣国の海岸へ行くのだと、当主は笑顔で話した。

出資契約の際は代理の家令と相対したので、当主本人に面会するのは今日が初めてだ。話しているうちに僕と同年であるとわかったが、落ちついた物腰のせいか少々年上にみえる。宮廷では有利だろう。背が高く日焼けして、切れ長の目と凜々《りり》しい眉の男らしい外見だが、やや長めの黒髪が印象をやわらげている。二十代の半分を大陸ですごしたということで、応接間には異国の置物や熱帯の色鮮やかな鳥の羽根が飾られていた。

僕はできるだけ簡単に説明しようとしたが、内容が内容なので、どうしても専門的な言葉が入ってしまう。レナードは自分にごく普通の魔力しかないと前置きした割に、思いのほか詳細な解説を求めた。大陸で触れた文物の知識もあってか質問も多岐にわたり、僕はかなり長々と喋《しゃべ》るはめになった。

「なるほど。実は魔術書に心からの興味をもったことはこれまで一度もなかったのですが、あなたのお話はわかりやすくていい」

ようやくそういって彼が解放してくれたとき、僕は内心ほっとした。まるで講義でもしたような気分だ。

「ありがとうございます」

「お茶をもうすこしいかがですか？　もしよろしければ大陸から仕入れたばかりのめずらしいものがあるので、そちらもぜひ試していただきたい」

僕は思いがけない誘いにとまどった。出入りの業者に当主みずからそんな応対をするなど、聞いたこともない。しかし結局好奇心に負けた。

「それはもちろん、願ってもないことですが……」

「それはありがたい。私が出す奇怪な飲み物――とよくいわれるんですが、避けたがる客人が多いのです。ああ、ご心配なく。おかしなものではありませんよ。ただ風味が独特なのでね」

レナードは壁の紐《ひも》を引いてメイドを呼び、お茶の用意をいいつける。メイドのお仕着せも一般的な貴族の家とすこしちがって、襟の合わせに異国風の意匠があった。よほど異国の風情が好きなのか、あるいは訪問者の注意を引くためか。

メイドの服だけでなく、室内の意匠や飾り物にもつい視線が流れてしまう。そんな僕をみて、レナードは意外にも嬉しそうな顔になった。

「大陸の文物に興味がおありですか？」

「あ、はい。それはもちろん。何しろ、書物でしか知らないものが目の前にありますので」

僕は焦って答えたが、本心だった。

「そこに飾られた彫刻は、内陸部の部族がひとりひとり持つトーテムの象形ですね？　精霊動物でしょうか」

「ご存じですか！　そうなんです。実はこの部族とは個人的な関係がありましてね……」

レナードは水を得たように話しはじめた。

ニールス家はハスケル家と同様に近年宮廷で影響力を増している貴族だが、ここ数年の伸長には、先代の急逝で家を継いだ、このレナードの調停手腕が寄与しているらしい。家を継ぐまで彼は国外留学や大使の随行員としてほうぼうさまよっていたといい、貿易から音楽などの趣味にいたるまで話題はさまざま、話術もたくみだった。

お茶のワゴンを押してメイドが入ってくると彼は話をやめ、すこしうしろめたい目つきで僕の方をみた。

「申し訳ない。誰かに自分の経験を自慢できるとなると、つい話しすぎてしまう。おかげで敬遠されるのです」

「とんでもない。ご謙遜なさらないでください。僕のように書物で得た知識しかない者には、当主がされるお話はまさに宝です」

「レナードと呼んでください。いかがです？」

新しく入れられたお茶は甘い匂いがしたが、口に含むとかすかにピリリとした、鮮烈な香辛料の一撃がくる。

「これは――おいしい。意外性があって癖になりそうな味です、当主」

「レナードと呼んでください、カリーの店主殿。名前でお呼びしてもよろしいですか？」

またも型破りな要請がくりかえされて僕はさらにとまどったが、退けるのも失礼だと悟り、うなずいた。

「はい。ソールとお呼びください」

「お茶が気に入ったようで嬉しい。癖になるというなら、次にいらした際にもお出ししましょう。あなたのお話は楽しい」

「それはどうも。ありがとうございます」

「私は書物を必要と楽しみのために読みます。私に魔術は不要だが、知識はいくらあっても困ることはない。お勧めの書物があれば今後もぜひ立ち寄ってください」

「光栄です。ありがとうございます」

予想もしない歓待だった。ニールス家は「カリーの店」の新しい顧客となりそうだ。しかし書物を勧めるなら、一度蔵書をたしかめなければならないだろう。僕がそう告げるとレナードは残念そうに「今日はこれから来客がありますが、また近いうちに」といって握手を求めた。

レナードの日焼けした手は力強く、それにくらべて僕の生白い骨ばった手はなんとも情けない感じだった。ただの書店主に、こうもていねいに応対するとは、貴族らしくない人間もいるものだ、と僕は思った。


もっとも「貴族らしくない人間」というなら、僕はすでにひとりつきあいがある。

「もう、勝手に奥に入らないでよ！」

「いいだろう、待っているだけだ」

店の扉を開けたとたん、ひんやりした空気とともにイーディの尖《とが》った声と、それに応じる快活な響きが書架の向こうからここまで届いた。

「それなら帰ってくるまで表にいなさいよ。他のお客さんが来たら迷惑でしょ」

「ひどいなあ。仮に俺が客じゃないとしても、店員のまねごとだって多少はできるぜ」

「クルト・ハスケル。ソールさんが甘いからってつけあがらないで。店番を頼まれているのは私です！」

僕は奥へ歩きながら、思わず声を立てて笑った。

「喧嘩《けんか》するなよ、きみたち」

「ソールさん！」

イーディは声をあげ、クルトはこちらをみて微笑《ほほえ》んだ。

「おかえりなさい」

「待ってた」

声を発するタイミングがかぶり、僕はまた吹き出しそうになる。外見も生まれもまったく似ていないふたりなのに、店にならぶと兄妹《きょうだい》のようだ。怪訝《けげん》な表情でいっせいに僕の方をみる首の角度も同じで、それも可笑《おか》しい。

「イーディ、ありがとう。店はどうだった？」

「常連さんばかりです。おひとり、探している本があるとかで、メモをとってます。あとは学生です。後払いの相談に乗ってくれないかっていってていたのがひとり。明日また来るって」

「そうか。ありがとう」

売り上げや伝票を受け取り、僕はイーディに今日の賃金を数えて渡した。

「イーディ、今日はもうあがっていいよ」

「まだ大丈夫です！」

「試験は終わったかもしれないが、二回生なら課題がたくさん出ているだろう。遅れると夏の休暇にも響くから、早めにやるんだ」

「それはわかってますけど……」

イーディはクルトの方をうらめしげにみた。

「あいつは帰らないんですよね？」

「当たり前だろ。来たばかりだ」

奥の椅子に陣取ったままクルトが紙袋をガサゴソ鳴らした。強い芳香を放つ果物を取り出して、イーディに差し出す。表皮の色がオレンジからピンクまで、なだらかに移りかわって美しい。

「これ持って帰れよ」

「ええ、南方の輸入品じゃないですか！　こんな高いもの、もらえません！」

「でもこれ、ソールが好きなんだ。それで持ってきた」

イーディはうっと言葉につまった。僕はまた笑った。

ここ数日、彼らをみているとなぜか浮きたつような気分になるのだった。口喧嘩すら、おだやかで平和な宵の象徴のように思える。

「イーディ、もらっておきなさい。余裕のある友達にはたかるもんだ」

「ソールさん、こんなの友達じゃありません！」

クルトがわざとらしくため息をつく。

「だったらせめて先輩っていえよ」

「あなたが先輩？」

「その通りだろ」

イーディは腕を組んだ。ふんと鼻を鳴らす。

「いまだけよ。学院を出て師団の塔に入ったら私だって対等な魔術師ですからね」

「どうせ回路魔術じゃないか」

「精霊魔術が何よ」

「まあまあ、ふたりともよすんだ」

また口論になりそうだと僕は間に割って入る。

「どっちにしても、魔術師はこの店にとって大事な客だ」

「ソールさんとしてはどっちがいいんです？」

「どっち？」

考えたことのない問いだった。僕はめんくらったが、すばやく計算した。

「えっと……正直、回路魔術師の方が買う本の幅は広いし冊数も多いが……単価でいうなら精霊魔術師だな、高価なものが多いから――つまりいまの状況だと差はない」

イーディもクルトもなぜかがっかりしたように僕をみる。

僕はやや語調をつよめていった。

「イーディ、店はほどほどでいいから課題をちゃんとやるんだぞ。まじめな話だからな」

今度こそイーディはうなずいた。

「はい。わかりました」


まだ夜には早い時間だったが、イーディが帰ると僕は店を閉めた。王都には夏の暑さがおとずれているが、厚い壁と通風孔をぬける風のおかげで、カリーの店の中は涼しい。

クルトがキッチンで物音を立てていた。十日前に試験を終えてから、彼はまた二日とあけず店に来る。しばらく姿をみせなかった期間がなかったかのように、勝手知ったる様子で食事の用意をする。

以前と同じように僕らは向かいあって夕食を食べ、話をしたが、何かが変わったのを僕は感じていた。

しかし、いったい何が変わったのだろう？　僕とクルトを取り巻く状況は何ひとつ変わっていない。けれど僕は前よりも落ちついて、クルトが僕のそばにいることを受けとめられるようになっていた。こうしてすぐ近くで彼をみていられることを、平和な日常として感じられるようになっていた。

一方、クルトの方はというと――

「これ、好きだっただろう？」

食事を終えるとデザートだといって、クルトは持ってきた果物をナイフで半分に割り、中央の丸い大きな種子をくりぬいた。半球型の穴へ氷菓を盛る。

「すごいな。おいしそうだ」

「だろ」

そしてスプーンで果物と氷菓をすくいとって、僕の口もとに差し出した。

「ほら」

どうしようかと一瞬迷うが、結局僕は口を開け、受け入れるにまかせる。クルトはにやっとして、それから嬉しそうに笑う。その笑顔はあいかわらず魅力的で、僕は思わずみいってしまう。すると彼は照れくさそうな顔をして、ふと目をそらす。それは以前はみなかった表情のような気がする。

「美味い？」とクルトが聞く。

「ああ」

「よかった」

クルトはすこし変わったような気がするが、具体的にどこがと聞かれても、僕にはうまく答えられない。以前より落ちついて大人びたように感じることもあれば、逆に子供っぽく、あるいは脆《もろ》く感じるときもある。能力試験は問題なく終わったらしいが、クルトはいま、王立学院の学生であればもっとも緊張すべき時期にいる。

「今日、ニールス家へあの本を渡したよ」と僕はいう。

「例の――対になった？」

「そう。あそこの当主は変わってるな」

クルトはかすかに眉をあげる。

「変わってるって、どんな風に」

「僕なんかにも丁寧な口をきく。屋敷も大陸のものがいっぱいだった。届いたばかりとかいう風変わりなお茶をごちそうになった」

クルトはなおも眉をひそめていたが、手もとへ視線を落とし、果物をスプーンですくった。

「あそこの当主は大陸に長くいたらしいからな」

「ああ。話もうまい。それにうちの顧客にもなってくれそうだ」

「なんだって？」

「魔術はわからないが知識欲はあると。本を勧めるため、今度蔵書をみせてもらうことになった」

「――そう」

クルトはすくいとった果物を口に入れる。僕は知らず知らずのうちに彼の唇をみつめていた。

「代金はどうなったんだ？」

「ん？　ルイスに？」

冷静な声で問い返され、僕はなぜかどきどきしながら目をそらす。

「まだ全額支払い終えていないが、最近何冊か高値で売れたから期限には間に合いそうだ。ニールス家も上得意になればいいいな。感じのいい当主だった」

「――そうか」

「クルト？」

クルトはスプーンを置いた。唐突に手をのばす。指が僕の唇に触れる。

「口を開けて」

「クルト？」

「いいから、開けて」

緑の眸《ひとみ》がじっと僕をみつめ、僕は魅せられたように唇を開いた。クルトの指が入ってくる。果汁がついていたらしく、すこし甘い。

「舐めて」とクルトがいう。

魔術にかけられたようだった。僕はいわれるまま彼の指を口に含む。指は中でじっとしておらず、僕の舌にからみ、口腔《こうこう》をいじりまわす。唇のはしから唾液がもれ、僕は急に羞恥《しゅうち》にかられる。

クルトの手首をつかまえようとしたが、すでに彼は立ち上がって、濡《ぬ》れた指で僕のあごをとらえていた。

「ソール、だめだよ」という。

何がだめなんだと思うがたずねる暇もない。唇が重なってきて激しい口づけになり、ようやく離れていったとき、僕の頭はぼうっとして、自然に荒い息をついている。

「どうしたんだ、クルト……」

「抱きたい」

そう耳もとでささやかれると、以前と同じように僕は拒絶できない。だがクルトは以前より、もっと切羽詰まって激しかった。服を脱がされ、寝台に押し倒されると、足先から頭のてっぺんまで愛撫《あいぶ》され、蕩《とろ》かされてしまう。

まだ外は夕暮れの光が残り、季節がら窓を開けたままなので、僕は声を殺すのに必死だ。うつぶせになって枕の端を噛《か》み、文字通り悶《もだ》えている僕の内側をクルトはつらぬき、揺さぶりながら耳もとで僕の名前を呼ぶ。

「ソール……」

その声を聞くと、僕の内部からも何かつよいものがわきあがり、たまらず僕は声をもらす。

「クルト――ああ、好き……」

うしろに覆いかぶさる重みがいっそう強く、激しく押しつけられ、僕らはほぼ同時に果てる。

もう暗くなった部屋で僕らは汗まみれになっている。おたがいの髪を撫《な》で、耳や顔を触りあう。クルトは僕の首筋を何度も強く吸い、僕は鈍い痛みに抗議の声をあげる。

「クルト、そこに痕がつくと――みえてしまう」

「ちゃんと襟を閉めておけばいい」

「何をいってる。夏だってのに……」

呆《あき》れて僕がつぶやくと、クルトは僕の首のあたりに頭をおいたまま上目づかいで「ソールは無防備だから、逆に用心するためだ」といった。

「無防備ってなんだ」

「おまけに鈍い」

「クルト、いいかげんにしろ。きみならともかく、誰が僕なんか気にすると思う」

「ほら、そんなことをいう」

クルトは手をのばし、僕の髪を指にからめた。

「これだから用心しないとだめだっていうのに」

名残惜《なごり》しげに起きあがって、クルトは身支度をする。夜がふける前に寄宿舎へ戻るためだ。

以前とはっきり変わったことはたしかにひとつあって、いまではクルトが朝まで僕の部屋にいることはない。彼の進路を考えても当然のことだった——王宮へ入ろうと思えば、ある種の品行方正さが求められるのだ。

それを残念だと思う気持ちを、僕は表に出さないよう努力した。いずれ慣れるだろうし、こうして会えるだけでも嬉しい。

裏口の扉の前でクルトはふりむき「また来る」とささやく。回路魔術で開くこの扉の鍵はクルトだけが持っていて、しかも僕には使えない。外からぬるい夏の夜の空気が入りこみ、クルトと共に締め出される。

最初に彼がこの店にきたとき、季節はまだ春だった。ひとつの季節のあいだにずいぶん多くのことが変わったような気がする。

2　うろこ

ハスケルの屋敷には父の思念が染みついている。

大きな鉄の門扉から庭園を通りぬけ、正面の扉をくぐるたびにクルトはそう感じる。それはいつもすこしだけ、クルトを息苦しい気分にさせた。

「推薦人との面接の調子はどうだ」

書斎の大きな机に座り、父が訊《き》く。

「悪くない」クルトはみじかく答えた。

無言で若いメイドが父子のあいだに冷たい果実水を置いた。うすぐらい室内で、糊《のり》のきいた襟と袖口が白く引き立ってみえた。クルトが微笑んで礼をいうとはにかむような笑みをうかべ、膝を曲げて礼をし、立ち去った。

「学院の試験は順調だったそうだな。おまえの魔力については王宮でもちょっとした噂《うわさ》になったようだ」

「俺が試験ごときに失敗するとでも思ってた？」

「そんなことはないさ。私の息子が失敗などするはずがない」

父は自信たっぷりにいう。クルトと同じ緑の眸をしているが、いかついあごに威圧感がある。父子の顔立ちは目の色以外、あまり似ていなかった。クルトの骨格や美貌《びぼう》は母譲りなのだ。

父から放射される満足の気分をクルトは感じる。その満足は、息子の成果よりも彼自身に向けられているものだということも、クルトにはわかる。クルトの父には、息子をここまで育てたのは自分だ、という強い自負がある。

「推薦人は何人獲得できそうだ？」

「三人は確実だと思う。四人目と今日面接したが、悪くない感触だった」

「あと一人いれば確実だな。五人目については私に考えがある」

王宮の顧問団に入るには、政策部が選んだ推薦人に推挙してもらわなければならない。その任につくのは百戦錬磨の王宮官吏である。顧問団を希望する学生の資質は、彼らによって徹底的に諮《はか》られる。

他人に好かれることに慣れているクルトにとって、推薦人との面接は気持ちのいいものではなかった。正直いって、これまでの人生でこれほど「値踏み」されたことはないと思う。自分の心など簡単に見透かす学院の師たちと面談するよりはるかに緊張するし、自分が品物にでもなったような、奇妙な気分になるのだ。

自分の容貌や魔力はたしかに彼らへの武器になったと確信しているが、向こうは遠慮することなく、じろじろと不躾《ぶしつけ》な視線を向けてくるし、単刀直入な問いを投げたかと思うと、婉曲《えんきょく》で底の知れない物言いで反応をはかろうとする。

もっともクルトは順調に乗り切ったと思っていた。精霊魔術師に慣れているだけあって、面接中の推薦人たちは感情の放射をみせなかったが、終わるとうってかわってほがらかな表情になった。いずれ王宮で会おうと快く声をかける者すらいた。

クルトをみつめる父の目は真摯だった。頭の中で何か策をめぐらしているようだが、クルトは父の心を無意識のうちに探らないよう自制した。掟《おきて》で禁じられているし、政策助言者になろうという人間に求められているのは、まさにそのような自制心である。

しかし父は権謀術数を好み――それはハスケル家が父の代で急速に宮廷での存在感を増した理由でもあるが――だからこそ、父が目的を達成するために何を企《たくら》んでいるのか知っておきたい、とも思う。

「五人。推薦人を五人獲得すれば、ようやくハスケル家から王の顧問が誕生する」

父は片手で自分のひたいを揉《も》みながら、にやりとした。

「私とおまえの力で、ハスケル家はもっと影響力のある、強い家になる。おまえを学院へやった甲斐《かい》があったよ。ハンスは領地の経営をするが、おまえはいずれ王国の経営に関わるようになるわけだ」

まだ十代の弟の名を出しながら満足げにうなずく父の顔にいつもの反発を感じながらも、クルトはおとなしく机の前の椅子に座り、ほのかに甘い水を口に含んだ。父の向こうにある書棚をみつめる。ひびの入った氷が口の中で砕け、清涼感とともにひたいに浮かんだ汗がひいた。

書斎といっても書物は少なく、書棚にならぶのは領地の経営に関する書類がほとんどだった。ハスケル家はクルトの記憶にあるかぎり、実務書以外の蔵書を持たないし、歴代当主は必要以上の知識欲をもっていない。つい先ごろソールから聞いたニールス家のレナードとは対照的だ。

ふとレナードについて好意的に語っていたソールの顔を思い出し、クルトはちりちりとした苛立《いらだ》ちを覚えた。ソールはハスケルの屋敷にはまったく興味を抱かないだろう。ここにカリーの店主を惹《ひ》きつけるものはない。

ハスケルの屋敷は風雅な庭園に囲まれ、それ自体は優美で贅《ぜい》をこらしたものだ。王都でも比較的新しい建物で、クルトが生まれたころ、父が先代から受け継いだ古い地所を取り壊して新築した。贅をこらしたといっても、新興ギルドの成金商人が建てるようなけばけばしいものではなく、逆に伝統的な意匠がめだつ造りだった。

このまま年月を重ねれば、ずっと昔から王都にある他の貴族の屋敷と区別がつかなくなるだろう。同じように比較的新しい建物でも、異国風の風変わりさが話題となるニールス家と好対照だった。屋敷の内部の調度はあくまでも伝統にのっとっている。上質で選りぬかれたものだけが置かれていて、これにはクルトの母の趣味も一役買っているらしい。

母は古い貴族の傍系にあたる家の出身で、典雅で優しい女性だ。しかし「王都の伝統」にうるさいのはむしろ父の方だった。さらに、ハスケル家は昔から魔術師をよく出したのだ、というのが、クルトが幼いころからの父の主張だった。精霊魔術師が王宮で顧問の地位につくよりもずっと前から、ハスケルは魔術師の家系だったのだ、と父はいいたがった。そして、自分の魔力――魔術師になるほどではないがそこそこ強い――を、その根拠としていた。

父は確固とした自信を持ってその言葉を語ったので、幼いころクルトはこの話をずっと信じていた。それが宮廷での権勢を求める父の思いこみだと確信したのはいつだっただろう。おそらくは十代なかば、何かと父に反感を覚えるようになったころだろうか。

そもそもハスケル家は古い血筋を誇るような家系ではないのだ。クルトの父がいう「古来の伝承」は口伝えのあやふやなもので、レムニスケート家のような正式な記録もない。

魔力が少ない家系にもかかわらず、宮廷に強い地盤を持つレムニスケートを、クルトの父は激しく敵視していた。強大な魔力を持って生まれた息子が王宮の顧問団に所属すれば、レムニスケートや他の貴族に対抗して、ハスケルの名声を王都で高める助けになるだろう。

幼いころは純粋に――といっても差し支えあるまい――父親を尊敬し、期待にこたえようとしていたクルトの心に、父と対立する気持ちが生まれたきっかけは単純で、自分の魔力が父を超えたためだった。

さらに、父が無意識のうちに魔力を使い、自分の信念をクルトに刷りこもうとしているのに気づいてから、クルトは自然と父のやることなすことを疑問視するようになった。父のこんな行いは、中途半端な魔力の持ち主がときに世間で成功する原因でもあると、何かの折に知ってからはなおさらだった。

クルトは次第に父の権勢欲を小馬鹿にするようになったが、父の方にはクルトのこんな内心は気づかれていないだろう。クルトは自分の思考を父よりはるかにうまく隠すことができる。

それでもクルトは、父に対して理想の息子のようにふるまっていた。クルトがいかに父の野心に反感を持っていても、父は父だった。クルトは愛されているのがわかっていたし、自分も父が好きだった。だが父が――ほとんど意識もせずに――高圧的に自分を支配しようとするのは、ときにひどく耐えがたい気もした。

それをはっきり自覚したのは、学院への進学がきまったときだ。クルトは幼いころから嫡男として、いずれは父の跡を継ぐと教えられて育ったが、どこへ行っても人びとが自分の背後に父をみて、父を気にすることに苛立ってもいた。父へ向かう思念の放射はクルトには丸みえで、自分に話しかける大人――ときに同輩の子供たち――ですら、自分ではなく父をみているとわかると、無性に反発心が生まれてくるのだ。

クルトが父と同等の立場になれば、人々は父ではなく、クルトをみるようになるだろう。

そしてもし、父には不可能なこと――精霊魔術師となり、政策助言者として王宮政治へ関わること――が達成できれば、人々はもはや父を問題にすることもなくなるだろう。

こうして父の思惑とはちがうところで、息子は自分の目標を持ったのだった。一見おなじ場所をめざしているようでいて、この父子は行きちがっていた。

「そういえば先日、レナード・ニールスを紹介した件だが、無事に学院に魔術書が納められたそうだな」

果実水のグラスを手に、ふと思い出したように父がいう。

「レナードは異国のものに目がないだけかと思っていたが、こんな話にも乗るとは予想外だった。王族の方々も好意を持ったらしい。あの男もなかなか抜け目がない」

「ニールス家の当主はどんな人なんだ？」

ソールのことを思い出しながらクルトは聞いた。レナードの屋敷へ書物を持参したあと、ソールが彼についてかなり好意的に話していたので、クルトはずいぶん苛立ったのだ。つまらない嫉妬にすぎなかったが、父も――ソールと方向性は真逆だろうが――レナードを評価しているとなると、さらに心おだやかでない。

「レナードか？　外国暮らしが長いだけに知識は多いし、いろいろな立場の人間への接し方を心得ている。柔らかな物言いでも引かないときはまったく引かず、思ったように物事を進めるからな。やり手だし、頭のいい男だ。隣国や大陸とのコネクションが強いから、おまえも親しくなっておくといいだろう。おまえより年はかなり上だが――」

「上といってもせいぜい十歳くらいだろ？」

ソールと同じくらいだ、とふたたびクルトは砂色の髪を思い浮かべていった。

「ああ。だがもっと上にみえるな。落ちついているが、子供もいないらしい。弟がいるとはいえ、妻なし、嫡子なしではいずれ困るだろうに」

「独身なのか」

「おまえくらいの年齢で一度結婚しているが、何年か前に病気で死別したという話だ。子供がいないのならすぐに後添いを迎えてもいいのに、身持ちが堅いことで有名らしい。王宮の女官が誘いをかけても断られるというから」

クルトは眉をあげた。ソールの話によれば、レナードはまた気軽に屋敷へ来いと誘ったようだが、ひょっとするとそこには、蔵書がどうとかいうのとはちがう種類の下心があるのではないか……なにしろソールと年も同じくらいで、国外での経験も豊富なのだ——そんな思いが心をよぎるのを、慌てて隅においやる。

結婚していたのなら、特にそんな興味をソールに持っているとはかぎらない。最近ソールに関係することでは、自分はすぐに嫉妬深く、疑心暗鬼になってしまうが、さすがに考えすぎだ。

クルトの思いをよそに、父はまだレナードのことを話し続けている。

「学院への書物の寄贈とは盲点だと思ったよ。我が家も今後はそういった文化教養に出資することを考えるべきかもしれない。いずれおまえの力が役に立つだろう。学院の図書室や城下の書店にずいぶん通っていると聞いたぞ」

クルトはまた眉をあげた。

「どうして知ってる？　アレクが？」

「ああ、そうだ。今年になって、おまえが急に勉学熱心になったとアレクサンドルがいっていた」

「今年になってとはいいがかりだな。俺はこれまでもちゃんと勉強していたよ」

「だがずいぶん遊んでもいただろう——いや、そんな顔をしなくてもいい。私もおまえの年では遊んだものだし、魔術師の学生がどんなものかは知っている。妻に似た息子が引く手あまたなのは、悪い気もしない」

「いまはそんなことはない」

「そうか？」

父はグラスを置くと、クルトの顔をしげしげとみつめる。

「おまえなら今後も誘惑は多いだろうし、そこは適当にあしらえばいいことだ。だが、そろそろ結婚について話を進める必要があるな」

突然父から出た言葉にクルトは驚愕《きょうがく》した。

「結婚？　もしかして、ラウラと？　それなら——」

「ラウラじゃない」

父はあっさり答えた。

「あの話はもう解消することに決まった。だが、おまえがもしラウラと結婚したいなら――」

「俺はラウラとは結婚しない」

クルトはきっぱりと答えた。

「妹みたいな相手と結婚なんかできない。だいたい俺は――」

「もちろんおまえの相手はもう選んである」

父はクルトの声にかぶせるようにいった。

「五人目の推薦人について考えがあるといっただろう。政策部の長、ラブレス家の娘とおまえの結婚を進めるつもりでいる。ラブレスが五人目の推薦人となるだろう。ヘレナ・ラブレスは去年学院を出たばかりだ。おまえも一歳くらいの差なら気にもなるまい。学院では先輩にあたるから、会ったこともあるんじゃないのか？　美人だという話だぞ。魔力もつりあうし、問題ないだろう」

ラブレスだって？

クルトはだしぬけに立ち上がった。じっとしていられなかった。肘掛け椅子が大きな音を立てる。

「そんな話はいまはじめて聞いた」

「いまはじめて話したからな」

「父上。俺は承服できない」

「なぜだ？」

「なぜって――」

クルトは息を飲んだ。父からはまったく平静な感情が放射されている。クルトの困惑など気にもしていない。

「父上。俺には好きな人がいる。ヘレナ・ラブレスとは結婚できない」

「何をいってる、クルト。結婚と感情はべつだ」

父はさとすようにいった。

「私はおまえの母と結婚したとき、彼女を愛していたわけではない。だがその後彼女を愛するようになったし、おまえやおまえの弟たちもそうして生まれた。いまの感情など問題ではない。結婚によって得られるものが重要だ」

「父上。そんなことはできない」

「なぜだね？　そんなにヘレナが気に入らないのか？」

父は座ったままクルトを見上げていた。威圧感がその体から染みだし、クルトを無意識のうちに支配しようとするが、クルトはやすやすとそれを避けた。

ヘレナ・ラブレスなら知っていた。ひとつ上の学年で美貌を誇り、入学してまもないころ、クルトは彼女の誘いを受けたこともある。だが一夜のつきあい以上の気持ちを持つことはなく、友人にもならなかった相手だ。

「ヘレナだからじゃない。俺は誰とも結婚しない」

「それはおまえが通っている、城下の書店の男のせいか？」

一瞬、沈黙が落ちた。クルトは立ったまま静かに父をみかえした。

「それもアレクから聞いた？」

「彼はおまえの親友だろう。ずいぶん心配しているようだったが」

「心配する必要などないのに」

ましてや父に話すなど、とクルトはその瞬間本気で腹を立てる。しかしそういえば、アレクはクルトの父をとても尊敬していたのだった。きっと彼は父を喜ばせたかったのだろうし、父がいったように本気でこちらを心配しているのかもしれない。どのみち、アレクにはあとでじっくり話を聞かなければならない。

そんなクルトを尻目に父は手を伸ばし、机から紙片を取り上げた。身上調査書のようだった。

「ソール・カリーか。学院や騎士団とつながりがある書店らしいが、平民で年上、しかも男だ。おまえらしくもない。何があったか知らんが、結婚ができないとまでいうのはいきすぎだろう」

衝動的にクルトは父の手から紙片をむしり取った。ざっと目を走らせたが、たいした内容は書かれていなかった。誰が調べたのかわからないが、ソールに関する事件は父の元には届かないくらいの機密扱いになっているらしい。その点だけは安堵《あんど》して、クルトは言葉をさがした。

「父上。結婚などしたら――ヘレナだろうが誰だろうが、俺は裏切ることになる」

「べつにそうはならんよ。結婚してもおまえがまだその男とつきあっていたいなら、愛人にでもしておけばいい」

父はあいかわらず平然といった。

「さっきも話した通り、私はおまえの母と結婚したとき、彼女を愛していたわけではなかった。結婚は心でするものではない。男なら子供ができることもないし、愛人としてはむしろ好都合だ。レナードが寄贈した書物の出所はその店なのだろう？　ハスケル家にとっても、今後利用価値があるかもしれない」

「父上」

「クルト。政治は遊びではない。結婚は政治の一部だ。ハスケルの家運は政治をいかに乗り切るかにかかっている」

いまや父はクルトの困惑を楽しんでいた。それは彼からもれる感情の放射ではっきりわかり、クルトの腹の底では静かに怒りが燃えた。

「ラブレスとの婚姻は決定事項だ。おまえにもっと早く話さなかったのは悪かったが」

クルトは身上調査書を父に返すと、腹を立てるな、と自分にいい聞かせた。学院で教わった感情のコントロール法で、自分をできるだけ平らかにする。静かな水面のように、波立たないように。

そして背筋を伸ばし、父を正面から見返した。

「父上、俺は絶対に承諾しない。ヘレナと結婚はしない」

「クルト。おまえは私の息子だ。結婚しないことで、おまえは私を裏切るのか？」

クルトは父の目をまっすぐみつめた。自分によく似た深い緑色の眸だ。

「ああ。俺はソールを選ぶ」

父はクルトの決然とした言葉を本気にしていなかった。ため息をついてこういっただけだ。

「おまえはまだまだ子供だ」

3　かすみ

ここ数日のあいだ、王都は急に気温があがった。

じつをいうと僕は春や秋より夏の方が気分は落ちつく。しかしさすがにここまでの暑さは苦手だった。なにしろいつのまにか体力を削られている。ぶあつい壁に守られた店内はひんやりしているが、戸外を熱風が吹く午後ともなると、すこし外出するだけでも疲れきってしまう。

「あまり出かけない方がいいです、ソールさん」とイーディがいう。

「支払い程度の簡単なおつかいなら私が行ってきます」

「きみだって大変じゃないか」

僕は反論するが、イーディは聞かない。課題はすませたからといって、僕に冷たい水の瓶を押しつける。

「すこし熱っぽくないですか？」

「大丈夫だよ」

「ソールさんが倒れたら、私、この店を乗っ取りますよ」

「それは怖いな。次のカリーの店主になるつもりかい？」

「いえいえ、店主はソールさんのままでなくちゃ」

イーディは喋りながら手をぶんぶんふった。

「冗談抜きで私、行ってきますから。カールさんのところでしょう？」

「じゃあお願いしようか」

根負けして僕は請求書をひっぱりだした。たしかに頭がぼうっとしていて、気温が高いせいだけでなく、すこし熱っぽいようだ。

「イーディ、暑いから、終わったらそのまま帰っていい。領収書は次に持ってきてくれ」

「まさか。何か買ってきますから」

「いや、大丈夫だ」

僕は水の瓶を持ち上げてみせた。

「きみの忠告通り今日はもう店を閉めて、休むことにするよ」

「気をつけてくださいね」

イーディはまるい目をみひらいて僕をみつめ、にこりと笑った。とても可愛《かわい》かった。ほんとうに妹がいたらこんな感じなのだろうか。

彼女が出て行ったあと、僕は店の扉に鍵をかけた。冷たい水で顔を洗ったが、なんだかふらふらする。鏡をみるとすこし頬に赤みがさしていた。

熱を測ろうと、以前セッキに持って帰れと押しつけられた水銀の体温計をくわえ、水の瓶を持って上にあがった。日よけをおろした室内は、午後の日差しで赤みがかった黄色に染まっている。

寝台ではなく、敷物をしいた床の真ん中に座りこんで、僕はしばらくぼうっとしていた。床からみあげると部屋はずいぶん広く感じる。思い出して体温計をみると銀色の線がけっこうのびていた。

たしかに熱があるのだ。横にならなければ。

そのとき、床じゅうが書物の山に覆われていたこの部屋を、クルトとふたりで片付けた日々が脳裏に蘇《よみがえ》った。横にクルトが座り、ふたりで寝転がったまま、耳もとで歌った彼の声が正確に思い出される。

ぼうっとした頭で、僕はその歌を口ずさんだ。僕が熱いのか、部屋が暑いのかもわからないが、熱があるのにとてもおだやかな気分だ。

起き上がるのが面倒になった僕は上掛けを寝台からひっぱりおろすと、そのまま敷物に横になった。クルトの歌を思い浮かべながら天井の格子を眺めるうちに、眠くなる。

床がきしむ音が聞こえた気がして、目が覚めた。

あわてて起き上がると周囲は真っ暗だった。窓の日よけがはためき、風が部屋を通り抜ける。汗で体がべとついているが、頭はすっきりしていた。熱は下がったようだ。あたりを近くを手探りし、瓶から水を飲み干してから、物音のことを思い出した。

夢だったのだろうか。そろりと立ち上がろうとしたとき、また床がきしんだ。

はっとして僕は音の方をみやった。

「誰だ？」

「ソール――」

ほっとして僕は肩の力を抜いた。

「びっくりするじゃないか、クルト」

ゆっくり立ち上がり、手探りでランプをつけた。オレンジ色の光に照らされたクルトの顔は、奇妙にこわばっていた。美貌なだけに、作り物の仮面のようにみえる。

その口が動いて「びっくりするのはこっちだ」とつぶやいた。敷物の上にある上掛けをみおろし、怪訝な顔をする。

「床で寝てたのか？」

「熱が出てね。暑かったし、そのまま眠ってしまったらしい」

「熱って、大丈夫か？」

あわてた声とともに腕がのびてきて、僕の背中を抱いた。

「横にならないと」

「もう下がったよ」

僕はクルトの焦った様子に、つい笑いを浮かべてしまった。

「汗で気持ち悪いんだ。体を拭きたい」

クルトは有無をいわさず僕の腕をひっぱり、寝台に押しやった。

「拭くものなら俺が持ってくるから、ソールは横になっててくれ」

「そんな、大丈――」

僕はいいかけてやめ、うなずいた。

「わかった。お願いするよ」

僕は寝台に座って待った。日よけをあげると窓からはさらに涼しい風が入って来る。月のない夜で、商店街の明かりも消えていた。また床板がきしむ音が聞こえ、ふりむくとクルトが濡らした布を持って立っている。僕は布を受け取ろうとしたが、彼は首をふって「脱いで」という。

「自分でやるよ」

「いいから、脱いで」

口を尖らせて話す様子が幼くみえた。僕は思わず微笑み、汗で湿ったシャツを脱ぐ。クルトは黙って濡れた布で僕の上半身を拭き、めずらしくぶっきらぼうな調子で「ほら、うつぶせになって」と指示した。

治療師のようだと思いながら僕は敷布にうつぶせになる。冷たい布で背中を拭われたあと、クルトの大きめの手でゆっくりさすられた。快適さにうっとりしているうちに体をひっくりかえされ、下半身まで拭かれて、最後は足の指のあいだをマッサージされた。

そのまま乾いた寝間着を着せられて、夢うつつで目を閉じたまま、僕は「施療院《せりょういん》の治療師みたいだな」と軽口を叩《たた》いた。クルトは耳のすぐそばで「そうか？」とささやく。

「熱が出るのはよくあることなのか」

「ああ、たまに」

耳もとの声が気持ちよく、僕は目を閉じたままでいた。

「魔力欠乏と、体力のなさと……いくつか原因があるらしい。休めば治るから気にするな」

寝台に重みが加わり、肩に腕が回る。ひたいからはえぎわにかけて指でそっとなぞられる。そのあいだずっと、クルトは無言だった。彼にしてはめずらしいことだ。

「寝ていて悪かったな、クルト。いまは何時だ？　もう遅いんじゃないのか？」

「ソール――」

僕は目を開けた。

「どうした？」

虫がランプの傘にまとわりつき、羽音を立てた。クルトは寝台の端に腰をおろし、僕をみおろしていた。もし僕に魔力の放射がみえるなら、あたりはとても明るいだろうし、クルトの気分も感じられるにちがいない。だが部屋のほとんどは暗がりに覆われ、影になったクルトの表情はよくわからなかった。

「好きだ」

クルトがつぶやくようにいう。

「ありがとう。僕もだ」

僕は微笑んだ。

「ソール、もし――」

クルトは何かいいかけ、ためらったようだった。

「ん？」

「いや。なあ――俺はほんとうに、あなたが好きだよ」

「ああ。知ってる」

僕は手を伸ばし、彼の頬《ほお》に触れた。

「何があったんだ？　面接はうまくいっているか？」

「ああ……問題ない」

クルトがもらした吐息が僕の指にも感じられた。

「早く決まるといいな。きみならきっと大丈夫だろうが、それでもほっとするだろう？」

ぎしっと寝台がきしんだ。クルトの唇が重なってくる。僕は目を閉じる。優しい口づけだった。

「もう帰るよ。このまま寝ていて」

起き上がろうとした僕の肩をクルトは軽く押しとどめた。

「ソール、何かほしいものはない？」

何も、と答えようとして僕は思い直した。

「歌ってくれないか」

「歌？」

「ああ。きみの歌を聞きたい」

ふっと軽く笑う気配がして、やがて低いハミングが聞こえた。僕は目を閉じたまま、クルトはこのメロディをどうやって思いつくのだろうとぼんやり考えた。いつのまにか眠ってしまい、夜中に一度目覚めたが、クルトはもういなかった。


「ご覧の通り、我が家の蔵書はたいしたものではありません。おまけに狭くてお恥ずかしい」

数日後、僕はまたレナードの屋敷を訪れていた。ここは思った通り、夏をすごすのに向いた邸宅だ。外の暑熱が嘘《うそ》のようでほっとする。

そしてレナードは書物の扱いを心得ていた。書庫はどっしりした壁に囲まれており、天井から差しこむ光も直接書架に当たらないつくりで、しかも扉つきだ。おかげで保管の大敵である太陽光やねずみをよせつけない。

レナードは狭いと謙遜したが、屋敷の敷地全体からみればの話だろう。居心地のよさそうな読書用の机や肘掛け椅子もしつらえられ、僕の目には羨ましすぎる空間だった。

「この棚は海洋や船舶がらみの書籍をおさめていますが、いまの航海には回路魔術がずいぶん役立っているらしいですね。私は魔術にはさっぱりなので、その手のものはないんです。素人にも読める本があればぜひ加えたいところで、あなたのお勧めを聞きたい……こちらは大陸関係で、貿易に必要だからという名目で買っているんですが、けっこうな比率で私の趣味が――」

レナードは前回会ったときと同様に饒舌《じょうぜつ》で、僕は彼の長話を黙って聞いていた。書架の中身は、ひと目で高価とわかる写本から廉価な印刷本までさまざまだが、やはり革で装幀された大判本が目立つ。

許可を得てその中の一冊を開くと、美しい色彩の鳥の絵が目に飛びこんできた。

「大陸の南、大河の周辺の博物誌ですよ。美しいでしょう？　家業と直接関係がなくても、つい買ってしまう。そして家令に怒られるんだ」

「ええ、きれいですね。素晴らしい。保存状態もいいですね。手入れは屋敷の方がされているのですか？」

「いや、それがね……」

レナードは小声になった。照れくさそうに顔をそらす。

「自分でやってるんです」

「ああ――他人には触らせたくないとか」

コレクターにはありがちな話なので、僕は驚かなかった。手に持った書物を棚に戻そうとすると、レナードはあわてたようにそれをさえぎった。

「いや、ちがう。ちがうんです。私はそんなこだわりは持っていません。ただ、執事や家令にみせるのはすこし……恥ずかしくて。その……書物の趣味というのは、自分の興味が丸裸になるような気がしませんか？　家の者は私のことがよくわかっているだけに、これで蔵書まで把握されると、彼らに太刀打《たちう》ちできなくなってしまいます」

僕は思わず笑ってしまい、失礼にならないかと焦った。

「すみません。あの——ご家族は？　奥様がいらっしゃるのでは？」

「あいにく独り身です。妻は五年前に亡くしたので」

「それはお気の毒に」

「まわりは後添えをとうるさいですが。子供もできなかったし、家督を継ぐまで旅回りだったせいか、ずっとその気になれませんでした。やっと王都に落ちついたいまも気乗りはしていません。妻にする人にはこれもみせることになるでしょうし、それも怖くてね」

「なぜです？」

レナードは僕をおだやかに見返していった。

「蔵書というのは内面の秘密ですよ。拒絶されたり否定されたらどうします？　それに、まったく興味を示されないのも困ります」

なるほど。話は理解できたが、なんと返せばいいのか、僕はかなり困った。

「僕は素晴らしい趣味だと思いますが」

するとレナードは僕を正面からみつめて「あなたの蔵書はどんなものですか？」とたずねた。

「商売で扱うものではなく、あなたの個人的な書物ですよ——ソール。教えてくれませんか？」

「僕は……」

自分の興味が丸裸になるとレナードがいったせいか、僕は急に恥ずかしくなった。適当にごまかそうかとも思ったが、結局やめた。

「海に関するものが多いですね。それから大陸の文物についての本も。何しろ自分が行くことのできない場所ですから、書物で知りたいと思うのです」

「それは気が合う！」

レナードはいきなり僕の手を握った。

「私はそれなりにあちこち旅行しましたが、行けば行くほど書物が欲しいと思います」

「そんなものですか？」

「ええ。それにソールも行けないということはない。私が次に外遊するときに同行されてもいい。大陸の書物を直接仕入れることだってできる」

「いや、僕は……」

握られた手をどうしようかと思った。僕のためらいに気づいたのか、レナードは焦ったようにぱっと手を離した。

「すみません。私はふつう、こんなに性急に人に迫らないんだが」

「いえ。ご興味に合いそうなものを探しておきます」

「今度あなたの店にもお邪魔してみたい」

「それは光栄です」


レナードの屋敷を出たのは午後も遅かった。書庫を出たあと、彼の書斎で前回のようにお茶をごちそうになった。今回は前とはちがう花の香りがするお茶で、魚の形をしたお菓子がついてきた。そのあいだレナードと大陸の話をし――といっても大部分は彼の話を僕が聞き――ずいぶん時間を食ってしまったのだ。僕は商店街へ急いだが、暑さのせいか人もまばらで、王都中がまどろんでいるような午後だった。警備隊もみかけない。

おかげで横の路地から突然誰かがあらわれたのに気づかなかった。あっと思ったとき、そいつは僕の肩にぶつかり、衝撃で僕は派手につまずき、転んだ。

「危ないだろう――」

つぶやきながら手をつき、体を起こす。僕の外歩きに必須の眼鏡《めがね》は、セッキの大幅な改良の成果もあって、この程度では壊れなくなったのがありがたい。

視界を確認する僕の上に影が落ちた。顔をあげると大柄な男が見下ろしていた。僕の方に手をさしだす。

「どうぞ。不注意でした」

「ああ、すみません」

何気なくその手をとって立ち上がった途端、強い力で路地の方へ引っ張られた。

「なんだ？」

「ちょっとこちらへ。カリーの店主」

強盗かと思ったが、あきらかに僕を狙っていて、おまけにこんな真昼間だ。引きずられながら僕は首を回し、警備隊か、少なくとも通行人はいないかと探すが、なぜかあたりには猫の子一匹いない。

「誰も来ないが、危害を加えるわけじゃない。すこし話がしたいだけだ」

見透かしたように男がささやき、僕の口をふさいだ。そのまま路地に連れこまれると、すぐそこにあった細い小さな扉がばたんと開き、押しこまれる。

そのとたん手を放されて、僕は真正面から倒れそうになった。埃《ほこり》と黴《かび》の匂いが鼻をついた。

「悪いね、こんなところで」

男がそういいながら扉に触れ、魔力を流した。眼鏡のおかげで、回路魔術で即席の鍵がかけられたとわかった。男はふりむきながら手をのばし、僕の顔からぐいっと眼鏡をつかみとった。

「これは外させてもらう。顔がみたいんだ」

細い指でなぞられるように背中を恐怖がくだっていく。男は商人のようななりをしているが、ラジアンほどの体格があり、得体のしれない雰囲気で、ここまで僕を引きずるだけの力がある。

きっと僕は蒼白《そうはく》になっているにちがいない。男は中央の木箱をさして座るように告げ、自分は壁際の樽《たる》にもたれた。すべての動作に余裕と自信が感じられ、僕はいわれるままに腰をおろす。足がふるえるのを止められない。

「なんの用だ？」

「ああ、そんなにおびえないでほしい」

男は僕とは真逆の、気楽な感じでいった。

「すこし二人だけで話をさせてほしかったもので、驚かせて申し訳ない。何しろあなたの周りにはいつも誰かいるのでね。書店はいつ誰が来るかわからないし」

「金目のものなら、僕は何も持っていないぞ」

男はふところに手を入れ、パイプを取り出した。空のまま一度口にくわえ、また手に取ってぷらぷらと右手で回す。

「いやいや強盗とかじゃないんだ。ほんとうにすこし話がしたかっただけでね」

「いったいなんだ？」

男はまたパイプを回した。「話はすぐに終わる――ん？」

「そう急がないで欲しい」

男は顔をしかめた。

「カリーの店主、あなたの事情はかなりこみいっているらしい」

「いったい何を――」

僕の言葉を男はひとことで止めた。

「この防壁」

それでこの男が何をしようとしたのかわかった。精霊魔術で僕の心を探ろうとしたのだ。

僕はますますぞっとした。この男は精霊魔術師だ。でも学院や国の認可がない、いわば野良の魔術師にちがいない。

いま彼が試みたのは掟に反する行為だ。――つまりただの追いはぎよりはるかにたちが悪い。しかも、目的すらわからないときている。

「無理だと思う」

あいかわらず恐怖が背中を覆っていたが、僕はさとすように男に話した。

「僕には魔力がほとんどないが、他人の魔力も効かない。〈視えない〉し〈読めない〉。それに〈侵入〉もできないだろう?」

男は首をかしげた。

「なるほど。それは困った」

男は僕の方に迫ってくる。僕の真上に、覆いかぶさるように体を屈める。パニックが襲ってきた。

「何が目的なんだ? いったい――」

手のひらで口をふさがれた。乾いて冷たい。とても冷たい。

「申し訳ない、危害は加えないといったが」

男は僕の首を持ち上げ、まぶたに指をかける。僕と目をあわせる。彼の眸は黒にみまごうほどの青で、白眼がほとんどみえない。

「事情が変わった。すこしあなたに怖い気分を味わってもらう必要がある」

頭上からものすごい勢いで何か銀色のものが降ってきた――ように思えた。僕は目を閉じようとしたが、つぎの瞬間背中の中心を、氷のような冷たさが刺しつらぬいた。

痛みはない。痛みはないが、僕の背中から細く細く何かがのびて、虚空に消えていく。ゆっくり、力が失われていく。この感覚には覚えがある。これは僕から魔力が失われていくときの……。

怖い気分になるには十分だった。

すこしなんてものじゃない。

僕はそのまま意識を失った。

4　ひつじ

『どうしておやじに話したんだ、アレク』

『どうしても何も、当たり前だろう』

『なにが当たり前だ――』

「ハスケル」

　その場にいないアレクを念話で問い詰めようとした、まさにそのときだった。声をかけられてクルトはふりかえる。学院の塀を囲むように並ぶ欅《けやき》の大木の横に大柄な男が立っていた。埃っぽく暑い真夏の道ばたでも、襟もとをとめた騎士服をきちんと身につけている。騎士のラジアンだ。

　知り合いなら声をかけられる前にわかりそうなものだが、どうして気づかなかったのだろう。アレクにいいたいことで頭がいっぱいだったせいか。

『クルト？』

　いぶかしげにアレクがたずねた。

『――悪い、急用だ。あとでまた話そう』

「騎士殿。何か用か？」

　ラジアンは眉をひそめてクルトをみた。わざわざ呼びとめたのはそっちなのに、気が進まない――気に入らないという気分がはっきり感じられる。汗がうっすらとひたいに浮かんでいた。

「二日前の午後、ソールを城下で保護した」

「え？」

「街路でうずくまっていたところを警備隊に発見された。日射《ひざ》しがきつくて気分が悪くなったというんだが、念のため治療師を呼んだ。例によって魔力欠乏のせいだというので店に帰して、今日も様子をみにいったが、一応大丈夫らしい。だが気になることがあって——で——」

話しながらラジアンはさらに渋い顔をした。

「おまえのことを思い出した」

「思い出したって……おい、ソールは大丈夫なのか？」

ラジアンはかすかに鼻を鳴らした。

「おまえも魔術師になる人間なら、俺の内心くらい簡単にわかるだろう。深刻な事態なら、俺がここで呑気《のんき》に待っているか？」

たしかにそうだとクルトはほっとしたが、ラジアンの威圧的な態度はなんとなく癪《しゃく》にさわった。威圧されるからではなく、恩着せがましい感じを受けるからだった。

「わかった。でも治療師を呼んだのはなぜなんだ？」

「保護されたとき、どうしてそこにいたのかをソールが覚えていなかったからだ。……おまえと立ち話はすかん。目立つからな」

騎士は歩きはじめた。木陰をたどるようにして街路を進む。

「ハスケル、今日はソールの店に行くか？」

「もちろん、いまから行く」

ラジアンはちらっと周囲をみて、商店街へつながる大通りへと足を進めた。ラジアンとこんな風に並んで歩くのは初めてだとクルトは気づいた。

まったく顔をあわせなかったわけではない。ソールが森の施療院へ遁走《とんそう》し、戻ったあと、クルトはラジアンと王城付近や城下でたまに行き会うようになった。最初は偶然だと思ったが、何度か同じことが繰り返されるにつれ、これは故意だとクルトは悟った。ソールの監視者だから——なのだろうか。真意はわからなかったが、この騎士はクルトの所在を把握しておきたいらしい。

もっともラジアンはとくにクルトへ介入してくるわけでもなく、道端ですれちがっても話しかけてくるわけでもなかった。とはいえ街中で行き会ったときの態度にはどこか、俺は見逃してやっているんだぞといわんばかりのところがあった。ソールに下手《へた》なことをしたらただではおかないぞといった気分をあからさまに示してくるのだ。ラジアンはソールとクルトの関係を知っているが、結局のところ、ソールの庇護者《ひごしゃ》という役割を手放したくないのかもしれない。

午後も遅くなり、長くなりはじめた騎士の影は、クルトとつかず離れずの距離を保っていた。夕暮れの喧騒《けんそう》が響きはじめた街路を大股に進みながら、早口でいう。

「ソールが何かを忘れたなんてことは、俺の知るかぎり一度もない。具合が良かろうと悪かろうと、あいつは自分がやったこと、みたことや聞いたことはなんでも覚えているし、正確に話せる。何が起きたか覚えていないなんて、絶対におかしい」

「それで俺を?」

「認めたくないが、ハスケル、おまえはいま一番ソールが気にかけている人間だ。俺があいつと知り合ってから、おまえほどソールが……気を許している相手には会ったことがない」

ラジアンはクルトの顔をまったくみなかった。

「最近は調子がよさそうだったが、あいつの具合が悪いのはよくあることだ。だが昨日はかなり弱っているようだった。気をつけてやってくれ」

クルトはほっとして息をついた。ラジアンが声をかけてきたときは、てっきりまた妙な釘《くぎ》をさされるのかと思ったのだが、そんなわけではないらしい。強引に自分の将来を決めたがる父に苛立っていただけに、ソールを庇護対象とするこの騎士が、多少なりとも自分を信頼しているのは嬉しかった。

「もちろん。了解した、騎士殿」

「あいつに何かあったらただじゃおかないからな」

「こっちこそ」

曲がり角までくると、ラジアンはちがう方向へ行き、何もいわずふたりは別れた。さてどうしようか、とクルトは思った。今晩は屋敷で食事をするようにと父から連絡があり、そのときクルトには予兆がみえた。おそらくラブレス一家も招待されているのではないか。ということは、すっぽかせば父は内心激怒するにちがいない。

しかしそれがなんだというのか。

何よりもソールが心配だった。街中で倒れるほど具合が悪かったというなら、ソールの好きな果物か、冷たい飲み物を差し入れたい。だいたいソールはこの前会った日——父が結婚について持ち出した夜——も、熱が出たと話していた。

もっとソールのそばにいて彼をみていられたらいいのに、と切実にクルトは思った。できれば以前のように、朝まで一緒にすごしたい。

教養として学院で通り一遍に習っただけの治療師の技術をもっと知っていれば、ソールの体調にあわせて何かできるかもしれない。進路の件が落ちついたら一度アダマール師に聞いてみよう、そう心にとめる。

商店街へつくと、カリーの店に通いはじめて以来なじみになったいくつかの店をまわり、食べ物や冷たい菓子を買った。店番の少女や店主はだいたいクルトに親切だ。品物の包みと引き換えに金を払いながら、こんな風にすごせるのもあとどのくらいだろうかとクルトは思った。

顧問団に加わったら、どのくらい頻繁にソールに会いに来られるだろう。王宮の仕事はもとより激務が多いが、顧問団はとくにそうで、家に帰れないこともあると聞いている。会いたくても会えないようになったとき、自分とソールの関係はどうなるだろうか。ソールの体調が悪くなったとき、誰が自分に知らせてくれるのか。

皮肉なことに、ソール以外の誰かであればこんな心配は不要なのだ。クルトが気にかけていさえすれば、居場所など簡単にわかるし、何か起きたらすぐ気がつくくらい魔力の絆《きずな》を強めておくこともできる。だが、ソールの場合はそうはいかない。

そこまで考えてぞっとした。ソールに何かあってもクルトには「わからない」のだ。彼に何か起きたとしても、もとより身分がちがい、ソールの家族でもないクルトに、いったい誰が状況を知らせてくれるというのか。今日のようにラジアンが教えてくれれば御の字だが、これはたまたまラジアンに時間があり、加えてクルトが学生で、まだ暇な身分だからだ。

それにクルトと会えないでいるあいだ、ソールが興味を持ったり、友人になる相手は、クルトが今後入っていく世界とは縁のない人々になりそうだった。最近カリーの店を手伝っているイーディの方がまだ、学院を出たあとも、回路魔術師のセッキを通してソールと関わりを持てるのではないか。

「お兄さん、釣銭は？」

「ああ、いいよ。とっといてくれ」

怪訝な顔をしている店主に小銭を押しつけ、クルトは急いでカリーの店へ向かった。いろいろなことが心配でたまらなくなっていた。ソールの健康もだが、自分の将来についても――目標通り顧問団に入れたとしても――すべてがあやふやな雲の中にあるように思えた。周囲の風で簡単に押しながされ、揺れうごき、集合しては離散する、形のさだまらない雲のなかでふらついているかのようだった。

焦るクルトの心情など気にしないかのように、カリーの店は路地の奥にいつもと同様、ひっそりとたたずんでいる。気温のせいだろう、最近は金物屋の老婆も路地で休んでいるのをみない。店の正面から入るのはひさしぶりだ。片手に買った物を持ち、片手で開いた扉の意匠を押したとたん、中から快活な話し声が響いた。

「さすがの私もこれは食べられないと思いましたよ。何しろひどい匂いだし、腐ってるとしか思えない。でも先方は体にいいし美味いんだという。鼻をつまんで食べるわけにもいかない」

長身の男がソールの机の前にいた。身振り手振りをまじえながら話していて、ソールの姿は隠されてしまっている。

「それでいったいどうしたんです？」

ソールの声だけが聞こえた。

「だからね、こうやって――」

男はなにやら身振りで演じたらしく、ソールはこらえきれないような笑い声と共に顔を上げ、クルトをみた。

ぱっとその目が輝き、クルトはなぜかほっとした。

「クルト！　来ていたのか」

ソールが明るい声を上げ、長身の男もふりむいてクルトをみた。

「ああ、申し訳ない。お店の邪魔をしてしまったようですね」

日焼けした黒髪の、精悍《せいかん》な顔立ちの男だった。物腰と上質の服で貴族だとわかるが、語尾に不思議な抑揚があった。

「ああ、彼は店の客ではありません。例の書物へ出資していただくきっかけになった友人です」とソールがいった。

「というと、ハスケル家のご子息ですか？」

それを聞いてわかった。彼はニールス家の当主だ。

はっとしてクルトは居ずまいをただした。

「クルト・ハスケルです。ええ、父を介して紹介させていただきました。はじめてお会いしますね」

長身の男は微笑した。若いクルトを見下すでもなく、かといって持ち上げるでもない、感じのよい笑顔だった。

「レナード・ニールスです。たしかに初対面のはずですが、ハスケル家の当主は王宮でよくあなたの話をするので、あまりそういう感じがしない」

「それは……お恥ずかしい。きっとらちもない話ばかりでしょう」

クルトは頬が紅潮するのを感じた。父親が王宮で自分を印象づけようとしているのは知っていたが、本能的に、レナードのような男にあまりそういう話をしてほしくない、と思った。首を小さくふってさりげなく話を終わらせると、抱えた袋をソールにみせる。

「いろいろもってきた」

ソールは店の奥へ目をやった。

「ありがとう。レナードが持ってきてくれたお茶とお菓子もある。大陸のめずらしいものだそうだ」

胸の底にちりちりと引っかかるものを感じながら、クルトは反射的にソールからレナードへ視線をうつした。黒髪の男は、いまは小さな椅子に腰をおろしている。ソールとふたりでいるとき、そこはクルトが座っている場所で、そのことにまたすこし、クルトは苛ついた。

そんなクルトにレナードは目をあわせてくる。そこにはどこか、楽しんでいるような、興味深そうな表情があり、実際もれてくる感情もそうだった。この店やクルトの存在に向けた好奇心と、ソールへの興味――かなり強い好意――がないまぜになっている。

ふいに負けてはならないとでもいうような対抗心が湧きあがり、クルトはソールの横を通って奥へ行くと、テーブルに持ってきた袋を下ろした。手慣れた動作で中身を取り出しながらレナードに笑顔を向ける。

「こんな下町までわざわざいらっしゃるとは、貴族にはめずらしいですね」

「それはあなたもでしょう」

「俺は学生ですし、ソールの友人なので」

話しながらクルトはレナードが持ってきたとおぼしき金属の壺を取り上げた。風変わりな意匠が浮き出して、大陸の言葉で書かれたラベルが貼ってある。

「それにしても、大陸のものはたしかにめずらしい」

「人づてに、店主が具合を悪くしたと聞いたのでね。先日うちの屋敷へいらしたとき、気に入っていただけたようなので、ちょっとした見舞いがわりです」

またもクルトの中でちりりと引っかかるものがあった。人づてに聞いた――とは、誰に聞いたのだろう。自分は今日の午後まで知らなかったのに。

「ではあなたも飲んでみてください。人によっては合わない場合もありますが」

「ソールが大丈夫だったなら、俺も大丈夫ですよ」

何気なく口に出した言葉にすぎなかったが、レナードは思慮深げに腕を組んだ。べつだん強い魔力の持ち主でもないのに、何もかも見透かされているような気がして、妙な焦りを感じる。

だが、ソールはクルトの気持ちに気づいていないようだ。

「レナードの大陸の話はとても面白いぞ、クルト。今度きみも聞くといい。いずれ役に立つかもしれない」

「ソールはああいってくれますが、私の大陸話は王族の方々もうんざりさせているくらいでね。あなたはまだ私のお喋りを楽しんでくれますが、いつまでもつかは保証できません」

レナードの声はあくまでも快活である。

「いや、本当に面白いですよ。また聞かせてください」

「そうですか？　だったら次は南洋の島の――」

「――ソール」

クルトはソールの肩に手をかけ、違和感に気づいた。

痩《や》せた？　いや――？

不審に思いながら、クルトはソールの髪に近いところへ顔をよせた。低い声でささやく。

「冷たい菓子を持ってきている。食べないとぬるくなってしまう」

ソールはかすかにふるえた。

「クルト、だが客人も――」

すっと、レナードが立ち上がった。

「お気づかいなく。私はそろそろ帰らなくてはならない」

ソールもあわてたように立ち上がる。するとレナードは胸に手をあてながら一礼した。一介の書店主に対するにはていねいすぎる礼だった。だが、学者相手の礼儀だと考えれば、的をはずした感じもしなかった。

なるほど——と、クルトは不本意ながら感心した。ニールスが外交で評価される理由がわかったと思う。この男は相手の外見や身分だけで自分のふるまいをきめていない。相手の本質を見通して、適切な態度をとっているのだ。顧問団に入ったとき、このような洞察はクルト自身にも必要となるだろう。味方につけておきたい人間なのはたしかだ。

たしかだが——

いまはむしょうに苛立つので、早く行ってほしい。

そう内心が叫ぶのを抑えて、クルトも手をさしのべる。

「またお会いしたときは、どうぞよろしく」

「こちらこそ」


店の扉が閉まると、ソールが不思議そうにクルトをみた。

「レナードとは初対面だったんだな。なんだか、きみらしくなかったぞ」

「そうかな。何もないよ」

ソールはまったく鈍いんだな、とクルトは思った。自分に向けられたレナードの興味——あやふやとはいえ明白な好意だ——にも気づいていないようだし、クルトが勝手にレナードへ対抗心を、ほとんど嫉妬にも似たものを感じたとも思っていないらしい。

「ソール、まだ店は開けておくのか？」

「ん？　ああ、こんな時間か……。もう閉めてもいいな」

ソールは鍵や鎖を取り出して椅子を立った――直後、ガチャンと大きな音がした。

「どうした？」

クルトはあわてて走り寄った。のぞきこむとソールは顔をしかめながら床にしゃがみ、かったるそうに鎖を拾っている。クルトを見上げて自嘲めいた笑いをもらした。

「昨日から物音に妙に敏感でね。うるさいのがつらいから、あまり扉に近寄らないようにしていた」

「ラジアンから、道で倒れていたと聞いたよ。大丈夫なのか？」

「ああ、それなんだが――」

ソールはしゃがんだまま、鍵を手の中でもてあそんでいる。

「覚えてないんだ。どうしてそんなことになったのか。とくに何か失くしたりもしていないし、単につまづいたのかと思うんだが……まったく、僕のくそったれな記憶力までポンコツになったのかと思うと、気が滅入るよ」

「ソールはポンコツじゃないし、鍵は俺が閉める」

クルトはソールの手から鍵一式と鎖を取り上げようとした。と、下の方を引っ張られる。ソールのもう一方の手がクルトのシャツをつかんでいる。

「クルト……来てくれてよかった……」

心細げな声がソールの唇からもれ、クルトは細い肩に腕を回した。

「前も熱が出たといっていたじゃないか。調子が悪いときもあるよ」

クルトは床に膝立ちになって、ソールのひたいに唇をつけた。

「ここは俺にまかせて。まずは食事だろ。それから上で休もう」

「クルト、もし――」

ソールは何かいいかけて口を閉じた。

「ん？」

クルトは問い返したが、ソールは無言だった。ただ首を横にふる。砂色の巻き毛が揺れた。

「なんでもないんだ。食事、ありがたいな。きみが来てくれて助かるよ」


その夜、寝台でソールを抱きしめ、愛撫を重ねながらも、クルトは頭の片隅で、どうすれば離れているあいだもソールとつながっていられるのかと考えていた。いまのように体を重ねているときなら問題ない。魔力などなくても、どこを刺激すればソールが喜ぶか、悶えるか、安心するか、クルトはもう隅々まで彼のことを知っている――と思う。もっとも今日のソールはすこしいつもとちがっていて、つねの静けさがなかった。街路で保護されて自信をなくしたのか、クルトとふたりきりになってからは、やけに不安な面持ちだった。

夕食後、めずらしくソールの方からクルトを求めたのは、そのせいか。

まだ夜も早い時間にふたりは寝台に倒れこみ、深く口づけを重ねる。舌を絡ませあうと、ソールの腕がクルトの首にすがりつくように巻きつけられる。口づけながらクルトはボタンをはずしてソールの胸をさらし、指でつまむようにしてこする。足をからませ、離れた唇を喉におしつけ、甘嚙みする。

悲鳴をこらえたような気配があった。吐息があふれ、細い体がしなる。クルトは片手でソールの服を一気に脱がせ、肌と肌を重ねあわせる。

乳首を舌でねっとりと舐《な》めあげると、ソールは「あっ……あ――」と高い声をあげそうになり、あわてて両手で口をふさぐ。クルトにしたって、ソールの声を聞きたいのだが、開け放した窓から入る風が日よけをぱたぱたいわせているからそうもいかない。その一方で、声を殺して悶えているソールはクルトの欲情をもっと煽《あお》りもして、クルトは舌と指の愛撫をもっと下の方へ、ソールの中心へのばしていく。

「ああ、クルト――」

覆いかぶさりながらソールをうつぶせにすると、尻のあいだを割ってそっと潤滑油をなじませる。ソールは枕に顔をおしあて、クルトがすべる油で濡らした指で背中をたどるたび、ふるえながら吐息を吐く。クルトが彼の内部へ指を侵入させるだけで、いつしか前も立ち上がり、しずくをこぼしている。指をふやし、中をまさぐるたびに、ソールは枕に顔をおしつけるが、それでも泣くような声がもれるのをとめられない。クルトは焦らすように内側をまさぐり、指を抜く。

「あっ……」

ソールの喉から失望のような、驚きのような声がもれる。クルトは自身の怒張をソールにおしあてながら背筋を噛む。こらえきれないとでもいうようにソールがふるえ、クルトを求めて腰をふる。

「クルト……ほしい……きて……」

年上の男の細い腰をとらえ、クルトはゆっくり彼をつらぬいていく。ソールは息を吐き、クルトをむかえいれる。ソールの中は熱く、性急に動いて傷つけてはならないとわかっているのに、体はクルトの意思のままにはならない。もしかしたらソールも同じなのかもしれない。快感を重ねるようにたがいの腰が自然に動き、だんだん激しくなる。

「クルト……好き……あっあああ」

ソールの声に胸がいっぱいになりながら、クルトはさらに激しく彼を追い上げていく。いつもこうやって、肌と肌で話していられるほど近くにいられるのならいい。ソールがどこかで倒れているのではと心配することもないし、別の男に気を取られているのではないかと、よけいな嫉妬をすることもない。

いったいどうしたらいいのだろう？

ふたりとも、汗に濡れながら絶頂に達し、はあはあと息をつく。クルトはソールのぐったりした体を横抱きにして、髪の生え際から首筋へ手をすべらせる。自分ではない存在とこんなに近い距離でいられるなんて、いったいどんな奇跡なのだろう。しかし奇跡というのは儚《はかな》いものだ。どうしたらこれを留めておけるのだろう。

「朝までいられるといいのに」

ぽつりとソールがつぶやき、次の瞬間息を飲んだ。

「いまのは、聞かなかったことにしてくれ……」

「俺もそうしたい」

クルトはソールの首筋に唇をおしあて、強く吸った。

「ソールが眠ったら帰る。それまでいさせて」

「噛むなよ」

ソールはクルトの腕の中でもごもごという。

「痕になるっていったろ……」

腕の中の体は汗が乾いて、すこし冷えてきたようだった。背中をさすりながらクルトはささやく。

「ソールは俺のだから、しるしをつけておく」

「必要ないよ、そんなの……」

ソールの声は眠そうだった。

「しるしなんてなくても、僕はきみのものだ」

ことんとクルトの胸に頭が落ちた。すやすやと寝息が聞こえる。

クルトの中に、どうしたらいいのかわからないほどの愛《いと》しさがこみあげてくる。これはまちがいなく奇跡の一種だ。

そうとしかいえない何かをいま、与えられたような気がする。

5　かさ

物音が聞こえた気がして目が覚めた。

部屋は暗かった。横になったままみえる窓の向こうも真っ暗で、夜明けまではまだ遠いらしい。

「クルト？」

僕は寝ぼけていたのだろう。名前を呼んでから、そんなはずはないと気づいた。この前クルトが店にきたのは、レナードが訪ねてきた日の夕方のこと。今日の僕は店を閉めたあと、ひたすら読書についやしていた。眠ったのは真夜中をすぎてからだった。

入口の床板はすこし浮いているらしく、昔から踏むとギシギシ鳴る。この部屋に誰かいるのか？　まさか。

「そこに誰かいるのか？」

それでも僕は体を起こし、暗闇に声を投げた。

なんの音もしない。気のせいだろうか。

休息が足りないのだろう、ひどくだるかった。のろのろと起き上がり、ランプをつける。オレンジ色の光が部屋を照らした。

やはり誰もいなかった。気のせいだ。この前不覚にも道で倒れてからこっち、体調はぱっとしなかった。物音に過敏になっているのはわかっていたが、音もしないのに目が覚めるとは。施療院の薬も効いていないのか。ついでだ、水を飲んでおこう。僕は裸足《はだし》のまま部屋を横切った。

扉の近くにくると、やはり床板がぎしりときしんだ。

ふと僕は立ち止まった。

嗅ぎなれない匂いがしたのだ。煙の……煙草《たばこ》の匂いのようだった。

この店にあるはずのない匂いだ。先代のカリーの時代から、パイプを持った客はこの店に入れていない。僕が店を受け継いでからというもの、万が一火種が落ちて火事になったらどうするんだという偏執的な恐怖も手伝い、この規則はさらに徹底されている。路地のベンチは締め出された喫煙者のためにあるようなものだ。

夏の夜なのに背筋がぞくりとして、僕はその場に硬直した。たしかに煙草の匂いだ。すこし焦げた、香ばしい灰の匂い。それに音も聞こえないだろうか？　炎が木をなめ、はぜる音。

いや、これは僕の記憶の中の音だろうか？　この匂いも――

あまりにも感覚をとがらせようとしたせいか、突然耳鳴りがはじまって、僕はゆっくりと首をふる。とたんに匂いはわからなくなった。頭をめぐらしてみるが、ランプの光で照らされた室内に異変はない。

夢でもみていたのだろうか。

階段を下り、冷たい水で手と顔を洗った。鏡に映る顔はひどく青ざめていた。裏口、キッチン、店と順に、ランプを灯しながら歩く。裏口は閉まっていたし、店の中もとくに異変はないようだ。すこし安心してキッチンへ戻ったとき、テーブルの上の埃に目がとまった。

埃？　昨夜はきれいに拭き上げてから眠ったはずだ。

僕はランプを下げて埃をつまんだ。軽く指先でほろりと崩れる。細かい粉と屑《くず》がまとわりつく。燃えがらだ。煙草の葉の……。

恐怖に喉がつまった。

僕はしばらくその場に硬直していた。必死で耳をすませたが、聞こえるのはぽとり、ぽとりと水桶《みずおけ》にしずくの落ちる音だけだ。木がきしむ音もしなければ、足音もしない。

どのくらいそうして固まっていたのか、足がしびれたようになって、また耳鳴りがはじまった。頭の中でうなるような音が響く。

動け。足を動かして、階段をのぼるんだ。そして眠れ。

何度かいい聞かせてやっと歩き出すことができた。そうなると今度は逆に、じっとしていられなくなった。僕は転びそうな勢いで階段を駆けのぼり、まっすぐ寝台に飛びこむと、上掛けを頭からかぶって目を閉じた。

どうやら朝まで、寝たふりをして過ごすことになりそうだった。


「侵入者だと？」

ラジアンがいった。いつものように騎士服をきっちり着て、岩盤のように安定した姿だ。

「たぶん――だが自信がない」

僕はぼそぼそとつぶやく。

「夢をみたのかもしれない。夜中は煙草の灰だと確信していたが、朝になるとそうともいえない気がして……」

「ソール、眠れているか？」

「あまり」

昼間の光の中では、夜に感じた恐怖はまぼろしのようにしか思えなかった。

朝になって、店に立ち寄った警備隊に夜中の異常について話すと、昼にラジアンがやってきた。こういうときはやはり、警備隊や騎士を頼もしいと思う。もっとも、ひと通り周囲を確認してもらっても、特に異常はなかった。なくなった物もないし、周囲の店や家に物盗りが入ったという通報もない。

「あいつはいなかったのか。ほら――あの学生」

「クルトなら……毎日来られるわけじゃないし、夜中まではいないから」

ラジアンは鼻を鳴らした。

「まったく、肝心なときに……」

いったいラジアンは何をいってるんだと僕は思ったが、ほんとうは心の奥に、クルトがここにいればいいのにという気持ちがまだくすぶっていた。だめだ、と僕は自分にいい聞かせた。クルトはそんな立場じゃない。

「僕の気のせいかもしれない……というか、その可能性は高い。ここ何日か、かなり変なんだ。戸締りを心配するより、施療院に行くべきなのかも」

ラジアンは僕を正面からみつめ、真面目な顔でいった。

「ソール……おまえはまともだぞ」

「そんなのおまえにわかるか。僕は自信ないね」

「とにかく、また異常があったらすぐに知らせるんだ。この通りの夜警を増やすように進言しておく」

「あまり警備隊がうろうろすると客が怖がるよ」

「うしろめたいやつは勝手に怖がっていればいい」

気をつけろとしつこく念を押し、ラジアンは出て行った。気をつけろといわれても、きちんと施錠するくらいしかできることはないとも思ったが、僕は神妙にうなずいた。

夕方になってクルトが店にやって来たが、妙にそわそわして心そこにあらずといった感じだった。どうしたのか訊《たず》ねると、これから家族の待つ屋敷へ戻らなければならないのだという。

「ごめん、今日は早く出なくてはいけない」

「気にするな。だいたい、ハスケル家は避暑には行かないのか？」

学院はもう夏の休暇に入っている。いま残っているのは、試験の結果が思わしくなくて補講に明け暮れている者か、王都の外へ行く場所も手段もない者――かつて僕もそうだった――だけだ。

店を訪れる学生は目にみえて減り、イーディも実家に帰った。学生に限らず、暑い王都から涼しい場所へ逃れる人々がふえたせいか、店はここ数日閑古鳥が鳴いていた。

「ああ、家族は……行くだろうけど……」

クルトの口調は歯切れ悪かった。

「俺は――行かないと思う」

「どうして？　ご家族と過ごすのはひさしぶりじゃないのか？」

「両親には王都の屋敷でいつでも会える。ソールに会えなくなる方が問題だ」

彼がそういうと、僕の心臓はどきりと跳ねる。

「何いってる。僕は王都を離れられないんだ。きみはせいぜい涼しいところで過ごしたらいいのに」

「ソールがいないなら意味ない。今日だって……」

クルトはひどく浮かない顔をしていた。僕はいったいどうしたのかと思った。

「進路については大丈夫なのか？　何かうまくいかないことでも？」

クルトは顔をしかめた。

「いや、大丈夫だ。もう行くよ」

それなのにまだ、気が進まないため息をつくクルトの様子が気がかりで、僕は結局、夜中の奇妙な出来事については話さずじまいだった。


真夏と真冬は、客足が完全に途絶える日が何日かある。例年ならこんな時期には、溜《た》めっぱなしの雑務を片付けたり、時間がないからと読まずに積んでいた大部の書物に手をつけたりするものだ。

だが今年はうまくいかなかった。いちいち気が散るのだった。窓の外で鳩がカサコソする音や、吊《つ》るした虫よけのハーブが揺れるような、ささいなことに気をとられる。さもければ耳鳴りがはじまって、頭を揺らすと視界がぼやける。

何かがおかしかった。カルタンの診察を受けようにも、この体調では森の施療院まで出向くのもつらい。緊急の場合は学院に連絡すればいいのだが、警備隊にことづてを頼むのも大げさだ。セッキに相談するにも師団の塔まで行かなければならない。これだけ周囲の刺激に過敏になっているいま、街中でまた倒れたら、と思うと不安だった。

まったく、魔力がないとは不便なものだ。不審な夜から三日、クルトも姿をあらわさなかった。王都には緊急事態も起きていないようだし、ほとんどの貴族は涼しい自領や避暑地で過ごす季節だ。クルトも行ってしまったのかもしれない。

もし彼が僕に何も告げずに王都を離れたのだとしたら、あまり嬉しくはなかった。でも失望はすまい、と僕は思った。今後はもっとこんなことが増えるはずだ。

王宮に入るとどうなるのか、直接知っているわけではないが、昔ヴェイユに聞いた話だと、市井の人間には想像もつかないほどの激務になる場合もあるらしい。ヴェイユが王宮への野心を持たなかったのも、彼の学究心もさることながら、周囲にいる王宮勤めの者たちのようになりたくない、ということらしかった。

クルトがここへ来なくなるのも、いずれは数日どころでなくなるだろう。

――と、こんな調子で語ってみると、僕は冷静にこれからのことを考えているように思われるかもしれない。しかし実際は、クルトがこの店に来て僕の近くにいると、まったく冷静には考えられなかった。彼に僕の手が届くところにいてほしくて、無意識に体が動きそうになる。さすがに明るいうちは自制しているが、寝台で抱きしめられるとだめだった。羞恥も何もなくクルトを求めてしまうのだ。

深夜にクルトがいなくなり、翌朝ひとりで目覚めると、体にぽっかり穴が空いたような気がした。僕はいつも先に眠ってしまい、クルトは僕が気づかないうちに敷布から何から、すべてを整えて立ち去っている。清潔な布の上で眠るのは心地よかったが、クルトの匂いもなくなってしまうせいか、ひどくさびしくもあった。

ぼうっとしていたので、突然店の扉が開いたときははっとした。

大柄な男がするりと入ってきて扉を閉める。はじめてみる客だ。

「やあ。ここが、カリーの店ですね。涼しいな」

僕は座ったまま、ええ、とかなんとかいった。男はぐるりと首をめぐらせ、周囲の書架を眺めている。

商人のような身なりだが、ギルドのしるしもなく、どこか得体がしれない。服の上からもしっかりした体つきがわかった。体格だけみれば、まるで騎士のようだ。

「なるほど、さすがだ」

満足した様子で男はうなずき、ふところに手を入れると、パイプを取り出した。

僕はすばやく声を投げた。

「ここでは煙草は禁止だ」

「おや、悪かった」

男はいいながらもパイプをしまおうとせず、手に持ってくるくる回す。

眺めていると急に気分が悪くなった。パイプ？　煙草……。

突然、真っ黒な煙が視界の正面から覆いかぶさってきたような息苦しさと恐怖が僕を襲った。数日前の夜がありありと脳裏に蘇る。床板がきしむ音が聞こえ、かすかな煙の匂いがして……。

「おや、大丈夫ですかな？」と男がいった。

「暑いときに申し訳ないが、稀覯本《きこうぼん》で名高いカリーの店だ。探し物があって来たんです」

僕は男に焦点を定めようとした。指先にひっかけて回転させている、パイプの吸い口に目がとまった。銀色の、突き出た枝のような形。いったいこれはパイプなのか？

「ご存知でしょう。『宇宙の理法について』とか——そんな名前のつくものを」

そのとたん、僕の口の中はカラカラに渇いた。

「そんな書物はない」

舌が喉にぺたりとくっついたようだった。ひき剝がそうとすると、しゃがれた声が出た。

「残念だが、無駄足だ」

「いえ、ある。あなたの頭の中に」

男はにやりと笑った。

「ちょっとした暗示をかけるだけの安い仕事のはずだった。あの日は一旦引き下がったが、あなたについて調べなおしたんだ。まさか『閉じられた本』に出会うとはね」

男はまたパイプを回し、一歩こちらに近づいた。だしぬけに、巻き戻されるように僕に記憶が蘇った。街で警備隊に保護されたあの日、僕は路地に引きずられ、小部屋に連れこまれた。そして――

この男は僕に〈侵入〉しようとした。それが無理だとわかって、この道具で僕を脅かそうとした。僕の意識がなくなる限界まで魔力を奪って――

男はさらに近づいてきた。もう僕の目の前にいる。

口を開くとやはりしゃがれた声が出た。

「僕をどうしようと何も出ないぞ。〈侵入〉はできないとわかったはずだ」

「いえ、たとえ暗示をかけられないとしても、まだあなた自身に用がある」

「暗示って……？」

「ああ、それはね。あなたがクルト・ハスケルに興味をなくす暗示」

僕を上から見下ろしながら男はまたにやりとする。うすい唇のはしがめくれて、肉食獣めいた表情を作った。

「辻占《つじうらな》い程度の仕事だよ。クルトの結婚にあなたが邪魔なので、しばらく引っこんで欲しい向きから依頼があっただけだ。貴族の子弟にはよくやってる仕事でね、終われば解けてもかまやしない。だがあなたが例の事件の生き残りなら、またちがう話になってくる」

男の指先で、パイプがまたくるくる回った。

「あなたがほしい。その、頭の中身がね。そこには『閉じられた本』があるんだろう？」

僕は回転の中心をみつめた。

どういうわけか今度はそれが襲いかかるのを見逃さなかったし、遅れなかった。僕は飛びあがるように立ち、急に体内にわきあがった不思議な力にうながされたように、ひりついた喉をむりやり開けた。

頭上に銀色の線が降りかかってきた。まるで滝のようだ。

だが僕はいま、その滝に刃向かうようにひとつの言葉を発していた。

――僕は〈彼〉の名前を呼んでいた。

僕は祈りをささげていたのだ。きっとこの瞬間がすぎれば、僕はまた忘れてしまうのだろう。だがいまだけは祈れるのだと思った。燃える書物の炎で失われた〈彼〉がそこにいたのだ。僕の魔力を糧にして、僕の頭に納められてしまった〈本〉から、僕自身を守るために。

パイプが弾《はじ》かれたように真上に飛び、ついで床に落ちた。みえない力の衝撃で大柄な体が扉の方へ飛んでいくのと、扉が開いたのは同時だった。聞きなれた声がひびいた。語尾をすこし引き伸ばしたような、甘い抑揚をもつ声だ。

「ソール？」

男は書架にぶちあたり、書物がその上に降りそそぐ。だが彼はすぐに体勢を立て直した。動物を思わせる敏捷《びんしょう》な動きで跳ねるように立ち上がると、驚いた顔のクルトの前に飛び出し、押しのけて外へ駆け出す。

「おい、おまえっ……」

「クルト、追うな――」

一瞬だけ、裸眼の僕にクルトの魔力が〈視えた〉。

ほとんど反射的に男を追って、感覚を伸ばそうとするクルトをとめなくてはならなかった。あの男はいまは手負いで、危険すぎる。僕はクルトに念話を放った。

『追ってはだめだ。ヴェイユを呼んでくれ――』

そして世界は急速に平坦《へいたん》になった。

クルトの前で、ソールが床に崩れるようにして、うずくまった。

クルトは寸前で間に合わなかった。駆けよって触れた手首の冷たさにどきりとする。頭を打っていないことと、脈があることにほっとした。呼吸もしっかりしているが、意識がない。

意識。

さっきクルトの意識に届いたのは、たしかにソールの〈声〉だった。切迫した、しかしゆるぎない確信に満ちた念話が、あの妙な男を追いかけようとしていたクルトを止めたのだ。

しかもそこには魔力があった。扉を開けた一瞬、たしかにクルトは〈視た〉。これまで他人から感じたことがなかったくらいの圧倒的な力が空間に充満し、それがあの男から伸ばされた力を跳ね返していた。それにあの男が操っていた力も、青みがかった銀色の光輝を帯びていて、ふつうの魔力の気配とはちがった。

しかしいまのソールに魔力の気配は感じられない。クルトが念話で呼びかけても、固い防壁が立ちはだかっている。ソールの〈声〉の背後にあった膨大な力は拭われたように消え、開け放たれた扉からは屋外の熱い風が吹きこんでいる。無惨に散らばった書物のページがぱたぱたとめくれていた。

いったいあれはなんだろう？

いまここで何が起きたのか、クルトにはまったくわかっていなかった。何しろここ数日というもの、ハスケル家で父と激論を交わしていたのだ。もちろん、父がまとめようとしている結婚話を断るためである。

おかげでクルトは期せずして、自分がこれまでかぶっていた「出来の良い息子」という皮をすっかり脱いでしまうことになった。父と、売り言葉に買い言葉でいい争ったあげく屋敷を飛び出して、ソールに会うためカリーの店へ駆けこんだのだ。

——そうしたらこんなありさまである。

ソールの〈声〉はなんといったか。ヴェイユを呼べといったのだ。しかしあの厳しい面持ちの師に直接念話を飛ばすのはためらわれた。ソールを抱きかかえて階上へ運びながら、クルトがまず念を送ったのはアダマール師だった。

『どうしたんだね、クルト』

いつもと変わらずおだやかな師の声は、ソールの店を襲った男と、ヴェイユを呼んでくれといったソールの〈声〉について話したとたん、一変した。

『ソールはどんな状態だ』

『意識がなくて——いま、寝台に運んでいるところです。呼吸も脈もありますが……』

『魔力は？』

『感じられません。……いつもとおなじです』

『頭を揺らさないように。我々が行くまで、魔力の出口になる部分をできるだけ温めてやりなさい。わかるな？』

『はい……わかりますが……』

アダマール師に答えながら、クルトはソールを寝台に横たえた。階上の部屋はとくに変わりがなかった。寝台の近くの書棚は、ソールの好きな書物で埋められている。船や海岸の地形、風、鳥、波についての書物。そして物語——少年が読むような海賊のおとぎ話から魔術がらみの恋愛小説まで。すべて海を主題としたものだ。

アダマール師はさらに念話を続けた。

『それから、そうだな。歌いなさい』

『歌？』

『そなたの癒しの歌だよ。周囲に聞こえてかまわんから、思いきり歌うんだ』

『アダマール師、俺は——できるんでしょうか？　意識して歌ったことはないんです』

ため息のような感覚が伝わった。

『大丈夫だ。やりなさい。そして我々が行くのを待ちなさい』

師はそう伝えると念話を打ち切った。

寝台に横たえたソールは熟睡しているようにもみえたが、夏のさかりなのに手も首筋も冷たく、クルトは不安にかられた。

温めるようにという指示に従い、まずソールの手首をゆっくりさする。魔力の出口はひとの体の数カ所に点在している。手首、肘の内側、ぼんのくぼと頸椎《けいつい》。腰のくびれの中心。

ソールのシャツの襟もとをくつろげ、細い首のうしろに手のひらをあてる。これまでも、ここに何度も口づけして、ソールが甘く吐息をもらすのを聞いた。いまは壊れやすい陶器で作られているようで心もとない。起きてくれと念じながら力の抜けた重い体を見下ろし、意を決して靴を脱ぐと、自分も横たわってソールを背中から横抱きにした。

初めて聞いたソールの〈声〉は肉声よりも抑揚に富んでいたが、この冷たい体にまた熱がこもり、いつもの声で自分に話しかけてくれる方がずっといい、と思う。目覚めてほしかった。知らぬうちにクルトは祈り、祈りながら歌い、歌うことに集中した。ほのかに温かさが戻ってきたような気がしたが、錯覚か、思いこみか。

どのくらいの時間が経《た》っただろうか。突然、腕のなかの硬い体がゆれた。

息をつめたクルトのそばで、数十秒のうちにソールの体に熱が戻ってくる。胸がはっきりと上下し、熱く息を吐く。

「ソール？」

クルトはささやき、体を起こした。ソールをあおむけにして枕の位置を整える。ソールは何度か苦しそうな息をあげ、ひゅっと喉を鳴らすと、自動人形のような動きで急に起き上がった。くしゃくしゃになった髪がゆれ、首ががくんと横を向く。暗い眸がクルトをみつめて何度かまばたきする。

「クルト？　僕は――」

嬉しさのあまりクルトは無言でソールを抱きしめたが、そうしながらも階下にあらわれた人の気配に気づいた。師たちが到着したのだ。クルトは知覚をひろげ、アダマール師とヴェイユ、それにラジアンがいるのを感じた。あいつも来たのか。

「ソール。目が覚めてよかった。アダマール師やヴェイユ師が来てる」

「僕は……そうか……」

ソールは髪をかきあげた。クルトに聞こえないくらいの声でぶつぶつとつぶやいている。

「あの男……――ヴェイユに話さないと」

ソールがつぶやくと同時に、クルトにアダマール師の念話が通じた。

『クルト、ソールの具合は？』

『いま気がつきました！』

クルトは乱れた服を直し、靴をはいた。ソールはまだぐったりした様子で寝台の背板にもたれている。

『だと思った。そなたの歌の効き目、なかなかだな。体の痛みがとれたぞ』

白いローブの師たちが部屋に足を踏み入れると、強力な魔力の光輝でクルトの視界が明るくなった。ソールがまばたきし、ひどく動揺したのがクルトにはわかった。

アダマール師の背後でヴェイユの鋭い視線がクルトを射て、ついでソールの上をさまよった。


「これは二五番の左の方だ」

クルトは拾った書物の埃を払うとラジアンに渡した。ページによれやひどい汚れがないかはすでに確かめてある。

「よく覚えているな」

ラジアンが鼻を鳴らしたが、半分は埃のせいで、半分はクルトをからかっているらしかった。

「悪いか」と、クルトはそっけなく返した。

ひどく理不尽な気分だった。到着した師たちは、クルトとラジアンをすばやく階下へ追い払ったのだ。ラジアンは当然といった様子で階段に足を向けたが、クルトは納得いかなかった。

「アダマール師、俺は――」

反論しようとしたクルトに断固とした声でヴェイユがいった。

「クルト。階下は大変な様子だった。私たちが話している間、騎士とふたりで多少は片付けてやってくれ」

アダマール師が駄目押しのようにつけくわえる。

「そうだな。そなたは店にも詳しいだろうから、ソールも助かる」

クルトがさらに苛立ったのは、ソールもあきらかに師たちに賛同していたからだ。しかし、だるそうに背板にもたれたソールに「悪いが、頼む」といわれては、さらにいいつのるのも子供じみている。

あきらめて階下へ行ったものの、今度は別の意味でげんなりした。いったいどんな力がかかればこうなるのだろう。扉近くの書架に納められていた本の大半は床に崩れ落ち、棚板が外れてしまった書架もあった。

「……そんな仏頂面をするなよ。ソールが気がついたのを喜べ」とラジアンがいう。

「もちろん喜んでるさ。でも、なんであんたとこれをやってないといけないんだ」

「ハスケル。俺は年上だぞ。すこしは敬えよ」

クルトは聞かなかったふりで天井を見上げた。

「ちくしょう、まったく聞こえない」

上階にはふたりの師が精霊魔術で結界を張り、クルトの知覚にも、何が話されているのか、どうなっているのかさっぱり感知できない。

クルトのひとりごとはラジアンにしっかり聞こえたらしい。

「師が内密に話しているのをのぞきみしようっていうのか？」

「あんただって気になるだろう」

顔もあげずに返したクルトに、大柄な騎士は眉をあげた。

「もちろん気になるが、魔術について俺は門外漢だ」

「俺は門外漢じゃない」

「おまえはまだ学生だろうが。よけいなことを聞かせて問題にならないようにしているんだ」

「わかってる」

クルトは腹立ちをしずめようと、床の書物をまとめて拾い上げた。

「でも腹が立つんだ。何があったかも教えてもらえないなんて……」

「ハスケル、師やソールを信頼しろ。気持ちはまあ、わかるがな」

「ちくしょう、あんたがそんなに物分かりがいいのも腹が立つ」

「いってろ」

悪態めいた言葉を吐きはしたが、ラジアンの安定した感情はこんなときとても助けになることが、やがてクルトにもわかった。アダマール師の課した任務をひとたび承諾したラジアンは、気分が岩盤のように動かないのだ。この男はおそろしく頑固にちがいないが、信頼もおける。そのせいもあってか、クルトも上階に向けた苛立ちを店の原状回復へぶつけて、ふたりはせっせと働いた。

吊るしたランプの光が目立つようになったころには、歪《ゆが》んだ書架の補強も終わり、散らばった書物はあらかた片付いていた。作業に没頭していたクルトは『上がってきなさい』というアダマール師の声に驚いたくらいだった。結界はいつのまにかなくなっている。

寝室へ上がると、ソールはまた眠っていた。しかし顔色はずっとよくなっているようだ。ヴェイユが部屋中をゆっくり歩きまわっていた。天井や窓、床の絨毯《じゅうたん》をみまわっているらしい。ソールのすぐそばに座っていたアダマール師が立ち上がり、「大丈夫だ。いまは眠らせた」と小声でささやいた。

「ソールが目覚めるまでついていなさい。寄宿舎には連絡しておく」

「何があったのか、俺は教えてもらえないんですか？」

『いまはだめだ』

だしぬけに心へ響いたのはヴェイユの〈声〉だった。

『そのうち教えてやれるかもしれないが、きみにはまだ資格がない』

ヴェイユの声にはクルトをカッと苛立たせるところがあった。クルトの念話にその感情は如実にあらわれたにちがいない。なぜならヴェイユは笑ったからだ。それは教室でときおりみる、かすかに唇をゆがめた、皮肉な笑みだった。

『いったいいつ、俺にその資格ができるんです？』

『卒業したまえ。そしてソールを安心させてやれ』


ヴェイユは店と寝室のいたるところに、防御のための回路魔術の装置を仕掛けていった。理論家で知られるこの教師にそんなことができるなど、クルトには予想外だった。

クルトにはなじみのうすい機械仕掛けを手慣れた様子で扱うヴェイユは、教室で講義をする彼とはまるで別人だった。厳格な教師の顔からは予想がつかない、何やら得体がしれない存在に思える。どちらかといえば、クルトが一瞬しか捉えられなかった、あの逃げた男に似ている気もした。

ソールが目覚めるのを待つあいだ、クルトはぼんやり、寝室の中央に敷いた絨毯に座っていた。以前はこの部屋に床まで大量の書物が積まれていたなど、想像もつかないな、と思う。片付けたクルトですらもう忘れそうになっているくらいだ。

人の記憶はとてもあやふやなものなのだ。クルトはふいに思い至った。目の前にあるものだけを、まるで永遠にそこにあったかのように思いこんでしまう。現実は変化するのに、変化したことを忘れてしまうのだ。

ぼんやりと考え事をするうち、いつしか眠ってしまったらしい。

「クルト？」

はっと目を開けると、ソールが見下ろしていた。

「大丈夫か？」

それはこっちのセリフだ、とクルトは跳ね起きた。ランプの明かりがオレンジ色に部屋を照らしている。ソールが床に膝をついていた。

「ソール、いつ起きたんだ」

「ついさっきだ。きみがいたから驚いた。店もきれいになっているし……」

「アダマール師にソールの目が覚めるまでいるよう命じられたんだ」

そういってから、クルトは自分まで眠ってしまったことの可笑しさに気づいた。

「ごめん、寝てしまった」

絨毯に座りなおし、ソールの肩に手を回す。温かさに安堵すると同時に、昼間ソールを抱きかかえたときの冷たい感触を思い出してぞっとした。考えるまもなくソールの肩口に顔をうずめていた。

「よかった……」

つぶやきに応じるように腕の中の細い肩がふるえ、小さな声がいう。

「ありがとう。今日はきみが来てくれてよかった。もしきみが来なかったら……」

クルトはその先を聞きたくなかった。こうするのがもっとも自然だとばかり、クルトはそっとソールのあごをつかみ、軽く唇を触れる。何度も小さな口づけを落として、恋人が腕の中にいることを再確認する。

手を巻き毛にからめて梳《す》き、なめらかな感触に安堵しながら、どれだけ触れても足りないと思った。何度目かの口づけのあと、やっとソールにささやく。

「何が起きたか教えてくれないのか？　師たちは何もいってくれなかった」

「何が起きたか――か」

ソールは正面からクルトの目をみつめた。底の深い暗い眸がクルトをみつめてまばたきする。まだ背中に回っていたクルトの腕をはずし、絨毯のうえに座ったまま、正面から向かいあった。

「師が教えなかったのなら、僕には話せない。禁書に関わることだから」

「俺は半人前だから」

「クルト、危険なんだ」

ソールは小声で、しかしはっきりといった。

「きみがまだ学生だとか、そんなことは本質的な話じゃない」

「でも、ソール――」さらに続けようとしたクルトを、ソールはさえぎった。

「それにクルト、きみ――結婚するんだろう」

斧《おの》で殴られたような衝撃を受けて、クルトは絶句した。

「ごめん。例の男が僕に話したんだ」とソールがつぶやく。

「なぜ？」

「さあ――」

ソールはつと目をそらして、言葉を濁した。

「僕のことをよく知っていたから、きみについても調べたんだろう」

「それは嘘だ」

クルトは直感で断言したが、何についての嘘なのか、はっきりわかっていたわけではなかった。ただ、ソールの言葉の裏には、何か重要なことが隠されているような気がしたのだ。

「結婚のことは、俺は承諾していない。父が勝手に進めていることで、俺にその気はまったくない」

「そうはいっても、クルト。これはきみの将来の話だ。簡単にきみひとりで決められることじゃない」

「そんなの当たり前だ。俺ひとりじゃ決められない。俺とソールが一緒でないと」

「クルト」

「俺はソールがいない未来なんて、もう考えない」

クルトは思いかえす。ここ数日間はこれまで経験したことがないほどストレスの多い毎日だった。ラブレス家との会食をクルトは口実を設けて断ろうとしたが、結局は出席することになってしまった。その前後の父との直接的な、あるいは婉曲なやりとりは神経をすり減らし、能力試験の緊張感の方がましだと感じたくらいだ。

だが、今回は引くわけにはいかなかった。

理由はひとつではなかった。貴族にとって政略結婚はよくあることだとはいえ、王宮への推薦人を得るために、というのはあまりにも露骨すぎる。そもそも、父の力を借りないと目的が達成できないのであれば、王宮に入る意味もなくなる。いつまでも父の影響に囚《とら》われることになってしまう。

それに加えて、いまはソールがいる。

ハスケルとラブレスの会食は、クルトが固い態度を崩さなかったため儀礼的なものに終始し、父親が期待したような和やかな雰囲気にはならなかった。それに、会食で久しぶりに会ったヘレナ・ラブレスも乗り気ではなかった。記憶通り美しい女性だったが、冷淡で無関心に感じられた。

彼女とは念話で正直なやりとりもできたのかもしれない。だがいまそんなことをすれば、父との確執まで伝わってしまう。

当然のことながら、父は会食でのクルトの態度におかんむりだった。いったいどういうつもりだと、めずらしく余裕のない様子でクルトに詰めよったが、クルトも引くわけにはいかなかった。

これまでも、自分の野心をかなえるためには他人の事情などどうでもいいという父の態度について批判的だったことはある。だがその意味を本当に理解できたのは、それが自分に降りかかってきたいまになってのことだった。

そういう意味では、人間とは身勝手なものだとクルトは思う。人を人とも思っていない父のふるまいをみたのは決して初めてではない。それなのに自分の問題になるまでは、父の非情さをほんとうの意味で理解していなかった。

クルトがもっとも腹を立てていたのは、父が強引に結婚を決めようとしたことではなく――それは貴族の家柄では多分に避けられないことだった――ソールと別れたくないなら愛人にしておけという、父のいいぐさだった。しかも男ならむしろ都合がいいとは、馬鹿にするにもほどがある。

もっとも、こんな家の内情すべてをソールにまくしたてるわけにはいかない。とにかく推薦人についての要点だけを話して、クルトは興奮気味に言葉をついだ。

「俺は父のいうなりに結婚などしない。だからソール……」

「クルト」

ソールは静かに立ち上がった。暗い眸が静かにクルトを見下ろす。

「父上の考えに一理あるのは、忘れてはいけないぞ」

「ソール？」

「きみは嫡子だろう。今回のことがなくても、どのみち結婚からは逃げられない。僕のことは気にしなくていい」

「俺は決してあなたを裏切ったりはしない！」

思わず声を荒げたクルトに対し、ソールはまた静かにいった。

「きみが結婚したとしても、僕を裏切ることにはならない。それにきみは相手が誰であれ、その人を好きになるかもしれないだろう」

クルトは呆然《ぼうぜん》とソールをみつめていた。耳に入る言葉が信じられなかった。

「どうしてそんなことをいうんだ」

「それにその人だって――きっときみを好きになる」

「そんなことにはならない！」

「なるさ、クルト。きみは最初にこの店へ来たとき、僕のことをどう思った？」

ソールはクルトを見下ろしたまま、唇のはしを曲げてかすかに笑った。

「僕はきみともう一度会うなんて思いもしなかったよ。きみだってそうじゃないのか？　だからいま、きみがどう感じているかは、あまり問題じゃない」

「そんなことをいわないでくれ」

まるで引き裂かれるような気がした。座りこんだままでいるクルトの髪にソールの手が触れるが、怖くて目を上げられない。なだめるように髪を撫でられる。その手の心地よさと、聞こえてくる言葉の乖離《かいり》に、胸がつぶれそうになる。

「クルト、僕はきみが結婚しても変わらない。王都を離れることもないんだ。いままで通り、都合がつくときにここへ来るといい」

「そんな問題じゃない。俺は結婚なんてしない。あなたを置いて――」

「馬鹿だな」

ソールは小さくため息をついた。

「僕なら大丈夫だ。目的を達成するためならなんでもやれるのが、きみの流儀じゃないのか？」

クルトは上を向くと、ソールの手をふりはらった。

「あなたは嫌じゃないのか？　俺があなた以外の誰かと――誰かと一緒にいても……俺は嫌だ。あなたがここでひとりで――俺が知らないうちに誰かと笑っていたりしたら……」

ソールの手が宙でとまり、ぽとりと力なく落ちた。ソールはにらみつけるクルトから目をそらした。

「僕は大丈夫だ。クルト。きみだってそうだよ」

窓から吹きこむ風に日よけがぱたぱたと鳴った。さっきから揺れていたのに、気づかなかったのだ。

迷いこんだ蛾《が》がランプにまとわりついている。外では猫が赤ん坊が泣くような声色で鳴き叫んでいた。相手を求めているのだ。

どっと疲れが襲ってきた。今日は長い一日だったな、とクルトはぼんやり思った。長すぎて、何が起きたのかもわからなくなりそうだ。父の屋敷から飛び出し、意識のないソールにぎょっとし、ひどいありさまになった店を片付け、そして――

「クルト、よく考えるんだ」

クルトの内心に逆らうようにソールの声はおだやかで、それがますますクルトの気持ちをかき乱す。

「きみの将来のことだぞ」

「ああ、俺の将来だ」

クルトは言葉を絞りだした。自分が空っぽになっていくような気がした。

「あなたに指図なんてされない」

立ち上がってソールのそばをすり抜ける。まっすぐ階段を下り、裏口を開けると外へ出て、そのまま叩きつけるように扉を閉めた。

猫と虫の声が驚いたように一瞬やんだ。風はあるが、静かで暑い夏の夜だった。頭上に星が散らばっている。

クルトが路地を歩き出すと、何事もなかったようにまた虫が鳴きかわした。猫はもう鳴かなかった。どこかへ行ってしまったのだろう。

自分はどこへ行けばいいのだろう。クルトにはわからなかった。

7　ちぎれ

クルトが走り去ったあと、大きな音を立てて裏口の扉が閉まった。

あの扉は僕には開けることができない。回路魔術で施錠され、鍵を開けられるのはクルトだけだ。ヴェイユならこじ開けられるのかもしれないが。

クルトを傷つけたのはわかっていた。僕に愛想をつかすだろうか。あの扉はまた開くだろうか。

いや、開かなくてもいいのだ、と僕は思う。〈彼〉のように失ってしまうくらいなら、開かない方がいい。


「ソール。我々が予想していた通りだった。そなたの力は消えたわけではない」

クルトとラジアンを階下へ追いやったあと、妙なパイプを持った男の襲撃とその結果について、ひととおり僕から聞き出したアダマール師はおだやかな口調でそういった。

師はいつもおだやかだ。十数年のあいだ、師が取り乱した場面を僕は一度しかみたことがなかった。

パイプ男は僕のことを「閉じられた本」と呼んでいた。おそらくあの男は、審判の塔の、一般人には禁じられている区画に忍びこんだにちがいない。そして僕が例の〈本〉を読んだということ、心の奥底に記憶していることを知ったのだ。

だが、問題はそれだけではなかった。

部屋は静かだった。ヴェイユが結界を張ると同時に、屋外の物音も閉めだしたからだ。

「僕の力はどこかに――僕の意思では届かないところにつながっている、ということでしょうか？」

答えたのはヴェイユだった。

「おそらく、例の〈本〉についての記憶と関連しているんだ」

数年ぶりに聞くヴェイユの声は、覚えている響きとまったく変わらなかった。すこし固く、ぶっきらぼうだ。昔から声にあまり感情が出ない友人で、心で話せばかすかな機敏もわかるだろうが、いまの僕には無理な話だった。しかし彼が、みた目や雰囲気に似合わぬ細やかな性質だということを、もちろん僕は忘れていない。

「あの〈本〉の魔術はまことに厄介だな」とアダマール師がいった。

「おそらくあれはまだ、そなたの魔力を糧にして、この世のどこかに存在し続けている」

「しかしどこに？　それに、いったい何が実際に存在し続けているというんです？　本を書いた人間ですか？　本に書かれた知識ですか？」

「知識は力だ。秩序づけられた力。我らが使っているのはそういうものだ。〈本〉については……紙とインクという物質の形を取らない、なんらかの実体が、どこかに存在するのだろう」

ヴェイユの言葉はいかにも理論家らしかった。僕はまるで学生時代のような懐かしさに襲われる。

「〈本〉は僕の頭の中にある？」

「いや、私はちがうと思う。我々の肉体や心には届かないどこかの次元にあって、ソールが――ソールの力がその場所へ通路を作っているんだ」

ヴェイユは腕を組む。考えごとをするときの癖だった。

「〈本〉がある場所は、そもそも魔力が来たるところなのかもしれない。よく議論しただろう。魔力というものの本質は生き物の能力、生き物が生み出すものなのか、あるいは力はそれ自体で存在し、生き物を通して発現するものか。これで通路仮説に一票が投じられるな」

「では僕が死ねばその通路も――」

「ソール」

ヴェイユとアダマール師、ふたりが同時に声を出した。僕は黙った。ヴェイユがちらっとアダマール師をみる。

「そんなことはいまは関係がない。それよりパイプ男に襲われたとき、なぜソールの力が戻ったかが問題だ」

「たぶん〈彼〉の名前がきっかけになっているのだと思います」

僕がそういうと、アダマール師とヴェイユは顔をみあわせた。

「僕は〈彼〉の名前を認識できない。思い出せないし、覚えられない。つまり誰も僕の口から〈彼〉の名を引き出せない。なのにあのときだけ僕は〈彼〉を呼ぶことができて、そのとたん僕の力が戻った。でもあの男を撃退すると力は消え、いまの僕は〈彼〉を思い出せない」

「〈彼〉の名がそなたの力の鍵となり、かたちを変えてそなたを守っている、と？」

アダマール師は僕を無理やりなぐさめようとしているわけでもなく、僕はかえってそれに救われる気はしたものの、気分は晴れなかった。ヴェイユは部屋を歩き回っている。

「そのパイプ男だが、すぐにあきらめるとは思えない。防御と呼子を仕掛けておく」

回路魔術師のような物言いだった。僕はあっけにとられた。

「いつのまにそんなことができるようになったんだ」

「十年経つからな」

ヴェイユは僕の方をみず部屋をうろうろしている。

「クルト・ハスケルはどのくらいここに来ている？」

「さあ……このごろは三日に一度くらいか？」

今後はどうなるだろうと思うと気が滅入った。目覚める直前、僕はきれいな色の夢をみていた。透きとおった翠《みどり》色《いろ》が揺れ、あわい金色の砂がこぼれる。世界が力ある色彩であふれ、僕は驚きに目をみひらく。あれはクルトの魔力の色かもしれない。

「クルトを守ってやってくれ。僕と関わるのは……彼にとっていいことじゃなかった」

ヴェイユはくるりとふりかえって僕をみた。

「そんなことはない。春以来、あれはずいぶんましになった」

「ソール、すこし休みなさい。クルトにみていてもらおう」

アダマール師が僕のひたいに手を置く。いまのうちに伝えなくてはと、僕は急いで頼んだ。

「クルトには何もいわないでください。危険だ」

「もちろんだ」と師は答えた。


一方的に喧嘩をしたようなかたちでクルトが出ていったあと、僕は顔を洗ってまた寝台に戻った。クルトを失望させたり、傷つけたくはないが、いまはこのくらいの方がいいのだと思う。妙なパイプを回すあの男のおかげではっきりとわかったのは、例の事故から十年経ったいまでも、僕はまだ危険な存在だということだ。

何が起きようとも避けたいのはクルトが危険な目に遭うことと、彼の将来が──僕のように──台無しになることだった。自分のしたことが逆効果にならなければいいがと、僕は不安になる。

親しい相手に重要な事実を知らせない、教えないことで、失ってしまうものもある。とはいえひとの口は嘘をつくし、嘘を吐く自分自身すら欺ける。

ほんとうは欺きたかったわけではなかったし、クルトと離れたくもなかった。しかしこの世には知らない方がいいことがあり、近づくとよくない結果が待ち受けている物事や人間がいる。自分がそうなのだとクルトにじかに伝えたところで、彼が納得するとも思えなかった。

世界は作用と反作用で動いている。自分の行為は世界のどこかへ影響し、いつかどこかへはねかえる。その予測をするのは難しい。

誰にも話していないことがひとつある。パイプ男が最初に僕に近づいてきた目的についてだ。

路地で僕を待ち伏せした日、僕に暗示をかけようとした、と彼はいった。僕がクルト・ハスケルに興味をなくす暗示、と。

男がいう「暗示」は精霊魔術を使える人間にはなじみ深い。強い感情を消し、平らにならしてしまう忘却の暗示だ。施療院ではまれに治療の一環で使われる場合もあるとはいえ、本来他人に施してはならないと、掟で定められている。だが、魔力の少ない普通の人間にこの術をかけるのはかなりたやすいことで、暗示を使って他人の意思を変える裏稼業が昔から存在している。

精霊魔術師が他人の心を読むこと、操ることは掟で禁止されているが、魔術師の裏稼業はなくならなかった。そもそも、裏稼業というものはたいていの専門職につきものだ。僕があきなう稀覯本界隈《かいわい》も無縁ではない。盗品が市場に出回ることも多く、売り手にも買い手にも誘惑の手がのびる。

僕自身はその手の連中とほぼ縁がなかった。しかし市場でもれ聞こえてくる噂では、ルイスは何かと裏の連中を重宝しているという。

パイプの男は辻占い程度の仕事だといった。裏稼業にしては口が軽いが、野良魔術師による小遣い稼ぎのひとつなのだろう。そしてこの仕事の理由がクルトの結婚だとしたら――依頼したのはハスケル家か、結婚相手の家か。

いずれにしても、クルトに近い存在なのはたしかだった。男がクルトへ暗示をかけに行かなかったのは、クルトが精霊魔術を使えると知っていたからだ。魔術師に暗示をかけるのは簡単ではない上、クルトほど魔力が強ければ、逆にやられてしまいかねない。一方僕はといえば、あの男が路地で僕の心へ〈侵入〉しようとするまで、ただの人だと思われていたのだろう。

そしてあの男がクルトの家に関わっているとなると――うっかりすれば宮廷の政争にまで発展しかねなかった。

それもこれも、僕が抱える事情がややこしいからだ。十年前の事故以来、僕は学院と審判の塔の取り決めで、この両者の監視下にある。同時にラジアンとセッキを通じて、回路魔術師団と騎士団の庇護も受けている。このふたつはレムニスケート家の影響下にあるから、僕は政治的にはレムニスケート側といっていいだろう。僕自身の意思がどうあれ、十年前の事件を知っている者にはそうみなされているはずだ。

一方で、ハスケル家が宮廷でレムニスケートと対立する一派を作っているのは、よく知られた話だった。あとは単純な計算になる。間接的にレムニスケートの庇護下にある僕が襲われた。僕を襲った人間がハスケル家に関係がある、そう外部の人間が知ったなら？　これがレムニスケートに知られたなら？　クルトの未来はどうなる？

僕はもうごめんだ。自分の好奇心が原因で、見知らぬ誰かの書いた魔術書に人生を狂わされるのも、誰かの野心や思惑の指に動かされるのも。忠実でいるのは自分の望みだけで十分だ。

それにクルトも、彼自身の野心や望みに忠実であるべきだ。かつて僕がそうだったように、誰にでもその権利がある。


「やはりよくないな。あまり動き回るなよ、ソール」

長身のカルタンとセッキがいると、店の天井はやけに低くみえる。奥の小さな空間にふたりが並ぶとなおさらだ。

「そんなこともない」

仏頂面で腰に手をあてて見下ろしているカルタンに僕はそう返したが、タイミングよくお茶の缶から手をすべらせてしまった。床で響く騒々しい音にイーディのまるい目がこちらをふりむく。

「ソールさん、私、やります」

「いいよ。きみは店をみていてくれ」

アダマール師から連絡がいったのだろう。僕の診察と眼鏡の調整のためふたりがわざわざ来てくれたのは、パイプ男襲撃の翌日だった。帰省していたはずのイーディまであらわれ、僕はありがたく店番を彼女に任せた。

カルタンは僕をしげしげとみつめると「前に渡した薬はまだあるか？」と聞いた。

「ああ」

「ともかく診察するぞ」

「別にどこも痛くはないよ。だるいだけだ」

今日になっても僕は体に力が入らず、気力もなかった。ずっと以前もこんな状態が長く続いたものだが、今日はため息がもれた。一生この変調とつきあうのだと覚悟していても、ほんのすこし前まで体の調子がいいと感じていただけに、落差に気が滅入った。

「お茶くらい俺が入れよう」

呑気な口調で口をはさんだセッキに、イーディがぴしりといった。

「師が？　ありえません。被害を拡大させたいんですか？」

「俺だってそのくらいは――」

「師匠にできないなんていってませんよ。被害を拡大させたいのかと聞いただけです」

「ひどいなあ。せっかくの俺の意欲を……」

「その意欲の結果があの研究室じゃないですか。ソールさんと座っててくださいよ。みなさん上に行ったらいいんじゃないですか。お茶なら持っていきます」

「ああ、そうしてくれ」

カルタンが凸凹師弟を面倒くさそうにみまわした。

「セッキ、出来のいい弟子に任せておけよ。いい年してまだ自分が駄目人間だって自覚がないのか」

「いい年になる前から自覚はある。自覚はあっても、多少いいところをだな」

「おまえがうちの院でその『いいところ』をみせようとした日にどれだけ俺が苦労したか、もう忘れたらしい」

カルタンがニヤッと笑うと、温厚な丸顔に妙な凄《すご》みがついてくる。

セッキは不満げだったが、「わかったよ」とうなずき、背を縮めるようにして階段を上った。

「端的に魔力切れの症状だ。無理しないで騙《だま》し騙し、だな」

カルタンは寝台に横たわった僕を診察していった。

「対症療法しかできないのは残念なんだが――ただ、前からいってるがな、ソール。王都はおまえに向いていない」

「またそれか」

セッキがうろうろと寝室を歩き回っているのを横目に、僕はまたもため息をつく。朝から何度目になるだろう。

「二年前も同じ話を聞いたよ。でも僕が王都を離れてどうなるっていうんだ。この店はどうする」

「こんなに消耗するんじゃなあ。体が参ってしまっては元も子もないだろうが。前からいってるが、王都は人が多すぎて魔力が不均衡なんだ。不安定になるのはそのせいだ。もちろんこれまで同様、耐えられなくなって森へ避難するのはかまわんが、森の近くにも仕事はある。というか、うちで雇いたいくらいだ」

「施療院は嫌だ。それだけは勘弁してくれ」

カルタンに悪いと思いつつ、僕は即座に返した。

「気持ちはわかるが……」

「それに僕が王都を離れるなんて、審判の塔が承知するものか。たまに逃げ出すくらいなら見逃されているが、施療院にまで審判の塔が口を出すようになってもいいのか？」

カルタンは顔をしかめた。

「ソール、師団の塔を通じてレムニスケートに口をきいてもらっては？　騎士団でもいい。騎士の友人から――」

レムニスケートだって？　とんでもない。

「ますます嫌だ。レムニスケートにこれ以上関わったら、宮廷政治に巻きこまれかねない。カルタン、大丈夫だよ。これまでもなんとかやってきたんだ。少々の我慢は慣れている」

「おまえの立場が面倒なのは承知しているがな……」

カルタンは呆れたように首をふり、ふと床を這《は》っているセッキをみとがめた。この回路魔術師はさっきから奇妙な体勢で寝室中を点検していて、おかげで暗色のローブは埃まみれだ。

「おい、何してる」

「ん？　いや、いろいろ防御が仕掛けてあるなと思ってな。王宮みたいだ」

「昨日ヴェイユがやったんだが」と僕。

「あの理論師が？　それは意外だな。うちにスカウトしたい」

セッキは床を這いながら楽しそうに口笛を吹いた。カルタンが足でセッキのローブを払う。

「スカウトだと？　相手はごりごりの精霊魔術師だぞ」

「精霊魔術師なら慣れてる。そこにいるいけ好かない治療師とかな」

「理論師なんて俺の一千倍はたちが悪いぜ」

「たちが悪いくらいの方が師団の塔には向いて――」

「もう！　師匠、お茶ですよ、立ってください！」

唐突に階段から陽《ひ》の光のようにイーディの声が響き、とたんセッキは弾けるように起き上がった。

「ソールさんの部屋で床を這うなんてやめてくださいよ。恥ずかしいでしょ！」

カルタンはやれやれといった調子でまた首をふる。

「とにかくソール。環境を変えることを考えた方がいい。主治医として何度もいうからな」

「わかったよ」

僕はイーディの運んでくれたお茶をすすった。生姜《しょうが》とはちみつの味がする。

「わかってる。ありがとう」

『おまえに黙ってたのは悪かったと思ってるが、話したところでどうにも――おい、なんとかいえよ。いったいどこへ行くんだ？』

どこへ？

クルトの足はなじんだ下町を目指している。カリーの店に行くつもりはなかったが、学院にはいられず、寄宿舎でじっとしていることもできず、父の屋敷へ戻ることもできない。というわけで、あとをついてくるアレクの念話と足音を無視して大股で歩く。

夕刻の喧騒が街路に響いていた。貴族の学生がふたり連れで下町を闊歩《かっぽ》するのが目立つのか、屋台の呼び売りや通行人がクルトたちをじろじろみている。それに気づいたアレクはすこし居心地悪そうな様子をみせたが、クルトはこれも無視した。

「クルト、どこへ行く気だ？」

念話に応じる気がないとあきらめたのか、アレクは足を速めて横にならぶと、今度はふつうに話しかけてくる。

「例の店じゃないのか？」

クルトは親友の方へちらりと視線をやってしまい、しまったと思った。アレクからは、彼がクルトの父にソールについて話した経緯をすでに聞き出していた。アレクを許せないわけではないし、我ながら子供っぽい真似《まね》をしていると思う。だが昨夜のソールとの会話を思い出すと、やりきれない気持ちだけが残った。

（僕なら大丈夫だ。目的を達成するためならなんでもやれるのが、きみの流儀じゃないのか？）

自分のそもそもの目的はなんだったか？　王宮に入って出世すること？　魔術師として名声をあげること？　父親を見返すこと？

黙って歩き続けるうち、いつもの商店街へ入りこんでいた。入り組んだ路地には夕暮れが訪れている。店じまいをはじめた雑貨屋からこのあと本格的に賑《にぎ》わう居酒屋まで、大小の店が軒をつらねる様子を、アレクが物珍しそうにみまわしている。

「兄さん、ソールんとこの！」

物思いにふけっていたせいで、クルトは声をかけられるまで顔見知りの店主に気づかなかった。

「店に物盗りが入ったって？」

「――ああ」

「寝込んでるって聞いたぞ。大丈夫なのか？」

「ああ――たぶん……」

ためらいがちに答えていると、隣の八百屋からも主人が出てきて、クルトに紙包みを渡そうとする。

「あんた、カリーの店行くならこれ持ってってくれ。うちのかあちゃんから見舞いだ」

「ちょっと待て、うちも――」

そこにいろよ、と最初に声をかけた店主がひっこみ、やはり小さな包みを押しつける。

「これから行くんだろう？」

そのつもりはない、とはいえなくなってしまった。クルトはうなずき、すると今度は向かいから出てきたおばさんがエプロンで手をふきながら「何か必要なものがあったら届けるから、いっとくれ」という。

次から次に街の者に話しかけられているクルトを、アレクは最初意外そうな顔でみていた。しかし、そのあともクルトがいくつかの店の前で呼びとめられ、見舞いにと大小の紙包みを渡されたあげく、「ほらあんた、連れのお兄さんも」と自分にも託されるに至って、完全に呆れ顔になった。

『ずいぶん顔が広いな』

カリーの店へ通じる細い道にさしかかると呼び声もなくなって、アレクがほっとしたように話しかけてくる。

『ソールがな』

クルトはようやく返事をした。

『それに人気があるらしい』

『ソールがな』

単純なものだ。どこへ行こうかと迷っていた、先ほどのもやもやはどこかへ消えてしまった。これだけ届け物があれば、店を訪れる立派な大義名分ができたともいえる。喧嘩別れのように飛び出したとはいっても、結局のところ、クルトはソールのことが気になって仕方ないのだ。

恋人が近所の人々に心配されているのも悪い気はしなかったし、彼らに自分がソールの店に属する存在だと思われているのも嬉しい。ここは何事もなかったように、まずはソールの顔をみにいこう、とクルトは例によって持ちまえの切り替えのよさを発揮した。ソールが自分のことをどう思っているのであれ、とにかく自分がソールの近くにいたいのは変わらないのだ。

そう結論を出すと急にすっきりして、ガサガサと音を立てる紙袋をかかえ、今度はためらいのない早足で歩いていった。

カリーの店近くのベンチにはいつもの老婆が座っていた。クルトが通るときちんと描いた眉をあげ、前置きもなく「何やら賑やかだよ」と教えてくれた。

「魔術師のお兄さんたちが来てるようだね」

「そうか。ありがとう」

魔術師？　アダマール師だろうか。ソールに害なす者でなければ誰でもいい。いきおいよくばたんと扉を開けると、暗色のローブ姿がぬっと前に立ちはだかった。さらに弾むような声が響く。

「師匠、お客さんを脅かさないで――」

ローブの男はクルトの顔と荷物を眺め、間のびした声でいった。

「大丈夫、客は客でもソールの客だ」

「クルト先輩！」

イーディが男のうしろから顔をのぞかせた。いつのまに自分は先輩へ格上げされたのだろうかとクルトは思った。

「遅いじゃない。それお土産？　あ……」

イーディはクルトの背後にアレクの姿も認め、急に口ごもった。

「商店街の人たちから差し入れだ。遅いって？」

「あなたが来ないはずないでしょう」

「誰が来たって？」

ローブを着た大柄な影がもうひとつ、扉のところへあらわれた。長身の男たちが戸口をふさいでいるおかげで、クルトが店に足を踏み入れる隙間もない。だがこの相手ならクルトは知っていた。施療院のカルタン師である。向こうもしっかりクルトを覚えていたようだ。

「きみか。いいところに来た。その荷物はなんだ？」

「これはあの――」

「まあいい、早く中に入れ。きみの魔力をちょうど必要としていたところだ」

「いったいなんです？」

灰色のローブを着た治療師は、クルトの言葉を聞いていなかった。

「うしろの学生は友人か？　かなりの魔力持ちだな。ますます都合がいい」

アレクの不審な表情も意に介さず、「セッキが組んだ防御回路がとんでもない代物でな」といった。

カルタンの隣で暗色のローブの男は鼻をこすっている。日暮れもあってあたりはどんどん暗くなりつつある。店内も暗いが、魔術師たちが放つ魔力の光輝は十分に強く、クルトの目にはっきりとみえる。

「始動に相当な魔力が必要だというから、ヴェイユに来いと伝えたばかりだが、きみがいるなら足りるかもしれん」

「ソールは大丈夫ですか？」

「疲れている。いまは薬で眠ったところだ。とにかく、入ってセッキに——ああ、その美味そうな匂いがするのは私が持つから」

にょきっと腕を伸ばしてクルトの腕から差し入れの袋を奪いとると、カルタンはうしろにさがり、通路をあけた。


「いやあ、魔力が多いって便利なもんだなあ。その美形のきみも、そっちのいい感じのきみも、いいねえ」

回路魔術師のセッキはのんびりした雰囲気で、かつ呑気な口調で話したが、人使いはとても荒かった。到着したばかりのクルトとアレクは、セッキが開発した防御回路に延々と魔力を注入させられた、ついにアレクが根をあげると「あーもうだめ？」と平然といいはなつしまつである。

あわてたカルタンが割って入り、魔力切れの危険を避けるため、アレクを休ませた。

とはいえカルタンも、クルトが森の施療院で会ったときとはすこし印象がちがった。ふらりと書物を買いに訪れた市井の魔術師といった雰囲気で、施療院の副院長の威厳はどこかへ消えている。そういえば昨日のヴェイユも、学院で会うときとはかなり印象が異なっていた。

「セッキ、私の仕事が増えるから無茶をさせるな。それに彼ら、学生なんだぞ。学院にバレないようにしたいんだ」

「あー？　でも学院の教師を呼ばなかったか、俺たち？」

「ヴェイユは別枠だ」

店の奥のテーブルに置かれたセッキの防御回路は、クルトがはじめてみる装置だった。みた目は腕輪のようだが、宝飾品とみまごうほどに美しく複雑な回路が表にも裏にもびっしりと刻まれていて、乾いた砂のように魔力を吸いこんでいくのだ。

アレクが抜けたせいか急に負荷が大きくなり、クルトは魔術師たちの会話も耳に入らなくなって、力の感覚に集中した。みずからの手首から〈力のみち〉を引き出して回路へ直結させる。結節に力の溜まりができ、臨界に達して回路全体に流れる。

ついに強烈な青い光が回路から一気にあふれ出て、店の中を青色で満たした。

「おお、すごいな」

イーディとアレクが驚異のまなざしでみつめる中、クルトはひたいからにじむ汗をぬぐった。体の力が抜け、周囲が妙に平坦にみえる。

「魔力切れしてないな？」

カルタンが手を差し出した。重ねた手首から力が流れこみ、クルトの視界に凹凸が戻った。カルタンはうなずき、すこし休めば戻るだろうとつぶやいて手を離した。一方でセッキは無邪気にうなずいている。

「やっぱり精霊魔術を使える人は便利でいいねえ」

「で、これをどうするんだ」

カルタンがたずねると、セッキはまだ青い輝きをまとわりつかせている輪を指先でつついた。

「ソールにつけさせる。こんなにうまくいくとは思わなかった。精神の防壁に加えて、物理的な魔力の干渉もこれではねかえす。ソールすごいじゃないか……魔力がないのに最強って羨ましいぞ」

「魔力がないから、だろう。障壁のないふつうの人間がそんなものつけてみろ。ぶっ倒れるぞ」

「そうだな。ソールにも意識のないときに装着した方がいい……足にしよう」

「足？」

「足首にはめるんだ。他人にみえない方がいいし、これで当分は大丈夫だ。建物にも防御回路がてんこもりだし」

カルタンは目を細める。

「当分って、その回路、どのくらいもつ」

「さあ？　その美形君の魔力が強いから一年くらいかな？」

セッキはイーディに向かって指をふった。魅入られたように回路の輝きをみつめていた彼女はのろのろと視線をずらし、師匠をみた。

「上に行くぞ。手伝ってくれ」

あれよあれよという間に魔術師と弟子が階上へ消える。

クルトとアレクはそのまま見送った。見慣れない強力な回路魔術のせいもあって、ふたりとも展開についていくことができていない。すると、今度は前触れなく店の扉が開いた。

「間に合ったか？」

ずかずかと店に入って来た姿にクルトは目をみはった。ローブ姿でないヴェイユに会ったのは初めてだった。

ヴェイユは暗色の上下を着て、まるで王宮の官吏のようだ。しかも以前図書室で会ったときと同様、魔力の気配がほとんど感じられない。学院で会うときとの落差が大きすぎて、道ですれちがっても気づかないかもしれない。

「すまんヴェイユ。お前さんがいなくても大丈夫だった」

驚いた様子もなくカルタンがいった。

「なんだと？　だったら早く伝えればいいのに」

そう答える声の調子もいつも学院で会う教師らしくない。

「取りこみ中だったんだ」

「まったく、こちらも暇じゃないんだ」

ヴェイユは言葉を切って、クルトとアレクにじろりと視線を向けた。

「なぜきみたちがいる」

カルタンが肩をすくめた。

「彼らのおかげであんたの魔力がいらなかったんだ」

「カルタン、彼らはまだ学生だ」

「だから学院には内緒にな」

どちらも妙に気安い雰囲気である。カルタンもセッキに対するよりずいぶん親しそうで、ほとんどなれなれしいくらいだ。いったいなんなのかとクルトは不思議に思った。一方は森の施療院にいて、一方は学院の教師で、接点があるようにも思えないのだが。それにいまはふたりとも、どうも身分にふさわしくない物言いである。

カルタンはヴェイユの肩をぽんと叩く。

「それに喜べ。ソールの防御は完成したからしばらく心配はいらない。好きなだけ例の男と禁書の謎を追ったらいいさ。私は森に帰る。きみもここを離れろ」

ヴェイユはきっと天井をみあげた。

「回路魔術師は？」

「ソールに防御回路を装着してやってるところだ。手伝いの子が一緒だからほっておいて問題なかろう」

「それならきみたちは私と一緒に来るんだ」

ヴェイユは落ちつかない様子で立っている学生ふたりに視線に投げた。クルトは思わず声を上げた。

「そんな！　俺はまだソールの顔もみてな――」

「クルト・ハスケル。きみは特にな」

思わずクルトはヴェイユをみつめかえした。いまの彼は学院でみる厳格な教師の顔だった。カルタンと話していた謎めいた男は教師の仮面の下に隠れてしまっている。

「こんなところで油を売っていていい時期じゃないだろう。私と来なさい。話がある」

「ああ、ヴェイユ――」

カルタンがほとんど気の毒がっているような声を出した。

「クルトにはずいぶん協力してもらった。そんな風にあたるな」

「学生は学生だ」

「落ちつけよ」

カルタンは慰め顔でクルトをみつめた。

「クルト君、はるばると来てもらって魔力をたっぷり分けてもらったのに本当に申し訳ない。しかしきみのおかげでソールは当面安全だから、そこは安心してほしい。きみの魔力でべとべとになったあの回路——あれがソールを守っている。そのために今日きみはここへ来たんだと思いなさい」

「なんだその気持ち悪い表現は。べとべと？」

ヴェイユが嫌そうに眉をよせ、ぶつぶついった。

「ヴェイユ師、俺たちは何も関わるつもりはなかったので……」

アレクが困惑した顔つきのまま、年長の男たちとクルトを順番にみまわす。

『わかっている。私と来なさい』

ヴェイユが譲歩の余地のない〈声〉で告げ、それが最後だった。魔術師は断固とした足取りで店の外へ向かい、アレクがあとをついていく。クルトは一度だけ奥の階段をふりむいたが、あきらめて彼らに続いた。


『ではクルト・ハスケル。すこし話をしようか』

商店街を抜けたところでアレクを早々に解放したヴェイユは、学院の方へ向かうのではなく、クルトの知らない横道に入った。複雑に折れ曲がった道をたどり、職人が暮らす長屋のつらなる区域に出る。沿道にならぶ似かよった扉のひとつを開け、独り者が暮らす、質素で物のない部屋に入った。

慣れた様子で丸椅子を引き、折りたたまれた毛布のおかれた寝台を指さす。クルトは指示されるままに座った。この部屋にいると、ヴェイユは着ているものにふさわしい庶民にみえた。しかし貴族然として学院で教える教師の顔がそこに重なると、単に怪しい人物に思える。

クルトの表情をみて、ヴェイユはふと微笑んだ。

『詮索はするな。学院の教師の仕事もいろいろある』

『いまから何をするんです？』

『これから送る〈像〉にきみがみた男がいるか、教えなさい』

是非を唱えるひまもなかった。

クルトの脳裏に次々と何人もの男の姿が転送される。鮮明な正面向きの絵もあれば、狭い物陰からのぞいたような像までさまざまだ。それらがすばやくめくられるページのように流れていく中、ひとつのうしろ姿が注意を引いた。

『こいつだ！　いまの男です』

ヴェイユはにやりとした。

『ありがとう』

すぐさま粗末な長簞笥《ながたんす》をあけると、見慣れた白いローブを引っ張り出す。折りたたんだまま小脇に抱え、立ち上がった。

「では学院に戻ろう」

「ヴェイユ師……」

クルトはほとんどあっけにとられていた。

「あなたは――何者ですか？」

ヴェイユは黙ったまま小さな扉を開け、外へ出ろとうながした。

『禁書がらみのことに、学生は巻きこめないといっただろう』

『いったい学院は何をやっているんです？』

『学生には過ぎた問いだな』

通りを歩き出したヴェイユは、身ごなしや目つきすべてが街路に溶けこんでいて、貴族にも魔術師にもみえない。

『きみ向きの質問をしよう。ソールは王都を離れた方がいいと、カルタンから聞いたか？』

クルトの足は予想外の問いに止まりそうになった。ヴェイユに置いていかれまいと足を速める。

『――なんといいました』

『魔力の不均衡はソールの体調によくない。さらに王都はキツネがうろうろしてる。カリーの店は卵を抱えた鶏の巣みたいなものだ。今回の事件のようにね』

『森にいる方が調子がいいという話なら聞きましたが』

『そう。だがソールを書物から引き離せるかね？　ましてやいまはきみがいるわけだ』

念話でつながっているにも関わらず、ヴェイユの感情はクルトには読めなかった。一瞬ためらったものの、クルトは次の問いを発することに決めた。

『ヴェイユ師、俺もその――あの男を捕まえるのに協力できませんか？　姿もみています』

たちまちヴェイユに笑われたのが、今度こそはっきりわかる。頬が熱くなった。

『甘くみるな。自分の身のふり方にも迷っているのに、協力とはね』

街路はもう暗かった。ヴェイユの魔力の光輝がほのかにみえるが、目立つほどではない。対照的に、自分がまぶしいほどの光をさらけだしているのを自覚して、クルトはふと恥ずかしく思った。しかしどうやってヴェイユはこれを隠しているのだろうか。この精霊魔術師も本来なら白く輝いているはずだ。

大通りを越えると学院を囲む塀がみえてくる。いつのまにかヴェイユはローブを羽織っていた。暗がりでも精霊魔術師の白がまぶしく光り、さっきまでクルトの隣にいた、地味な男は消え失せている。完全に教師の風貌となったヴェイユは、もうクルトに用はないといいたげだった。

『ヴェイユ師』

さっさと門の方向へ歩いていく教師を、思わずクルトは呼びとめた。

『ソールがあなたを選ばなかったとは、どういうことです？』

ヴェイユはふりむいた。

「なんの話だ」

「すみません。無作法でした」

相手が不用意にもらした内心について問うのは礼儀に反する。

クルトは謝罪の意をこめて軽く頭をさげたが、予想に反して魔術師は立ち止まった。一瞬おいて返答があった。

『私たちは学院で友人同士だった。ソールと彼、そして私。彼らの事件のとき、私も騎士団に尋問を受けた。私たちは十分親しかったから、何か知っていると思われたんだろう。私は知らなかった。ふたりから何も知らされていなかった。その後私は学院を無事に卒業し、教師になっているわけだ。それだけの話だ』

背を向けて歩きはじめたヴェイユはもう、クルトがついてくるとは思っていないようだ。

教師のそばから解放されてほっとした気分と、もっと昔のソールについて教えてもらいたいという望みが入り混じって、クルトは複雑な気分だった。と、いきなり駄目押しのような一言が頭に響いた。

『きみはソールに守られているんだ。覚えておきたまえ』

やはりこの教師はいけすかない、とクルトは思った。

クルトが僕の左足をもちあげ、かかとに口づけする。

くすぐられるような軽い感触がきて僕は最初笑ってしまうが、足首の内側からつま先へと唇を押しあてられ、指の一本一本に舌を這わされるうち、それどころでなくなる。曲げた足を抱えられ、クルトの指が内股を上にたどる。

僕の意思と無関係に体がふるえ、クルトが吐息をもらして、かすかに微笑む。

重みが上にのしかかり、クルトが裸の僕をみおろしている。何度もみられているのに、緑色の眸に何もかもさらけ出されていると思うと僕は急に羞恥にかられ、ぎゅっと目を閉じる。

栓を抜く音が聞こえ、とろりとした感触が肌におちる。甘くスパイシーな香りとともに香油に濡れた指が奥に入りこみ、僕の内側をほぐしていく。立ちのぼる香りに肌が熱くなり、たまらずもれてしまうあえぎを嚙み殺すと、クルトのささやき声がたつ。

「がまんしないで、声を聞かせて」

僕は枕に頭を押しつけ、背をそらしながら顔を横にふろうとする。子供がイヤイヤをするようだし、無駄な抵抗なのだが、両手にふれる敷布をつかんでクルトの指と唇がもたらす快感に耐える。クルトは僕の胸を舌でもてあそび、たまらないほどゆっくりした速度で、首筋にかけて点々と嚙む。

いつのまにか内側をまさぐっている指の数が増えているのに僕は気づく。快楽の中心にふれられるたびに小さく声が出てしまう。クルトの屹立《きつりつ》が腹の上ですべり、もっと欲しいと僕は腰を揺らして、せがむ。

「クルト……」

「ああ、可愛い――ソール……大好き」

彼の声にふるえてしまうのは僕の体だけではない。どこか奥の深い場所だ。そこが揺さぶられると、自分の根本のところで何かが変えられてしまうような気がする。こうして変わってしまったら最後、僕はもうどうしたらいいのかわからない。クルトの屹立が侵入し、深いところから僕を突き上げる。くりかえし温かい波がやってくる。

まるで現実のように感じていたのは、記憶を夢うつつの中で再現していたのか、それとも自分の願望なのか。目覚めてもしばらくのあいだ、僕は余韻の中にいて、幸福感に包まれていた。完全に覚醒して、ひとりきりで寝台にいるのに気づいたとたん、やるせなさが襲ってくる。

僕は馬鹿だ。どこがどう馬鹿なのか考えたくもないくらいの大馬鹿者。

のろのろと寝台を降り、汚れた敷布をひきはがした。左の足首に嵌《はま》った輪に視線がいった。セッキが作った防御回路だ。強力な魔力が溜めてあるから守りは無敵だぞ、と説明されたが、ずっとつけていても、昼間は存在を忘れるほど軽い。夜になって靴と靴下を脱ぐと、足首で回って皮膚に触れ、あらためてつけていることを思い出す。

銀色の金属にびっしりと刻まれた回路は、美しい紋様のようだ。強力な魔力が溜めてあるといっても、僕にはさっぱり感じとれなかった。一方で、魔力のこめられた道具にはときおり僕の体調を崩すものがあったが、この輪をつけてもそんなことは起きない。

たったいままでみていた出来事が記憶にせよ夢にせよ、この輪が原因にちがいないと僕は思った。魔力を溜めるとき、クルトに協力してもらったとセッキが話したからだ。

夢の中のクルトの声は本物のようで、嬉しいのにさびしかった。目が覚めなければいいのに、という思いが頭をよぎり、次の瞬間また、自分のことを馬鹿だと思った。

「ソールさん、洗濯頼んできましたよ。それからあとで何か持っていくって、金物屋さんが」

「ありがとうイーディ。カールから伝言はなかったか？」

「伝言じゃないんですが、ルイスさん――だったかな、ソールさんのことを聞かれたといってました。直接行けばいいのに、おかしな人だって」

「手形を気にしているんだろう。期限はまだ先なのに」

不審そうな顔をするイーディに僕は適当に返事をした。もちろんルイスのことだ。手形については当然気にしているだろうが、情報収集に余念がないのは彼らしい。

妙なパイプを回す男の襲撃から七日経つ。昼間も夜も店に異常はなく、来客で扉が開くたびに緊張することもなくなったが、外出するのは怖かった。買い物や雑用はイーディや、商店街の知り合いに頼んだが、じっとしていると体力も落ちてしまう。

一生こうしてびくびくと生きていくのはごめんだと、僕の一部はいう。だがパイプ男が僕を『閉じられた本』と呼んだように、僕の中にあの禁書が封印されていることがろくでもない筋に知られれば、またトラブルが起きかねない。

王都は人と情報が行きかう場所だ。暗い情報ほど売り買いされ、値段をあげていく。

いっそ僕が王都にいなければいいのだ。森のように魔力が均衡した場所にいる方が隠れるのは楽だし、城下の商店街のように、噂がすぐに広がる区画に住まなければいい。僕の体調にもその方がいい。カルタンは昔から、王都それ自体が僕を消耗させるのだと主張していた。僕がときどき施療院の森へ逃げ出すのも、まさにそのせいなのだと。

とはいえ彼にもくりかえし話しているように、僕は学院と審判の塔の監視対象だ。王都を離れるなんて日が到来する可能性は、かぎりなく低い。

加えて、王都を出るといっても森の施療院に住むのだけはいやだった。森は落ちつくのに施療院は嫌だなんて、カルタンに申し訳ないとも思うが、あそこは十年前の事件に近すぎる。それに僕は田舎《いなか》の出身で、田舎に心底うんざりして王都にやってきたのだ。実家の反対を押しきって、学院に進学するのは簡単ではなかった。王都に到着したときの喜びはいまもはっきりと僕の中にある。

それに王都を離れてしまったら最後、クルトに会うこともできなくなってしまうだろう。彼が結婚しようがなんだろうがかまわない。たまに、ごくたまにでいい。この店へ来てくれれば――いまの時点で、彼が僕の近くにいるのは問題があるとしても、いずれそのうち、ほとぼりが冷めたら……。

いや、こんなことを願うのもほんとうはおかしい。そもそもクルトが僕に愛想をつかすくらいでなければ危険だと思って、僕は彼にああいったはずだ――

（あなたは嫌じゃないのか？　俺があなた以外の誰かと――誰かと一緒にいても……俺は嫌だ。あなたがここでひとりで――俺が知らないうちに誰かと笑っていたりしたら……）

（僕は大丈夫だ。クルト。きみだってそうだよ）

大丈夫なわけはなかった。クルトをめぐる僕の感情も思考も矛盾して、どうしようもなかった。

クルトは何を心配することもない。僕はとっくの昔に彼のものだ。でも彼が他の誰かを抱きしめていれば、僕は心おだやかではいられないだろう。そこにたいしてクルトの気持ちがなかったとしても。

クルトは魅力的で、男でも女でも、出会う人を魅了する。それに彼はまだ若い。学院を出て王宮に入れば、彼の世界も考えも変わっていくにちがいない。

卒業するとはそういうことだ。それでもときどきここに……この店に彼が来てくれれば……。

そうやって僕が悶々としているあいだ、クルトは店にあらわれなかった。完全に矛盾しているが、僕は扉が開くたびに安心し、同時に落胆していた。僕が扉をみてため息をつくたび、イーディは何かいいたげな顔をしたが、黙っていた。

ともあれ僕は王都を離れたくないし、離れられないし、離れないだろう。

この時点でたしかに僕はそう思っていた。つまらないきっかけで人は簡単に考えを変えるのに、自分だけはそうならないと、信じるべきではなかった。

その一方、クルト以外の知り合いは何人も店にやってくる。僕の様子を確認するための連絡網でもあるのだろうか。カルタンこそあらわれなかったが、セッキはその後も新しい回路の様子をみにきたし、ラジアンは毎朝やってくるし、かと思うと今日はレナードがあらわれた。

今回見舞いに持ってきてくれたのは、大陸産のお茶の缶だ。

「襲撃があったと聞きましたが、大丈夫ですか？」

「いったい誰に聞いたんです？」

僕は眉をあげたが、レナードはあっけらかんとしていた。

「騎士団から報告がきたとレムニスケートの息子から聞いたんですよ」

僕はひやりとした。

「あなたはレムニスケート家と懇意なのですか？」

「懇意といえばそうですね。彼らは国防の中心ですから。それがどうかしましたか？」

僕は肩をすくめた。

「ハスケル家からご紹介いただいたので、てっきりそれはないのかと思いこんでいました」

「私は中立なのです。この国にとって益になることだけを考えたいので。大陸が長かったせいでしょう」

黙りこんだ僕に、レナードは含みの感じられない笑顔をみせる。

「実はハスケル家の性急な側面とは意見が合いません。しかし、ずっと表面だけ凪《な》いでいる海はありません。風はいつか嵐を呼んできますが、雲は目にみえる。相手の望みがわかる方が交渉もできるものです。むしろ怖いのは、底に秘められた力が爆発するようなときですよ」

僕はまた肩をすくめた。

「つまらないことをおたずねしました。政治には疎いものですから。レナードは了見が広いですね。これも見聞が広いから？」

レナードは嬉しそうに笑った。

「いま、褒めてくださいましたよね？　あなたに褒められると嬉しい。それはそうと、大陸は小さな国が乱立していますから、政争はこの国より直接的で醜いのです。私はその渦中に巻きこまれたこともあるので、故郷ではうまくやろうと思っているだけですよ」

「それはただの見聞ではありませんね。本物の経験とただの知識の差だ」

別のときなら僕はもっと感じのいい返事ができただろう。レナードは軽く首をかしげたが、確信をこめた声で答えた。

「経験に嘘や本当なんてありませんよ。ソールもすこし王都を離れて旅をすればいいだけだ」

レナードの口から出てくる「旅」という言葉がやけに魅力的に響くのは困ったことだった。

「いや、僕は……王都から簡単に出られないので」

「カリーの店のため？」

「いえ――」

おかしなことだ。僕は急に、この日焼けした長身の男に、僕が置かれている状況を打ち明けたくなった。彼がいつも飄々《ひょうひょう》として世俗のことがらと無関係にみえるからだろうか。実際はその真逆にちがいないのに。

わかっていても衝動は抗いがたく、僕は十年前の事件について、自分が王都を離れられない事情をかいつまんで説明した。もちろん〈本〉についてそのまま話したわけではなく、クルトのことも触れなかったし、今回のパイプ男の話もしなかった。

レナードはさしたる感情もみせずに僕の話を聞き、ついでなんでもないことのようにいった。

「なるほど、誰にでも事情はある。でも宮廷でいう私の外交手腕とは、まさにこんなときに使えるものです。ソールが王都を離れたいときは教えてください。きっと助けになれます」

僕はあっけにとられてレナードを見返した。彼はふっと微笑み、手を差し出した。

「約束しますよ」

翌日、今度はヴェイユがやってきた。イーディが帰り、僕は店を閉めようとしていたところだった。ヴェイユは精霊魔術師のローブを着ておらず、まるでそのあたりの街の者のような身ごなしだったが、ランプの明かりにその影が落ちると、すぐにわかった。

「当番でも組んでいるのか？」

思わず僕はたずねた。

「当番？」

「僕を見張る当番だ。ラジアンは毎日来るし、セッキも来るし、昨日はレナード、そしてきみだ」

「そんなものはない」

「どうかな」

「ただの偶然だろう」

ヴェイユは店をぐるりと歩き回った。以前ここへ来たとき、建物に防御回路を仕掛けていったと聞いたから──もっとも僕にはどこにあるのかもさっぱりわからないが──確認しているのかもしれなかった。

「ここを襲った男を特定した」

書架の向こうからぼそりと声が響いた。

「もう？」

「クルトがみていたからな。フックスという魔術師崩れで、掟破りで十五年前に追放されてから、あちこち転々としているらしい」

「どうするんだ？」

「騎士団がすでに手配した。ただ、彼の掟破りは禁書に関するものだった。だから学院も動く」

「ヴェイユ、きみは――」

僕は問いかけようとして、影からあらわれた彼の目つきに、なんとなく言葉を失くして黙った。

「なんだ？」とヴェイユがたずねた。

「いや。十年は長いと思っただけだ。クルトに会ったか？」

ヴェイユはうなずいて机の前まで来ると、椅子をひいて座った。ふたりだけで向かいあって話すのは、ほんとうに久しぶりだった。僕はふと、ずっと気になっていたことを聞いてみようと思った。

「なあ、ヴェイユ。どうしてクルトを僕の店に寄こした？」

ヴェイユは顔をしかめた。

「なぜそれを聞く」

「ずっと気になっていたんだ」

「彼ほどの魔力があればミュラーの〈所有者〉になれると思ったからだ。ソールの手もとにあれがあるのは、あまり良いことだと思えなかった」

僕は肘をついてヴェイユを見上げる。

「狙いはたしかだったよ。たしかにあの本はクルトを選んだ」

ヴェイユは視線をそらした。

「そうだな。そして本の持ち主もきみに選ばれたわけだ」

「何を――」

僕は一瞬意味がわからず、問い返そうとして思いとどまった。

「ヴェイユ。きみはおかしいよ。僕が選んだわけじゃない」

「あの若造に選ぶことができたとでも？」

「そんなのは……」

僕らはいったい何を話しているのだろう。

「そんなのは、選ぶようなことじゃない」

僕はヴェイユから目をそらし、立ち上がった。

「お茶を飲むか？　昨日レナードが変わったのを持ってきてくれた」

「レナード・ニールスが？　ああ、ご馳走《ちそう》になろう」

奥で湯を沸かしていると、ヴェイユがするりと横に立った。猫のように静かだった。彼は以前からこんな雰囲気だっただろうか。それとも僕が知らなかっただけなのか。

「ソール、十年前のあのとき……」

反射的に僕は緊張する。

「なんだ？」

「どうして彼を選んだ？　なぜ……私も誘わなかった？」

僕は思わずヴェイユの顔をみた。

「僕は——僕らは選んだわけじゃない。きみに何度も話そうとしたんだ。ただあのころ……きみは忙しそうだった。きみは僕らとちがって……いろいろあったし。その……社交とか」

湯を注いだポットの中で茶葉が勢いよく浮き上がり、香りが立つ。その場でカップについで渡すと、ヴェイユは立ったまま湯気を吹く。

「社交か。そうだな。だがクルト・ハスケルは私とはちがうぞ」

僕はため息をついた。

「謎かけはよしてくれ。僕はもう、昔のようには話せない」

「謎かけなどしていない」

ヴェイユは一口飲んで顔をしかめた。

「変な味だな」

「風変わりだろう」

「ものはいいようだ」

やはり謎かけのようだった。ヴェイユはそれ以上あまり喋らず、お茶を半分残して店を出た。


この知人来店ラッシュは、ヴェイユが訪れた翌日、クルトの友人のアレクサンドル・ハンターが打ち止めにした。前に一度店に来て、僕が森に逃げ出すきっかけとなった学生である。一度会っただけで知人と呼んでよいのかは怪しいが、二度以上来店した客なら僕は常連扱いすることにしているから、似たようなものだ。

以前彼が店に来たときはイーディがいたが、今回は僕ひとりだった。向こうもひとりで、しかも僕が店を開けるのを待っていたらしく、朝、扉を開くと目の前にいたのだ。

僕の声は間が抜けていたと思う。

「あ……きみはクルトの——」

「カリーの店主」

学生はためらいがちに礼をした。前よりていねいだなと、僕はどうでもいいことを思った。こんなに毎日誰かしらやってくれば、フックスとかいうパイプ男も近寄りづらいだろうが、どうも調子が狂う。

若者は以前と同様居心地悪そうに立ち、ポケットに手をつっこんでいる。

「話があって来た。入ってもいいだろうか」

「ああ。どうぞ」

僕は以前と同じように彼を奥へ通した。

「お茶でも？」

「その……いただけるなら」

僕は昨日ヴェイユが「変な味だ」と評した茶葉をポットに入れた。アレクは伸びやかな動きをする若者で、扉をくぐるときの身ごなしや歩き方にラジアンを連想した。

まっすぐな背中は入隊したばかりの警備隊員や若い騎士を思わせ、いかにも乗馬が似合いそうだ。しかし奥の小さな空間では、店の前にいるときより、もっと居心地が悪そうだった。

「話って？」

お茶のカップを学生の前に置くと、彼はためらいがちに手を伸ばし、口をつけて妙な顔をした。

「もらいものでね。風変わりだろう」

レナードのお土産には好き嫌いがあるらしい。アレクは一口飲んでカップを置き、僕と目をあわせた。

「クルトのことだ」

「彼に何かあったのか？」

思わず気色ばんだ僕の顔をみて、学生はあわてたように手をふった。

「いや、何かあったというわけじゃない。そうじゃないんだが……」

「とにかく、話したまえ」

それからはじまった話はやけにとりとめがなかった。主な話題は僕の予想通り、クルトの結婚のことだ。途中で脱線して、以前クルトの許嫁《いいなずけ》だったという幼馴染《おさななじみ》の話になり、自分が継ぐ領地の話になり、彼の家とハスケル家のつながりについて語り、クルトの父親の話になった。

アレクサンドル・ハンターが語るハスケル家当主の話は興味深かった。クルトは彼の母やきょうだいについては僕によく話したが、父親の話はあまりしなかった。僕は僕で自分の家族のことを話さなかったから、クルトのそんなところは気にならなかった。

ただ、クルトの野心、つまり王宮の顧問団に入るという夢に、彼の父親が絡んでいるのはうっすらと察していた。アレクはクルトが父親に抱いていた敵愾心《てきがいしん》について話し――クルトはごく最近までそんな自分の気持ちを父親に悟らせなかったという――アレクからみたクルトの父、ハスケル家の当主について語った。

正直にいうと、僕は途中でアレクの話に興味をなくしていた。クルトの父が息子によく似て、目標に向かってまっすぐ進む人物なのはよく理解できた。目標に到達するためなら手段は選ばない、そんな人物だ。アレクにとっては、自領経営に専念しているアレク自身の父親より、宮廷で野心をもってエネルギッシュに活動し、影響力をもつクルトの父の方が尊敬の対象にふさわしいようだ。隣の芝生《しばふ》は青くみえる。

「それで……」

アレクはなおも話を継ごうとする。彼のカップのお茶はすっかり冷めてしまった。たしかにこの味は風変わりすぎる。話に飽きた僕は面倒になって手をふり、アレクと目をあわせた。

「それで、今日は何をいいに来たんだ？」

するとアレクは座りなおして、僕に視線を据えた。

彼の眸は鳶色《とびいろ》だった。中央で金色の点が舞っている。瞳孔がかすかに大きくなり、金色が輝きを増す。

彼がやろうとしていることを察して、僕は片手をあげた。

「やめたまえ。無駄だ」

いつものことだが、魔力が感じられないというのは不便だ。僕に精霊魔術を行使しようとした者は、防壁に跳ねかえされる。だが僕自身はどんな仕組みでそうなっているのか、さっぱりわからない。

ただ、アレクが僕から苦しそうに顔を背け、ついで下を向き、恥入ったのがわかるだけだ。

「あんたは――」

「僕には魔力が通じないんだ。〈読めない〉し〈視えない〉し〈侵入〉もできない」

この言葉を喋っているのは何度目だろう。

「僕の心を操ろうとするのは君自身の意思か？　それとも誰かに頼まれたのか？」

アレクは突然叫んだ。

「もちろん頼まれたさ！　彼の父に。でも俺は俺なりの考えで来たんだ」

僕はまじまじとアレクをみつめる。

「どんな？」

「あんたがここにいると、クルトは破滅しかねない」

「なぜ？」

アレクは大きく息を吐いた。

「俺が心配しているのは、あんたのせいであいつはこの数年を無駄にして、おまけに掟まで破りかねないということだ。進路や結婚のためにハスケル家の当主と嫡子が争うなんてスキャンダルが、クルトに傷を残さないわけがないだろう。あいつと別れてくれ。頼むよ。でなければどこかへ行ってくれ。あいつが探せないようなところへ……」

「クルトが自分の意思でやることが、なぜきみにとって問題なんだ？」

アレクは歯を食いしばるようにして僕をみた。

貴族の子息とはいえ、彼は誠実そうだし、好男子だった。たぶん友人思いでもあるだろう。自分の家の事情だってもちろんあるはずだ。人間の動機はひとつではない。

それにアレクは僕より昔からクルトを知っている。僕が知らない彼を。

僕は無意識にカップを取って飲み干した。冷めたお茶は意外にも落ちついた風味で、悪くなかった。レナードの今度の土産は供し方が問題だったらしい。

「ハンター君。精霊魔術を使える人間は、ひとの心を、簡単に形を変える粘土のようなものと考えがちだ」

アレクの眉がぴくりと動いた。

「何――」

「魔力が強い者にはつねにそんな危険がある。他人を自分に都合よく操りながら、自分がそうしていることに気づかないこともある。世界の方が自分の望むように姿を変えてくれるのだと信じている。これが極端になると、他者と自分の境界が混ざり、区別がなくなる闇に落ちる。教師は口をすっぱくして教えてくれたのに、当時の僕らは気づけなかった。でもいいんだ。だんだんわかってくる」

アレクは目を細めて僕をにらんだ。

「何がいいたいんだ？」

「僕が何をするかは僕が決めるということだ。僕がクルトから離れたとしても、それはきみのせいじゃない。僕自身がそう決めたからだ」

アレクの眉がひそめられ、困惑したように下がった。僕は立ち上がる。

「話はわかったから帰りたまえ。そのお茶、冷めると悪くないようだ」

アレクはガタンと椅子を揺らして立った。歩き出そうとしてテーブルを眺める。カップをとって一気に飲み干した。

そして僕に頭を下げると、黙って出て行った。

10　まだら

夏の休暇もなかばをすぎ、学院には人影が戻りつつある。昼に急な雨が降り、暑熱にしおれていた庭園の植物は蘇ったようにぴんと張っていた。

夕暮れどき、濡れた草の匂いがむっと漂う中庭から建物へ一歩入ると、みえないカーテンをくぐったように空気が乾いたものに変わる。向かい側の回廊を白いローブの影が通り抜ける。魔力の光輝はあきらかで、クルトがいちいち〈視る〉必要もないほどだ。ヴェイユだった。

クルトは教師の姿を追いかけ、回廊を曲がった。クルトがあとをつけていることをヴェイユは知っているにちがいないのに、教師の歩調は速かった。といって姿を隠したいわけでもないらしい。

走るのは癪だった。クルトの頭には、精霊魔術師は優雅に動くものだという思いこみ――または理想――がある。子供のころ父について王宮へ行ったとき、最初に会った顧問団の精霊魔術師がそうだった。汗をかいたり、急いだり、声を荒らげたりしなかった。

いまの自分はそんな、夢みていた像からほど遠い。とはいえそれで何が困るというのか。おまけに学院に入ってわかったのは、実際の精霊魔術師はそれほど優雅でもないということだった。アダマール師のようにおだやかなひともいるが、短気で喧嘩っぱやい教師もそれなりにいる。先を歩くヴェイユのように気難しく謎めいた教師もいる。

クルトは回廊の先の階段をのぼった。廊下の両側にずらりと教師たちの部屋が並んでいる。ずっと先の方で、ヴェイユが研究室の扉を閉めた。透かし彫りで飾られた窓枠ごしに夕方の光が差しこみ、寄木の床にはつる草の模様の影が揺れている。

まっすぐ伸びる廊下を見渡したとき、クルトの中に唐突に、奇妙な感慨《かんがい》がわき起こった。

俺はもうすぐここからいなくなる。

（きみがいなくなっても――）

いつか聞いたソールの声が、記憶の片隅にこだました。

扉を開けると、ヴェイユはまるでクルトを待っていたかのように、すぐ前にいた。手をふって扉を閉めるよう指示し、自分は奥へ向かいながらいう。

「どれだけつきまとえば気が済むんだ、ハスケル」

クルトはそしらぬ顔でうそぶいた。

「俺は独自に調べようと思っているだけです。そしたらたまたま師に出会うんだ。図書室のときと同じですよ」

実際はこの数日、クルトはあからさまにヴェイユをつけまわしていた。最初は学院から開始し、城下へ出て彼がローブを脱ぎ、気配を消してからもつかず離れずにいようとした。一日目こそ、ヴェイユが魔力を隠してしまうとすぐに見失ってしまったが、二日目になると〈視る〉コツがつかめた。ソールにもらった魔術書の書きこみのおかげだ。

「で、何がわかった？　きみは優秀なんだろう」

ヴェイユは腕を組み、皮肉っぽい声でいった。

「例の男がソールを狙う理由、事故の原因となった〈本〉のせいですね。あの本は消えてしまったわけじゃないんだ。ソールの中に閉じこめられているか、さもなければ……俺がミュラーの本の〈所有者〉になったように、ソールと絆をつないでいて、どこかにある」

ふん、とヴェイユは鼻を鳴らした。

「私の仮説は後者だ。これで満足したか？」

「どうするんです？」

ヴェイユは完全に平静だった。

「私には学生を巻きこまない義務がある」

「ヴェイユ師、俺はまだ追求しますよ」

「教師を脅迫するのか？　思ったより優秀ではないな」

「まさか」

ヴェイユはクルトを凝視したまま、淡々といった。

「きみが自分の将来を棒にふるようなことになったら、悲しむのはソールだ」

虚をつかれてクルトは黙った。

「帰りなさい」

ヴェイユは表情を変えずにいってから、ふと眉をあげた。

「推薦人は決まったのか？　必要なら私でも可能だが」

クルトは一瞬耳を疑った。王宮はふつう魔術師を推薦人に選ばない。しかし学院の教師には例外があり、名家の出身であるヴェイユは推薦人になれる。とはいえ、ヴェイユが学生の推薦人を引き受けるなど、これまで一度も聞いたことがない。

「ほんとうに？」

「ソールの望みだ。私としてはきみが愚か者ではないと信じたいが」

そういわれるとうなずくしかなかった。それに推薦人をヴェイユが引き受けてくれるなら、父を引き下がらせる口実にもなる。

「ありがとうございます。感謝します」

ヴェイユはクルトの礼を手をあげて制し、あごをかすかに扉の方へ向けた。廊下に出た瞬間、クルトの頭に教師の声だけが響く。

『例の男は図書室に誘いこむ。近寄らないように』

明かりがクルトの行く先を次々に照らした。うすぐらい教室が歩みにあわせて暖かい色に染まり、窓格子や床の意匠がふわりと浮かんでは暗がりに消えていく。城下のざわめきから隔離された建物は時間と無縁のように感じられる。いつも視界が明るいこと、細部まで見通せることにクルトは慣れていた。欲しいものを見定めて、探し、手に入れることにも。

いまはどうだろう。

ハスケルの屋敷へ到着するころにはもう夜だった。庭園は夏の花のさかりだ。ほとんどは朝咲いて夕方にはしおれる。すぐ近くで猫の鳴き声が聞こえ、縞《しま》の長い尻尾《しっぽ》がクルトの足もとにまとわりついた。

「久しぶりだな。元気そうだ」

クルトは微笑み、猫を抱きあげた。クルトが学院に入る年に生まれた猫で、すっかり大人になっている。すべすべの毛並みを撫でると喉を鳴らし、するりとクルトの腕を抜けて肩にのぼった。仔猫のときからそうなのだ。

クルトはそのまま正面玄関を通り、まっすぐ父の書斎へ行った。途中であわてた顔の執事が飛び出してくる。

「クルト様……」

答えはわかっていたが、礼儀としてクルトはたずねた。

「在宅か？」

「はい。ただ来客中なので人払いをと――」

「かまうな」

クルトは扉に軽く手をあてた。父のほかにもうひとり中にいる。それなりに強力な魔力を持つ者だ。魔術師だろう。

しかしなぜ父が、人払いをして魔術師と面会するのか。おまけに結界が張られている。ヴェイユの結界に似ているが、はるかに雑なものだった。気づかれないようのぞきこむのはたやすい。

掟にひっかかるぞと、頭の片隅にアレクの小言が聞こえる。クルトは無視した。知覚を広げて魔力の網目にすべりこむ。肩に乗っている猫のように、ただし重さは中の魔術師に感じられないように、すきまから細い糸をたらすように。

父は書斎の机の向こうにいる。すぐ前の、椅子に腰をおろしている男に苛立ちと不満を向けているが、男は平然と受け流している。

「報酬はいただけると聞いております」

「しかし相手はまだ王都にいる。ちょっとした小細工でうまくいくという話ではなかったかね」

「あなたの情報が少なかったようです。さらに私が動くなら……」

父と相対している男の顔や体形が、クルトの視野で、ろうそくの炎のようにちらちら揺れる。父を標的にしためくらましだとクルトは気づいた。知覚を集中させて〈視る〉と焦点が定まり、部屋の家具がすべて透明になった。

突然理解した。

猫が肩から飛び降りた。クルトは扉の把手《とって》を回しながら、錠前に刻まれた回路を魔力で焼き切った。横で執事がおろおろと声をあげるのを手を伸ばして制し、バタンと音を立てて扉を開ける。父が立ち上がり、相手がクルトだと気づいていないまま大声をあげる。

「入れるなといっただろう！」

父の前にいる男がクルトに視線を向け、立ち上がった。

「父上、その男は手配犯だ」

「クルトか。何をいってる」

「騎士団から重罪で追われている。そんなのと何をやってるんだ？」

「いきなりなんだか知らんが、無作法すぎるぞ、クルト」

父は憤懣《ふんまん》やるかたない様子だ。その前にいる男はちらちらと瞬きながら、いままさに姿を変えていた。クルトはハスケル家の当主に知覚の焦点をあて、父がそうだと信じている男の姿を〈視た〉。

男はラブレスの使者のしるしをつけていた。実直そうな、平凡な外見だ。ところがその姿はクルトがみつめるうち、騎士のように大柄な体格に変わっていくのだ。父は異変に気づいていない。くみしやすしと軽んじていた相手が、急に威圧的になったことに驚いている。

しかしどんな姿をしていても、魔力の形は鮮明だった。彼はクルトがソールの店でみた男で、そしてヴェイユがクルトにみせた男だ。

「噂の息子さんですね。なるほどこれは将来性がある」と男がいった。

その手がふところへ入り、銀色に光る何かを引き出す。

「クルト、下がりなさい。あることないこといいだすんじゃない。彼にはラブレス家からの紹介状もある。第一おまえの問題で力を貸してもらうことに――」

クルトは最後まで聞かなかった。

「父上、下がって！」

叫びながら男の前へ走り出る。男の手から銀色の力が湧きあがる。父親を突き飛ばすようにしてクルトは男の前に立ちふさがり、手のひらでそれを受けとめた。

するどい痛みが手首から体幹をつらぬく。まるで刃《やいば》を素手で受けとめたようだ。気を抜けば自分の魔力がこの銀色に吸いこまれてしまうと、本能的に悟った。視界は銀色と虹色の被膜に覆われ、色彩の多さに頭の中がぐちゃぐちゃにかき回される。

と、ふいに、クルトに侵入するこの力は何かを探しているとわかった。探しているものは――

クルトは肩の力を抜いた。銀色の力を手のひらでおさえつけ、ゆっくりと押し返していく。相対している男がたじろいだのがわかった。クルトは自分の内側へ、魔力の根源へ降りていった。それは学院で学んだ事柄のうち、もっとも理解と習得がむずかしい技術だった。

クルトの魔力が拠《よ》る場所は小さくて硬い宝石のような像をむすぶが、無数の輝く断片となってクルトの全身をめぐっている。人が操る魔力の根源はひとつではないのだ。それはクルトという存在の内部からにじみ出て、存在そのものをふちどり、断片同士が強力につながりながらもゆるゆると形を変え、世界の変容に寄り添っていく。

これが生命だ。

そのつながりをクルトは手に――思念の手にとり、ゆるく集めた。自分の魔力をしっかり確保したまま、男の中へ入ろうとする。銀色の力を押し返して、いまやクルトの手は男の胸にぴったりとあてられていた。

ふと、これからどうすればいいのかという思いが頭をかすめた。騎士団に引き渡す？　資格のある魔術師を呼ぶ？

男はクルトの迷いを逃さなかった。あっと思ったときはもう遅く、衝撃がクルトを弾きとばし、机の向こう側へ投げとばす。ぼやけた視界のなか、男が肩で息をつき、何度か腕を曲げ伸ばし、部屋を出ていくのがわかった。

『ヴェイユ！　師よ！』

クルトは叫んだ。

『あいつが逃げる！』

驚いたことに即座に応答がきた。ヴェイユの〈声〉だ。

『きみのしるしはみえた。図書室に誘導する』

クルトは起き上がった。そのまま父の机に腰をおろす。椅子や高価な置物のいくつかがなぎ倒されていた。

「クルト様……？」

怯《おび》えた顔の執事が部屋をのぞきこんだ。

「父上は？」

父は床に座りこんでいた。肌が土気色に変わっている。クルトは机からすべりおり、ひざまずいて彼の手をとった。あの男は父に何をしようとしたのだろうか。魔力を奪い、意志をのっとろうとでも？

父の手は思ったよりも小さかった。手首から魔力を流すと顔に生気が戻ってくる。以前父の手を握ったのがいつだったか、思い出せなかった。

「――クルト、もういい」と低い声がいった。

「大丈夫？」

クルトの手に感じられる父の魔力はまだ弱かった。そのせいか、声もいつもの張りを取り戻していない。

「私はへまをしたか？　あの男は私を――」

「いや、大丈夫だ」

クルトは父の背中をさすりながら執事を呼ぶと、急いで指示を出した。

「警備隊に連絡してくれ。手配中の魔術師に襲われたというんだ。ああ、ラジアンという小隊長に通すようにもいえ。家令はどこだ？　ほかに従僕をふたりここへよこして、父上を寝室へ」

「はいっ。クルト様」

「父上に温かい飲み物を。警備隊が来たら、逃げた男のことを正直に話すように」

「クルト様は？」

「俺は……」

クルトは父を机にもたれさせた。肩に回した手のひらに安堵と不安が同時に伝わってきた。

「俺はヴェイユ師に呼ばれている。父を頼む」


魔力の渦がふわりと体を包みこむ。

自分がいま熾火《おきび》のように光っているのをクルトは自覚している。通報を受けて駆けつけた警備隊の馬がいななき、なだめようとした騎士が目をみはる。

ラジアンの姿はみえない。あとの始末は家の者にまかせ、クルトは学院へ急いだ。

ヴェイユにはほんの数時間前、学院の図書室へ近寄るなと告げられた。しかもクルトは正確に、ヴェイユが図書室のどこへ近寄るなと釘を刺したのかも理解している。

それでもクルトは確信があった。ヴェイユは自分を必要としているはずだ。

クルトはまだ自分の魔力の根源を、束ねたロープのようにつかまえていた。外界からはこれまで経験したことがない鮮やかで豊かな感覚が伝わり、雨に洗われた木の葉のように、くっきりと魔力の脈が〈視え〉る。それは水が湧くように地表を盛り上がり、空間と空間をつないでいる。透き通った青のはざまで虹色が輝いている。

ハスケルの屋敷から逃げ出した男の軌跡は、紫がかった藍色をして学院の敷地を通っている。クルトには太く空間を漂う、なめらかな蜜色の魔力がわかった。男の軌跡はこれを辿っているのだ。

ヴェイユが「誘いこむ」といったのをクルトは思い起こす。

『クルト！』

そのときヴェイユが強い〈声〉で呼んだ。しかしすぐに、ナイフで切り落とされたようにかき消えた。

クルトは駆け出した。図書室はすでに閉室し、入口は暗い。扉を開けるのはたやすく、施錠の回路に意思を向けるだけでよかった。とがめる声はない。学生に隠された奥の禁書の部屋へ向かうが、いまのクルトの視界にはすべてがあらわになり、何ひとつ隠れていなかった。

すべてが〈視え〉ていた。書架の列の最奥で、竜巻のように魔力の渦が立ち上がり、ふたりの人間が戦っている。力は奇妙に拮抗《きっこう》しており、クルトは変だと思った。ヴェイユの方があの男より強力な魔力をもっているのに。周囲の壁に注意を向けると、書物で埋められた書架を氷のようなぶあつい層が覆っているのがわかった。金属めいた匂いがたちこめ、パチパチと青紫の奇妙な火花が飛ぶなか、壁はしっかりと守られていた。

ヴェイユが守っているのだ。

クルトは即座に反応した。ほとんど本能的なものだった。深く息を吸い、思念の手でみずからの力の根源をつなぐロープをゆるくひろげ、そして——

歌った。

歌はクルトの体の底から生まれてきたようだった。書物を覆うヴェイユの守護をクルトの歌がつつみこみ、守護を交代すると同時に教師の力を解放する。

部屋の中央で拮抗していた魔力の渦が変化した。青白い光が一直線の柱のようにのび、すべての色を塗りつぶしていく。

悲鳴が聞こえたような気がする。

歌っているクルトにはよくわからなかった。自分が心で歌う〈声〉を自分で聞いたのは初めてで、そもそもなぜ歌えるのかもよくわかっていない。それどころか、俺は音痴ではないとやっと自分で確認できたわけだ、などと頭の片隅で考えていた。鼻唄と同じだ。

光がもっと強くなる。

『残念だったな。ここの書物は一冊たりとも渡さない』

ヴェイユが心でそう告げた。クルトはまぶしさに目を閉じたが、周囲の魔力の気配が急速に小さく、狭くなっていくのがわかった。拮抗していた力の一方が、風船の空気が抜けるようにしぼんでいるのだ。

最後はあっけなかった。一方の力が押しつぶされ、収縮し、小石のようにぽたりと落ちた。部屋の中央で男がかくんと膝をつく。

部屋は唐突に真っ暗になった。クルトもいつのまにか歌うのをやめていた。

「終わりだ」とヴェイユが声に出していった。

彼が手をふると薄明かりが室内にうかび、三人をぼんやり照らし出した。ヴェイユは白いローブ姿だった。床にうずくまる男を見下ろし、ひざまずく。男が体を折り曲げて激しく咳《せ》きこんでいるのもかまわず、ローブの下から取り出した輪を首に嵌めた。

「おまえを騎士団と審判の塔に引き渡す」

ところが、次にクルトの耳に入ったのは笑い声だった。

男が笑い出したのだ。ヴェイユとクルトを交互にみて、可笑しくてたまらないといいたげに笑い続け、それがやっとおさまったとたん、大きな声で叫んだ。

「まったくご苦労なことだ！　ああ、俺は失敗した。だがあの、あんたらの〈本〉——」

男はまた激しく咳きこんだ。

「なんだ」

ヴェイユの声は冷たく、容赦がない。

「あの……〈本〉の持ち主……書店の……彼は——王都を出たぞ」

「——なんだと？」

クルトとヴェイユの声が重なった。

男はふたりを見上げてまた笑った。それはやがて哄笑《こうしょう》になり、壁を覆い隠す書物の背表紙に吸いこまれていく。

「もう終わった契約だが、俺は少なくともひとつは達成したわけだ。あんたの親父の望みをな」

笑いながら男はいった。

「それであんたらはどうやって探すんだ？　魔力で探知できない、あの〈本〉を」

11　もつれ

あとで思い返すと、僕はかなり頭にきていたのだった。

フックスというあの男に襲われてからの一連の出来事は、僕にいくつかの不自由をあらためて認識させることになった。魔力欠如、虚弱なこと、慢性的に金策に悩むといったおなじみの事柄はもちろん、近所に出かけるのさえびくついてしまうような事態になると、王都は巨大な檻《おり》としか思えなくなる。セッキは足に嵌めた輪の防御があれば大丈夫だといったが、僕は怖かった。

好きなはずの書店の仕事も、なんとなくやる気がなくなっていた。それに、小さな店をやっていくにはいろいろと外出も必要で、誰かに頼んでばかりというわけにはいかない。

しかしアレクが店を訪れたあと、これらのもつれた事柄が一周回ったとでもいうのか、急に僕はやけくそになった。どうなってもかまうもんかという気分で、好きに出歩くことにしたのだ。といっても遠出するわけではなく、見舞いをくれた商店街のみんなに挨拶《あいさつ》回りをする程度だったが――

「ソール、大変だったらしいな」

「ルイス」

大通りで出くわした同業者は、言葉にそぐわない顔つきでにやにやしていた。抜け目なさそうな、小狡《こずる》い表情はいつも通りだ。

「あんたについて面白い話を小耳にはさんだが」

「僕に面白い話なんかあるわけないだろう」

僕はそう答え、ずれた眼鏡をかけなおした。しかしルイスは僕の返事など、どうでもよかったにちがいない。

「裏の人間に襲われるなんて、さぞかしすごいブツを隠してるようだな。品行方正なカリーの店主に何があったんだ」

「何もない。ただの物盗りだ。——離せ」

ぎょっとして僕の声は大きくなった。ルイスが僕の肘をつかんで引いたのだ。つい最近、路地へ引きずりこまれた記憶が脳裏を走りぬける。

「離せといっただろう！」

「ちょっと引いただけじゃないか。そんなに騒ぐなよ、お嬢さん」

侮蔑の響きに僕は気色ばみ、ルイスの手を払おうとしたが、ルイスはぐいっと僕を脇道に引っ張りこんだ。

「何がお嬢さんだ」

「カリーの店は警備隊に特別扱いされているからな。箱入りもいいところだ」

ルイスは僕の肘を押さえたまま脇道をさらに奥へ行こうとする。

「ソール、あんた、何を持ってる？」

「あんたが欲しがりそうなものはもうないよ。例の書物はニールスに納品した」

僕は体をねじってルイスの腕を払った。

「なんでいまさらそんなことを聞いてくる。僕が扱ってる本についてはよく知ってるだろう。カタログをさんざん読んでるし、もっと知りたいなら店に来ればいい」

ところが、ルイスがカリーの店に来たことは実は一度もなかった。出くわすのはたいてい市場や寄り合いで、たまに取引するときはルイスが指定する街中の店で、いつも人目がある場所だった。

逆にいえば僕は、人目がない場所で彼が何をしているのかまったく知らないということだ。どうにかしてこの男から離れたかったが、ルイスはそばの壁に手をついて僕の前に立ちはだかり、進路を阻む。

「意外な筋から噂が聞こえてきてな……カリーの店主が『開かない本』を持ってるっていう」

「噂を本気にするのか？　だいたいそんなの、ただの伝説だ」

「へえ。そうかな」

僕は動揺を悟られないよう、相手を小馬鹿にした態度をとろうとした。

「当然じゃないか」

『開かない本』や『隠された本』そして『閉じられた本』――いくつかの隠語で呼ばれる一群の魔術書、所有すれば人智を超えた力が手に入るとか、不老不死になるとか、この世を超えた叡智《えいち》が手に入るとかいう眉唾物の魔術書が、どこかの屋敷や魔術師の洞窟に隠されているという伝説は、市井からけっしてなくならない。でたらめかもしれないと思いつつ、集めようとする好事家もひきもきらない。この手の金持ちは、怪しげな書物に大金を払う。

そういう意味では、僕がカリーの店で扱う魔術書は、稀覯本であっても、本来の意味で実用的な本ばかりだった。

だいたいそんな眉唾物の伝説を信じる人間はアマチュアで、魔術師になれるほどの魔力がない。学院で真剣に魔術を修めた魔術師なら、こういった書物は実在しないとわかっている。

「あんたはでたらめで大金を稼ぐ主義だから、おかしな噂も真に受けてしまうんだろう」

「そうか？　なあ、ソール。あんたが昔学院にいたこと、俺は覚えているんだぜ？」

ルイスはにやっと笑った。

「病気で魔力をなくしたそうだな。あのころ図書室で火事があった」

「だからなんだ？」

僕は馬鹿馬鹿しいと首をふった。

「僕は魔力欠如で学院を出された魔術師のなりそこないさ。だからなんだというんだ？」

ルイスはまたにやにや笑う。

「だから、そんなあんたが〈本〉を持ってる、なんて噂を聞いたら、たしかに納得するじゃないか。どうりで警備隊がいつもあの店の周りにいるわけだ」

「そんな〈本〉なんて僕は持っていない」

僕は唾を飛ばすいきおいで強くいったが、ルイスが別の話をしているのがわかり、ぞっとして背筋が寒くなった。

市井に眠る魔術書伝説はただの眉唾だが、魔術師なら別の種類の〈本〉が存在する可能性は理解している。それは危険で巨大な力へ接続する書物、手にとった人間を破滅させるしくみをもった〈本〉で、僕と友人が関わったのはまさにそんな書物だった。

しかしこの国では、大きな魔術の力が秘められた本は禁書として学院で管理されているし、管理されている事実すら、ごく少数の人間しか知らない。

眉唾物の魔術書の伝説は、実はこれら本物の力を持つ〈本〉の目隠しとなっていた。好事家が求めるのは幻想的な夢の対象だが、禁書に関わった人間が払う代償は、夢想の結末にしては大きすぎる。

僕を襲撃したあのパイプ男は僕自身を『閉じられた本』と呼んだ。眉唾の伝説がほんとうに——なんらかの形で——存在するという噂が流れているなら……。

「謙遜するなよ。カリーの店は手堅くやってると感心してたが、こんな裏があったなんて、ますます驚くじゃないか。でも魔力のないあんたにはそんな〈本〉、宝の持ち腐れだろう」

「だから、そんなものはないっていってるだろう」

ルイスはもっと下卑た笑みを浮かべた。

「ソール、あんたの店を襲った男はいろんな裏稼業をやっていてな。この話、聞いてるのはたぶん俺だけじゃない。もっと面倒なことが起きる前に渡さないか？　手形もチャラにしていい」

「馬鹿馬鹿しい。手形なら期限はまだ先じゃないか。宝の地図がうちにあると本気で思ってるのか？　あんたも含めて、夢でもみてるんだろう」

僕は吐き捨てたが、ルイスはふと真顔になった。

「どうだろうな。俺は申し出たぞ。気が変わったらいえよ。妙なやつらに横取りされたくないからな」

その顔を正面からみつめて、思わずため息がもれた。

「何を横取りするっていうんだ。ないものはない」

「仮にほんとうにそうだとして、誰が信じるんだ？」

誰が信じるか？

僕は思わず硬直する。十年前の事故で強力な防壁が備わったおかげで、僕は精霊魔術師に心を読まれることもないが、自分の意思で防壁を取り除くこともできない。そしてどうやっても〈読めない〉からこそ、僕が何か隠していると考える者もあらわれるだろう。

見上げるとルイスの顔にはまたにやにや笑いが戻っていた。

「ハスケル家の嫡男とつきあってるんだってな。貴族の愛人なら安心か？　だが警備隊もあんたについてるようだし、そうなるとあちこちを向いて大変だな」

腹の底で熱いものが沸騰した。僕は無言で前に立つルイスを押しのけた。ルイスは肩をすくめて僕に道をゆずったが、笑いながらまたひとことささやいた。

「メス犬」

怒りで足がふるえた。もうたくさんだ。僕はそのまま足を速めて脇道をぐるりと回り、店の方向へ戻った。商店街のはずれまで来たとき、なんだかおかしな感じがした。神経質になりすぎだと自分を叱って、店に通じる路地へ入りながら、なんの気なしに、ほんとうになんの気なしにふりむいて、みつめる黒い眸と視線を合わせた。

僕の記憶は正確だ。

今日はあと二回、この目をみている。たしかだった。外見はごくその辺りにいる庶民の服装をした男だが、今日より前に会ったことはない。

ルイスと話していたときよりもひどい寒気が背中をくだった。僕はくるりときびすを返し、商店街に引き返した。

なんでもないのだ、気のせいだ、といい聞かせようとしたが、見知らぬ人物にあとをつけられていたという確信は消えない。そのまま人通りの多い道を大股に歩き続け、ときどきうしろをふりむき、さっきの顔がみえないかたしかめる。

しばらくのあいだ、それ以外のことを何も考えられなかった。どのくらい王都の石畳の道を歩き回っていたのだろう。我に返ってあたりをみると、よく知らない区域まで来ていた。あせってきょろきょろみまわすと、貴族の屋敷が立ちならぶ上品な街区だった。

そうとわかるとすこし落ちついたが、貴族、と思ったとたんまた不安で心臓が鳴った。ハスケル家の屋敷もこの区画のどこかにあるはずだし、コレクターにも貴族が多い。中には欲しい本のために手段を選ばないものもいると聞くが、ルイスはまさにそういう連中の仲介をしているのだ。そしてフックスのような野良の魔術師が王都を、店の周りをうろうろしているなら……。

急に胸が苦しくなり、パニックが襲ってきた。僕は地面に膝をつきそうになるのをこらえ、手近な壁に手をつく。眼鏡をとって壁の一点をみつめ、ゆっくり呼吸する。息を吐き、吸って――ちくしょう、僕は永遠にこれを繰り返すのだろうか、この都で？

呼吸を落ちつかせて、僕は今度は背中を壁にもたれさせる。たぶん外出するべきでなかったのだ。カリーの店は安全だ。僕はもうあそこから出られないのかもしれない。檻のようだが安全な場所で、孤独で、ずっと動かない。

僕は自問自答した。僕はそれでよかったのではなかったか。そしてたまに――クルトに会えさえすれば……。

（貴族の愛人なら安心か？）

ルイスの声が頭の中に響きわたった。

さすがだな、と僕は思わず唇をゆがめていた。何をいえば効率よくダメージを与えられるか、よく知っている。

絶望した気分で僕は顔をあげ、周囲を見渡した。そのときだった。見覚えのある屋敷の門が視界に入った。

レナードの屋敷だった。

「あなたは私の家令と共に、使者として発《た》つことになります。あなた自身の今回の事情については、国防が絡んだ一時避難の名目で、レムニスケート家から審判の塔へ話を通します」

レナードがまるめた書状の束と使者の帽子を僕に手渡す。帽子は明るい緑色で、興奮したときのクルトの眸を思い出させた。僕は書状を鞄《かばん》に入れ、巻き毛をまとめて帽子の中に入れた。貸してもらった服は上着もズボンも裾が短い。貴族の使者が着る服装だった。借り物の長いブーツの紐を結ぶ。靴下に覆われた左足首の輪はぴくりとも動かない。

「ところで昨夜も話しましたが、使者の旅は長い。家令は何度も私の名代としてこの旅に出ていますし、私としても彼を信頼していただきたいのですが、ほんとうによいのですね？」

レナードの家令はすぐ横に立っている。レナードと同じく日に焼けた肌色の、恰幅《かっぷく》のよい中年の男性で、レナード同様落ちついた雰囲気だ。

ひょろひょろと痩せて怯えた自分が、とてもみっともないと感じた。僕は承諾のしるしにやっとうなずく。

「はい」

「それではあなたを正式に使者へ任命しますが、家令のハミルトンと共に隣国の四都市を訪れるだけでなく、私の個人的な仕入れにも携わってもらうことになります。買い付け内容や私の好みはハミルトンが知っていますが、ソールには書物もお願いしたい。あなたの知識や鑑識眼を生かしてもらいたい」

レナードはおだやかな表情だったが、まなざしは真剣だった。

「本当は私が一緒に行きたいのですが……ちょうど家令が発つところでしたから、むしろこの方がいいでしょう」

「はい。重ね重ねありがとうございます」

「臨時休業は残念ですが、カリーの店については心配しないように。それから、今回の旅の最終目的地にはいずれ私も訪問します」

レナードは手を差しのべ、僕らは堅く握手した。車寄せで馬車が待っている。

僕は王都を出るのだ。

こんなことをして、レナードになんの利点があるのだろう。馬車に乗りこみ、窓の外にニールスの屋敷を眺めながら、まだ僕はすこし不思議に思っている。昨日の僕はたしかにパニック状態で、突然屋敷にあらわれた不審者も同然だった。レナードが在宅していたのが幸いだったが、あらためて思い返してみても、あのときの僕はどうかしていたと思う。

施療院の森に逃げ出したときと同じで、衝動に身をまかせただけなのだ。だがレナードは僕を落ちつかせ、話をさせて、僕の口から王都を出たいという望みを吐き出させた。先日も思ったが、ニールス家の当主には他人の話を引き出す素晴らしい才能がある。

レナードは僕の話を聞きおわると、しばらくのあいだ考えこんでから、こういった。

「よければ私の家令と一緒に王都を出ませんか。ただし出発は明日です。暑い気候のせいで延期していたのですが、もう待てなくてね」

「明日……ですか」

さすがに僕は動揺した。それではヴェイユやセッキ、ラジアン――それからクルトに――何も伝える時間がない。だがその方が安全かもしれない。王都を離れた僕を追うのは魔術師にも難しくなるからだ。

「それにいまの話では、あなたをつけてくる妙な連中を避けるために、あなただとわからないようにして出発するべきです。師団の塔や学院への連絡は私から内々にできます」

あまり悩む猶予はなかった。僕はレナードの提案に乗った。自分の人生を大きく変えてしまう提案だとはっきり自覚していたが、それでも乗ったのだ。

そう、僕はたしかにいろいろな事柄に腹を立てていた。魔力がなくて不自由なこと、得体のしれない連中につきまとわれること、自由に歩き回ることもできず、アレクのような学生にどうこうしろといわれ、ヴェイユやラジアンなど、みんなにまったく無力な人間のように守られること、そしてルイスに侮蔑されることに。十年のあいだ問題ないといい聞かせ、どうにか乗り越えたと思っていた事柄だが、実際はふつふつとたぎる熾火のように、ずっと溜まっていたのかもしれなかった。

そして今回、レナードの助けを借りることで、僕はまた自分にうんざりするのだろうか。

だが僕はこのとき、どうしてもカリーの店に帰りたくなかった。かといってレナードの屋敷に匿《かくま》われるのもまっぴらだった。僕は移動したかった。自分の足で歩きたかったし、未知の風景をみたかった。書物の中でしか出会っていない事物を、この目でみたかった。

旅は永遠に続くわけではなく、旅程は一カ月程度で、最終の立ち寄り先は隣国の港湾都市だ。僕はまた海をみることができる。そしてクルトは僕が不在のあいだに進路を決められるだろう。

フックスの襲撃がらみで彼の将来を危険にさらしたくなかったし、腹立たしくはあるがアレクの願いも叶《かな》えられて、一石二鳥かもしれない。こうして僕はもう二度とクルトに会わないのかもしれない。

(貴族の愛人なら安心か?)

安心などありえなかった。僕は馬鹿なのだ。クルトが他の誰かを抱きしめるなんて、ほんとうは許しがたい。許しがたいなんて考えること自体が許されないとしても。

「よい旅を。ハミルトンは腕も立ちますから、安全だとは思いますが、気をつけて」とレナードがいう。

僕は黙って頭を下げる。レナードと昨夜遅くまで話しこんだとき、僕はいつのまにか彼の誘導尋問めいた話術にひっかかり、クルトを家がらみの政争に巻き込まないよう、何度も頼みこんでいた。

クルトは僕にまだ腹を立てているだろうか。

最後にクルトと話したとき、もっとおだやかに伝えればよかった。きみが何よりも大事だと。

「ソールがもし隣国にしばらく滞在するなら、私もあとから行きますから。ハミルトンも道中つつがなくな」

「当主、私がいないからといっておかしな真似はしないでくださいね」と家令がいう。

「当たり前だ。安心しなさい」

ハミルトンは御者に合図をし、馬車は動き出した。レナードが手をふり、僕も片手をあげて返礼する。

そして僕は王都を離れた。

12　しらす

裏口の鍵はそのままだった。

敷居をまたぎ、カリーの店に足を踏みいれた瞬間、クルトはピリッとした感触を感じる。ヴェイユが設置した回路魔術の装置が、ここを通る者を認識したのだ。

クルトはかまわず戸口をくぐる。通風孔をぬけるかすかな風の動きのほかに、回路から回路をめぐっていく魔力の波を肌に感じる。魔術師の襲撃のあとでヴェイユが仕掛けた防御は徹底していた。王宮並みだと評していたのはセッキだったか。

これをヴェイユが作ったのだろうか。この教師はほかの精霊魔術師と同様に、回路魔術を敬遠しているとクルトは思っていた。学院の教師として回路魔術の基礎は理解しているだろうが、精霊魔術の使い手は学生のころから回路魔術師とあまり交流がない。

もちろん回路魔術が日常生活に不可欠なほど浸透したいま、精霊魔術師も回路魔術の装置をふだんから使っているが、回路魔術装置を製作するとなれば話はべつだ。力の原理が通底していても、方法においてふたつの魔術はまったく異なる。

セッキの弟子で下級生のイーディは、クルトと念話で話すことはできないが、イーディが設計する回路をみてもクルトにはちんぷんかんぷんだ。とはいえそこを走る〈力のみち〉は魔力が強いクルトの方がよくみえる。ことにいまは鮮やかにみえる。

店も奥のキッチンもソールらしく、几帳面に片付けてあった。寝室へと階段をのぼり、閉まっている窓を開けると、鳩がうっとうしいといいたげに喉を鳴らし、首をふってよたよたと雨樋《あまどい》を歩いていく。

以前ソールが森へ出発したときのように急いで出かけた様子はなく、かといって遠出をするために荷造りした様子もなかった。

防御回路を調べたヴェイユによると、ソールが店を出たのは二日前の昼間だ。その夜から彼は店に戻っていない。そしてヴェイユとクルトが捕縛した魔術師も、ソールが王都を発ったと断言した。図書室で警備隊が到着するのを待つあいだ、詰問するヴェイユに対し、男はにやにや笑いながら答えたのだ。

「あの店主、回路魔術を使った眼鏡をかけていただろう。あの反射をとらえる探知機を王都にいくつかまいていたんだ。ほとんどは役立たずだったが、まさか最後のひとつが王都の境界を出るところをつかまえるとはね。いやあ、ほとんど奇跡だよ」

捕縛されているのに男はずっと笑っていた。笑いながらべらべらと喋った。

「探知機は単純な仕掛けだからずっとつながっていたわけでもない。たまたまあんたが俺の魔力を吸い上げたせいで、さいごのさいごに残った回路と俺の〈力のみち〉が重なって、おかげでわかったんだ。あんたらの大事な〈本〉が王都を出たのは昼間だよ。いまはどこへ行ったんだろうな……」

「おまえは回路魔術も使うのか。つまらない経歴の小物にしては小細工が多いな」

ヴェイユは苦々しげにつぶやいた。その手にはパイプのような形をした銀色の金属が握られている。

「つまらない？　は！　評価ありがとうよ」

男はさらに何かいおうとしたが、ヴェイユの強い視線が向いたとたん、がくりと頭を落とした。

カリーの店を歩くクルトの知覚はひどく鋭敏になっている。昨夜からずっとそうなのだ。

まるで魔力を感知する第三の眼《まなこ》がひらいたかのようだった。自分の魔力の根源がつながり、協働し、全体を支えていることがはっきりとわかる。

魔力を制御するのも段ちがいにたやすくなっていた。いまなら自分に流れる〈力のみち〉を、粘土をこねるように、あるいは糸を編むようにして思いのまま形づくり、あやつることができるだろう。

いきなり、立って歩くことを覚えたよう、これまでの自分は眠っていたようにも感じる。昨夜まではできなかったはずのことが突然やすやすと可能になり、しかもはじめからこうであったかのように、なんの違和感もない。

たくさんの存在が放つ感情を一度に受け取っても、混乱することもない。アレクや他の級友たち、学院の師たち、商店街の人々、すべてを感知できて、しかも超然としていられる。離れた森の施療院にいるカルタンの気配も、意識を向ければ捉えることができた。

それなのにソールだけがみえなかった。

ソールだけがどこにもいない。

商店街の誰ひとりとして、ソールの居場所を知らなかった。セッキも、アダマール師も、森の施療院のカルタンの元にも、ソールは行っていない。警備隊からもなしのつぶてだった。

唯一わかるのは、少なくともソールのためにセッキが作った防御回路は壊れていない、ということだけだ。おそらくソールは無事なのだ。彼がまだあの輪を嵌めているのなら。

レナード・ニールスから学院へ内密の一報があったのは翌日の午後だった。呼びかけで王宮へ招集されたのは、レムニスケート家の当主、審判の塔、そして学院からはアダマール師とヴェイユ。

王と政策顧問も含めた極秘の会議で何があったのか、ただの学生にすぎないクルトはもちろん蚊帳《かや》の外だった。

あとでアダマール師から秘密裏に知らされたのは、ソール・カリーはその知識を買われ、ニールスの特使と共に国外へ任務に出ているということ。これは「禁書」に関するソールの情報が漏洩《ろうえい》した結果を受け、王都からの一時避難もかねている、ということ。

国外へ出すくらいなら軟禁するべきだったという、審判の塔の意向はレムニスケートによって否定された。したがって彼の行先は極秘とされている。

帰還がいつになるのかも、誰も知らなかった。

当然のことながらカリーの店は閉まっている。

クルトが路地を歩くと挨拶でもするように猫が鳴く。ベンチには誰もいなかった。ソールがいなくなってまた七日すぎた。休業状態の店は静かだ。商店街の人々には、店主は故郷で急用ができたと話してある。期限のきた請求書はニールスが代わりに支払ったらしい。

クルトは裏口から入ると、あてもなく店じゅうを歩き回る。ソールが王都を離れたあと、ここに来るのは三度目だ。いないとわかっているのになぜここに来るのか、クルト自身にもよくわからなかった。たぶん自分は、ソールが王都にいないということがいまだに信じられないのだろう。ソールは王都を離れない。離れられない事情があると何度も彼はいったし、それに……自分にひとこともなくいなくなるなど、あるはずがない。

クルトは二階へあがり、ソールの寝台の前にひざまずく。敷布にひたいをつくとかぎなれた匂いがした。ソールの匂いだ、と思う。クルトが持ってきた香水の匂いもする。ソールが気に入って、使っていたのだ……なのに、つけている肌がない。吐息も聞こえない。

階下に降りたクルトは、ソールの仕事場に座った。

ここで最後に恋人と別れたときのことを思い出そうとした。ソールは大丈夫だといったのだった。クルトが結婚しても、他の誰かを好きになっても、大丈夫だと。自分はずっとここにいると。

細かい文字で埋められた紙の束をみつめていると、目の奥が熱くなってくる。あの言葉の背後に何があるのか、もっと考えるべきだった。もともとクルトと出会う前から、ソールには複雑な事情があったのだ。あのとき彼が何を思っていたのか、きちんと話して、聞き出せばよかった。

ソールがそっけないふるまいをするときは、いつも裏に何かあるのだ。生意気にヴェイユを追いかけたり、父との確執や、自分のことだけで必死になっていなければよかった。ソールがどんな理由で王都を離れたにせよ、その前に会って、約束することができたはずだ。

約束。だが、何の。

『クルト、どこにいる』

アレクの声が聞こえて我に返る。

『カリーの店だ』

『そこへ行っていいか？』

『いや、学院へ戻る』

ソールがいないのに他人を店に入れるわけにはいかない。アレクの用件を聞く気にもなれず、クルトは心を閉じて学院に戻った。図書室近くの木陰に手持ち無沙汰な顔のアレクが待っている。クルトをみて眉をあげた。

『何があった？』と聞かれた。

『何も』

『体調でも悪いのか？』

『どうして？　なんともないぞ』

『だが……魔力が薄い』

『ああ、これか』

クルトは手のひらを地面に向けると、一瞬だけ自身の力を解放した。水が湧くように〈力のみち〉がクルトと地面の間につながり、反射して吸いこまれる。

アレクの驚いた顔をみたとき、数日ぶりの笑みが浮かんだ。

『魔力の制御が以前よりずっと細かくできるようになった。これで無意識に漏れていた魔力も操れる。で、これまでのただ漏れが恥ずかしくなって、引っこめることにした』

『――そんなことが可能なのか？』

『ああ。やれる者は少ないようだが、ヴェイユ師はやってる。ふだんは俺たちを脅かさないようにしているんだ』

ほんの数日のあいだにクルトはあの教師のさまざまな側面をみることになった。親友に伝えられる内容ではなかった。

おそらく自分は想像していたより大きなことに巻きこまれている。しかし不思議と、クルト自身に直接の影響はない。

騎士団に魔術師が引き渡されたとき、クルトは当然自分も事情を聞かれると覚悟していた。ところが意外にもそのまま寄宿舎に戻され、翌日は父の屋敷で起きたことについて話を聞かれたが、これも短く簡単に終わった。

騎士たちは形式的な事柄以上に踏みこまず、クルトの説明を手短に終わらせたのである。精霊魔術を学院外で使ったことを問い詰められなかったのはありがたく、父が手を回したのかと、クルトは当初疑っていた。しかし父は父で、ラブレス家の当主と共に王宮に召喚されているのだ。

父が呼ばれた理由をクルトはすでに察していた。例の魔術師を王都に引きこんだ経緯を問われているのだろう。その大元には、ハスケルとラブレスの連合があるはずだ。

王宮は貴族同士が結びつくことに特段に文句はいわないが、その結果得体のしれない魔術師が国を――厳密には王国の保護監視対象であるソール・カリーを――脅かしに来たとなると、話はちがってくる。

だとすると、クルトがうんといわないせいで宙づりになっているヘレナ・ラブレスとの婚姻も、焦点のひとつにちがいなかった。自分は渦中のひとりになる資格が十分にある。それなのになぜ放っておかれているのか、クルトにはわからなかった。

『クルト』

アレクの声がまたクルトを呼び戻す。

『おまえに謝らなければいけない』

『なんだ』

『おまえの、その――カリーの店主がいなくなったのは、たぶん俺のせいだ』

気がつくとアレクは木の幹にもたれたまま、罪悪感をにじませている。クルトは無表情に親友を眺めた。

「ソールに何かいったのか？」と口に出して聞く。

「その……おまえのことを思うなら、王都を出ろと。父上からもそう頼まれて……」

アレクは頭をふり、クルトの目をみつめた。

『悪かった』

『いや。いいよ』

クルトは短くこたえ、これだけでは足りないと気づいて付け足した。

『ひとが何かをする動機はひとつじゃないんだ。おまえのせいもあるかもしれないが、それだけじゃない』

父はたぶん、ソールが王都を離れた原因のひとつだ。だがアレクにくわしく話を聞いても、得るものは何もないだろう。

それにここ数カ月、クルトは親友のことをほとんど考えていなかった。自領を継ぐために王都を離れる彼の将来や、彼が長年好意をよせていた幼馴染についても、相談に乗ることもなかった。

友情を裏切っていたのは、むしろ自分の方かもしれない。

たくさんの人間の動機や理由が連鎖して、誰かの行動にむすびつく。誰かの行動は、べつの誰かの動機や理由となるだろう。

「そうか」

突然理解がひらめいて、思わずクルトは口に出していた。

「どうした？」とアレクが怪訝そうにいう。

「いや。いいんだ。わかったんだ」

クルトは頭をふった。

「ああ、あとその、おまえの話はわかったよ。もういいだろ？　これからどうする。何か食べにでも行くか？」

できるだけ快活な声を出すようにつとめながら、アレクに笑いかける。

「ああ、そうだな……」

アレクは拍子抜けしたような顔でクルトをみつめ、釈然としないようではあったが、それならといって歩き出した。

クルトは友人に続きながら、天啓のように降ってきた理解を噛みしめていた。

どんな動機や原因があるにせよ、ソールは自分で決めたのだ。王都を出ることを。

ソールはずっと――行きたがっていたじゃないか。

頭に浮かぶのは寝室の本の山だった。海と、みたことのない世界をしるした書物の山だ。出会ったばかりのころ――ずいぶん昔のような気がするが、ついこの春のことだった――なぜそんなに書物が好きなのかと、ソールに聞いたことがある。

（連れて行ってくれるから）

そう彼はいった。

（どこへ）

（僕が一生行けない場所だよ）

では俺はどうしよう。これからどうすればいいだろう。

友人に追いつこうと足を速めながら、クルトはずっとそれを考えていた。


「何度聞かれても無駄です。ハスケル君に教えることはできない」

取りつく島もないとはこのことだ。レナードはクルトの何十回目かの問いを即座に却下した。

そもそもクルトの方も、答えてもらえるとは思っていない。しかしそれでも、この外交手腕で名高いニールスの当主にクルトは毎日会いに行っている。

ほとんどつきまとっているといってもいいくらいだ。王城でたまたま出会う――出会ったふりをすることもあれば、父の使いだと口実をつけて屋敷を訪ねることもある。

ソールがいなくなって一カ月以上すぎていた。

季節はゆるやかに秋へうつり、学院ではつぎの学期がはじまっている。しかしクルトは講義をさぼりがちだった。王宮の推薦人と密にやりとりしているわけでもなく、進路はいまだに宙に浮いている。

数週間後に学院では最後の審査があり、最終的に精霊魔術師の資格が得られる。しかしさしせまったこれらの物事を棚に上げて、クルトは口実をつくってはレナードにまとわりついていた。

ソールに会いたい一心で、審判の塔の書庫と店を行ったり来たりしていたころのようだったが、大きなちがいがひとつあった。クルトにはレナードがどこにいるのか、いつでもわかるのだ。

首尾よくレナードをつかまえると、たずねることは決まっている。主な用事を済ませてから、何気なくこう聞く。

「ソールは元気ですか？　いまどこにいます？」

レナードの答えはいつも変わらない。

「何度聞かれても無駄です。ハスケル君に教えることはできない」

回数をくりかえしすぎたせいか、この会話はレナードとクルトの間で、いまや去りぎわの挨拶のようになってしまった。

おかしなことにレナードも癖になってしまったらしい。一度クルトが用件に気をとられ、そのまま立ち去ろうとしたとき、不思議そうに呼びとめたくらいだ。

「ハスケル君、いつもの質問はいいのですか？」と。

とはいえ、最初の面会は本物の用事からはじまっていた。ハスケル家とラブレス家が絡んだ一連の騒動に対し、最終的に調停の労をとってくれたのがレナード・ニールスだったため、父が礼状を届けるようクルトに指示したのである。この機会がなければ、レナード・ニールスだけがソールの行方を知っているはずだと、クルトはしばらく思い出さなかったかもしれない。

現在のクルトと父の関係は膠着《こうちゃく》状態だったが、レナードとの接点を作ってくれたことだけは感謝していた。ラブレス家との連合が面目をつぶすような形で終わってしまい、父はかなり落胆していた。フックスが掟破りの技で父を襲ったのもあって、魔力が回復するのにも時間がかかっている。

そんな父にクルトは同情できなかった。ほんの半年前まではちがったと思う。あのころはただ父を追い越したかったし、だから王宮の顧問団に入るのが自分の目的だったのだ。しかしいまはまったく興味が持てない。

家がらみのいざこざがあっても、クルトの推薦人は全員降りなかった。五人目の推薦人をヴェイユが引き受けてくれれば、クルトの進路はほぼ確定だろう。つぎの春には白いローブを着て王宮に入り、庶民の暮らしとも貴族の暮らしとも異なる、王宮の魔術師の一員になれる。

でも、王都にはソールがいない。

「あなたもしつこいですねえ。もう答えはわかっているでしょうに」

レナードがいう。今日のクルトはレナードの屋敷で彼の蔵書について口を出していた。二日前、書物の保存についてレナードに講釈を垂れたせいである。短い期間とはいえ、カリーの店や書庫でソールに教えられたおかげだった。

「しつこいのは俺の特技なんです」

クルトはとっておきの笑顔をみせる。

「何か教えてくれる気になりましたか？」

「そうそう安売りはできませんから」

問いに答えてはくれないが、意外なことにレナードの方も、クルトがついてくるのが嫌でもないらしい。

彼はクルトのことを年のはなれた従弟くらいに思っているらしかった。とはいえおだやかな顔と口調の下には鉄壁の意思があり、ソールの居場所について情報を持っているのはあきらかなのに、けっして丸めこまれたり、口をすべらせたりはしなかった。

彼の立場を思えば当然というべきだろう。

だがクルトはめげなかった。だいたい、直接答えを聞こうなどと思っていないのだ。

「手がかりになりそうなのはあなたくらいだ。探しに行くにしても、ヒントがないと」

「本気で探しに行くつもりなんですか？」

「もちろんです」

この会話もときどき交わされて、そのたびに黒髪の男は目を細めてクルトを見下ろす。そしてだいたい、ここで話は打ち切られるのだが、今日はちがった。

「ソールをみつけたら、どうするつもりです？」とレナードはいった。

レナードの書庫は個人のものにしては広く快適で、カリーの店とちがって明かりも十分だった。クルトは日に焼けた男をみつめた。レナードから漂うのは好奇心と共感で、当初よく感じたからかうような調子もない。

どういう風の吹き回しか、クルトにはわからなかった。なにしろここ一カ月、短い時間とはいえほぼ毎日、同じような話をしているのだ。

「約束をします」

クルトは静かに答えた。

「どんな？」

間髪を容れず問いが返ってきた。クルトはひっそりと微笑んだ。

「秘密です。他の人には聞かせない」

レナードも微笑した。日に焼けた精悍な顔に、昔をなつかしむような表情が浮かんでいる。

「私も亡くなった妻と約束をしましたよ」

「どんな？」

「もちろん、秘密です」

レナードはふりむき、棚から小さな包みを取った。

「しかたがない。あなたにこれをあげます」

油紙の包みだった。表書きにクルトの名前がある。几帳面《きちょうめん》で整った筆跡だった。

「これは……どこから？」

「おやおや、わからない男だなあ……」

レナードは声をあげて笑った。

「何度聞かれても無駄です。ハスケル君に教えることはできない。でも、魔術師は探すのが得意なはずだ」

クルトは包みを受け取ったが、まだ表書きとレナードの顔を交互にみていた。包みの大きさは手のひらの二倍ほどの縦長で、厚みは小型本くらいだった。

クルトの魔力はレナードの言葉に嘘がないと教えている。それでも、もう一度たずねた。

「俺が受け取っていいんですか？」

「あなたが表書きの人物なら。いらないなら私がもらいますよ」

「いります」

「残念だ」

両手をあげたレナードのしぐさは、やや芝居がかっていた。

「私はすこし妬ましい。あなたがね、クルト。幸運を祈ります」

13　さい

「眩《まぶ》しいですね」

ハミルトンが日射しを避けるようにひたいに手をあてる。晴天で、足もとに落ちる影が濃い。波止場《はとば》へ通じる坂道を見下ろすと、ずっと先で水平線がきらめいている。

海からゆるりと風が吹いてくる。潮の香りにまじって香ばしくておいしそうな匂いも漂う。道端の屋台で褐色の背中がせっせと炭火をあおいでいるのだ。

「食事にしましょうか。実のある会合でした」

ちらりと匂いの方向をみやってハミルトンがいう。

「いい匂いだ。このあたりの名物は白身魚と貝のスープですよ。焼き栗にはすこし早いかもしれません。残念です。美味《うま》いんですよ」

彼のすぐうしろで青い旗がぱたぱたと風にはためいている。その向こうにそびえる石造りの建物が、この港湾都市で最大の商業ギルドで、さらに奥にこの都市の評議会がある。この都市は貴族と同じような身分をこの国の王に与えられている。

レナードから預かった最後の書状は、評議会の議長宛だった。儀式的なやりとりのあと僕らはギルドへ移動し、ハミルトンが別室へ消えているあいだに、僕は豪奢《ごうしゃ》な応接室で菓子をご馳走になっていた。出されたのはアーモンドの香りがするクッキーで、お茶は甘く、ふわりとはちみつが香る。

運んできた少年は、僕らがどうやってここまで旅してきたかを聞きたがったが、僕は逆に彼からこの都市の話を聞き出そうとして、すこしは成功したかもしれない。旅のあいだじゅう、ハミルトンの話術を観察していたおかげだ。

王都を出て一カ月以上経つ。日射しはきつくても風は秋だった。

移動しては知らない土地で宿をとり、ハミルトンについて現地の人に会い、また発つという繰り返しは、体力のない僕にとって、最初のうちかなりこたえた。しかし体は疲れても、王都にいるよりはずっと楽だった。手の届かないところに嵌められていた枷《かせ》が突然とれたような感じだった。視界まで明るく、頭も軽くなって、不健康な肌の色も、多少はましな色になったと思う。

森や畑地をぬけるあいだは眼鏡をかける必要もなく、公式の使者のしるしである緑の帽子をかぶった僕は、農家や行商人に敬意をもって扱われて、面映《おもは》ゆかった。

国境を越えて隣国に入るとひとびとの話す言葉の抑揚が変わる。書物で読んだだけの語彙やいいまわしが実際に使われるのを聞いて、僕は興奮した。はじめて聞いた挨拶を、現地の人の真似をしておそるおそる声に出すと、笑顔とともに同じ言葉が返ってくる。

隣国の都市も初体験だった。なにしろ僕が国を離れたのは十年前の夏だけだ。昼間はみるものすべてが新鮮で、そのぶん夜はくたびれて、ぐっすり眠った。

衝動的な慌ただしい出発のあとに残してきたものは、もちろん気になっていた。とくに国境を越えるまでは辛かった。レナードにはあらかじめ、最後の都市へ着くまでは手紙を書かないようにと指示されていた。理由を聞かなかったが、機密保持のためだろうと僕は勝手に推測していた。

だが、手紙を書くのをとめられていたことは、逆に僕の精神によい影響があったのではないだろうか。僕は書きとめずとも覚えられたが、誰かにあてて手紙を書こうとすれば、自然と不穏なこと、心を乱すことを考えるからだ。

ハミルトンは各地のギルド会館を通じて、レナードと連絡をとっているようだった。彼にしてみれば、僕はたまたまついてくることになった面倒なお荷物のはずだ。でもハミルトンは不満のかけらもみせなかった。そして町や都市に到着すると、かならず僕を書店に案内し、さらに当地の学者に紹介して、僕が彼らからどんな話を聞いたか、あとで聞き出そうとした。

つまり僕は現地の専門職から情報を引き出すために同行していたわけだ。王都で本に埋もれながら溜めこんだ知識が、こんなことに使えるとは。

移動中の馬車でよく居眠りしていたせいもあっただろう、旅に慣れると時間が経つのは速く、王都の出来事の記憶が鋭い針のように僕をさいなむことも減った。しかし、内陸から海岸に近づくにつれ、僕はすこしずつ落ちつかなくなっていた。

あの海をもう一度みたら、僕はいったいどうなるだろう？　カリーの店の奥で、記憶が呼び戻されるたびに感じた痛み、あれをここでも味わうのだろうか。

意外にもそれはなかった。高台の宿に荷物を降ろしてハミルトンと波止場まで坂道を下り、魚や海藻の生臭い匂いを嗅いでいるあいだも、記憶は僕をうちのめしたりしなかった。

ゆるりと曲がった海岸の、先の方の桟橋には大きな船が接岸し、荷物をかついだ男たちが周囲を行き来している。

「大陸へ行く船です」とハミルトンがいう。

こちら側の波止場は、明け方の漁から戻った漁船で賑わっている。ハミルトンは慣れた様子で明るい色に塗られた食堂の戸口をくぐる。日焼けした漁師たちが彼をみて眉をあげたが、何もいわずに自分の食事に戻った。

ハミルトンがすすめた、小鍋にあふれるほど盛られた名物料理はとてもおいしかった。まだ日も高いのに、ワインを飲みながらぱりっとしたパンの皮をこくのある金色のスープに浸し、合間にコリコリした枝のような青菜を茹《ゆ》でて塩をふっただけなのに、妙にあとをひく。

「手紙を書いたら、ギルドから王都まで運んでくれますよ」

さらりとハミルトンがいった。

「それに当主から、あなた宛の手紙も受け取りました。宿で読んでください」

旅のあいだにすっかり見慣れた、封蠟《ふうろう》がほどこされた書状を僕に渡す。ワインを飲み干し、小鍋に残った最後のスープを名残おしげにパンでぬぐってから、彼は僕をみて照れくさそうに笑った。

「好物なんですよ。たまにしか食べられないと思うとね」

この都市でハミルトンが案内してくれた書店は、迷路のような市場の奥にあった。大陸から来た物が直接流れるから面白いですよ――というハミルトンの言葉を裏切らず、市場は見慣れないものや匂いであふれていたが、書店は僕のテリトリーだから、そうでもない。

店の中が乱雑なのは入荷が多いのか、単に店主のやる気がないのかもしれなかった。大陸の言語で書かれた本が目立つのは、長い船旅のあいだに読みおわった本が持ち込まれるからだ。大陸から来た船乗りが、読めないし価値もわからないが波止場の賭けで巻き上げたからと束で持ってくることもあるらしい。

古い本の山のあいだには、最近出版されたとおぼしき書物が雑に並べられていた。これも分野など気にしない配置で、ここまでごちゃごちゃだと逆に面白い。

きれいな緑色の飾り布にひかれて僕はそのひとつを手に取った。小さな本だが、開いたとたん、草木や鳥の精密画が目に入る。版元はこの都市にあり、著者もこの地方で暮らす在野の学者らしい。僕は書棚をみまわして、おなじ著者の本が何冊もあるのに気がついた。

しばらく店内をうろついたあと、僕は結局二冊を選んだ。


その夜、僕は宿でレナードの手紙を読んだ。大胆にはねる筆跡で、彼は僕が去ったあとのことを簡単に説明し、時期をみて王都へ戻るのは問題ないが、審判の塔が落ちつくまで、年内はそのまま隣国へ避難するのを勧める、と書いていた。その場合は海岸沿いに安全な住まいを手配するよう、もうハミルトンに伝えてあるという。

カリーの店の状態やクルトについても触れてあった。レナードは僕の願いを叶えてくれたようだ。ハスケル家の当主は召喚を受けたが、学生のクルトは面倒な事態には巻きこまれなかった。このまま学院にいれば無事に卒業できそうだというので、僕は胸を撫でおろした。最後は、誰に手紙を書いてもかまわないが、取り決めで僕の居場所は明かせないので、その点だけは考慮してくれと結んで終わっていた。

宿の小さな明かりの下で、紙にペンを走らせるのは不思議な感じがした。ほんの半年前、僕はこんな未来を予想できただろうか。

レナードに返事を書くのはたいして時間もかからなかった。彼が勧めるとおり、まだしばらくこのあたりにいる、感謝していると書き、アダマール師にも一筆したためたが、ヴェイユには何を書けばいいのか悩み、また今度にすればいいと思い直した。

それから新しい紙を取り出し、クルトに宛てて書こうとして——手が止まった。

何度か書き出そうとして止まり、実際に最初の一語を書いて止まり……気がつくと夜が更けていた。僕は書き損じを押しのけ、肘をついて頭をかかえた。

そもそもクルトと最後に会ったとき、僕らはいい別れ方をしていない。そのあとは僕ひとりが黙っていなくなり、知らせもなく、いまさら何を——と思われるかもしれない。それにもしかしたら彼は僕をもう——

視野の隅で、今日手に入れた書物の緑色の飾り布がちらついた。

この本を手に取ったきっかけはこの緑だった。クルトの眸と同じ色だ。僕はページをめくり、繊細に描かれた図版をながめた。波のスケッチがあり、自然における魔力の分散や平滑性が語られている。

いつのまにか読書に夢中になっていた。鳥の声がしてはっと我に返った。外がうっすらと白んでいる。

こんな風に読みふけったのは久しぶりだった。本を閉じて息をつき、目をあげて、奥に押しやった書き損じの紙を思い出す。

僕は新しい紙を取り、表書きを書いた。クルトはきっとこの書物を気に入るだろう。

なにしろ僕は本屋だから、本くらいしか彼に渡すものがないのだ。

ハミルトンに王都へ送るよう頼むことにして、書物を包み、表書きを添えた。すこしだけ眠ることにした。

港湾都市から沿岸を北上すると、岬や小さな入り江があらわれ、集落や小さな町が点々とちらばる。

たっぷりした宿の朝食のあとで、ハミルトンが広げた地図の一点をさした。半円の砂浜を抱えた小さな村だった。

「とある貴族の別荘があるんですが、持ち主は長く訪れていません。『ソル』はここの管理人です」

ハミルトンは僕の名をこの国の人の発音で呼んだ。

「身の回りのことは村の人がやってくれます。ただ……」

高台の上の空はすばらしく晴れわたり、海は街並みの向こうでサテンのリボンのように光る。僕は風景に気をとられながらぼんやり聞き返す。

「ただ、なんです？」

「子供に読み書きを教えることや、代書を頼まれると思いますよ。嫌ですか？」

とんでもないと僕は首をふった。ついでに地図の海岸線について、昨夜読んだ本に載っていたと話すと、ハミルトンは眉をあげた。

「著者はこのあたりに住んでいるのでしょうか？」

ひょっとしたら知っているのかもしれないと思って、僕はたずねた。

「そういえば、この岬に学者が住んでいるらしい、と聞いたことがあります」

「らしいというのは……」

「偏屈なうえによく留守にするので、実際に会った人がほとんどいないと。魔術師という噂もありましたが、高齢で魔力をなくしたともいわれて、結局すべて噂です」

ははは、と僕は笑った。

「僕みたいだな。もし著者が近くにいるのなら、会ってみたいものです」

「それが叶ったら、次に会ったとき、詳しく聞かせてください」とハミルトンはいった。

目的の村へ向かう馬車は、海岸ぞいの入り組んだ道を通った。ときおり岸壁を迂回《うかい》し、ときおり海すれすれを走り、小さな集落を通りぬけ、着いたのは日が暮れるころだった。

別荘は十年前に訪れたヴェイユのそれと似ていた。僕は数人の村人に紹介され、しばらく人が住んでいなかったようにみえる、がらんとした室内へ入った。裏手は小さな浜に向かってひらかれている。キッチンには素焼きのタイルが敷かれ、風で侵入した細かい砂が、靴の底でざらざら鳴った。

王都を出てから一カ月というもの、一日ごとに周囲の環境が変わるのがいつのまにか当たり前になっていたようだ。夜、階上で清潔な寝具に横たわって、ここをしばらく離れないのだと思うと奇妙な感じがした。ハミルトンは翌朝あわただしく発ち、ひとりになった僕はしばらく暇なのだろうかと思ったが、それもほんの一時だった。

午後になると、最初に子供たちがやってきた。一番乗りは女の子と男の子の姉弟で、大きい子がくたびれた教本を抱え、おずおずと「あの……あたらしい先生？」とたずねる。うなずくと「よかった！」と僕に本をさしだした。

「お母さんが、読んでくれるって」

ハミルトンが予告したのはこういうことか。僕は笑い、彼らをテラスから中に入れて文字を教えた。

子供の数は翌日六人に増え、翌週になると今度は大人がやってきた。お礼だと食べ物を渡され、洗濯を引き受けると申し出られ、つぎに頼まれたのは、役所へ送るという書類の代筆だった。

なるほど、と僕はハミルトンがためらいがちだった理由をまた理解した。文章を読んでほしいとか、代わりに書いてほしいという頼みは子供よりむしろ大人の方が多かった。子供は教えてやれば、どんどん自分で先を進めていく。一方で大人たちは、僕が村になじめばなじむほど、あれもこれもという調子で相談を持ってくるのだった。ここの管理人というのは長年そんな立ち位置だったらしい。

それでも日暮れや朝の早いうちはたっぷり時間があり、僕は天気がよければ村の近くの浜を長く散歩した。もう朝晩は冷えこむようになっていたが、よく裸足で砂の上を歩いた。誰もみていないのをたしかめてから、靴を脱ぐのだ。

左足首にはいつもあの輪が嵌っている。波打ちぎわへ歩いていき、そっと足を水に浸す。波の動きにそって輪がなめらかに揺れる感触が好きだった。

波打ちぎわで思い出すのはいつもクルトのことだった。そろそろ学院では〈審問〉がはじまるのではないだろうか。

ある朝、例によって浜でひとり遊びをしていると、見知らぬ老人が波打ちぎわをやってきた。僕は黙って会釈し、向こうも黙って会釈をかえす。足指の間を海水がぬけるのを楽しんでいる僕を、老人は黙ったまま見つめ、そのまま去っていった。

それからしばらく、毎日老人と顔を合わせたが、朝のこともあれば夕暮れのこともあったが、いつも周りに誰もいないときだった。初めて会ってから何日後だろうか、僕が靴をはきながら足首の輪をさすっていると、上から声がした。

「よくできた回路だ」

僕は顔をあげた。この輪をきれいな装飾以上のものだと見破る人間など、ここではめったにお目にかかれない。老人の声は外見より若々しかった。すこししゃがれているが、深く響く。

「きれいでしょう？」

僕は内心の動揺を隠して、何気なさそうにいった。

「ああ、回路もだが、魔力もな」

「あなたは魔術師ですか？」

僕の警戒を感じ取ったのか、老人は両手をあげた。

「いやいや。大昔はそういうときもあったが、いまはただの博物学者で、岬に住んでいる。でもその輪っかにきれいな力が流れているのはわかる」

岬に住んでいると聞いて思い当たることがあった。僕は本の著者の名を告げる。

「もしかして――アルベルトさん？　あなたの本を読みましたよ」

「どれだね」

題名を教えると老人は驚いたようだった。僕らはしばらくそのまま、浜辺で本について話しこんだ。僕は例によってすべて記憶していたので、本文を暗誦《あんしょう》すると彼は大袈裟に喜び、今度岬へ遊びにおいでといってくれた。

それから何度も同じ人々と顔を合わせるうち、僕には友人ができたらしい。読み書きや計算を教えてもらいにくる子供たちに、村人たち。彼らは都市に住む息子や役人に宛てた手紙を代筆するよう僕に頼み、そのかたわら、食事や掃除の面倒をみてくれた。それに岬に住む学者のアルベルト。

海辺の村での暮らしは思っていたほど静かでも、隠遁者《いんとんしゃ》のようでもなかった。僕は地元の人の発音で「ソル先生」と呼ばれ、この小さな共同体の中でいっぱしの名士として扱われるようになったが、王都の出来事を思い出すと、それはなんとも面映ゆいことに感じられた。

王都にいたころの僕にはこんなこと想像もつかないだろうと、皮肉っぽく僕自身に問いかけると「だからなんだ?」と僕の内側から響く声がある。クルトの声だ。自信にみちて、快活で、楽しくてたまらないという声。

(俺が何度もいったじゃないか。ソールはすごいって)

近ごろの僕は朝夕の海を浜からみつめるとき、クルトのことばかり思い出していた。

晴れの日の夕暮れは何度みても飽きない。日がまさに落ちる瞬間の、西の海や空も美しいが、おとろえた太陽の光をうけて、中天や東の雲がさまざまな色に反射するさまも好きだった。今日の空はすこし雲が多く、傾いた太陽の動きに沿って虹色の影がきらめいていたが、やがて一面紅色に染まり、すこしずつ夜の青色へ移りかわる。

たとえこの身が魔力を感じられなくても、世界は美しい。

「きれいだな」

聞きなれた声がすぐうしろで喋っている。

最近の僕はよくこの声を聞くのだ。現実のようにありありと思い出せる、便利な能力のせいで。

「ああ、きれいだ」と僕はくりかえす。

「すこし前に彩雲がみえていたよ」

「さいうん?」

「光が雲の水蒸気で屈折して、虹色に染まってみえるんだ。幸運のしるしといわれているが、かなりありふれた事象である。人間は単純だからな。みかけるとそれだけでいい気分になれる」

「それは惜しかった。もうすこし早く着けば一緒にいい気分になれたのに」

記憶の中の人物にしてはおかしなことをいう。

と、砂を蹴る足音がして、僕はびくっとした。

まさか。

ふりむくのが怖かった。僕がほんとうにおかしくなったのでなければ、いるはずのない人物がそこにいる。

「こっちを向いて。ソール」

名前を呼ばれて、もう我慢できなかった。

僕はふりむいた。まっすぐに伸びてくる腕が僕をつかまえ、正面から抱きしめられる。

「やっとみつけた」

そうクルトがいった。

砂浜に波が打ちよせる。

ソールからは潮の湿った感触と日にさらされた布の匂いがする。しっかりと両腕を腰に回して、クルトは鼻と唇でソールの顔をなぞる。白い肌はすこし日に焼け、ところどころ赤らんでいるが、王都にいたときより血色がよかった。クルトは砂浜とおなじ色をした前髪に口づけし、ソールの背中がかすかにふるえたのを感じとる。

自分以外の存在を腕の中にとじこめ、その息づかいを感じることの特別さに胸を打たれて、しばらく声が出なかった。ひたい、鼻先、唇、と、肌で直接かたちに触れる。

「やっとみつけた」とまたささやく。

「クルト……」

腕の中から小さく声があがる。

「どうしてここが？」

「本をくれたじゃないか」

「でも、僕はそんなつもりであれを送ったんじゃない。単にきみなら気に入ると思って……」

困惑したような声だった。クルトは腕をゆるめ、顔をかたむけてソールの耳もとに唇をよせた。

「うん。気に入った。ソールの贈り物はいつも役に立つ。前もそうだったし、今度もそうだ」

「だけど、どうやってここが？」

「探したんだ」

クルトは低く笑った。

あたりは静かだ。波の音がずっと響いているのに、静穏だと感じられる。クルトの拡大された感覚にも、海は巨大な一枚の布を広げたかのようになめらかだ。個々の存在は紛れる砂の一粒のように、海を背景にすると消え失せてしまう。魔力の影を落とさないソールは、ここでは砂の上の透明な水たまりのようで、以前より強力になったクルトの魔力をもってしても、みつけるのは難しい。

だから森へソールが逃げこんだときより今回は手こずった——などと、クルトは白状するつもりはなかった。ソールの足に嵌った輪から投げられるほんのかすかな影をもとめ、港湾都市からこの海岸を北上してきたことも、話すつもりはない。

「クルト、僕の居場所は秘密にされているはずだ。いったいどうやってここを？」

「本を送ってくれただろう？　レナードは教えられないといったが、探すのはとめなかった。本を送ってくれなかったら、もっと時間がかかったと思う」

「でも……僕はそんなつもりはなかった」

クルトは得意げな笑顔を返した。

「あの本は出版されたばかりだった。版元は王都ではまったく無名だったし、問い合わせてもこの国の首都でさえ売られていない。版元の周りでしか流通していないなら、ソールがこの本を手に入れた場所は限定されるだろう？」

「それできみはこの国まで来たのか？」

ソールはぽつりぽつりとたずねる。

「ずいぶん、直接的な……調査方法だな」

「足で稼ぐのが好きなんだ」

「それはまた庶民的だ」

「俺は実用的なんだ。知らなかった？」

そういってクルトは腰を抱く腕をはずし、するりとソールの手をとった。拒否はなかった。奥の建物へ目をやってたずねる。

「住んでいるのはあそこ？」

ソールはうなずき、クルトの手をひいて自然な足どりで浜の奥へ歩きだした。歩調をあわせてついていくと、胸の底からよろこびがわきあがり、クルトを満たす。

「貴族の別荘らしい。僕は管理人ということになってる」

「先生と村の人が呼んでいたけど」

「子供に教えてる。親たちもいろいろ用事をもってくるし」

ソールはテラスで靴の砂を払った。海の方をみて「潮が高くなると――」といいかけ、急に言葉を切った。

「クルト。〈審問〉はどうした?」

「学院は休んでる」

「卒業がかかってる秋学期だぞ!」

「休みについてはヴェイユ師に許可を取ってある」

「でも、きみの進路は……」

ソールはいいかけて首をふり、扉を開けた。

「中で話そう」

窓を大きくとった建物は夏の一時住まいらしく、簡素で広々としている。手作りらしい素朴な装飾で、壁や床が飾られていた。ソールは靴を脱ぎ捨てて裸足になった。クルトもそれにならって靴を脱ぎ、部屋を横切る細い足首に、銀の輪が揺れるのをみつめる。輪に彫られた回路の中を力がきらめく。

そのあとを追いながら、クルトはソールの背中に告げた。

「ソール。俺は顧問団には入らない」

キッチンへ入ろうとした足が止まった。

「なぜ?」

こちらをふりむかないまま、小さく問う声が響く。

クルトはその場に立ち止まり、明瞭に答えた。

「俺はもともと、父に対抗したい一心で顧問団に入りたかったんだ。何年も前にそう決めて、それ以外の選択肢はないと思っていた。でもあなたに会って考えが変わった。だからやめた」

ためらうような沈黙があった。クルトが先を続けようと口を開きかけたとき、堅い声がいった。

「きみはここ何年間かの自分の努力を無駄にするつもりなのか？　僕は何度もいったじゃないか。取り返しのつかない物事や、取り返しのつかない季節というのがあるんだ。……きみが」

「俺がいなくなっても教室はそこにある。そうだろう？」

止まった足がまた動いた。

ソールがふりむく。うすぐらい部屋の中で砂色の髪はほとんど白くみえ、その下の表情は仮面のようにこわばっている。

クルトは安心させるように微笑んだ。

「ヴェイユ師には話した。俺は治療師になろうと思ってる」

ソールがはっと息をのむ声が聞こえた。

クルトはまっすぐソールに向かっていった。キッチンには大きな調理台があり、ここにも大きな窓があった。クルトにつきあたりまで押しやられて、ソールは壁を背後に立ち止まった。

クルトは暗い色をした眸をのぞきこむ。

「あなたを襲った男についても、父と話した。あなたは最初から気づいていたんだろう？　父が関係していると」

ソールは一瞬目をみひらいたが、首をふり、視線を外して早口でいった。

「クルト、僕に罪悪感を感じる必要はないよ。僕のせいできみが不本意な選択をするのはおかしい。きみはきみの望みを叶えるべきだ。きみにはその価値がある」

クルトは辛抱強くささやいた。

「そんなことじゃない。父については、俺は単に悲しかっただけだ。彼が野心のためにまわりをみていないとか、ソールを傷つけたとか、すべて……ただ俺はこれまで、父との関係でしか自分のこの先を考えたことがなかった。たぶん俺は変わった。ソールがいない王都にいても、いまの俺には意味がない」

「――そんなことはないだろう」

窓の外で波が白く打ちよせた。ソールの右手がかたく握りしめられ、一瞬クルトをかすめた視線が、焦ったように左右にふれる。

「クルト、きみの父上が何もしなくても、僕は遅かれ早かれフックスのような輩《やから》にみつかったにちがいないんだ。それに今回のようなことはまた起きるかもしれない。そうなれば僕はまた、誰かに迷惑をかけることになる。だけど僕は――僕はきみの足手まといにだけはなりたくないんだ」

「ソール」

ソールは淡々といった。

「僕の人生はたぶん失敗だった。これまでも――これからも。でも、自分の人生の責任は自分でとるものだろう？」

かたく握られたソールのこぶしに血管が浮きあがっている。そんな風に強く握らないでほしいとクルトは思い、ソールのこぶしの上に手のひらをかさねた。

「そうかな。ちがうかもしれないだろ？」

「クルト、僕の話を聞いているのか？」

「ソール、俺は治療師になるよ」

クルトは今度は両手でソールのこぶしをとると、一本一本指を開かせにかかった。

「今度あなたに何か起きたら、カルタンじゃなくて俺に頼るんだ」

ソールはあっけにとられた顔でクルトをみつめ、口を開いては閉じた。

「クルト――でも、きみの家は……」

「ヴェイユ師が俺の後見につくから、父も納得するさ」

「ヴェイユが？　でも――」

「俺は楽観的で脳天気な馬鹿なんだよ。知ってた？」

クルトは笑った。

「でもそんな俺も、あなたが近くにいないと、不安で仕方がない」

クルトはソールの指先に唇を押しあてる。ソールの肩がぴくりとふるえる。

「だいたいあなたがいつまで、俺みたいな子供につきあってくれるのかも、心配で仕方がない」

ソールのまぶたがふるえ、吐息がもれた。

「――クルト、僕はきみを……子供だなんて思っていないよ」


遠く沖の方で、波がたつ音が響く。白い敷布の上にソールの髪がちらばる。うなじや首筋、腕が日焼けし、うっすらと境界線ができている。

クルトはその線を唇でさかのぼり、耳のうしろを舌でなぞり、耳朶《みみたぶ》を口に含み、歯をたてる。前の管理人が置いていったままの化粧油は果物の香りがして、つながった腰を揺らすたび、甘い匂いがたちのぼる。

ソールの体の、浅いところから深いところへ、クルトは何度もずらしては突き、くりかえしながらソールを絶頂へ追い上げていく。ソールの喉からもれる喘《あえ》ぎが激しくなり、悲鳴のようになって、内側がひくひくとふるえ、クルト自身を熱くしめつける。

一度達しても到底足りなかった。クルトはソールの敏感になった皮膚を内側から擦《こす》り、快感に悶えて声をあげる彼を、こんどは膝に抱く。

「……波が……来るんだ……」

喘ぎながらソールがつぶやく。

「きみに――こう――されていると……」

「そう……どんな波？」

クルトはささやくが、ソールはもう答えられない。そのままふたりで抱きあっている。温かい海の上を浮かんでいるようで、遠くから光が昇ってくる。

エピローグ　きみがいなくなっても教室はそこにある

店の扉が開いて、見慣れた姿が戸口に立った。

イーディが顔をあげて「あら」と声をあげる。

「早いわね」

快活な声が響く。

「早く終わらせたんだ」

僕は整理途中の本を片手に、店に入ってくるクルトを梯子《はしご》の上から見下ろす。灰色のローブを着ていても、美形ぶりはあいかわらずだ。

「ちょうどいいところに来たな。手伝ってくれないか」

声をかけると「もちろん」とクルトはこたえ、梯子の横の平台に積んだ書物をさした。

「これをしまうのか？」

「ああ。こちらへ渡してもらえるとありがたい」

「よろこんで」

クルトが本を渡してくれるとき、彼が学生だったころの光景が一瞬脳裏に蘇って僕はめまいに似た感覚をおぼえる。でも今日のクルトは深緑の学生服は着ていない。それに彼は、まだ見習いとはいえ、隣国の施療院で「先生」と呼ばれているのだ。

「思うに、白より灰色の方がいいわよ」とイーディがいう。

「白は染み抜きが大変だもの。実用性では回路魔術師の黒にはかなわないけど」

「何を自慢しているんだ。さすがセッキ師の弟子だ」

「なんですって？」

イーディとクルトの掛け合いもあいかわらずで、このふたりはたぶん本当に仲がいいのだ。僕はいちばん上の棚に書物を並べ、梯子をおりた。

王都に戻るのは久しぶりだった。秋学期がはじまる前だ。カリーの店には学生たちがちらほらあらわれ、必要な教科書を物色していた。

店の品揃えはあいかわらず魔術関係ばかりだ。魔術が関係するなら物語から博物誌まで並べることにも変わりはない。だが……。

「僕ひとりのころより成績はいいんじゃないか？」と僕はイーディにいう。

「売上数は多いんですけど、単価が低いので……」

イーディは台帳をみて首をかしげた。

「学生向けの品揃えを細かくしたせいだと思います。でも本職の方はかならず、ソールさんがずっといる方が問い合わせにちゃんと答えてもらえるのに、っていうんですけど」

「手紙で問い合わせてくれれば答えるといってくれ。いちゃもんをつける客はどうしてる？　たまに来るだろう？」

そのとたん、イーディはぱっと顔を明るくした。

「それなんですけどレナードさんが寄こしてくれる方々は面倒なお客さんのあしらい方がとんでもなくうまいです！ほんとに！」

予想していた通りだ。僕は黙って微笑んだ。

去年の冬の年明け、僕はレナードにカリーの店の権利を半分売ったのだった。

というのも——夏にレナードの家令と共に王都を出て、隣国の海辺の村でしばらくすごしたあと、僕は納得するしかなかったのだ。僕が王都でこの先も暮らし続けるのは無理だと。主要な理由は王都の環境が僕の体に合わないという、それにつきる。

なにしろその年の終わりに、そろそろほとぼりも冷めたかと王都へ戻ったとたん、僕はたちまち調子を崩し、一週間も寝たきりになってしまった。一緒に王都へ戻ってきたクルトを死ぬほど心配させただけでなく、カリーの店の再開も怪しくなった。

レナードが店の権利を半分買い取ろうと申し出たのはそのときだ。要領がわかっているイーディや、彼女の友人の学生をアルバイトに使い、営業と日々の経理はレナードのよくできた家令、ハミルトンの手配でニールス家がみる。僕は仕入れや顧客からの専門的な問い合わせや、蔵書探しなどへの指示出しをするが、王都からではなく、隣国の海辺の村に住んだまま——ということで、最終的に話がまとまった。

そう、いまの僕は一年のほとんどを隣国の海辺で暮らしているのだ。

かなり驚いたのは、学院とレムニスケート家が僕のなかに眠る〈本〉の件で審判の塔を説得してくれたことだった。審判の塔に対しては、僕は複雑な気持ちがある。よくアルバイトをしていた地下書庫の人々とは親しかった一方で、僕が王都を離れることに、十年前からもっとも難色を示していたのも彼らだったからだ。

とはいえ王都を離れるのは条件付きだった。ひとつは、セッキが作った防御の輪をつねに嵌めていること。もうひとつは、学院が認めた精霊魔術師が緊急の際、すぐに駆けつけられるようにすること。

「レナードさんが会いたかったって、残念がってました。用事でしばらく王都を離れているんだそうです」

イーディは台帳をぱたんと閉じる。

「彼なら隣国にも寄れるだろうに」

「いえ、単にソールさんに会うのではだめなの。カリーの店の扉を開けて、ここにソールさんがいるのがいいんですって！」

イーディの口調は少々不満そうだ。

「私がいるのはすこしちがう、だそうです。まあ、わからないでもありませんから……」

「そう？」と僕は聞く。

「ええ。あの扉を開けて——」とイーディは腕をのばした。

「この奥の机にソールさんが座ってる。店に入るでしょ？　私は書棚をみまわして、欲しくても買えない本や、新しく入った本を眺めて……そしてふっと横をみると、ソールさんが真面目な顔でじっと書き物をしてる。だからしばらく本を探すふりをして、ソールさんをこっそりみるの」

僕は笑った。

「知らなかったよ」

「それにいままでも、カリーの店の店主はソールさんですよ？」

イーディはいたずらっぽく目を瞬かせる。

「次はいつ戻ってきます？」

「決まったら知らせるよ」と僕はいう。

まだいくつか確かめておくべき書類があった。僕はイーディにああでもない、こうでもないと指示を与えるのに熱中して、時間の経過にしばらく気づかない。「遅くなると宿をとるのが大変だ」とクルトに声をかけられ、やっと後始末をはじめる。

僕とクルトはふたりで帰るのだ。隣国の海岸まで。

イーディはまだ残念そうな顔をしている。僕はまた手紙を書くと、彼女に約束する。

僕らは笑顔で別れる。

王都を出る馬車はハスケル家のものだ。クルトと彼の父の関係は小康状態らしい。クルトは嫡男だが、ハスケルの現当主はまだ退くつもりもないから、いまのところは好きにしろと放任されているのだという。

クルトは年が明けてから特例で〈審問〉に通り、春に正式に学院を卒業した。その後は僕らが暮らしている、隣国の村近くの施療院で、治療師の見習いをしている。

それと同時に、彼は精霊魔術師として僕の専属になっている。これは冗談ではなく、学院が――おそらく審判の塔を牽制《けんせい》するために――正式にそう決めたのだ。僕の魔力欠乏症はあいかわらずだから、いまだにとてもおかしな気分だ。クルトがそばにいても、僕には彼の魔力がどのくらい強力なのか、さっぱりわからないときているから。

でも、クルトが僕のそばにいるのは学院が決めたからではない。それはもう、僕にはよくわかっていた。

村に帰ると子供たちが待っている。最近はこの村だけでなく、近隣の集落の子供たちもやってきて、教室がわりに使っている別荘の階下は手狭になってきた。

平日の午後、一階はほとんど初等学校の様相を呈し、そこにたまに大人もついてきて、僕に代書を頼んだりする。アルベルトも何度か来たし、僕も何度か岬の家へ行った。アルベルトの作業を手伝ったり、膨大な資料を整理したりするのだ。

夕方になるとクルトが施療院から帰ってきて、僕らは遠くで海が鳴るのを聞きながら食事をとる。昼間起きた出来事や周辺の町のニュースを話しながら、ふと僕は心配になる。王都で賑やかな暮らしをしていたクルトにとって、この生活は寂しすぎないだろうか。書店に閉じこもっていた僕は、むしろ逆に人に接することが増えたくらいだが、彼はまだ若く、僕がいなければ、田舎にひっこむこともないのに。

「クルト――」

と、いいかけた僕とクルトの声がかぶった。

「カリーの店、ソールがいなくても順調そうか？」

僕は話を切り出しそこね、そのまま彼の問いに答える。

「問題なさそうだ。レナードが半分権利を買ったおかげで逆に売却ルートは増えたし……やはりコネは大事だよ」

「そうか。実は……」

クルトは妙にうしろめたそうな顔をした。

「もう時効だと思うんだけど……昨年からずっと、ソールに黙ってたことがあるんだ」

「なんだ？」

「その……」

クルトがためらっているのをみて僕はどきりとする。何か決定的なことを切り出されたらどうしようか。たとえば、こんな生活は……自分が思っていたのではなかった、とか……。

「レナードが半分出資した、例の双子本の片割れ、あれの手形があっただろう」

しかしクルトが持ち出したのは、僕が思ってもみなかった話だった。

手形？　と僕は思う。

――手形！

「ルイスにふりだしたあれか？――！」

僕は思わずスプーンをふった。

「まずい、期限なんてとっくに過ぎてるじゃないか！　僕としたことが――すっかり忘れてた！」

「それなんだけど……実は」

クルトがなおもモジモジと、いいにくそうにしている。

「俺が払った」

「え？」

「個人の信託財産から、俺が払っておいた」

彼にしてはめずらしく、しょんぼりして自信なさげだった。

「その……ソールを探しているときにルイスに会ったんだ。それでその……詳細は省くが、俺の一存で期日に払った」

ごめん、とクルトは頭を下げる。

「前に――ソールに怒られたから、今日までいいだせなかった」

僕はぽかんとしてクルトの話の内容をもう一度頭で繰り返し、そして思わず笑いだした。

「何を謝っているのかと思えば……クルト」

途中で涙が出そうになり、驚いた顔でみつめるクルトに向かって手をふる。

「きみが謝るようなことじゃない。謝るのは僕の方だ。いや——感謝する方かな。ルイスに払ってくれたなんて、どれだけ感謝してもたりないよ」

クルトは僕が笑うのを妙に心配そうにみつめている。

「ほんと？　それでよかった？」

「ああ。ありがとう」

クルトはほっと安心したように頬をゆるめる。そうすると彼はすこし子供っぽくみえて、可愛いな、と僕は思う。

「よかった。俺の告白はこれで終わり」

「いったい何かと思うじゃないか。そんなにあらたまって」

するとクルトはまだ話を続ける。

「あらたまってといえば、もうひとつあるんだ」

「請求書の話だったら聞きたくないな」

「いや。レナードが隣町に書店を出さないかと手紙をくれてる」

「書店？」

僕はまたぽかんとした。

クルトはなんでもないことのように話をすすめる。

「このあたりで書物を扱っているのは雑物商しかないんだ。だからカリーの店の支店を出さないかって」

まるで野菜を売るなら八百屋でないと、とでもいうような調子だった。

書店。僕は唸《うな》った。

思わず「さすがレナードだな」とつぶやいてしまう。非常に彼らしい——

「あまり貴族らしくない……でもそんな資金、どこから調達するんだ？　僕はもう彼に出資してほしくない。世話になりすぎている」

「それで……その……」

クルトが再び、ためらいがちにいった。

「もしソールにその気があるなら……俺の信託財産を出資したいんだけど……」

僕はため息をついた。

「クルト、信託信託っていうが、きみの財産ってどのくらいあるんだ」

「知りたい？」

クルトは立ち上がった。

テーブルを回って屈みこみ、僕の耳にさらりとすごい金額をささやく。

「そんなに？」

僕は開いた口がふさがらなかった。これでハスケル家が中堅貴族にすぎないって？　たしかに家格としては中堅かもしれないが……。

「その話、また今度にしよう。急ぐ話じゃないんだろう？」

「ああ」

クルトはうなずき、食べ終わった食器を下げはじめた。僕はなんとなく落ちつかなかった。まだいうべきことがあるような気がした。

「クルト？」

「ん？」

「きみは途方もなく強い魔力があって、訓練された魔術師で、さらに財産もちだ」

「そうみたいだな」

「なのにただの本屋のために、それを使うっていうのか？」

「もちろん」

クルトは僕の方を向いて真顔で答える。当たり前だろうという顔つきだ。テーブルをさっさと片付け、まだ飲もうとしているのか、ワインの瓶を取り出す。

「俺が出資するのはカリーの店の二号店だぜ？　一号店は王都にあって、稀覯本で有名で、伝説的な博識の店主で知られる——」

「ただの本屋だ」

クルトは微笑んだ。僕はそれを正面からみつめてしまう。ほかのすべてのことがどうでもよくなるような微笑みだった。

「でもそこから、全部がはじまったんだ」

そう彼はいった。

口づけで封印

書き下ろし

馬の蹄《ひづめ》が軽やかに道を渡って、みなが待ちかねた郵便配達人がやっと村役場に到着した。

「間に合ったな、ソル先生のおかげだ」

漁師のフランツがいって、日焼けした顔に笑みを浮かべた。この地方の人たちは僕の名をソル、と発音する。この村で暮らして一年以上がすぎ、そう呼ばれることも、先生という敬称にも慣れてきた。

フランツの手にはついさっき僕が代筆したばかりの手紙がある。大陸に住む息子に宛てたもので、今日配達人に渡せば、明日港湾都市から出帆する船で大陸まで送られるのだ。フランツのように読み書きができない人たちに、僕はそれなりに重宝されている。

「いいえ、お役に立ててよかった」

僕の返事にフランツは軽くうなずき、青い上着の配達人の方へ行った。役場では係が赤い郵便袋を開け、手紙と小包の仕分けをはじめている。今日は小包が多いようだ。気候の温暖な海辺の村も、そろそろ冬の気配が近づいている。収穫の秋から冬祭りにかけて、贈り物のやりとりで配達人が忙しくなるのは、この村も僕の故国も変わらない。

「こちら、ソル先生宛てのお手紙です。あ、これも」

「ありがとう」

王都のカリーの店からはいつも大きな封筒が送られてくるが、今日は細長い筒状の小包も届いていた。差出人はレナード・ニールス。いったい何を送ってきたのだろう。

外に出て広場を横切ったとき、また蹄の音が聞こえた。

「ソール！」

灰色のローブを着たクルトが馬の背から僕に笑いかけている。彼はすこし前に見習いから正式な治療師になって、いまは毎日、隣町の診療所で患者を診ているのだ。

広場を通る村人がクルトをみて「若先生、おかえり」と呼びかけた。彼がこう呼ばれるのは、診療所に昔からいる老治療師と区別するためらしい。クルトは村人の方へ手をふってから、また僕に向き直る。

「待って、馬を返してくる。一緒に帰ろう」

馬は村長からの借り物だ。僕らはこの村の人々に、さまざまな便宜をはかってもらって生活している。

夕暮れの浜では、潮騒《しおさい》と海鳥の鳴き声が響く中、子供たちが甲高い声をあげて遊んでいた。僕は浜を見下ろす道をゆっくり歩いた。ほどなくクルトが走って追いついてくる。朝は持っていなかった、茶色の紙袋を腕に抱えている。

「それは？」

何気なくたずねたら、クルトは僕が持っている小包をみつめて、そっくり同じ口調で問い返した。

「それは？　俺のこれはね、診療所でもらった果物だ」

思わず笑ってしまったのは、緑の眸《ひとみ》がいたずらっぽくきらめいたせいか。

「これは王都から届いた小包だ。レナードから」

「中身は？」

「さあ。軽いから書類かも」

「ソール、レナードが押しつけることをなんでも引き受けるなよ」

「そんなつもりはないんだが」

他愛ない話をしながら歩くうち、家に到着する。僕らが住んでいるのはこの国の貴族が夏をすごす別荘のひとつだ。今年は冬に向けた設備も整えたから、きっと快適にすごせるだろう。

扉が閉まると海風がしめだされて、急に静かになった。クルトは紙袋を床に置き、僕の背中に腕を回した。

「ただいま」

出かける前と帰ってきたときの抱擁はすっかり習慣になっていて、この村での平和な暮らしを象徴するように思えた。クルトのあたたかい腕に抱き寄せられるだけで、僕の体は緊張を解いてしまう。麝香《じゃこう》を思わせる独特の香りがクルトの胸もとから漂ってくると、ゆるやかな波が打ち寄せるように、甘い官能の疼《うず》きをおぼえる。

ところが今日は――クルトに抱き寄せられるまま灰色のローブに頬《ほお》を押しつけたとき、ふわりと見知らぬ香りが立ち上った。

貴族の女性がつける香水のような、大輪の花の華やかな香りだ。でも、そう思ったのは一瞬のことで、抱擁が解かれるとすぐにわからなくなった。

クルトは床に置いた紙袋の口を開け、すると今度は熟れた果実の甘い匂いが漂って、僕が一瞬感じた香りはその中に溶けこんでしまう。紙袋の中に入っていたのは南方の島でとれる果物で、この地方でも高価なものだ。

「これを診療所でもらったって?」

「貴族のご婦人がお礼だといって持ってきたんだ」

「……そうか」

精霊魔術師の中でも、治療師はもっとも民草に近いところにいる。クルトはこの村でも慕われているし、隣町の診療所でもきっとそうだろう。それに仕事柄、香りが移るほど患者に接近することもあるのかもしれない。

「ソール、どうかした?」

クルトが不思議そうな顔でたずね、僕はあわてて答えた。

「なんでもないよ」

*

自分を誘惑しようとする人間の心は、クルト・ハスケルにはお見通しである。精霊魔術の使い手を別にすれば、魔力の少ない一般人が自分に向ける感情をクルトは見誤ったことがない。それが好意だろうが敵意だろうが、おなじことだ。

しかしソールの心だけは他の人間のようにはいかない。この村に来るまでのあいだに、クルトはそれをさんざん学んだ。そしてクルトのその経験によれば、ソールの「なんでもない」は要注意のサインである。

「まったくレナードは行動が早いよ。もうここまで考えているなんて、さすがの商才だ。二号店は魔術書をメインにしないというのは同意する。でもせっかく隣町に店を出すなら、アルベルト師の本は並べたい……」

今夜のソールはやけに饒舌《じょうぜつ》だ。夕食を終えた二人の前のテーブルには、レナードが送ってよこした小包の中身が広げられている。大判の図面や地図は、すこし前にレナードがソールに打診した「カリーの店」二号店の資料だ。レナードは隣町にちょうどいい出物をみつけたといって、さっそく詳細を送ってきたのである。

小包には熱帯の美しい鳥の絵も同封されていた。レナードが大陸から持ち帰ったものだという。手紙の末尾には「これから寒くなりますし、壁の彩りがひとつ増えても邪魔にならないかと思います」と書かれていた。

たしかにソールのいう通り、レナード・ニールスは行動力がある。それにソールにさりげなく贈り物をする機会も逃さない。たとえ横恋慕する気はないにしても――いや、だからこその余裕が、クルトには腹立たしい。

でもいまの俺は――と対抗するようにクルトは思った。ソールのことは以前よりずっとよくわかっている。

たとえばソールが急に饒舌になったときは、必ずしも調子がいいから、上機嫌だからとは限らない。むしろ黙っているときの方が、ソールは落ちついているし、幸福そうでもある。今日のことを思い返すと、夕方一緒に家に帰るときの方が、ソールは口数も少なくて落ちついていた。

そこまで考えてクルトはハッとした。もしかして俺、あのあと何かまずいことをやった？

「ソール」

「ん？」

「果物を食べないか。ほら、俺がもらってきたの」

「あ、ああ……」

ソールは南方産の果物が好きなはずだ。それなのに声のトーンが低くなる。

クルトはそっと目をあげ、恋人の表情を読もうとしたが、ソールはさっきの饒舌が嘘《うそ》のように口をつぐんでいる。

実はこんな雰囲気のソールにかまいすぎると嫌がられるのである。クルトは重々学習していたものの、原因があるのなら知りたかった。が、まずは診療所から持ち帰った果物を取ってくることにした。

果物の紙袋は部屋を出てすぐのところ、壁にかけたローブの下に置きっぱなしだった。熟れたものを選ぼうと紙袋の上にかがんで、クルトはツンと鼻をつく香りに気づいた。この果物を持ってきた貴族のご婦人の香水である。

そのご婦人は今日、診療所まで馬車で乗りつけ、息子の治療の礼だといって箱一杯の高価な果物を置いていった。しかし数日前、怪我《けが》をした少年を連れて診療所に駆けこんだのはひどく怯《おび》えた様子の家庭教師で、件《くだん》のご婦人は迎えの馬車から降りることもなかった。クルトは窓ごしに二言三言、言葉を交わしただけだ。それなのに今日になって、彼女は診療所へ再訪し、クルトに露骨な誘惑を向けてきたのである。

どうやらこのご婦人は、これまで何度も平民の若い男と戯れてきたらしい。誘惑の意思とともに、クルトはうっかり彼女が若い男を誘う鮮明な情景を〈視《み》て〉内心辟易《へきえき》してしまった。ご婦人はさらにありふれた誘惑の手口である「落とし物」も残していた。クルトはいまこのときまで、完全に忘れていたのだが――

ローブのポケットにそれは入っていた。花の形に折りたたまれた絹のハンカチである。ほどくと中から匂い袋が転がり落ちる。

クルト・ハスケル――何が精霊魔術師だ。クルトは思わず自分を叱りつけた。このくらい、さっさと気づけ。

＊

クルトは熟れた果物の甘い香りとともに戻ってきた。テーブルに皿と果物ナイフを置くと、僕のすぐ横に座り、ぶあつい表皮を手でむきはじめる。

僕も手伝おうとしたが、皿をすばやくひっこめられてしまった。表皮の下に黄色の果肉がむきだしになると、クルトはナイフですくうように果肉を切り取り、皿に落としていく。

こんなふうに無心に果物をむくクルトをみているのが好きだった。いまだにときどき驚いてしまうのだが、クルトは皿を美しく飾ったり盛りつけたりするのがとても得意だ。確信に満ちた手の動きをみているうちに、僕の心は穏やかになってくる。不安がゆっくりと鎮まって、凪《な》いだ海のようになる。

「ソール、俺はソールしかみてないからね」

突然クルトがいった。

いきなり何を？　僕はぽかんとした。

クルトの顔に笑みが浮かぶ。出会ったころと変わらない、好きにならずにはいられない笑顔だ。

「診療所ではいろいろな人に会うけど、俺にはソールだけだから」

頬がカッと熱くなった。ひょっとして——とっくに気づかれていた？　今日ここに帰ってからの、僕のあの動揺を？　クルトには僕の心は〈視えない〉はずなのに。

「クルト、あの……」

きっと僕の顔は真っ赤になっている。だがクルトは知らんぷりで、皿の上の果肉を指でつまんだ。

「ソール、口をあけて」

僕は首を横にふろうとした。ずっと前にも似たようなことがあった気がする。それなのにクルトの指はもう、僕のあごをつかまえていた。

官能的な指先に誘われて、僕は甘い果肉を受け入れてしまう。果肉は舌の上で雪のように溶けて消えたが、クルトの手は離れない。唇が近づいてくる。いまにも僕の唇に触れそうなくらい——そしていま、もう触れている。揺れる心を封印するように重ねられた唇に、僕はいつのまにか夢中でこたえている。どうせ彼には抗《あらが》えないのだ。これもずっと前からわかっていること。

僕の方こそ、クルトしかみえていないのだから。

あとがき

ろくに泳げないのですが、海と船が好きです。ずっと昔、ほんの数カ月のことですが、スペイン北部の海岸沿いの街で暮らしていたことがあります。あまり言葉も話せない上に引っ込み思案だったので親しい友だちもできず、また住んでいた地区で唯一の東洋人だったのもあって、子ども扱いされたり胡乱《うろん》な目で見られたりしてへこむことも多かったのですが、その街にはとても美しい砂浜がありました。オフシーズンでリゾート客もいない広大な浜には犬を散歩させる人やジョギングをする人がいるだけで、私は毎日のようにひとりで波打ち際を散歩していました。波にそってずっと歩いて行くと公園があり、海に突き出した岩場のあいだにはアザラシを飼っている小さなプールがありました。

『きみがいなくなっても教室はそこにある』の主人公、ソールとクルトがたどりつく海岸は、その当時を思い出しながら書きました。季節は春で、海は冷たかったのですが、砂浜で波が足元に寄せてくるとき、はだしの指のあいだを砂が流れていく感触が好きでした。夕暮れどきになると、靴を脱いで浜に立ったまま、ぼんやり海を眺めていたものです。

このお話は昨年書籍化された『今夜だけ生きのびたい』と同じ世界の、ただし百年ほど後の時代を舞台にしています。この世界には道具を使う回路魔術と心のみで操作する精霊魔術という二種類の魔法がありまして、『今夜だけ生きのびたい』は回路魔術師の物語でしたが、今回は精霊魔術がお話の中心になっています。前作を読んでくださった方は、回路魔術師をめぐる状況が変わっていたり、前作の主人公だったアーベルが作中の書物の著者として登場したりするのに気づかれたかもしれません。

今作の主人公のソール・カリーは、二〇一七年に『今夜だけ生きのびたい』を投稿サイトで完結させてから二週間ほど経ったころ、突然頭に浮かんだイメージから生まれました。山のように積まれた本のあいだにひっそり座っている男の像がまず思い浮かんで、そこから「若い頃の失敗のせいで書店にひきこもってしまった男が将来を嘱望される挫折しらずの若者に出会って変わっていく」というストーリーの骨子が一瞬で出来上がったわけです。

もうひとりの主人公のクルトはソールに呼応するように生まれたキャラクターでしたが、しだいに「ソール君にはクルト君しかいない」と思うくらいベストな関係へ成長していくのが、自分で書いているくせになんだか不思議でした。小説を書くのは本当に面白いと思いまして、この作品を通して、書くことにますます夢中になりました。

本作も『今夜だけ生きのびたい』と同じように投稿サイト上に連載していましたが、完結までの三カ月ほどのあいだずっと読んで応援してくださる読者さまがいらっしゃって、とても嬉しかったのを覚えています。今回あらたにこの物語を手に取ってくださった方にも、楽しんでいただけることを願ってやみません。

なお私の場合、一度作った物語の世界のキャラクターは、ずっとその世界でその先の時間を生きているような気がしていて、ソールとクルトについてもときおり「いま彼らは何をしているかな……」と考えたりすることがあるのですが、『きみがいなくなっても教室はそこにある』には続きがありまして、二〇一九年に書いた『果ての塔から響く歌』が続編となります。こちらは現在投稿サイトに掲載されています。

さて、書籍化が決まったときは感無量でしたが、何年も前に書いた文章を読み返すと、筋が通らなかったり読みにくかったりする箇所がたくさん目につきまして、投稿サイト掲載時からは相当手をいれることになってしまいました。編集のIさまをはじめ、関係者のみなさまには大変お手数をかけましたが、ご尽力に心から感謝いたします。

またイラストの星名あんじ先生には、『今夜だけ生きのびたい』に続いて今回も、華麗なイラストでソールとクルトを具現化していただきました。カバーイラストの、背中合わせに座るふたりにはおおおっ……と声をあげてしまいました。本当にありがとうございました。

おにぎり１０００米

初出

きみがいなくなっても教室はそこにある
小説投稿サイト「ムーンライトノベルズ」にて発表の内容を加筆修正
※「ムーンライトノベルズ」は株式会社ヒナプロジェクトの登録商標です。

口づけで封印　書き下ろし

きみがいなくなっても教室はそこにある

二〇二四年九月三十日　第一刷発行

著者　おにぎり1000米《せんべい》

発行人　石原正康

発行元　株式会社 幻冬舎コミックス
〒一五一―〇〇五一 東京都渋谷区千駄ヶ谷四―九―七
電話　〇三（五四一一）六四三一［編集］

発売元　株式会社 幻冬舎
〒一五一―〇〇五一 東京都渋谷区千駄ヶ谷四―九―七
電話　〇三（五四一一）六二二二［営業］
振替　〇〇一二〇―八―七六七六四三

印刷・製本所　中央精版印刷株式会社

検印廃止

ISBN978-4-344-85470-3　C0093　Printed in Japan